地の告発

アン[illegible]ス

かつて『大鴉の啼く冬』の事件で重要な役割をはたしたマグナス老人が病死した。ペレス警部たちが参列したささやかな葬儀の最中、墓地や近くの農場が巻きこまれる大きな地滑りが発生。被害状況を確認すると、土砂が直撃した空き家から身元不明の女性の遺体が見つかる。ところが検死の結果、女性は地滑りの起きる前に死んでおり、しかもその死は他殺と判明。ペレス警部は被害者の身元割り出しを急ぐが、思わぬ事実が明らかに……。シェトランド諸島を舞台に英国現代本格ミステリの進化と深化を実証しつづける名シリーズの、新たなマイルストーン。

登場人物

〝アリス〟……………………死体で発見された女性
トム・ロジャーソン…………評議会議員、弁護士
メイヴィス・ロジャーソン……トムの妻
キャスリン・ロジャーソン……ロジャーソン夫妻の娘、小学校教師
ケヴィン・ヘイ………………農場主
ジェーン・ヘイ………………ケヴィンの妻
アンディ・ヘイ………………ヘイ夫妻の長男
マイクル・ヘイ………………ヘイ夫妻の次男
ジェマ…………………………マイクルの恋人
クレイグ・ヘンダーソン……農家の借り主
スチュアート・ヘンダーソン……クレイグの父、貸別荘業者
アンジー・ヘンダーソン……クレイグの母
サイモン・アグニュー………ジェーンの友人、精神分析医
ポール・テイラー……………トムの共同経営者、弁護士

アリッサンドラ・セクレスト……農家の所有者
アリソン・ティール……女優
ジョナサン（ジョノ）・ティール……アリソンの弟
マグナス・テイト……ひとり暮らしの老人、故人
ミニー・ローレンソン……農家の最初の住人、故人
ジミー・ペレス……シェトランド署の警部
ウィロー・リーヴズ……インヴァネス署の主任警部
サンディ・ウィルソン……
モラグ……｝シェトランド署の刑事
ジェームズ・グリーヴ……病理医
ヴィッキー・ヒューイット……北スコットランド警察の犯行現場検査官
フラン・ハンター……ペレスの婚約者、故人
キャシー・ハンター……フランの娘

地の告発

アン・クリーヴス
玉木　亨　訳

創元推理文庫

COLD EARTH

by

Ann Cleeves

友人であり、わたしが駆けだしのころから代理人を務めてくれているサラへパン・マクミラン社のすべての関係者に感謝します――みなさんは最高の仕事仲間です。

あっという間になくてはならない存在となったモーラに感謝します。

そして、わたしに助言とひらめきをあたえ、わたしの過ちをやさしく許してくださるシェトランドのすべての方々に感謝します。

地の告発

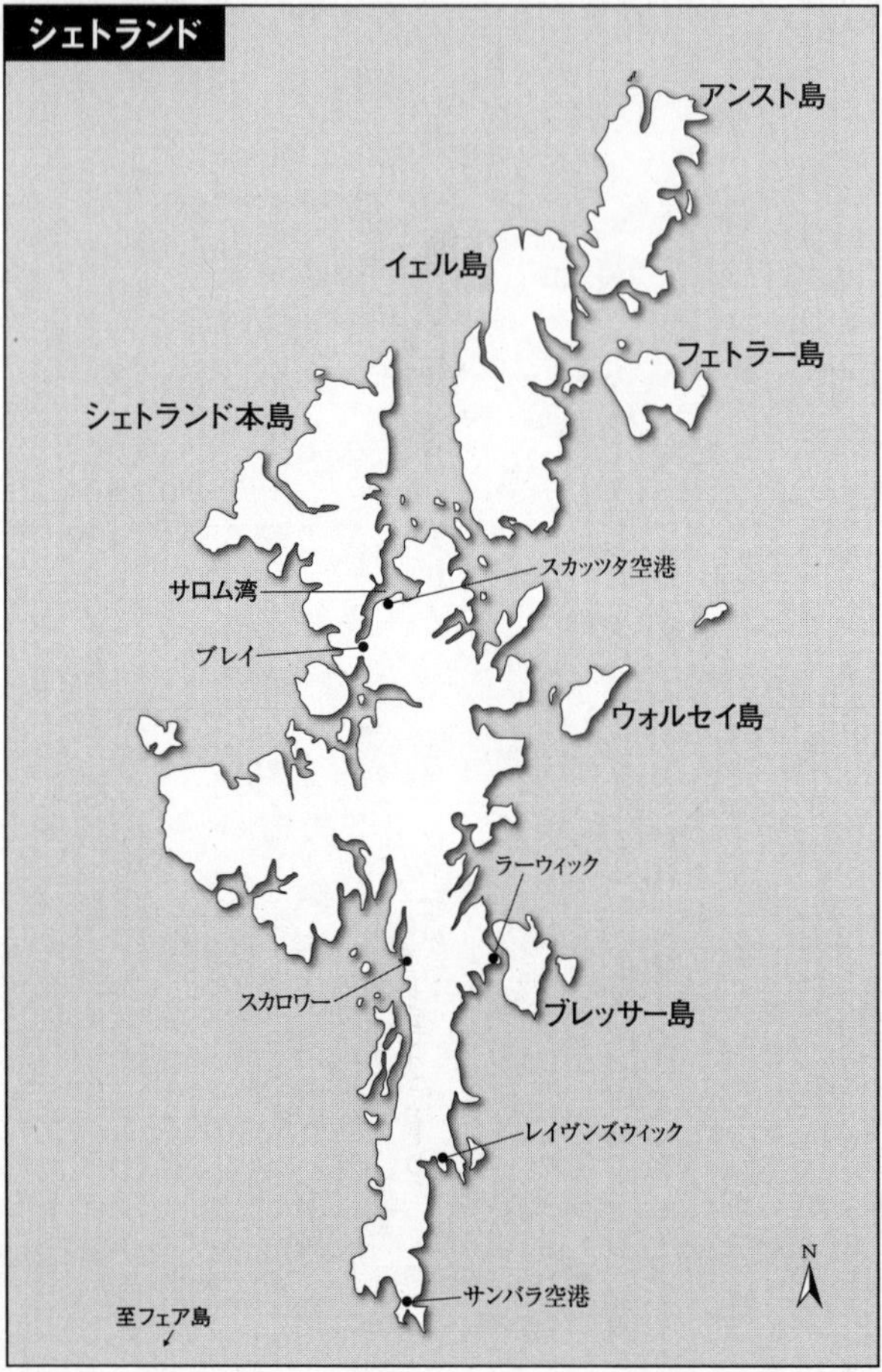
シェトランド
アンスト島
イェル島
フェトラー島
シェトランド本島
スカッツタ空港
サロム湾
ブレイ
ウォルセイ島
ラーウィック
スカロワー
ブレッサー島
レイヴンズウィック
N
サンバラ空港
至フェア島

1

　地滑りが発生したとき、ジミー・ペレスは墓穴のそばに立っていた。故人がファウラ島の出身者だったため、遺体をおさめた棺は島の伝統にのっとって、埋葬地まで二隻の漕ぎ舟で運ばれてきていた。棺の担ぎ手をつとめたのは、故人の遠い親戚たちだった。かれらは祖先の代でイングランドへ移住していたが、その伝統には再現するだけの価値があると考えたにちがいなかった。準備する時間なら、たっぷりとあった。マグナス・テイトが入院先の病院で亡くなったのは、発作を起こしてから半年後のことだったからである。ペレスは日曜日ごとにお見舞いにいき、枕もとで昔の話をした。といっても、マグナスが殺人の疑いをかけられていたころのつらい話ではなく、そのあとで訪れたしあわせな日々の話だ。マグナスは、それまで締めだされていたレイヴンズウィックの地域の催しに招かれるようになっていた。そして、そういったパーティやダンスや日曜日のお茶会を大いに楽しんだ。だが、マグナスがこの病室でのおしゃべりに反応することは一度もなく、彼が亡くなったときもペレスは驚かなかった。

棺は、異変がはじまるまえに墓穴におろされていた。ペレスは地面にあいた穴から、遠くにひろがるレイヴンズウィックの集落のほうへと目を転じた。斜面のてっぺんにあるのが、マグナスの住んでいた〝ヒルヘッド〟と呼ばれる家だった。そのとなりにある礼拝堂を改装した建物が、ペレスが義理の娘キャシーといっしょに暮らしている家だ。もっと海岸寄りのところには、スコットランド長老派の教会とその牧師館——教会本体よりもずっとりっぱな建物で、いまは個人の家として使われている——があった。そのちかくには、〝ギルセッター〟という農場がやっているトンネル栽培のビニールハウスと、道路からは死角になっている小さな農家（そこでいま誰が暮らしているのか、ペレスは知らなかった）。キャシーがかよう小学校はさらに北にあるため、墓地からは見えなかった。岬のむこうにある〈レイヴンズウィック・ホテル〉と北欧風の洒落た休暇用の別荘のたちならぶ一角も、やはり視界の外だ。このレイヴンズウィックが、いまのペレスのふるさとだった。ここ以外の土地で暮らすことなど、想像できなかった。

雨で視界が煙っていた。もう何カ月も降りつづいているように思われる雨。この悪天候のせいで、今年のバイキングの火祭り《アップ・ヘリー・アー》は中止も検討されたが、平時にそうなったことは一度もなく、結局は二週間前に暴風と土砂降りのなかで決行されていた。ペレスは牧師の言葉にふたたび注意をむけながら、心のなかでは、おなじこの墓地で眠っているフランのことを——キャシーの母親である彼の最愛の女性のことを——思いだしていた。

地滑りは、音もなくはじまった。丘全体がそのまま動きだしたかのようだった。そこは一年じゅう牧草地として活用されている丘で、羊が草を根こそぎひっこ抜いていった結果、その下の黒い泥炭がむきだしになっていた。そこへ数カ月におよぶ豪雨の水が染みこんで、土壌が緩んでいたのだ。地形が変化し、隠れていた岩が表面に出てきた。だが、ペレスはこのときすでにマグナスの横たわる墓穴のほうへと視線を戻しており、なにが起きようとしているのかまったく気づいていなかった。

土砂は速度を増しながら、地響きをあげて巨岩や草地の石塀の小石を巻きこんでいった。そして、車にはぶつからずに幹線道路を横切ると、そのまま小さな農家へと突っこんだ。氾濫した川のような勢いで小さな農家の離れ屋を叩きつぶし、母屋の窓とドアを突き破っていく。このときようやく、ペレスはその轟音を耳にし、足もとの震動を感じて、ほかの会葬者たちとともにふり返った。シェトランドでは、墓地は海のそばにある。道路が整備されるまえは、遺体を船ではこんでいたためだ。レイヴンズウィックの墓地は海辺の平坦な谷底にあり、いまそこを目指して、急な斜面を埋めつくす泥と岩屑が速度をあげながら押し寄せてこようとしていた。雷鳴のような轟きが、会葬者たちに警告をはっしていた。一同は凍りついた。そして、つぎの瞬間、ちりぢりになって、より高い場所へとよじのぼりはじめた。ペレスは高齢のご近所さんの身体に腕をまわして、抱えるようにして安全なところへ避難した。中年の女性の牧師は、若手のひとりに手を貸してもらっていた。間一髪のところだった。土砂は墓石をドミノのようにつぎつぎとなぎ倒すと、そのまま砂利浜を越えて海へとなだれこんだ。ペレスが見守るなか、フランの簡素な墓石も押し流されていった。彼女の好きなダイシャクシギという鳥が彫刻家の友人の手によって彫りこまれていた墓石も。

ペレスはすぐに落ちつきを取り戻した。あそこに埋まっているのはフランの抜け殻にすぎないし、彼女のことを思いだすのに墓石は必要なかった。全員の無事を確かめるために、むきなおる。マグナスなら——人生のほとんどを隠遁者としてすごした彼なら——自分の葬式で起きたこの劇的な出来事にどういう反応を示していただろう？ きっと内気な笑みを浮かべてくすりと笑ってから、集会場へ戻って一杯やろうと提案したのではなかろうか。こんな吹きさらしのところに突っ立ってたってしょうがない。そうだろ、みんな《ボーイズ》。なぜなら、牧師をのぞいて、この場にいたのは全員が男だったからだ。これは昔ながらの葬式で、女性は墓地にきていなかった。会葬者はすくなかった。ここ数年、マグナス・テイトをよく知ろうとする気運が高まってはいたものの、それでも彼の人づきあいは、ほぼレイヴンズウィックにかぎられていた。会葬者たちはいま、地滑りの威力に動揺して、立ちつくしていた。遠目には、行き場を失って丘の斜面で呆然としている巨大な羊たちに見えていそうだった。

ペレスはふたたび斜面を見あげた。地滑りがあと一マイル北で発生していたら、レイヴンズウィック小学校は、例の小さな農家とおなじようにめちゃめちゃに破壊されていただろう。小学校よりも地滑りの現場にちかいギルセッターの農場と旧牧師館も、やはり被害を免れていた。ペレスは、爆破されたあとのような農家の残骸に目をやった。

「あそこには、いま誰が住んでるのかな？」あの家にいたものが生存しているとは、とても思えなかった。泥で窒息しているか、土石流に押しつぶされているかの、どちらかだろう。とはいえ、ミニー・ローレンソンが亡くなって以来、あそこに住人がいたという記憶はなかった。

「たぶん空き家だ、ジミー。スチュアート・ヘンダーソンの息子がしばらく住んでいたが、何カ月かまえに出ていった」返事をしたのは、ギルセッターの農場主ケヴィン・ヘイだった。中年の大柄な男で、レイヴンズウィックの土地のほとんどは彼が耕作していた。シャツにネクタイ姿のケヴィン・ヘイを最後に見たのがいつだったか、ペレスは思いだせなかった。おそらく、前回レイヴンズウィックで葬式があったときだろう。彼の黒い髪は雨でずぶ濡れになっており、額にぴたりと張りついていた。まるで絵の具で描いてあるかのようだった。

「そのあとは、誰にも貸し出されていない?」シェトランドでは依然として宿泊施設が不足気味で、一年のこの時期には休暇用の家でさえ、石油やガス関係の出稼ぎ労働者に賃貸しされていた。空き家というのは、ほとんど存在しなかった。

「おれの知るかぎりでは」ペレスに念押しされると、ケヴィンはあまり自信がなさそうだった。「ここ最近、あそこに人がいるのを見かけていないし、家のまえに車がとまっていることもなかった。もっとも、シカモアの木立とトンネル栽培のビニールハウスに邪魔されて、うちから直接あの家は見えないが」

「だとすると、あそこに人が住んでいる可能性は低そうだな」ペレスはいった。ここは町からかなり離れており、車なしで生活するのは困難に思われた。ほかの会葬者たちは、牧師のまわりに集まっていた。彼女は冷静で落ちついており、どうやらその場を取り仕切っているようだった。おそらく、みんなを家へ帰す算段をつけているのだろう。墓地の駐車場は小高いところにあり、そこにとめられていた車は無事だったが、会葬者のなかには地滑りの現場のむこう側に住んでいるものもいた。「とはいえ、いちおう確認しておこう」

丘の斜面には羊道が何本かあり、ペレスとケヴィンはそのうちのひとつをのぼっていった。破壊された家を見おろす位置にくる。地滑りが通過していったいま、聞こえるのは雨音だけだった。地響きのあとの奇妙な静けさ。すでに救急番号には通報してあるので、じきに消防車やパトカーが到着するはずだが、まだその姿は見えていなかった。

農家の外壁はほぼ無傷で残っていたものの、内壁は土石流でだいぶやられていた。屋根の半分が陥没しており、家の内部がわずかに見えていた。どこもかしこも黒かった。泥炭質の土の色だ。ペレスは部屋のなかをもっとよく見ようと、斜面をさらに滑りおりていった。あとにつづいていたケヴィン・ヘイが、ペレスの肩に手をかけていった。「あまり無理するなよ、ジミー。地盤がまだ安定してないから、また地滑りが起きるかもしれない。それに、救助が必要な人は、ここにはいなさそうだ。自分の命を危険にさらしても意味はない」

ペレスはうなずいた。駐車場にたどり着いた会葬者たちが、それぞれの車で北へと走り去るのが見えた。地滑りの現場の南側に住んでいるものは、友人の車に同乗させてもらっていた。全員で集会場へむかっているのだろう。そこには女性たちの用意したご馳走が待っていて、それを無駄にするのは忍びなかった。それに、いまのかれらには温かい飲み物が必要だった。

「おれたちも集会場にいこう、ジミー」ケヴィン・ヘイがいった。「ここでできることは、なにもない」遠くのほうでサイレンの音がしていた。ケヴィンが丘のほうをふり返った。また地滑りが発生するのを恐れているのだ。

「きみはいってくれ。わたしはどうせここに残らなくてはならない」ペレスは家のむこうに目をやった。キッチンの裏にあった差し掛け小屋は完全に破壊されていて、窓ガラスや波型鉄板の屋根はいまごろ泥のなかかと思われた。だが、その先にある石塀──狭い庭とひらけた牧草地とを隔てている石塀──は、ほとんど損傷がなかった。塀についていた木製の門は消えており、どうやら土石流はその狭い開口部を通過していったようだった。開口部の縁が削れて、ほどけた編み物のようにぎざぎざになっていたが、そこ以外はまったく崩れていない。あたりには、土石流が残していった瓦礫が散乱していた。ベッドの頭板。差し掛け小屋にしまわれていたにちがいないプラスチック製のガーデンチェアが二脚。そして、灰色の塀と黒い土を背景にして明るく映えているなにか。血よりも鮮やかな赤い染みだ。

ペレスはそれを目指して斜面を這いおりていった。泥が去ったあとに、ひとりの女性が取り残されていた。赤い絹のドレス。異国風であでやかだ。たとえ地滑りで流されたときに屋内にいたのだとしても、二月のシェトランドには似つかわしくない服だった。女性の髪の毛と目はどちらも黒で、ペレスは自分の先祖につうじる奇妙な血のつながりを感じた。何世紀もまえのペレスの祖先がそうであったように、彼女もまたスペイン人なのかもしれない。ケヴィン・ヘイはすでに駐車場のほうへとむかっており、ペレスは彼女とふたりきりで救急車両の到着を待った。

2

この地滑りで、シェトランドは大混乱におちいっていた。ラーウィックとサンバラ空港を結ぶ幹線道路は、すくなくとも翌日いっぱいは通行止めとなる見通しだった。地滑りで不通となった箇所を迂回するような道路が一本もないからだ。サンバラ空港への到着便は、シェトランド本島《メインランド》の北側にあるスカッツタ空港へと振り替えられた。ここはふだん石油やガス関係の輸送機のみが発着する空港で、いまやその能力は限界ぎりぎりまで活用されていた。この災害によって不便をこうむったビジネス客たちは、シェトランド諸島評議会に苦情のメールを送りつけたあとで――まるで、評議会には自然界の出来事を左右する力があるとでもいうように――フェリーの予約をとった。送電線は使い物にならなくなっていた。地滑りで、電柱が折れたり根こそぎもっていかれたりしたためだ。本島の南側では、電力網が整備されるまえに各個人が使用していた――そして、いざというときのためにとっておいた――小型発電機が復活させられた。残念ながらそれを処分してしまったものは、蠟燭や石油ランプで我慢するしかなかった。

地滑りの翌日、ジミー・ペレスは大忙しだった。彼は上級職の人間なので、その忙しさのほとんどが会議で占められていた。道路をできるだけはやく再開するための評議会との会議。弱者や高齢者が食料や暖房で困らないようにするための社会福祉事業部門との会議。どちらの議題も正確には警察の業務とはいえなかったが、シェトランドでは臨機応変に対応することが求められた。ペレスは、警察署に足止めされていることにも、つぎからつぎへと議論に参加させられることにも、うんざりしていた。雨はまだ降りつづいており、窓の外の灰色の町に目をやると、水平線が雲でぼやけているのがわかった。きょうは日の光がほとんど地上に届いていないように感じられた。

ペレスの同僚たちは、地滑りで命を落とした女性の身元の特定にもっぱら力を注いでいた。わかっているかぎりでは、彼女は今回の自然災害の唯一の犠牲者だった。女性の絹のドレスにはポケットがついておらず、ハンドバッグも未回収なので、本人確認に使えるクレジットカードやパスポートはなかった。消防隊によると、廃墟にはいって彼女の所持品をさがすのはまだ危険すぎるとのことだった。女性の顔の下半分――顎と鼻――は、見分けがつかないくらい損傷が激しかった。後頭部には、いくつか傷があった。おそらく、泥流に押し流されて揉みくしゃにされたあげくに、石塀のところに取り残されたのだろう。だが、なぜか額と目もとはきれいだった。皮膚に切り傷やひっかき傷がついていたものの、形は損なわれていなかった。現場では、その黒い瞳がペレスをじっとみつめていた。最初の衝撃で彼女が即死していたことを――それか、せめて気を失っていたことを――ペレスは願った。自分の身になにが起きているのか知らないまま、亡くなっていてもらいたかった。彼は依然として、現場で感じた奇妙で説明のつかない親近感を彼女に対しておぼえていた。

女性は、あの半壊した農家に滞在していたものと思われた。休暇できていたのだろうか。きようがヴァレンタイン・デイということで、ペレスは彼女が恋人のために赤いドレスを試着しているところを想像した。当日の晩のために、似合うかどうかを確認しているのだ。彼氏に夕食を作ろうと計画していたのかもしれなかった。ドレスとおなじくらい赤いトマトや胡椒を使った、スパイスの効いた地中海料理……。これらが自分の勝手な空想にすぎないとわかっていたものの、それでもペレスはやめられなかった。彼女の名前を知りたかった。

問題の農家は〝トーイン〟という名称で、その現在の所有者はまだ不明だった。どうやら、ここで長いこと暮らしていた高齢の女性は家をアメリカにいる姪に遺贈したらしく、地元のうわさでは、姪はそれを短期契約で——改装するつもりでいたので、長期の入居者は望ましくなかったのだ——貸し出していたという。最後の借家人はスチュアート・ヘンダーソンの息子クレイグで、彼はいま仕事で中東にいた。じつにもどかしい状況だった。じきに亡くなった女性を知る人物が名乗りでて、すべてに筋のとおった説明がつくのだろうが、いまのところは彼女は謎めいた存在のまま、ペレスの想像力をかきたて、彼をおかしな気分にさせていた。

女性の遺体はフェリーでアバディーンへ移送され、そこで病理医のジェームズ・グリーヴによる検死がおこなわれることになっていた。ペレスは歯科治療の記録から女性の名前がわかることを期待していたが、それには数日かかるかもしれなかった。そもそも、女性のかかっていた歯科医を見つけるには、まずその人物像がある程度わかっている必要があった。シェトランドの歯科医をあたってみても無駄だろう、とペレスは考えていた。女性はここに住んでいたわけではなかった。そうであれば、ペレスはその姿を町で見かけるか、レイヴンズウィックの外れで暮らす黒髪の女性のうわさを耳にしていたはずだ。

ペレスは会議の合間にコーヒーを淹れ、自分のオフィスの窓から町役場のほうをながめた。建物の大きな影が、灰色の空を背に浮かびあがっていた。サンディ・ウィルソンがドアを叩いて、部屋にはいってきた。

「ラーウィックのほとんどの不動産業者にあたってみました。あのレイヴンズウィックの農家を管理、もしくは貸し出している業者はいません」

「だとすると、家の所有者を突きとめるしかないな」ペレスは窓の外の雨をながめたまま いった。「地滑りで命を落とした女性は、所有者の友人か親戚だったのかもしれない。所有者はまだわからないのか？」

サンディが首を横にふった。「それを知っていたかもしれない人物は、すでに亡くなっています」

「誰のことをいってるんだ？」

「マグナス・テイトです。彼はおそらく、あの農家でもともと暮らしていたミニー・ローレンソンとは幼馴染みだったと思われます。家を相続した姪にかんする情報を、なにかもっていたかもしれない」

だが、マグナスは発作を起こしたあとで、八十五歳でこの世を去っていた。突然、ペレスは自分がまだ彼のために――ここ数年、自分の人生の一部となっていた老人のために――きちんと悲しんでいないことに気がついた。地滑りで葬式が中断させられたせいで、死者を悼む過程に狂いが生じていた。とはいえ、すくなくともマグナスは、墓地が泥で埋めつくされるまえに、威厳をもって地中に安置されていた。

ペレスがフランと――のちに彼の婚約者となる女性と――出会ったとき、マグナスは彼女のご近所さんだった。彼はフランの葬式の直後に、彼女の家の戸口にあらわれていた。ペレスをまえにして、恥ずかしがり屋の子供みたいにもじもじしていた。手には、キャシーの大好きなお菓子のはいった袋があった。こいつをあの子に。あんたの奥さんはいい人だった。そういうと、彼はくるりと背をむけて、自分の家にむかって斜面をのぼっていった。ただそれだけで、ペレスとおしゃべりしたり、家に招きいれてもらおうとしたりはしなかった。

「あの赤いドレスの女性が所有者ってことはないかな？」ペレスはいった。そう無茶な話ではなかった。たしかに亡くなった女性は異国風でスペイン人っぽかったが、アメリカ人の女性だって赤い絹のドレスくらい着るだろう。

サンディは黙って肩をすくめてみせた。自分が間違えたときのことを考えて、憶測をめぐらすのが好きではないのだ。

「失踪人の届け出がないのは、たしかなんだな？」地滑りに巻きこまれた女性がひとりであの家に滞在していたとは、考えにくかった。ひとりでいたのだとすれば、シェトランドに知りあいがいたのではないか。二月に徒歩旅行や観光でここを訪れるものはすくないし、発見時の服装からして、女性はそういった旅行者ではなかった（それならば、たとえ屋内にいるときでも、ジーンズとセーターに毛織のソックスという恰好をしていただろう）。「捜索隊は、いつ家のなかにはいるんだ?」

「もうじきです」サンディがいった。「あたりが暗くなるまえに。発電機の設置はすんでますけど、家のなかの捜索は日の光があるうちにはじめたいでしょうから」

ペレスはうなずいた。「おまえもそれに立ち会ってくれ、サンディ。ただし、そのまえにラジオ・シェトランドに連絡して、今夜の番組で情報提供を呼びかけてもらうんだ。破壊された家の所有者の電話番号、もしくは連絡先を知りたい。所有者は、貸し出されていないときの家の掃除と鍵の管理を誰かにまかせていたはずだ。あと、身元不明の女性の人相の特徴もながしてもらえ」

「女性の死体は、きのうの晩のフェリーに間に合いませんでした」いま思いだしたとでもいうような感じで、サンディがペレスに伝えた。「だから、今夜のフェリーでアバディーンへむかうことになっています。あちらではジェームズ・グリーヴが待機しています」

「彼が検死にとりかかるまえに、犠牲者の名前がわかっているといいんだが」ペレスはいった。「あらかじめ遺族に説明しておきたいから」ペレスの携帯電話が鳴った。またべつの会議に招集されるのかと思いきや、かけてきたのはレイヴンズウィック小学校の新任の教師キャスリン・ロジャーソンだった。

「ペレスさん、申しわけないのですが、きょうの授業は中止になりました。自治体の土木事業課が丘を調査したがっているんです。道路に崩れてこないように斜面を補強する必要があるかもしれないので。範囲はゲイルズガースにまでおよびます。もしもそのあたりでべつの地滑りが発生した場合、学校は直撃を受けることになりますから、生徒たちを全員退去させるようにとの通達がありました」キャスリン・ロジャーソンはまだ若く、彼女自身がまだ子供のように——正しいことをしようと必死に頑張っている子供のように——聞こえた。ペレスは彼女の父親を知っていた。コマーシャル・ストリートのあたりに事務所をかまえている事務弁護士だ。

「あなたのお仕事中にマギー・トムソンがときどきキャシーの面倒をみているのは、知っています。でも、彼女はいま妹さんのところに出かけていて、帰りの飛行機はキャンセルになりました」

つまりペレスは、これから子供の世話を誰かに頼むために電話をかけまくらなくてはならないわけだった。よりにもよって、こんな大変なときに。キャシーの生物学上の父親であるダンカン・ハンターは、いまスペインにいた。休暇用の別荘を賃貸する会社との取引をまとめるためというふれこみだったが、実際には、もっとも天候が良くないこの時期のシェトランドから逃げだしたのだ。そうする余裕のあるシェトランド人は、一年のちょうどいまごろに休暇をとるようにしていた。

「なんでしたら、わたしがキャシーをラーウィックに連れていって、午後いっぱいうちでお預かりしましょうか」出すぎた真似ととられるのを心配するような、ためらいがちな口調だった。「ちっともかまわないんですよ。それに、こうすれば、とりあえずあなたは彼女が町で無事にしていることがわかる。うちは地滑りの危険がある地域から遠く離れていますから」

「ほんとうにかまいませんか？　学校の閉鎖中に自宅で生徒の面倒をみるというのは、教師の職分をはるかに超えている」

「いいんですよ！」学校の小さなオフィスにいるキャスリン・ロジャーソンの姿が、目に浮かぶようだった。小柄で、きちんとした服装をしていて、生徒たちにはほがらかに接するものの、締めるべきところは締める女性だ。キャシーはこの先生が大好きだった。「学校は、すくなくとも今週いっぱい休校となる予定です。ですから、きょう以外にもキャシーの預け先が必要な場合は、いつでもおっしゃってください」

「それはご親切に、どうも。でも、せっかくですが、あす以降については、こちらでなんとかするようにします」ペレスは居心地の悪さをおぼえていた。相手の好意につけこむわけにはいかないと考えていたからだが、それ以外にも、負い目を感じたくないというのがあった。彼は昔から、他人の助けを受けいれるのがあまり得意ではなかった。「今夜、何時ごろキャシーを迎えにいけるのか、よくわからないのですが」

「うちでいっしょに夕食をとっていってください」キャスリン・ロジャーソンがいった。「母はいつでも大勢をもてなせるくらいの食事を用意しますから」

ペレスが失礼にならずにことわる口実を考えているあいだに、電話は切れていた。

3

二月十四日。サンディはあたらしくできた恋人のことで頭がいっぱいで、なかなか仕事に集中できなかった。ルイーザは、イェル島――シェトランド本島から北にフェリーを一本のっていった先にある島――で教師をしていた。彼女のことは学校でいっしょだったころから知っていたが、つきあいはじめたのはほんの数カ月前からで、サンディはまだ手探りでふたりの関係とむきあっているところだった。ヴァレンタイン・デイといっても週日なので、ふたりで会ってお祝いする予定はなかった。とはいえ、土曜日の晩はいっしょにすごすことになっており、サンディはルイーザに、その日はなにがしたいのかをたずねていた。だが、彼女の返事はあまり助けにならなかった。「あなたにまかせるわ、サンディ」それは一種の挑戦のように聞こえた。彼は不安のあまり、地滑りで通行止めになった道路がこのまま開通せずに、亡くなった女性の身元もわからなければいい、と願いはじめるまでになっていた。そうすれば、仕事を口実にデートを中止できるからだ。

いま彼は、ルイーザに電話をかけるべきかどうかで悩んでいた。きょうがなんの日か、忘れていないことを示すためだ。それとも、そんなことをすれば、感傷的で馬鹿みたいだと思われるだろうか？　ルイーザは、これまでサンディが出会ったなかでもっとも感傷とは無縁の女性だった。彼が店で見かけたピンク色のカードとかは——きらきらしたハートやテディ・ベアや風船の描かれたやつは——絶対に気にいらないだろう。サンディは、彼女のためになにも買っていなかった。結局、メッセージを送ることにした——きょうはずっときみのことを考えている。あとで話そう。これなら、彼女も文句のつけようがないはずだった。

車にむかう途中で、サンディはレグ・ギルバートに出くわした。朝からずっと、そこで待ち伏せしていたにちがいない。レグは『シェトランド・タイムズ』の上級記者で、以前はイングランド中部地方の大手の地方紙で働いていたものの、あたらしく迎えた年若い妻に捨てられたショックから、シェトランドに移ってきていた。外の世界から関心をもってもらえそうなことがなにひとつ起きないこの地で、ニュースのネタをさがす羽目になった男だ。

だが、地滑りが全国ニュースとなったいまは事情がちがった。決め手は、目を覆うような現場の惨状だった。ジミー・ペレスがつねづねいっているとおり、マスコミは言葉よりも視覚に訴えかけるもののほうが好きなのだ。かなり扇情的な見出しのついた記事の一部はレグが書いたのではないか、とサンディは疑っていた。もうすこしで小学校が地滑りに巻きこまれるところだったとか、島の経済はこの悪天候で大打撃を受けることになるといった記事だ。

「よお、サンディ」レグ・ギルバートが例の鼻声でいった。細面のネズミのような顔。門歯が下唇の上に突きだしている。「泥に埋もれて命を落とした犠牲者の身元について、すこしはなにかわかったのかな？」

以前だったら、礼儀正しいサンディはその質問にこたえていただろうが、レグにはさんざん煮え湯を飲まされていたので――文脈を無視した形で発言を引用され、何度も赤っ恥をかかされていた――黙って記者のそばを通りすぎた。

まだ午後のなかばだったが、車で南へむかうあいだ、サンディはヘッドライトをつけなくてはならなかった。冬の薄暗い日々は平気な彼も、この時期は春が待ち遠しくてならなかった。外からの移住者のなかには長い夜で頭がすこしおかしくなるものもいるが、それも理解できた。カーブをすぎると、ふいに前方に地滑りの現場があらわれた。どこもかしこも白い光と黒い影で埋めつくされている。消防士たちが発電機を設置しており、廃墟と化したトーインの農家は明るく照らしだされていた。道路から見ると、とてもシェトランドの景色とは思えなかった。サンディが子供のころから慣れ親しんできたシェトランドとは――羊のいる丘と泥炭の斜面からなるシェトランドとは――まったくちがっていた。人工的な光のなかに大型機械が浮かびあがっているところは、工業地帯を連想させた。発電機はもう一台あって、さらに多くの照明が男たちを照らしていた。道路の土砂を取り除きはじめている作業員だ。道路をふたたび開通させるには斜面を下から補強しなくてはならないが、その方策を決めるには、まず道路をきれいにかたづける必要があった。

サンディは待避所に車を乗りいれた。この待避所は、ふだん観光客がムーサ島をながめるときに利用しているのだが、いまは完全に駐車場になっていた。ここへくるまえにトランクに突っこんでおいたゴム長靴とアノラックを身につけてから、家で作業している男たちのほうへと歩いていく。トーインの農家につうじる小道からは、すでに土砂が取り除かれていた。サンディはこのあたりを車で何百回と通過していたが――空港に親戚を迎えにいくたびに、あるいはサンバラの崖に棲息するツノメドリを訪問客に見せにいくたびに――それでも地滑りのまえの地形をなかなか思いだせなかった。たしか、このみじかい小道は幹線道路から曲がりながら谷を下っていて、その先にはトーインの農家しかなかったはずだ。幹線道路をさらに北へいくと、墓地の拡張にあわせて数年前にあたらしく造られた脇道もあったが、こちらは墓地だけでなく、もっと大きな農家のたつギルセッター――トンネル栽培のビニールハウスのたちならぶヘイ家の農場――にもつうじていた。サンディは小道をおりていきながら、幹線道路から見ることのできた景色を頭のなかで再生した。小道の突きあたりには車を二台とめられる空き地と農家があって、家のまえには柵で囲まれた小さな前庭がついていた。家の裏手にもいくらか土地があり、丘のほかの部分とは石塀で隔てられていた。家の両側には、シカモアの防風林。その木立は、どうやら地滑りを生きのびたようだった。

サンディは目を閉じて、かつてここにあった建物を思い浮かべようとした。漆喰を塗った平屋で、とりあえず外観は伝統的な小農場の農家だった。だが、いまやその面影は跡形もなかった。農家の正面玄関があったところまで、下り斜面にまっすぐな通路ができている。ここで作業をしている男たちが作ったものだ。かれらは高視認性《ハイビズ》のコートに頑丈な鋼鉄先芯入りのブーツという恰好をしていて、ぱっと見には全員がおなじに見えた。これ以上ちかづくと自分が邪魔になるとわかっていたので――サンディの場合、そういうことがしばしばあった――彼はしばらくその場にじっと立っていた。

作業班のひとりがサンディの姿に気づいて、手招きをした。「よお、サンディ！　おりてきてもかまわないぞ。通路の真ん中から外れなければ、危険はない」背後でしている発電機や小型の掘削機の音に負けじと、大声でいう。

この作業員はティム・バートンといって、イングランド西部地方の出身者だった。ラーウィックで消防士となるべくシェトランドに渡ってきて、いまは地元の女の子とつきあっている男だ。ガルバーズウィックで同棲中ということで、もうすぐ子供が生まれるといううわさをサンディは耳にしていた。父親になるというのは、いったいどんな気分がするものなのだろう？　ルイーザとつきあいはじめて以来、サンディの脳裏には、彼女と子供をもつという考えがときおりよぎるようになっていた。だが、そんなことを夢想していたのが間違いだったらしく――通路は滑りやすく、足もとに集中しているべきだったのだ――サンディはぶざまに尻餅をついた。コートは泥まみれになっていそうだった。ティム・バートンは笑ったが、ちかづいてくると、サンディが立ちあがるのに手を貸してくれた。

「作業はどんな具合だい？」サンディは家のほうにうなずいてみせた。

「まだなかにははいれてないが、それもじきだろう」

「ほかにも家に人がいたのか、知る必要がある」

「みんな知りたがってるさ。だが、生きて見つかる可能性はまずないな。作業をはじめて二十四時間ちかくたつが、ここに到着したときから、生存者がいないのはあきらかだった」ティム・バートンがむきを変えて、伸びをした。顔と手に黒い筋がついているのが見えた。

「働きづめなのか?」サンディはたずねた。激しい雨が降りつづくなかで泥にまみれて作業をするのは、悪夢のような体験にちがいなかった。

「いや。二時間ほど休んで、熱いシャワーと温かい食事にありついた。けど、こっちをはやくすませたくてね。現場でなにが見つかるか、確かめたい。ここに残るつもりなら、家にはいれるようになりしだい、知らせるよ。なんだったら、車のなかで待っててくれてもいい。すくなくとも、そこなら濡れずにすむ」

「いや、これ以上は汚れようがないから」サンディはいった。この男たちが泥を掘りかえして家のなかへとつうじる道を切りひらいているときに、自分だけ暖かい車のなかにすわっているのは不公平な気がした。

ものの三十分もたたないうちに、ティム・バートンがサンディの立っている場所に戻ってきた。「屋根を安全な状態にして部屋の瓦礫をほぼかたづけたから、おりてきてもいいぞ。もっとも、見るものはあまりないが」

「人は?」

ティム・バートンは首を横にふった。「いなかった。だが、猫の死骸ならあった。キッチンがあったあたりに」

サンディはティム・バートンのあとから農家にちかづいていった。猫の存在がひっかかっていた。シェトランドへの訪問者が犬を連れてくるというのは、まあ考えられなくもなかった。

だが、飼い猫同伴というのは、一度も聞いたことがなかった。亡くなった女性は、ここに一時的に滞在していたわけではないのか？　サンディはかぶりをふり、おまえはなにもないところで問題を見つけようとしているだけだ、と自分に言い聞かせた。猫は餌や暖を求めて、そこいらへんをうろつきまわる。きっとケヴィン・ヘイの農場にいた猫が、この家にもぐりこんでいたのだろう。

ふたりは正面玄関だったところで足を止めた。ドアは土石流によって蝶番からもぎとられ、たきつけのように粉々に砕けていた。屋根の半分が消防士たちの手で取り除かれており、しつこく降りつづく霧雨で家のなかはずぶ濡れだった。床は厚さ数インチの黒い泥にまだ覆われていて、男性のこぶしくらいある大きな岩や木の根や砂利ででこぼこしていた。湿気と腐敗の有機的な匂い。家の外に設置された投光機の光があちこちに影を生みだしていて、なにもかもが奇妙に見えた。サンディはティム・バートンのあとから家にはいっていった。とても小さな家で、キッチンが居間を兼ねていた。寝室。客用の小さな寝室を改装したとおぼしきシャワー室。難を逃れた家具が数点。ひっくり返って壁に押しつけられたソファ。寝室の泥のなかに奇跡的に無傷で浮かんでいる金縁の鏡。

「亡くなった女性の身元を確認できるものがいるんだ」ジミー・ペレスが求めているのはそれだと、サンディにはわかっていた。「ボスが彼女の名前を知りたがっててね」

「きょうの作業は、もうすぐ打ち切りになる」ティム・バートンがいった。「みんな、くたくたなんだ。なにはともあれ、家のなかに誰もいないことを確認しなくちゃならなかったから。

でも、あんたがここでさがしものをするのに不自由しないように、大きな照明は最後までつけておくよ」

サンディは礼をいって、ティム・バートンが去っていくのを見送った。もうひとり警官を連れてくればよかった、と考えていた。そしたら、冗談をかわしたり、この状況に文句をいったりできたのに。サンディは昔から、ひとりでいるのが苦手だった。

まずは玄関口から捜索を開始した。インヴァネスから出張してくる鑑識のヴィッキー・ヒューイットのやり方にならって、床を四等分する。システムキッチンの一部が壁からはぎとられており、割れた陶器がそれ以外のがらくたのなかに散らばっていた。食器棚のひとつは、まだもとの位置にあった。扉をあけると、なかには天板や平鍋がはいっていた。鋳鉄製の頑丈そうな平鍋がふたつ。それとまったくおなじようなやつをフランが買ったときに、ペレスは馬鹿高かったといっていた。ということは、この家のいまの所有者――もしくは、赤いドレスの女性――は料理をするのが好きなのだろう。ここで以前暮らしていたミニー・ローレンソンがこんな平鍋を使っているところは、想像できなかった。シャワー室は破壊されて細かいプラスチック片と化しており、シャワーヘッドのあった箇所からは水が漏れだしてきていた。便器は泥に覆われていたが、それ以外は無傷のようだった。

サンディは寝室に移動した。ベッドはあったものの、その頭板は消えていた。マットレスはスポンジのように泥水を吸いこんでいて、見る影もなかった。海を見おろす窓とタイル張りの暖炉のあるこの部屋は、さぞかし快適だったにちがいない。ここの屋根はまだ残っていたが、窓ガラスが内側から押し破られ、そこから雨が吹きこんでいた。外はいまや完全に闇につつまれており、部屋を照らすのは外壁の隙間から射しこむ巨大なアーク灯の光だけだった。サンディの影は長くとんがっていて、奇妙に見えた。黒い紙を切り抜いたような感じだった。暖炉の両側には作りつけの収納家具があって、片方には服がはいっていた。ハンガーに掛かった状態のままで、驚くほどきれいだ。女物のコートが一着。サンディは指の泥を拭ってから、それにふれた。濃紺のコートで、とても柔らかかった。平鍋と同様、高価なものに思えた。仕立ての良いボトムスが二本。アイロンのかかったブラウスが数枚。もう片方の収納家具には棚がついていた。きちんと畳まれたセーターが数枚。ハードカバーの本が一冊（『よりよい未来へとむかう考え方』という人生の指南書らしき本）。そして、表面に真珠層をはめこんだ木箱。サンディの祖母ミマもこれとよく似た木箱をもっていて、そこに自分の宝物をしまっていた。サンディは青いラテックスの手袋をはめると、本を証拠品袋にいれた。指紋がついているかもしれないからだ（死体は損傷が激しく、指紋の採取には困難も予想されていた）。それから、棚にあった木箱を手にとり、息を殺して蓋をあけた。

サンディは、なかにパスポートがはいっていることを期待していた。出生証明書なら、もっといい。だが、かすかに白檀の香りがする木箱のなかにあったのは、二枚の写真だった。ふたりの幼い子供をうつした写真と、老齢のカップルの写真。それと、手書きの手紙が一通。ラブレターかもしれなかった。書き出しが〝親愛なるアリスへ〟となっていたからだ。サンディはその先を読まずに、手紙を木箱に戻した。もともと好奇心の強いほうではなかったし、ここは寒くて居心地が悪かった。湿気が服の下まで染みこんできていた。もっとくわしく調べるまえに服を乾かして温まりたかったし、これに最初に目をとおす人物はジミー・ペレスであるべきだという気がした。とはいえ、頭のなかではすでに、人心地がついたところでペレスに電話でなんというかを考えはじめていた――とりあえず、彼女の名前はわかりました。その一部は。

4

ペレスはロジャーソン家のドアを叩いて、応答を待った。もっとよく知っている相手の家だったら、そのままなかにはいっていたかもしれない。いや、それはないか。ここは町なかで、それ以外のところとはやり方がちがうのだ。アバディーンやエディンバラにあってもおかしくないような、がっしりとした石造りの家だった。つい最近バイキングの火祭り《アップ・ヘリー・アー》でガレー船に火がともされたばかりの公園に面している。カーテンがひかれていたので、家のなかは見えなかった。ドアのむこうで足音がして、ドアがあいた。キャスリン・ロジャーソンが立っていた。若い教師は仕事着からジーンズとスウェットシャツに着替えており、よりいっそう若く見えた。靴ははいておらず、靴下はピンクと青の縞柄だった。

「ペレスさん」キャスリン・ロジャーソンがペレスをなかへとおすためにわきへどいた。

「〝ジミー〟と呼んでください」

教師は、ちょっとはにかんだような笑みを浮かべた。「キャシーはキッチンにいます。母の料理を手伝ってくれているんです」

外の冷たい霧雨のあとでは、家のなかはすごく暖かく感じられた。肉と野菜が調理される匂いがしている。ありふれてはいるが、ほっとした気分にさせてくれる匂い。ひき肉とジャガイモだ。ペレスがキャスリンのあとについて家の奥へと進んでいくと、ふくよかな中年女性が調理用こんろのまえで平鍋をかきまわしていた。キャシーは高いスツールにすわって、菓子パンの生地を丸くくり抜いているところだった。顔をあげ、ペレスの姿を目にしていう。「ジャム・タルトを作ってるの」それから、こうつけくわえる。「覚えてる？　あたしがよくママといっしょにこうして作ってたのを？」

ふいに甦ってきた記憶があまりにも鮮明だったため、ペレスはすこし焦げた砂糖とフランの香水の匂いまで嗅ぐことができた。ほんのりとたちこめるテレビン油と絵の具の匂いも。というのも、レイヴンズウィックの家のキッチンは、フランのアトリエも兼ねていたからだ。いま彼は心のなかで、そこにいた。いまもまだキャシーといっしょに暮らしている、海を見晴らすその家に。ふと思い立って、寄ってみたのだ。フランと親しくなって家を訪ねるようになりはじめたころで、まだ春になったばかりだった。フランは彼のほうを見てから、いまよりも幼いキャシーにむかってほほ笑みかけてみせた。キャシーは菓子パンにジャムを詰める作業に夢中になっていた。「すごく不味いだろうけど、ひとつ食べていかなきゃだめよ」フランは娘に聞こえないくらいの小声でペレスにいった。「でないと、この子は一生あなたを許さないから」

いまそのキャシーが、ラーウィックにあるロジャーソン家のキッチンでペレスのほうを見て、彼の返事を待っていた。「もちろん、覚えてるさ」

「この特製タルトをひとつ食べていってもらわないと」キャスリン・ロジャーソンの言葉に、ふたたびペレスの記憶が刺激された。フランが使った言い回しとよく似ていたからだ。「今夜の夕食では、これがプディングのかわりに出るんです」

ペレスは、夕食のまえにさっさとお暇《いとま》するための口実を用意してきていた。だが、またしてもフランの声が頭のなかで聞こえたので、ただうなずいた。「そいつは素晴らしい」

食卓を囲んだのは、四人だけだった。家長のトム・ロジャーソンは、評議会の緊急会議で帰宅が遅くなっていた。彼は弁護士であるだけでなく、人気のある政治家としてシェトランド諸島評議会の議員もつとめているのだ。食事のあいだ話題となったのは、地滑りとそれがもたらす不便さについてだった。

「本島の南に住む人たちは大変よね。仕事で町にこられなくて」キャスリンの母親がいった。メイヴィス・ロジャーソンはオークニー諸島の出身で、その声はシェトランドというよりもウェールズにちかい訛りで上下していた。「道路はいつまた通れるようになるのかしら、ジミー？」

「あしたの昼前までに片方の車線を開通させられれば、と現場は考えています」ペレスはまえの晩ほとんど寝ておらず、キッチンの暖かさと澱粉《でんぷん》たっぷりの食事のせいで眠気を催していた。

「そうなれば、とりあえず空港への経路は確保されます。斜面が崩れないようにするための補強工事が数カ月はつづくので、そのあいだは信号を使った片側交互通行が実施されて、いつもよりも時間がかかることになるでしょうけど」

「今週いっぱいは休校するようにとのお達しがありました」キャスリン・ロジャーソンが皿をさげて水切り台に積みあげながらいった。「あすもキャシーを預かりましょうか、ジミー？ ほんとうにかまわないんですよ。あなたは車で仕事へいく途中に、彼女をここで降ろしていけばいい」

これほど疲れていなければ、ペレスは代替案をひねりだしていただろう。相手の熱心さに、ペレスの頭にふと、彼女をその気にさせてはまずいのではないかという考えがよぎった。それから、自分が彼女よりも十五歳は年上だということ、キャスリンのような美人ならばきっと恋人がいるはずだということに思いがおよんだ。彼女が自分に気があるかもしれないと考えるなんて、自惚れもいいところだった。それに、キャシーがアザラシの赤ちゃんみたいな大きな目でペレスを見ていた。彼はいまだに、キャシーのおねだりに弱かった。

「それじゃ」ペレスはいった。「ほんとうに、ご迷惑でなければ」

レイヴンズウィックにあるわが家に帰りつくと、キャシーはもう寝る時間だった。すこし南では男たちがまだ道路をかたづける作業をしていて、重機の音がかすかに聞こえていたが、最近のキャシーはまえよりもよく眠れるようになっており、悪夢を見る回数も減っていた。

ペレスが紅茶を淹れて暖炉に火をともしたところで、サンディから電話がかかってきた。

「お宅にいってもかまいませんか？　見せたいものがあるので」

「どうした、サンディ？」

「ああ、いいぞ」ペレスはためらわずにいった。フランとしばし暮らしたこの家に同僚が訪ねてきても、もはや押しかけられたと感じることはなかった。「だが、そのまえに聞かせてくれ。あの赤いドレスの女性の名前はわかったのか？」ペレスは名前を知りたかった。すこしでも彼女に実体をあたえたかった。

「ファーストネームのほうは」サンディがいった。「その一部かもしれませんけど」

サンディの到着は、ペレスが予想していたよりもはやかった。きっと、家を出る準備をしてから電話をかけてきたのだろう。ドアをそっと叩く音につづいて、サンディが家にはいってきた。手には小さい木箱とアンスト島の地ビール二本があった。サンディ自身はラガー派だが、ペレスがホワイト・ワイフを好きなのを知っていて、気をきかせたのだ。

「ここが地滑りの北側で助かったよ」ペレスはいった。「さもなきゃ、足止めを食らって、町にもいかれなくなっていただろう」サンディはせかされるのが苦手で、それを知っているペレスは、この雑談で相手に頭のなかを整理する時間をあたえようとしていた。

「さっき、トーインにいってきました」サンディがいった。「家にはいっても安全なくらい、現場はかたづいてました」

「なかに人はいたのか？」だが、いくらサンディでも、そういった事実があればすぐにペレスに報告していたはずだった。

「いえ。でも、猫の死骸がありました」サンディが言葉をきった。「それがなんだかひっかかってて。ほら、もしもあの家が休暇用に貸し出されていたのなら、猫がいるのは変でしょ？」

もっともな疑問だ、とペレスは思った。「あの家の賃貸業務を誰が請け負っていたのかを突きとめないとな。あすの最優先事項だ。もしかすると、〈シェトランド振興会〉とか〈スコットランド観光協会〉のウェブサイトをつうじて、所有者が個人で広告をだしていたのかもしれない。アメリカにいるという家の所有者の電話番号を、きっと誰かが知っているはずだ」間をおいてからつづける。「だが、おまえのいうとおり、家のなかに猫がいたというのは、たしかにすこし気になる」

「亡くなった女性の名前は、たぶん〝アリス〟です」サンディがいった。「綴りの最後がsの。それが正式名かどうかは、さておき。パスポートといった身元の特定に役立つようなものは見つかりませんでしたけど、こんなものがありました」まるで高価な贈り物でもあつかうみたいな慎重な手つきで、サンディが木箱をテーブルに置いた。「戸棚にしまわれていて、地滑りの被害をまったく受けてませんでした」

〝アリス〟か。まず間違いなく略称だな。ペレスが木箱の蓋をあけてみると、なかには二枚の写真があった。一枚目の写真には、庭に置かれた白い木製のベンチにすわる年輩のカップルが写っていた。ベンチの下は砂地のようだった。女性は花柄のサマードレスを着ており、その表情は敵意を感じさせるくらい険しかった。両足をしっかりと地面につけている。男性のほうは脚をすこしひろげてすわり、その古い革のようなしわの寄った茶色い顔に、隙間だらけの大きな笑みを浮かべていた。ふたりとも明るい陽射しに対して、目をすこし細めていた。

「どこで撮られた写真だ？　暑いところという気がするが。ギリシャ？　スペイン？」ペレスはそれがスペインであることを願った。アリスが自分の祖先とおなじ国からきたと思いたかった。彼はタイムとオリーブオイルの香りのする風景を思い浮かべた。

サンディはかぶりをふった。暑い国について、あまり知識がないのだ。シェトランド以外の土地で暮らしたことがないのだから、当然といえば当然だったが。

「どうでしょうね。世界のどこの日当たりのいい公園で撮られたのだとしても、おかしくない写真です。背景がぼけてますし、真夏の天気のいい日にシェトランドで撮影された可能性だってある」

だが、ペレスの心はすでにスペインをさまよっていた。「亡くなった女性の両親かな？　ちょうどそれくらいの年齢だ」

「まあ、そうかもしれませんね」サンディはゆっくりとビールを飲み、ペレスがもう一枚の写真を箱からとりだすのをながめた。

こちらに写っているのはふたりの子供で、五歳と七歳くらいだった。ベンチではなく、遊び場のぶらんこにすわっている。やはり地面は砂地のようだった。年上のほうは女の子で、ショートパンツにセーターを着て、挑むような感じでカメラをにらんでいた。もう一枚の写真の老人男性とおなじくらい歯並びがすかすかだったが、彼女の場合はまたあたらしい歯が生えてくるのだろう。年下の男の子のほうは髪の毛が縮れていて、まわりの老女たちを魅了していたにちがいない笑みを浮かべていた。「そして、このふたりはアリスの子供とか？」

この発言がペレスの独り言であるのはあきらかだったので、サンディは返事をしなかった。ペレスは両方の写真をひっくり返した。裏に名前か日付でも記入されていないかと思ったのだが、なにもなかった。「それじゃ、おまえはどうやって彼女の名前を突きとめたんだ、サンディ？」

「手紙からです」サンディは木箱のほうにうなずいてみせた。「まだ全部は読んでません。あなたが目をとおしてからと思って」

ペレスは目のまえのテーブルに手紙をひろげた。てっぺんに送り主の住所はなかった。筆跡は几帳面で、やや堅苦しかった。しばらくまえに書かれたものにちがいない、とペレスは思った。いまでは年輩者でさえ、メールや携帯電話のテキストメッセージでやりとりをしている。〝書く〟という技術は人びとから忘れられていたし、ペレスがちかごろ受けとる手書きのみじかいメッセージには、どれものたくるようなぞんざいな文字がならんでいた。

親愛なるアリスへ

これだけの年月を経たあとできみがまた島に戻ってくるというのは、じつに喜ばしい！　わたしが本土を訪れた際に重ねたたまの逢瀬はとても楽しいものだったし、きみはいまなお最初の出会いでわたしを魅了したときと変わらぬ美しさをたたえている。われわれはきっと上手くやれるだろうし、ふたりで必ずや素晴らしい未来を築けるはずだ。

手紙の末尾に署名はなく、キスマークをあらわす×印が並んでいるだけだった。これはなにを意味しているのか？　手紙の差出人は妻帯者で、不倫の証拠を一切残したくなかったとか。いまは亡き女性との未来を約束しながらも、用心深く逃げ道を用意していた男。あるいは、手紙の書き手は名前など必要ないと感じていたのかもしれない。アリスは当然、手紙の筆者が誰なのかを知っていたのだろうから。

「現場で見つけられたのは、これだけか？」ペレスは苛立ちを声にださないようにしたが、犠牲者の人生にかんする情報のすくなさにがっかりしていた。あの黒髪の女性について――彼女の両親や子供たち、彼女に惚れていた島の男性について――いろいろと思いをめぐらすことはできた。だが、それらはすべて絵空事にしかすぎず、彼にはもっと具体的なものが必要だった。女性の身元を特定するのに役立つようなものが。

「この本があります。指紋が採取できるんじゃないかと思って」

「亡くなった女性の指紋が警察のシステムに登録されていなければ、意味はない」

「現場は隅から隅まで調べました」ペレスの努力にもかかわらず、サンディは彼の言葉を批判と受けとめていた。「トーインの農家は小さいし、家のなかに物はほとんど残ってませんでした。庭に残されている瓦礫をあたれば、もっとなにか見つかるかもしれません」

ペレスはすぐには返事をしなかった。「ラジオ・シェトランドでおこなった情報提供の呼びかけへの反応は？」

「ジェーン・ヘイから連絡がありました」サンディがいった。「ラジオで説明されたような女性を二、三日前にブレイの協同組合の売店で見かけたかもしれない、とのことでした。あした、彼女に会いにいってきます」ここで言葉をきる。「まともそうな感じの女性で、彼女がそういう作り話をするとは思えません」

「いや、わたしが話を聞きにいこう」ペレスはみずからの手で、亡くなった女性の人間像に命を吹きこみたかった。馬鹿げた考えだったが、自分を抑えられなかった。「ジェーン・ヘイはご近所さんだから、仕事へいく途中で立ち寄ることができる。ヘイ家の地所は、トーインのすぐとなりだ。ケヴィン・ヘイはトーインで人の姿を見かけなかったといっていたが、奥さんはちがうのかもしれないし」

サンディが立ちあがり、ペレスは彼を戸口まで見送った。ふだん、このあたりは静かで暗かった。街灯は一本もなく、マグナスの家はまだ無人だった。だが今夜は、すこし南にいったところで男たちが道路の土砂を取り除く作業をつづけており、強力なアーク灯が丘全体に奇妙な影をいくつも投げかけていた。

5

ジェーン・ヘイは木製の椅子に腰をおろすと、輪になってすわっているほかの人たちにうなずきかけた。今夜はいつもよりも参加者がすくなかった。地滑りのせいで集会にこられない仲間がいるにちがいない。ジェーンは紅茶をすすり、遅れているものたちの到着を待ちながら、ここへくるたびに感じる落ちつきと感謝の念に気持ちをむけた。会場の暖房はキャラー社のガスストーブで、鼻と喉の奥にガスがひっかかったが、それはいつものことで、もはやこの集会の一部となっていた。

アルフ・ウォルターズが簡単な歓迎のあいさつを述べたあとで、集会ははじまった。ジェーンは咳ばらいをした。自分の番がくるのを待つあいだ、すこし緊張する。この会に参加するようになって十一年以上がたつが、それでもまだかすかな不安をおぼえた。

「わたしはジェーン。アルコール依存症です」

ジェーンは断酒会が終わったあとも、半時間ほど会場に残っていた。若い女性の相談役《スポンサー》をつとめていて、彼女の様子を確かめたかったのだ。その女性はレイチェルといって、ギルバート・ベイン病院の緊急治療室で医師をしていた。この会に参加するようになって三カ月になるが、まだ悪戦苦闘している最中だった。職場でストレスの多い一日をすごしたあとで、彼女の同僚たちは緊張をほぐすために一杯のワインに助けを求める。だがレイチェルにとっては、ワイン一杯では──それをいうなら、一本でも──足りなかった。彼女はいまだに、ときおり夜明けまえにジェーンに電話してきていた。そういうときの彼女は、すごく酔っぱらっているか、ジェーンの支えと励ましを必要としていた。「ごめんなさい。あたしって、ほんとうにだめな人間だわ」彼女がすすり泣いているのが、電話口のむこうから伝わってきた。

ジェーンは彼女のいまの状態をよく理解しており、いつも根気よく応対した。「あなたはだめな人間なんかじゃない。これは病気で、その治療は過酷よ。あなたがいま受けているのが癌の化学療法だったら、そんなに自分に対して厳しくしないでしょ」

ケヴィンはこうした深夜の電話に対して、それほど寛容ではなかった。「またアル中仲間のひとりが酔っぱらって電話してきたのか?」

ケヴィンはジェーンが断酒会に参加するのを、一種の自虐的な耽溺《たんでき》とみなしていた。今夜も家を出ていくジェーンにむかって、こう説得しようとした。「きみが酒を断ってから、もう何年もたつ。子供たちが学校にかよいはじめた直後から、一滴も飲んでない。それなのに、どうしてまだあんなものが必要なんだ? きみに週にふた晩も町に出かけられてたら、いろいろと不便なんだ。それに、こんな悪天候の夜にきみが外にいるかと思うと、心配でたまらない」

ふだん、ジェーンはこういう文句を聞き流すようにしていた。自分には夫を変えることはできない。夫が彼女を変えることができないのと同様に。だが、きょうは一日じゅう気が張りつめていた。降りつづく雨と地滑りの現場からかすかに聞こえる重機の音で、神経がぴりぴりしていた。息子たちもむっつりと不機嫌で、夕食の席でたがいにやりあい、両親に対してはそっけないうなり声で返事をした。兄弟といってもまったく性格がちがうので、いつもならふたりは上手くやっていた。だが、今夜は兄と弟のあいだに敵意が存在しているのが感じられた。なにか鬱々とした激しい感情だ。ジェーンの緊張は、両腕と背中のこわばり、顔の神経のひくつきという形であらわれてきていた。

「それじゃ、あなたはわたしが飲んでるほうがいいわけ?」そのときキッチンにいたのは、ジェーンとケヴィンだけだった。息子たちは自分の部屋にひっこんで、それぞれのコンピュータ画面で人を殺しまくってストレスを発散していた(というか、ジェーンはそう考えていた)。ジェーンは自分が震えているのがわかった。甲高い声は、ほとんど制御が利かなくなっていた。「あなたはわたしが夜の闇に消えたあとで、朝早くタクシーでへべれけになって帰ってくるほうがいいわけ? 自分がどこにいたのかもわからず、子供の世話もできないクズ人間でいるほうが?」

ケヴィンはしばらく黙ってジェーンをみつめていた。「どうかな」そういうと、顔をそむけて窓の外の暗闇をのぞきこんだので、ジェーンには夫の表情が見えなかった。「あのころのきみは、いまよりもずっと楽しかった。すくなくとも、おれたちのあいだには笑いがあった」

そのあとでケヴィンはすぐにむきなおると、ジェーンを抱きしめて、謝罪の言葉を口にした。だが、ジェーンは夫の声にひそむ物悲しさに気づいていた。ケヴィンが感情を爆発させたのは自分を中年だと感じているせいだ、とジェーンはみずからに言い聞かせた。若き日の自分を懐旧の念とともに思い返しているのだ。だが、いま車を運転して集会から農場へと戻りながら、ジェーンはそのことにあまり確信がもてなくなっていた。何年かぶりに、飲みたい衝動に駆られていた。〈テスコ〉はまだ開店していた。ワインのボトルを買って駐車場のいちばん隅に陣取れば、誰にも見られずにすむだろう。ボトルがねじ蓋式ならば、なんなく開封できる。アルコールが血流のなかに染みこんでいく感覚を想像する。それで緊張がほぐれるはずだ。背中のこわばりが消え、ささくれだった神経が鎮められる。一本まるまる飲む必要はない。一日の不安を忘れさせてくれるだけの量でいい。そのあとで車を運転して自宅へ戻り、ケヴィンや息子たちにもっとほがらかに接する。そして、ここ何週間かなかったくらいすんなりと眠りにつく。誰もそのまえの行動を知る必要はない。

ラーウィックの外れの環状交差路《ロータリー》で、ジェーンは車をスーパーマーケットの駐車場に乗りいれようとして方向指示器《ウインカー》を出した。だが、ぎりぎりになって心変わりしたため、うしろにいたタクシーの運転手から警笛を鳴らされ、女性ドライバーについての罵声を浴びせられた。ジェーンはそれを無視して、そのままギルセッターにむかって南へと走りつづけた。

家に着くと、ケヴィンが彼女の帰りを待っていた。薪ストーブには火がはいっており、蠟燭が何本かともされていた。本物のコーヒーと蜜蠟と泥炭の匂いがした。

「これはいったい、どういうことなの？」ジェーンは居間の入口でコートとブーツを脱いだ。居間は彼女が家のなかでもっとも気にいっている場所だが、ふだん家族がもっぱらすごすのはキッチンだった。ケヴィンは目のまえのテレビをリモコンで消すと、彼女を出迎えるために立ちあがった。たぶん、そこでうとうとしていたのだろう。起き抜けのときの、あの髪がくしゃくしゃになった少年のような様子をしていた。

「きょうはヴァレンタイン・デイだ。たまには、それをきちんと祝おうかと思って」

ジェーンは夫にちかづいていった。素足だったので、磨きあげられた床板と羊皮の敷物のちがいが強く意識された。

「それと、さっきは悪かった」ケヴィンがいった。「すごく馬鹿なことをいって。自分でも、なんであんなことを口にしたのかわからない。この天気にいらついてたのかもな。それで、誰か当たり散らす相手が必要だったんだ」ケヴィンは先をつづけようとしていたが、ジェーンにはその内容がわかっていた。きみなしでは、やっていけない――家政婦や母親にいうようなことだ(ただし、それよりも感情をこめて口にされるだろうが)。ジェーンは人指し指を夫の唇にあてて黙らせると、彼を抱きしめた。

その翌朝にジミー・ペレスが訪ねてきたとき、ジェーンはちょうど息子たちをバスの乗り場に送りだしたところだった(かれらが小さかったころとおなじように、手をふって)。上の息子のアンディはすでに高校を卒業していたが、いまも毎日町に出かけていた。卒業後、彼はグラスゴーの大学に進んだ。英文科で、ジェーンは息子がそれに夢中になるだろうと考えていた。アンディは潑剌とした子で、昔から冒険心にあふれており、母親に自分の読んだ本や観た映画のことをよく話してくれていたからだ。だが、クリスマスに帰省したとき、アンディはもう大学には戻らないと宣言した。理由は明かされず、議論の余地はなかった。彼はラーウィックにある〈マリール芸術センター〉のバーで仕事を見つけた。自分とおなじ芸術家タイプの若者たちと働くのが性にあっているらしく、音楽の生演奏がある日は遅番も厭わなかった。

弟のマイクルのほうは、最初から島を出るという野心をもちあわせていなかった。上級の資格試験のための努力はつづけていたものの、高校卒業後は家業を手伝うものと、みんなから思われていた。昔から学究肌というよりは実務家肌として知られていたし、彼には自分をこの地につなぎとめるジェマという恋人がいたからだ。ふたりは十五歳のころからつきあっており、すでに、すっかり落ちついた夫婦のような雰囲気をかもしだしていた。自分がおばあちゃんになる日もそう遠くないだろう、とジェーンは考えていた。

息子たちが出かけたあとだったので、ジミー・ペレスが訪ねてきたとき、家のなかは静まりかえっていた。ケヴィンは道路をかたづける仕事を自治体から請け負っており、しばらくまえに家を出ていた。表情は明るかった。夫婦のあいだの揉め事は解決済み、と感じているのだ。彼はもやもやとした状態が大嫌いだった。ジェーンがキッチンの窓から外をながめていると、ジミー・ペレスが幼い娘とともにやってくるのが見えた。

「子供連れで申しわけない」ペレスが女の子のほうにうなずいてみせた。「週明けまで学校がお休みで、この子はキャスリン・ロジャーソンが預かってくれることになっているんだが、ラーウィックへいくまえにこちらへ寄らせてもらおうと思ってね」

「コーヒーを飲んでいく時間はある?」そういいながら、ジェーンは朝食の汚れた食器を皿洗い機にいれておいてよかったと考えていた。散らかっているのが嫌いなのだ。彼女はこの家を誇りにしていた。ケヴィンとここへ越してきたのは結婚してまもなくのことで、それと入れ替わるようにして、彼の両親は町にある現代風の小さな家へと移っていった。この農家は一九七〇年代のはじめにケヴィンの父親によって近代化されて以来、新婚夫婦があらたに入居するまで、まったく手を入れられていなかった。はでなオレンジ色の壁紙。それと調和しない色の絨毯。どちらも、がらくたの山に隠れてほとんど見えなくなっていた。ジェーンはその家をケヴィンとともに拡張し、自分の好みにあうように仕上げていった。

「コーヒー？　もちろん」そういって、ペレスが笑みを浮かべてみせた。おとぎ話に出てくる海賊のような浅黒い肌。ものすごくハンサムだった。

ジェーンはキャシーのためにクレヨンと紙を見つけてくると、少女をテーブルのまえにすわらせてからたずねた。「それで、なんの用かしら、ジミー？」

「われわれは、トーインに住んでいた女性の身元を突きとめようとしている。地滑りで亡くなった女性だ。きみは電話をくれただろ。彼女を見かけたかもしれないといって」

「ええ」ジェーンは断酒会へ出かけるまえにラジオ・シェトランドで女性の風貌にかんする情報を耳にし、思わず警察署に電話をかけたのだった。そのとき、ちょうどケヴィンがキッチンにはいってきた。そして、彼女が自分の見た女性のことを説明しているのを聞くと、顔をしかめた。

「おれもきのうトーインにいた。ジミーといっしょに」通話を終えたジェーンにむかって、ケヴィンがいった。

「そんなこと、なにもいってなかったじゃない！」女性の死体が浜辺の漂着物よろしく泥流によって打ち上げられているのを見たというのは、大変な出来事に思えた。夫がそのことを自分に黙っていたなんて、ジェーンには信じられなかった。

「ジミーが死体を見つけるまえに、おれは現場を立ち去ってたんだ」ケヴィンはつづけた。

「救急車があらわれるまで、そのことはなにも知らなかった。連中のために通り道を作るのを手伝っただけだ。それに、あまり思いだしたくなるようなことじゃないからな」いまにして思うと、まえの晩のふたりの口論は、そこからはじまったような気がした。実際には見てもいない女性の死体についてケヴィンがくよくよと考え、それをほかの人とわかちあうのは耐えられないとでもいうように自分だけの胸にしまっておいたところから。

ジェーンはペレスが自分の説明を待っていることに気づいて、例の身元不明の女性との出会いについてくわしく思いだそうとした。「わたしはブレイにいってたの」という。「イングリッド・ユンソンとおしゃべりするために。今年は彼女にうちの商売を手伝ってもらえないかと思って。彼女のところにはトンネル栽培のビニールハウスがふたつあるから、うちのために何種類か作物の栽培を頼めるかもしれないでしょ。うちは場所が足りなくなってきているのよ」

ペレスがうなずいた。「商売のほうは?」

「絶好調よ!」息子たちが学校にかようようになると、ジェーンは小農場で自身の事業を立ちあげていた。ハーブや果物やサラダ用野菜をビニールハウスで育てるのだ。はじめはぼちぼちだった商売は、やがて軌道にのった。いまではシェトランドのホテルやレストランのほとんどが彼女のところの生産物を仕入れていたし、スコットランド本土やもっと遠くからも輸出しないかという打診がきていた。農家のすぐそばにたつトンネル栽培の巨大なビニールハウスは、三つに増えていた。それらは風のあたらない場所に設置されていたが、それでも毎年いまの時期になると、ジェーンはケヴィンの手を借りてビニールハウスに漁網をかぶせ、風で吹き飛ばされないように、その端を杭で地面に留めなくてはならなかった。

ジェーンは説明をつづけた。「ブレイの協同組合に立ち寄ったのは、そこの売店で昼食になるようなものを買うためだった。そのとき、地滑りで亡くなった女性を見かけたの。きっと彼女に間違いないわ。シャンパンを買っていた」ジェーンはいまだに、ほかの人がどんな飲料を購入しているのかに目がいった。その癖がなくなることはなかった。ふいにある考えが浮かんできて、言葉をきる。「もしも彼女がトーインの農家に住んでたのなら、どうしてはるばる北のほうのブレイで買い物なんかしてたのかしら？　ラーウィックの店のほうが品揃えがいいし、ここにずっとちかいわ」

「どんな女性だったのかな？」ペレスの声は小さく、テーブルの反対端にいるキャシーの耳には届いていないようだった。

「とても濃い肌色で、異国風な感じがした」ジェーンはいった。「それと、美しい黒髪をしていた」

「年は？」ペレスがコーヒーから目をあげた。

「若くはなかった。三十代後半かしら。実年齢よりも若く見える四十代とか？　髪に白髪はまじっていなかったけど、ちかごろでは、そんなのボトル一本でどうにでもなるから、あんまりあてにはならないわよね」

「彼女がしゃべるのを耳にしたかな？　どういった訛りだったかわかると、すごく助かるんだが」

ふたたびジェーンは、自分がブレイの売店にいるところを思い浮かべた。店は混みあっていて、ふたつのレジに客がならんでいた。例の女性はジェーンのとなりの列にいた。興味があったので、こっそり横目で観察していたのだ。「シェトランドの訛りではなかった」ジェーンはペレスにむかっていった。女性とレジ係の男性はあまり言葉をかわさなかったものの、シャンパンについてのやりとりがあった。なにかのお祝いですか、と男性店員がたずねていた。

「イングランド人？」

「かもしれない。強い訛りはなかったけれど、本土からきた人だと思う」ジェーンは言葉をきった。「でも、たしかじゃないわ。彼女はふた言三言しかしゃべらなかったし、まわりはざわついてたから。世界のどこからきた人であっても、おかしくない」

「女性は現金で支払いを？　「それともクレジットカードで？」ペレスはゆったりとした声でしゃべっていたが、ジェーンにはそれが重要な意味をもつことがわかった。

ジェーンは首を横にふった。「ごめんなさい。そのときちょうど自分も支払いをしてたから、見てなかった」

「彼女が店を出たあとでどこへむかったのかは？」

ジェーンはまたしても頭のなかで、あの日の出来事を再生した。午前中ずっと降りつづいていた霧雨のあとで、突然の土砂降りに見舞われていた。ジェーンはそれが通りすぎることを願って、店の入口に立っていた。店の駐車場は歩いてすぐのところにあったが、そこにとめてある自分の車まで走って戻るあいだに、ずぶ濡れになってしまうだろう。あの黒髪の女性もそこにいただろうか？

「彼女には車のお迎えがあった」いまや、それがはっきりと見えていた。一台の車が店の入口ちかくに横づけされる。黒髪の女性は、雨が弱まるのを待っているほかの客たちをそっとかきわけて進みでると、土砂降りのなかを車のほうへと駆けていき、そのまま乗りこむ。

「本人が運転していたのではなく？」ペレスはメモをとりはじめていたが、ここで顔をあげた。

「ええ、彼女は助手席に乗りこんだわ。ほかのみんなは羨ましがっていた。たとえ駐車場まで走ったとしても、どうせ濡れネズミになるとわかっていたから」

「運転していた人物の顔は見えた？」

ジェーンは首を横にふった。「彼は店から離れたほうにすわっていた。助手席側のドアが店の入口のまえにくるように車をちかづけてきたの」

「でも、彼だと思った？」

「確証はないわ」ジェーンはいった。「わたしが勝手にそう思っただけかもしれない。彼女がシャンパンを買ってたから。ヴァレンタイン・デイの直前だったし」

ペレスが笑みを浮かべて、その連想に理解を示した。「車について、なにか覚えているかな？」ペンを置いて、すべての注意をジェーンにむける。

ジェーンはしばし目を閉じて、頭のなかのイメージを固定させようとした。「黒っぽかった」という。「家族向けの中型セダン。でも、雨が激しかったし、あたりは薄暗くて、色がすべて褪せて見えたから。それに、どこのメーカーかはわからない。車には興味がないの。ナンバープレートなんて、気にもとめなかった」

「そこまでは期待してなかったよ」ペレスはにっこり笑ってみせたが、ジェーンには彼ががっかりしているのがわかった。

「うしろのバンパーに、シェトランドの旗が貼ってあった！」その記憶がいきなり甦ってきた。「店の明かりがあたって、青地に白い十字が薄闇のなかではっきりと見えたの。変だと思ったわ。だって、女性は地元の人間じゃないと考えていたから」

ジェーンの言葉を聞いて、ジミー・ペレスの顔がぱっと明るくなった。フランが生きていたころ、ペレスがよくこんな風に笑っていたのを、ジェーンは思いだした。まるでフランから、お気楽になる許可をあたえられていたかのようだった。最近のペレスは、ふたたび険しい顔をした責任感たっぷりの男に戻っていた。

「このあたりで彼女を見かけたことは？」ペレスがコーヒーから顔をあげた。「ここはトーインにいちばんちかいご近所だ。ブレイで目撃したのとおなじ車がトーインにとまっていたりとかは？」

「いいえ」ジェーンはいった。「車は一台も見てないわ。でも、ここからトーインまでは、それほど見通しがいいとはいえないから。あちらの農家は丘の窪みにあるし、木立で隠されているでしょ」ジェーンは言葉をきり、記憶をさぐった。「でも、トーインの農家に明かりがついているのを見たことがある。浜辺まで散歩にいったあとで、帰りに近道をしたときに」

「いつごろだった？」

「ひと月ほどまえよ。大晦日のあと、バイキングの火祭り《アップ・ヘリー・アー》のまえ」ジェーンはそのときの情景を思い浮かべた。午後四時ごろで、すでにあたりは暗くなっていた。その日は断酒会のある晩だったので、急いで家に戻ろうとしていた。遅れずにラーウィックに着けるように、夕食の準備にとりかかりたかった。そのとき、トーインの農家から明かりが漏れているのが目にはいった。その光で小道が照らされていたのでありがたかったが、同時に気まずさもおぼえていた。なぜなら、厳密にいうと彼女はそのとき、よそさまの家の庭を無断で通過していたからだ。

「家のなかには人がいた？」

「ええ」ジェーンはなかの人物がふり返らないことを願いつつ、急ぎ足で窓のまえを通りすぎていた。「女性よ」

「それがブレイで見かけた女性と同一人物である可能性は？」

ジェーンはうなずいた。「たしかに、彼女は黒い髪をしていた。長い黒髪よ。でも、見えたのはうしろ姿だけで、顔はわからなかった」ジェーンはさらにつづけようとしたが、正直なところ、これ以上つけくわえることはなにもなかった。

「すごく助かったよ」ペレスがいった。「ほんとうにありがとう。あと、きょうありつけるであろう唯一のまともなコーヒーにも、感謝だ」

ジェーンはペレスとキャシーを見送るため、いっしょに中庭に出た。トーインで暮らしていた女性のことが頭から離れなかったが、そのときふと、まったく関係のない考えが頭に浮かんできた——ジミー・ペレスは、きっといい旦那さまになるだろう。

6

警察署に着くと、ペレスは自分のオフィスからブレイの協同組合に電話をかけて、店長と話がしたいといった。

「三日前の販売記録を見せてもらいたいのですが。二月十二日。商品はシャンパンです」

「モエ・エ・シャンドンが特売になっていました」間があいてから、店長がつづける。「自社ブランドのチョコレートといっしょに。ヴァレンタイン・デイがちかかったので」

「ですよね」ペレスは、フランと迎えた最初のヴァレンタイン・デイのことを思いだしていた。彼女をラーウィックの水辺にあるわが家に招いて、手料理をふるまったのだ。とりたてて手の込んだ料理ではなかったが、ペレスは細かいことまで覚えていた。冷凍庫にあったフェア島産の子羊の肩肉と乾燥アプリコットを使ったモロッコ料理。彼はインターネットで見つけた調理法を、きっちりと守った。窓の外の海峡《スンド》をフェリーがいきかうなか（シェトランド本島とブレッサー島を結ぶフェリーだ）、ふたりはいっしょに北アフリカへいく話をし、香辛料の市場や砂漠についてあれこれ思いをめぐらせた。ペレスの脳裏にいきなり甦ってくるこうした記憶は、かつてほどの痛みをもたらすことはなくなっていたが、それでも彼を動揺させ、集中力を失わせた。

「シャンパンはよく売れました」店長のイングランド訛りの声が、ペレスの回想に割りこんできた。「うちの従業員が、いちいちそれを覚えているかどうか」

「だいたいの時刻を指定したら、そのころのクレジットカードによる販売記録を確認することはできますよね？　カードの名義人を知りたいんです」

「可能なはずです。すこし時間はかかるかもしれませんが」店長はそれにかかる手間を考えて、あまり熱のこもらない口調でいった。「こちらから電話をかけなおすということでよろしいでしょうか？」

「従業員の話を聞くために、そちらに人をやります」ペレスはいった。「一時間以内に。それまでに先ほどの情報を用意しておいてもらえると、助かります」ペレスは思わずきつい口調になっていた。ジェームズ・グリーヴは、いまごろもう検死にとりかかっているだろう。遺体が船でアバディーンに届きしだいはじめる、と約束してくれていたからだ。あの黒い瞳の女性が名無しの死体として身体を切りひらかれるかと思うと、ペレスは耐えられなかった。

ペレスが通話を終えたところで、サンディがドアから顔をのぞかせていった。「トーインの所有者については、まだ調査中です。地滑りは全国ニュースになったから、所有者のほうから連絡してきてもよさそうなもんですけど。保険の手続きをはじめるためだけにでも」

「なにか手がかりはないのか？」

「スチュアート・ヘンダーソンに話を聞いてみました。去年、彼の息子のクレイグがトーインの農家を二カ月ほど借りてたので。父親によると、クレイグは石油業界で働いていて、いまは請け負い仕事でアラブ首長国連邦にいるそうです。でも、契約期間が終わって、ちょうどこちらに帰ってくるところだとか。週末には実家に戻っているそうなので、すくなくとも、そのときに彼から所有者の連絡先を聞けるでしょう。賃貸契約はすべて、個人間のやりとりでおこなわれてたんじゃないですかね。あの家が休暇用の貸し家として、あるいはふつうの賃貸物件として広告されているところは、一度も見たことがありませんから。〈シェトランド振興会〉も、あの家についてはなにも知りませんでした」サンディは部屋のなかまではいってくると、ペレスの机のむかいに腰をおろした。「ジェーン・ヘイからは、なにか役にたつ情報を得られましたか？」

「ジェーンは地滑りの前日に、ブレイにある協同組合の売店で女性の買い物客に目をとめていた。お昼どきだ。彼女が描写してみせた女性は、われらが〝アリス〟と一致している。その協同組合にいって、従業員と話をしてきてくれ。その女性が常連客かどうかを確認するんだ。常連だとすれば、彼女はシェトランド本島の北《ノース・メインランド》側で働いていたのかもしれない。サロム湾とか、あの辺のホテルで。彼女はひとりではなかった。男に車で拾ってもらっていた。バンパーにシェトランドの旗のついた地元の車だ。ジェーンによると、女性はシャンパンを買っていた。その日のクレジットカードによるシャンパンの販売記録を調べておいてくれと、店長に頼んでおいた。名前が確認できるかもしれないから」

サンディがオフィスを出ていった直後に、電話が鳴った。

「ジミー」ジェームズ・グリーヴは長年アバディーンで働いていたが、いまだに西海岸の訛りが抜けていなかった。「ちょっとした問題があるかもしれない」

「どんな問題です?」ペレスは依然として、身元確認の件が気にかかっていた。写真にうつっている子供たちはもう成人しているのかもしれないが、おそらくは母親を失っており、そのことを伝える必要があった。それに、もう一枚の写真にうつっている年老いたカップルが犠牲者の両親だとするならば、かれらは子供を失ったことをまだ知らずにいた。

「そちらから送られてきた女性は、事故で亡くなったわけではなかった。頭への殴打《おうだ》と顔の挫傷は、死後の傷だ」

「地滑りで亡くなったのでないとすると、死因はなんなんです?」ペレスは自分があまり驚いていないのを不思議に思った。彼女が着ていた場違いなドレスのせいかもしれない。シェトランドにはまったく似つかわしくない異国風のドレス。それを着ていた女性の死は、やはりおなじようにドラマチックであるべきだという気がした。ペレスはオペラに出てくるような華々しい自殺を想像した。

「絞殺だ。地滑りによる損傷の下に、索痕が隠されていた」

「自分で首を吊ったのではなく?」ペレスの思考は、まだメロドラマっぽい自殺から離れられずにいた。

「ちがう!」強い否定の言葉が返ってきた。

「点状出血は見られませんでした」ペレスは、現場で目にした犠牲者の黒い瞳を思いだしていた。破裂した血管はひとつもなかった。

「そうかね？　まあ、きみが見たときは光の具合があまり良くなかったのかもしれないし、彼女の顔は大量の泥で覆われていた。もしかして、わたしの判断に疑義を呈しているのかな、警部？」ジェームズ・グリーヴの声にはからかうような響きのほかに凜としたものがあり、ペレスはいま自分が危険な領域に足を踏みいれていることを悟った。ジェームズ・グリーヴはこの仕事におけるおのれの優秀さを自覚しており、自身の見解がそのまますぐに受けいれられることに慣れていた。

ペレスは現場ではじめて死体を見たときのことを思いだそうとした。たしかに、病理医のいうとおりだった。雨が激しく降っていたので、視界はほとんどきかなかった。自分が頭のなかで抱きつづけている女性のイメージは、理想化された作り物にすぎないのだろうか？　あの犠牲者のことが頭から離れなくなったのは、たんにはっきりと見えなかったせいなのか？　「ほかにわかったことはありますか？」

「索痕は、幅が狭くて硬い物体によって生じたものだ。革製のベルトとか。それくらいの幅だ。ただし、バックルの痕はなかった。窪みがいくつか残っているから、ベルトだとすると、浮き彫りが施されていた可能性がある。それが凶器の特定につながるかもしれないな」病理医は言葉をきった。「彼女の服は分析にまわした。地滑りによる汚れとそれ以前からの付着物を区別するのは、まず無理だろう。爪の下の残留物についても、同様だ。泥の下から皮膚の断片が見つかるかもしれないが、それが彼女自身のものだとしても不思議はない。首に巻きつけられた索状の凶器をひきはがそうとしたら、自分で自分をひっかくことになるだろうから」

「死亡推定時刻は？　家が地滑りに巻きこまれるどれくらいまえに女性が死亡していたのかがわかると、すごく助かるんですが」

「いまのは冗談だろうな」ジェームズ・グリーヴは、死亡時刻にかんして断定らしきものを求めてくる同僚に対して容赦がなかった。「彼女がわたしのもとにきたのは、発見されてから二日ちかくがたってからなんだぞ、ジミー。そもそもが、たとえ現場にすぐ呼ばれていたとしても、死亡時刻を推定するのは困難だっただろう」

ジェーン・ヘイは、十二日のお昼どきにブレイで被害者の女性を目撃したといっていた。その情報が正しいとするならば、女性が殺されたのはそれよりもあと、地滑りが発生した十三日の午後よりもまえということになる。それほど長い期間ではなかった。「まだ被害者の身元が特定できていないんです」ペレスはいった。「そちらの方面で、なにか役にたちそうな情報はありませんか？」

「被害者には歯の治療跡が何箇所かあったが、どれも最近のものではなかった。彼女がシェトランドに越してきたばかりだとすると――もしくは、たんなる旅行者だとすると――あまり助けになる手がかりとはいえないな。出産は一度もしていない」

それでは、写真の子供たちはいったい何者なのか？　男の子と女の子。女の子のほうが年上で、意志が強そうに見えた。男の子は魅力があって、いかにも人好きのする感じだ。ペレスは、オフィスのボードに留めてある写真に目をやった。

電話口のむこうでは、病理医の話がまだつづいていた。「彼女が最後にとった食事は、香辛料といっしょに煮込んだ子羊だ。それと、クスクス」

ペレスはぎくりとした。ヴァレンタイン・デイにフランのために作った料理を思いだしたのだ。彼と殺された女性のあいだには奇妙な共鳴が存在しており、それが彼を落ちつかない気分にさせていた。ペレスは頭のなかから彼女のイメージをおいだし、目のまえの問題に集中しようとした。客観的でいようとした。

「アルコールは？」

「大した量ではない」

ならば、シャンパンはなんのために買ったのか？　ブレイで目撃されたのが、実際に殺人の被害者だったとして。

「正式な報告書は、きょうの午後までに用意する」病理医がいった。「はやく捜査にとりかかりたいだろうからな。インヴァネスに連絡するといい。あちらの捜査員たちを飛行機で寄越してもらうために」

「鑑識が調べられるような犯罪現場は、ほとんど残ってないんです。ほかに死者がいないことを確認するために、消防士たちが現場をかたづけなくてはならなかったので」だが、ペレスはすでにべつの女性のことを考えていた。ウィロー・リーヴズ主任警部。被害者とは、それこそ正反対の女性だ。バイキングのように力強く、髪の毛はぼさぼさでからまりあっている。菜食主義者だから、たとえクミンやクスクスがいっしょでも、子羊の肉など決して口にしないだろう。ヘブリディーズ諸島のヒッピー共同体《コミューン》で育っており、警察官になったのは一種の反抗からだったが、それでもいまだに毎朝ヨガをやっている。トーインで発見された黒い瞳の被害者とおなじく、ウィロー・リーヴズはペレスの心をかき乱し、集中力を失わせる存在だった。

それでもペレスは、ジェームズ・グリーヴとの通話を終えると、まず真っ先に彼女に電話をかけた。電話に出たウィロー・リーヴズの声はそっけなく、すこし退屈しているように聞こえた。

「重大犯罪捜査班、リーヴズです」

「ウィロー、ジミー・ペレスだ」

間があいた。それがなにを意味するのか、ペレスにはよくわからなかった。彼から連絡をもらって喜んでいるのか？　それとも、苛立っているのか？

「ジミー、どうしたのかしら？」同僚どうしの親しげな——だが、あくまでも仕事仲間らしい——口調。

ペレスは状況を説明した。「事故死だと決めつけていたんだ。そうでないことを示唆するものは、なにもなかったから。とはいえ、現場で点状出血に気づいてしかるべきだったのかもしれない」

「あなたは刑事であって、科学者ではないのよ。それに、その状況下では病理医でもおなじ判断をくだしてたんじゃないかしら」

ペレスは自分の口もとに笑みが浮かんでいるのに気がついた。ウィローはいつでも彼に自信をもたせてくれた。「いまでは、きみはここを熟知している。今回の捜査の上級捜査官になってもらえないかと思ったんだ。ほかに重要な事件があって、手がはなせないというのでなければ」

ふたたび間があいた。なにか間違ったことを口にしてしまっただろうか、とペレスは考えていた。もっと正式な形で要請すべきだったのかもしれない。もしくは、シェトランドでの経験とおなじくらい彼女の有能さを買っていることを、はっきりと伝えるべきだったのかも。彼女の気分を害したのではと考えると、耐えられなかった。ペレスは息を詰めた。自分がどれほどウィロー・リーヴズにきてもらいたがっているのかを、痛感した。彼女以外の捜査官と捜査を進めていくところなど、想像できなかった。

「わたしを思いとどまらせようとしたって無駄よ、ジミー・ペレス」突然、ウィローの声は学校が一日休みになったと告げられた子供みたいな感じになっていた。「北へむかう最初の飛行機に乗るわ」

「いや！」ペレスはウィローが電話を切るまえに、すばやく口をはさまなくてはならなかった。「あしたまで待ってくれ。そのころまでには、サンバラ空港からラーウィックにむかう道路のすくなくとも片方の車線は通行できるようになっているはずだから。いま現在、すべての飛行便がスカッツタ空港にまわされていて、ひどい遅れが生じている。すぐに捜査にとりかかりたいというのであれば、こちらでは被害者の身元確認がまだなんだ。被害者の家で、〝アリス〟という人物に宛てた手紙が見つかった。A－L－I－S。変わった綴りだ。あきらかに略称だろう。もしなんだったら、そちらのほうでフェリー会社と航空会社にあたって、乗客のなかにそういう略称をもつ人物がいないか調べてもらえないかな。彼女の苗字がわかったら、最高なんだが。おそらく被害者はよそ者で、ここ最近のうちにこちらにきたものと思われる。うちの署員は、総出で地滑りの後始末にあたっている。まだ孤立している住民がいるし、電気のつうじていない地域もある。そういった調査は時間を食うから、なかなか手がまわらなくて」

いまのが自分がなにもしていないことへの言い訳のように聞こえることに、ペレスは気がついた。ふたたび、出すぎた真似をしてしまったかと不安になる。彼は、本土からくる上級捜査官にむかってあれこれ指示をあたえる立場にはなかった。

「もちろん、まかせてちょうだい、ジミー。うちのものに調べさせるわ。ほかにもなにか、わたしにやらせたいことはある？　本部で時間をもてあましている捜査官に？」

ウィローが自分をからかっているのが、ペレスにはわかった。

「ヴィッキー・ヒューイットもいっしょに連れてこられたりしないかな。ほんとうに悪夢のような現場でね。地滑りに直撃された農家なんだが、めちゃくちゃに破壊されたところに重機がもちこまれた。通路を作ったり、大量の室内調度品を掘り起こすために。おまけに、いまでもまだ雨が降りつづいている。だが、それでもヴィッキーに、家の内部と死体のあった石塀の手前に溜まっている残留物を調べてもらいたいんだ」

「メールで写真を送ってもらえるかしら、ジミー？」ウィローは仕事のときの態度になっていった。てきぱきとして、エネルギーにあふれている。「それと、これまでにわかっていることを」

「あすの朝いちばんの飛行機を予約してくれ」ペレスはいった。「サンバラ空港まで迎えにいくから」

「あなたの好きな島《アイランド》モルトを荷物にいれておくわ」一瞬、間があく。「ほかに、この文明社会からもってきてもらいたいものはある?」

ペレスは、もうすこしで感傷的なことを口走りそうになった。きみだけでいい——それだけで、ぼくにはじゅうぶんだ。だが、すんでのところで思いとどまった。「そうだな」という。「雨以外の天気を頼む。この島がまるごと洗い流されてしまうまえに」

7

ペレスから電話がかかってきたとき、サンディはちょうどブレイの協同組合の駐車場に車を乗りいれようとしていた。雨は峠を越えていた。道路のむかいにある学校は午前の中休みで、校庭では子供たちが喚声をあげながら、しつこく降りつづく弱い霧雨をものともせずに駆けまわっていた。サンディは雌牛を連想した。冬じゅう閉じこめられていたあとで外に出され、すこし狂ったように跳ねまわる雌牛だ。

「例の女性は事故死ではなかった」ペレスがいった。「地滑りのまえにすでに亡くなっていて、ジェームズ・グリーヴが殺人と断定した」

その情報をのみこむのに、サンディはいくらか時間を要した。「でも、地滑りが起きるなんて、犯人にはわからなかったはずでしょ」

「もちろんだ」ペレスがいま我慢強い口調になっているのが、サンディにはわかった。彼が子供のころから、しばしば耳にしてきた口調だ。べつに、サンディは馬鹿なわけではなかった。だが、彼をよく知る人たちは、サンディ・ウィルソンが自分のペースでじっくり考える必要のある人間であることを理解していた。ペレスが先をつづけた。「殺人犯は死体を始末するつもりでいて、それを地滑りに邪魔されたのかもしれない。あるいは、死体はトーインの農家に放置されていたのかも。あの農家を定期的に訪ねてくる人はいなさそうだし、死体が発見されるころには、犯人はシェトランドから遠く離れたところにいられただろう。被害者が殺された現場があの家かどうかさえ、さだかではない」ペレスが言葉をきった。「だが、これはいまや殺人事件の捜査だ。被害者の身元を突きとめることが、よりいっそうの急務となった。だから、店長になめられないようにして、しっかりと聞き込みをしてきてくれ。名前を持ち帰るんだ」

それじゃ、プレッシャーはないわけだ。

始業のベルと同時に校舎へ駆けこむ子供たちを横目に、サンディは車から降りた。協同組合の売店は広びろとしていて、大量の商品が陳列されていた。シェトランド本島《ノース・メインランド》の北側全域から客がくるのだ。道路のすこし先に大きなホテル――石油労働者を相手にしたホテル――があたらしくできたことも、商売繁盛に寄与していそうだった。女性客がふたり、売り場の通路を歩いていた。レジのうしろには若い男が立っていて、その背後にある棚には、より高級なワインや蒸留酒のボトルがならんでいた。その男性店員はカウンターの下に隠した雑誌を読んでおり、お昼になってひきつぎの同僚があらわれるのをいまや遅しと待っているタイプに見えた。サンディの知らない顔だった。

「店長はどこかな？」

若い店員が顔をあげた。鼻が大量のにきびに覆われているため、輪郭がぼやけて見えた。若者は急にまわりの世界に興味が湧いたようだった。「あんた、警察の人かい？　コリンから、くるって聞かされてたんだ」

「コリン？」

「店長だよ。コリン・サンドフォード」

サンディは、その名前なら知っていた。彼とは何シーズンかいっしょに五人制サッカーをやったことがあるのだ。だがそれも、仕事でいけなくなったり、夜に出かけるのが億劫になったりするまでのことだった。

「彼と話がしたいんだが」

若者がボタンを押して、マイクにむかっていった。「業務連絡。サンドフォードさん、レジまでお願いします」メッセージが店内に響き渡り、店員は満面の笑みを浮かべた。こういう形で自分の声を耳にするのが、勤務中にもっともわくわくする出来事なのだろう。

サンディは店長の案内で、〝個室オフィス〟と称する部屋に連れていかれた。ドアには店長の名前が表示されていたが、実際には格上げされた物置部屋といった感じで、机の下にはトイレットペーパーの山があった。

「十二日のクレジットカードによる購入記録は、もう調べてもらえたかな？　問題の購入はお昼ごろだが、念のためにその前後一時間も確認するように、うちのボスからいわれていたはずだ」サンディは、コリンのことがあまり好きではなかった。自分のほうが島民よりも上だと考え、こちらにいるせいでできずにいることをくどくど話すイングランド人のひとりだったからである。彼は恋人がサロム湾で働くことになったため、それについてきただけだった。本土にいるときは華やかな車のショールームで働いていて、ふだんから隙あらば、自分がそこで年間最優秀セールスマンに三年連続で輝いたことを――そして、会社からＢＭＷを貸与されていたことを――会話にいれてきていた。

「調べといたよ」コリンが得意げな笑みを浮かべていった。クリキミン・スポーツセンターでおこなう五人制サッカーで得点をあげるたびに、存在しない観客からの喝采を期待するかのようにふりむきざまに浮かべていたのとおなじ笑みだ。「その二時間のあいだにクレジットカードで買い物をした客は、全員が複数の商品を購入していた」ここでいったん言葉をきる。そして、サンディがさらに問いただそうとしたところで、こうつけくわえた。「そのなかで、シャンパンを買っていった客はひとりもいなかった。きっと、そっちでさがしている客は現金で支払ったんだろう」

「その日は、おまえも勤務についていたのか？」

「ああ。けど、ずっと売り場にいたわけじゃない」

手下どもがすべての仕事をこなすあいだ、おまえはここに隠れているわけだ。

「この女性を見たことは？」

ペレスはフランの画家の友だちに頼んで、女性の死体の顔写真をもとにした似顔絵を作成してもらっていた。切り傷や裂傷のない顔だ。原画は、スキャンしてコピーを作成したあとで、ペレスの机の上に置かれていた。サンディは署を出るまえに、ペレスがそれをまえにしてじっと考えこんでいるところを目撃していた。

コリンはその似顔絵をみつめた。「外国人か？」

「そいつがわからなくて苦労してるんだ！　まだ身元の特定ができていなくて」

「この辺には、外国からの出稼ぎ労働者がけっこういる。あたらしくできたホテルで、客室係やウエイトレスをしてるんだ」コリンが鼻を鳴らした。「連中はみんな似ているからな」

「この女性はレイヴンズウィックに住んでいたようだ」サンディはいった。「地滑りで、家から押し流された」

「知らない顔だな」サンディの説明を聞いて、コリンはそう断言した。

「レジにいたあの若者は、火曜日に店にいたのか？」

「ピーターか。ああ。けど、やつからあまりまともな話はひきだせないぞ。ネズミ並みにアホだから」

「彼の話を聞きたいから、おまえがかわりにレジにはいってもらえないかな？」コリンがカウンターのうしろに立ったとたんに面倒な客がどっと押しかけることを、サンディは期待していた。

「よっぽどのことがないかぎり、おれはレジを打たないんだ。商品の補充をしているキャロリンにやらせよう。ピーターとは、従業員用の休憩室で話すといい」

休憩室はコリンのオフィスよりもわずかに広い物置部屋で、合成樹脂製のテーブル、やかん、古くて汚れた電子レンジ、小さな冷蔵庫が置かれていた。ここにもやはりトイレットペーパーとスープの缶詰の山があった。ピーターは不安と興奮ではちきれそうになっていた。アメリカの犯罪番組の見すぎかもしれなかった。

「おれの容疑はなんだい？」

「そういう話じゃない」サンディはやかんのほうにうなずいてみせた。「コーヒーをもらえたりするかな？　きっと、そっちも飲みたいだろう」

「あと四十分しないと、おれの休憩時間ははじまらない。持ち場に戻らないと」

「これは警察の事情聴取で、すこし時間がかかるかもしれない。そっちが黙ってるなら、コーヒーのことは上司には内緒だ」

ピーターはやかんのスイッチを入れると、インスタント・コーヒーの瓶を食器棚からとりだして、染みのついたマグカップにその粉末をいれた。こうして動きまわっているときのほうが、しあわせそうだった。サンディは布巾でテーブルを拭いてから、亡くなった女性の似顔絵をピーターのまえに置いた。

「この女性は火曜日にここへきたと考えられている。見覚えは？」

「彼女、なにをしたんだい？」ピーターの視線がせわしなく部屋のなかを動きまわった。やけにそわそわしているように見えた。薬物を常用しているのだろうか、という考えがふとサンディの頭に浮かんでくる。それか、煙草を吸いたくてたまらないだけなのか。

「彼女は亡くなった」サンディはいった。「水曜日に起きた地滑りのあとで、死体となって発見されたんだ。けど、身元がまだわからなくてね。彼女の近親者を見つけなくてはならない」

ピーターは似顔絵をじっとみつめた。「ああ、彼女は店にきてたよ。シャンパンを買っていった」

「ほかには？」

若者はぎゅっと目を閉じた。考えているというしぐさだ。「クスクスをひと袋」

「そこまで覚えてるんだ？　あれだけ大勢の客を相手にしたあとで？」サンディは、すっかり感心した口調でいった。ちょっとした褒め言葉が自信のない人間にとっては大きな意味をもつことを、彼は身をもって知っていた。

「まあね。昔から記憶力はいいんだ。それに、ほら、彼女は目立ってたから。長い黒髪で」若者の顔が赤らむ。「つまり、彼女はおれのお袋といってもいいくらいの年齢だったけど、それでもすごくイカシてたってことさ」

「言葉をかわしたりは？」

「言葉をかわしたってほどじゃないな。彼女のうしろには列ができてたから。ただ、商品をレジに打ちこむときに、このシャンパンはヴァレンタイン・デイ用かって声をかけただけだ。あと、こいつは男のほうが彼女のために用意すべきだって」ふたたび顔が赤らむ。「ベタだろ？

でも、客と積極的にかかわるようにってボスからいわれてるんだ」

「それで、彼女はなんとこたえた？」自分の上司がコリンのような男でなくてほんとうによかった、とサンディは考えていた。

「シャンパンを飲むのに特別な口実はいらないって」

「訛りは？」

「地元の訛りじゃなかった。でも、あんまり注意をはらってなかったから」

「きみはどちらかというと視覚的な人間なんだろ。わかるよ」サンディは、ふたたびおだてに転じた。「彼女の服装がどんなだったか、思いだせないかな？」

またしてもピーターのみけんにしわが寄ったが、どうやら彼はほんとうに視覚記憶をもっているらしく、こうつづけた。「コートだ。濃紺で、丈が長かった。足首くらいまであった。都会で見かけるようなお洒落な感じのやつで、ここの女性の大半が着ているレインコートとはちがった。ヒールの細い黒のブーツ。青い絹のスカーフ」

「それじゃ、仕事にいくときの服装っぽかった？」

「ああ、きちんとしてた。コートの下になにを着てるのかまでは見えなかったけど」またしても顔が赤らむ。

サンディは、トーインにあった収納家具でそういうコートを見かけたことを思いだしていた。ここで買い物をした女性が被害者であるという裏づけが、またひとつとれたわけだ。

「以前にも彼女を見かけたことは？　つまり、彼女は常連客だった？」

「いや、常連客じゃない。でも、まえにも見たことがあった」ピーターはひきだしからビスケットの包みをとりだしており、一枚を自分のコーヒーにひたした。それは彼が口のなかにいれるまえに崩れてしまい、ふやけたかけらがコーヒーのなかに落ちた。若者が小声で毒づいた。

「店でか？」

「いや、ラーウィックで。〈マリール芸術センター〉のバー。二階の。映画を観ようと思って、そこでひまをつぶしてたんだ」

「それはいつのことだった？」サンディは時間ならいくらでもあるというような感じで、ゆったりとコーヒーをすすった。

「一週間前。金曜日の晩だ。友だち数人と会うことになってて、ちょっとはやく着いたんだ。何日かして彼女が店にきたときに注意をひかれたのは、それでかもしれない。まえに見たことがあると気づいたから」

「バーで彼女はひとりだったのか？」

「いや、男がいっしょにいた」ピーターがいった。「上着とネクタイでぴしっと決めた中年男だ。スーツじゃなかったけど、身なりには気をつかってた」

「知らない男か？」サンディは期待せずにいった。もしも知っている男だったら、この若者は自慢したくて、すぐにその名前を口にしていただろう。

ピーターはかぶりをふった。「ほら、男はおれよりかなり年上だったから。学校でいっしょになるような年齢じゃなかった」

「ほかに、その男を見つけるのに役立ちそうな情報は？」

「悪いけど、ないな」


外では雨がやんで、弱々しい日の光が薄闇に染みこんできていた。サンディはラーウィックへ戻るかわりに、サロム湾のほうへと車を走らせた。ブレイの村のすぐ外にできたあたらしいホテルに立ち寄るためだ。このホテルはもっぱら石油、ガス、および建設関係の労働者に利用されていて、数年前に巨大なレゴみたいな感じで組み立てられて以来、満室がつづいていた。サンディは一度、日曜日のローストミートの昼食をとるためにホテルに足を踏みいれたことがあり、そこで外国にいって別世界に迷いこんだような気分を味わっていた。大勢の人が自信たっぷりに大きな声で外国語をしゃべっていたし、英語をしゃべる人たちもサンディには理解できない冗談をいいあっていたからだ。

ホテルの受付は、チェックアウトを待つ男たちで混みあっていた。みんな足もとに雑嚢《ざつのう》を置き、じれったそうにしている。飛行機の減便で足止めを食らっていたので、はやく家に帰りたいのだ。サンディは列がなくなるのを待ってから、受付デスクにちかづいていった。

「この女性を知ってるかな？」そういって似顔絵をさしだす。

受付係の男はぴくりと反応したようにも見えたが、首を横にふるといった。「いいえ、すみません」

「ここで働いている女性ではない？」

「ええ、それは間違いありません」男の話し方には訛りがあった。東欧の訛りっぽかったが、その英語はサンディに負けないくらい流暢だった。

「ホテルの従業員を全員知ってるのかい？」

受付係はうなずいた。「ほとんどは住み込みです。地元の人間をのぞいては。そして、彼女はシェトランド人には見えない。ですから、この女性がここで働いているのなら、顔に見覚えがあるはずです」

「彼女がバーやレストランに客としてきているのも、見たことがない？」

今回は、かすかにためらいがあった。「ないと思います。すくなくとも、常連ではありません。とはいえ、宿泊以外でこのホテルを利用される方は大勢いらっしゃいますし、わたしはここを離れられないので」

「彼女はけっこう目立つ女性だ」サンディはいった。「きていたら、印象に残るんじゃないかな」

またしても間があく。「すみません。ほんとうに、お役にたてそうにはありません」

サンディのうしろには、ふたたび列ができていた。ぶつぶつと文句をいう声が聞こえてくる。油田労働者たちの巨体と敵意に気圧されて、サンディは受付係にむかってうなずくと、そのままホテルを出た。雲がさらにとれてきており、いまではサロム湾の石油ターミナルのほうを見晴らすことができた。成果はほとんどなかった。ピーターからあらたな情報をひとつひきだしていたものの――例の女性は一週間前に、〈マリール芸術センター〉のバーでぴしっとした身なりの男といっしょにいた――彼女がシェトランドにいた理由については、依然としてなにもわかっていなかった。彼女の名前についても同様だった。ペレスのがっかりする顔が、いまから目に浮かぶようだった。

8

いちばん大きなビニールハウスにはいると、ジェーンはわが家に帰ってきたような気分になった。嗅ぎ慣れた堆肥と植物の匂いのせいだ。彼女がケヴィンと出会ったのは、アバディーンの大学にいたときだった。彼は農学を勉強していて、彼女の専攻は園芸学だった。最初のデートで彼女の手をとったケヴィンは、親指の爪の下に土がはいりこんでいるのに気づいて、笑った。そして――のちに本人が語ってくれたところによると――そのときに、彼女こそが自分の求める相手だとわかったという。

ジェーンの両親は小果樹の栽培をしていて、大学を卒業した彼女が家業にはいるというのは、既定の事実のようになっていた。父親は娘の入学以前から園芸よりも飲酒のほうに熱をあげており、ジェーンは自分を救世主と考えていた。知識と情熱をたずさえて実家に戻り、会社をひき継いで、ふたたび利益をあげられるようにするのだ。だが、父親が急死すると――勝ち目のない酒との戦いに、肝臓が音をあげたのだ——母親はジェーンに相談することなく、さっさと事業を売りはらった。それが、ジェーンとアルコールとの奇妙な関係のはじまりだった。アルコールは彼女の悲しみに蓋をし、いっしょにいて楽しい人間にしてくれた。そして、やがてはひそかな慰めとなった。

　ジェーンはいまビニールハウスのなかで畑をならしながら、すくなくとも父親はこれをあたえてくれたと考えていた。種子と土に魔法をかける力、なにが植物を生長させるのかを見極める力だ。きょう植えているのは、自宅で食べるための早植えのジャガイモとニンジンだった。いま植えておけば、シェトランドがまだ灰色の薄暗い世界でいるときに、このビニールハウスには春が訪れているだろう。息子たちは小さいころ、冷凍のフライドポテトやベイクドビーンズのほうを好んだ。だが、ジェーンはその当時から、テーブルに初物の新ジャガをだすことに大きな喜びを感じていた。この奇妙なビニールの円蓋のなかは暖かく、ジェーンはセーターを脱いだ。霧雨による水滴がビニールハウスの外側を幾筋も伝い落ちているため、視界が曇らされて、外の世界はまったく存在していないかのようだった。ジェーンは作業を進めるあいだ、トーインの農家に滞在していた黒髪の女性のことをずっと考えていた。

　ジミー・ペレスがけさ訪ねてきたとき、ジェーンはなにもかも正直に話したわけではなかった。嘘をついたのではない。飲酒していたころ、嘘はすぐに口をついて出ていた。アルコール依存症患者の〝あるある〟だ。友人に嘘をつき、家族に嘘をつき、自分自身に嘘をつく。執着と逃避からなる不可思議な夢の世界で生きるのだ。最近のジェーンは正直でいるように心がけていたが、ケヴィンが相手のときは――息子たちよりもより強力な確証を必要とする夫が相手のときは――それがときおりむずかしくなった。

もちろん、あなたを愛しているわ。あなたなしでは生きてこられなかった。もちろん、いまのわたしたちには満足している。

はたしてそれは嘘偽りのない真実といえるだろうか、といまジェーンは考えていた。地滑りが起きて、かれらの土地をふたつに裂いていったとき、妻であり母親であるというジェーンの自画像も砕け散ってしまったように感じられた。ジェーンは並行世界における自分の人生について考えはじめており、こう自問していた。大学でケヴィンと出会っていなければ――彼がパースからきた親指の爪の下に土のはさまった女の子に惚れこんでいなければ――自分はどうなっていただろう？　ケヴィンがジェーンとともにスコットランド本土にとどまることは最初から決してないとわかっていた。彼はジェーンを愛しているかもしれないが、その愛は代々ひき継がれてきたシェトランドの小農場をあきらめるほどではなかった。もしもちがう人生を歩んでいたとしても、自分はやはりアルコール依存症になっていただろうか？　ジェーンはすぐさま、その考えを頭からおいはらった。彼女の飲酒は誰のせいでも――父親のせいでさえ――なかった。父親は自分とおなじく、依存症という病気の犠牲者だった。相談役《スポンサー》としてレイチェルにしばしば言い聞かせているとおり、アルコール依存症は病気であって、みずからえらんだ生き方ではないのだ。

ジミー・ペレスに嘘はつかなかったものの、ジェーンはすべてを話したわけではなかった。

あの日の午後、暗闇のなかを浜辺から急いで家に戻っていったときに、トーインの農家で女性を見かけたのは、そのとおりだった。だが、家のなかにはもうひとり正体不明の人物がいた。女性の背後の壁に影が映っていた。誰なのかはわからなかった。それに、ほんの一瞬のことだったので、ジェーンの見間違いかもしれなかった。ところが、しばらくしてジェーンが自宅のキッチンで作業をしていると、窓の外に懐中電灯の光があるのが目にはいった。シカモアの木立をとおって、トーインにつうじる小道をこちらにちかづいてきていた。そして、そのすぐあとでケヴィンが家にはいってきた。霧雨で髪の毛が濡れており、すこし戸惑ったような奇妙な表情を浮かべていた。

「どこへいってたの?」

「家畜小屋だ」ケヴィンはいった。「雌牛の様子を見に」

だが、家畜小屋はトーインとはまったく逆の方向にあった。そして、懐中電灯を手にして小道を歩いてくる人物といったら、ケヴィンのほかに誰がいるというのか? 息子たちは家にいたが、わざわざ雨のなかをほっつきまわったりはしなかった。

ジェーンは回想にふけりながら、大桶から水をくもうと腰をのばした。あのとき夫に説明を求めなかったなんて、われながら信じられなかった。でも、あなたはいまトーインのほうから歩いてきたじゃない。懐中電灯の明かりが見えたのよ。あの黒髪の女性となにをしてたの? 自分は遠慮しておとなしくしている癖が身についてしまった、とジェーンは考えていた。かつては、仕事以外にもさまざまなことに対して強い情熱をもっていた。本や音楽に対して(その方面のことについては、いまでも友人のサイモンと語りあっていた)。そして、ケヴィンに対して。もしかすると、あのとき黙っていたのは、もはや彼のことをそれほど気にかけていないということなのかもしれなかった。

植え付けが終わると、ジェーンはしぶしぶビニールハウスをあとにした。そして、お昼にサイモンと会う約束をしていたので、シャワーと着替えのために家のなかにはいった。図書館に本を返すため、町には早めに着くようにした。教会を改修したラーウィック図書館のカウンターに立っているとき、まわりの人たちがみんな地滑りの影響について話していることに気がついた。サンバラ空港への道路は開通したものの、まだ混乱はつづいているようだった。片方の車線の土砂しか取り除かれておらず、長い区間で信号による交通規制がおこなわれていたからだ。だが、とりあえず飛行機の発着はふたたびサンバラ空港でおこなわれていた。ジェーンは知りあいに手をふったが、足を止めておしゃべりにくわわりはしなかった。

サイモン・アグニューと待ちあわせている水辺のカフェは、まえの晩にジェーンがワインを求めて立ち寄りかけたスーパーマーケットのちかくにあった。彼はすでに窓ぎわのテーブルにすわっており、ジェーンはその姿を目にしただけで、気分が明るくなった。サイモンはいつでも彼女を笑わせることができたし、どういうわけか、シェトランドの友人たちにはできないやり方で彼女を理解してくれた。ふたりは不釣合いな友人だった。サイモンは彼女の父親といってもいいくらいの年齢で、白髪でひょろりとしていた。彼がなにげなく漏らしたあれこれから、ジェーンは彼がすくなくとも六十代後半にちがいないと踏んでいた。だが、ちっともそんな年齢には見えなかった。スポーツと冒険と探求の生活を送っているせいか贅肉がまったくついておらず、全身筋肉でひき締まっているという印象があった。それと、いつも動きまわっているという印象が。

いまもサイモンはテーブルについて本を読みながら、じっとしていられずに両脚を通路に投げだした。そんな障害物があるとは夢にも思っていないウエイトレスが、いつそれにつまずいてもおかしくなかった。彼は眼鏡をかけておらず、ジェーンはときおり、その目がすごく青いのはコンタクトレンズのせいだろうかと考えていた。彼には、それ相応の虚栄心があった。顔をあげてジェーンの姿を目にしたサイモンが、手をふってさっと立ちあがった。ジェーンの知る誰よりも、エネルギーに満ちあふれた人物だ。彼は本土の大学を退職したあとでシェトランドにやってきて、レイヴンズウィックの牧師館で暮らしはじめた。安らぎを求めて、というのが本人の弁だったが、移ってきた当初から、彼はまったく安らぎとは無縁の生活を送っていた。決して落ちつくことなく、いまなお刺激やあらたなプロジェクトをさがし求めていた。

サイモンは嵐のようにレイヴンズウィックに上陸すると、地域に活気をもたらした。住民たちを牧師館に招いて、食事会や読書会やコーラスの会を催した。自然のなかで泳ぐのが好きで、ある真夏の朝早く、チャリティのためにみんなを浜辺に連れだして、いっしょに全裸で泳いだこともあった。参加者のなかには、ジミー・ペレスの恋人のフランもいた。人びとは時がたつにつれて、サイモンのことをよく知るようになっていった。彼は精神分析医としての訓練を受けたのちに多忙な病院で働き、そのあとで大学講師になった。休暇のときは、世界のほとんど知られていないような僻地を旅してまわっていた。いまでも著述をつづけていて、彼の家は本だらけだった。奥さんがいたが、何年もまえに離婚していた（「彼女を責めるわけにはいかない。わたしは彼女が必要とするものを、なにひとつもっていなかったのだから」）。子供はおらず、それは残念なことだった。というのも、彼はジェーンのふたりの息子たちの扱いがとても上手かったからである。ケヴィンでさえ、サイモンに好意をもっていた。いかなる意味でも、脅威を感じていなかった。なぜなら、ジェーンはサイモンといるのを大いに楽しんでいたものの、すこしも惹かれてはおらず、ケヴィンはそのことがわかるくらい彼女をよく知っていたからだ。

いまジェーンはサイモンにむかって手をふり返しながら、テーブルにちかづいていった。お決まりとなっている頬へのキスを受けるために、顔を上向けながらまえに突きだす。

こんなふうにおたがいの頬にキスをするようになったのは、いつごろからだろう？　ジェーンはそれが習慣となった時期を思いだそうとした。子供のころに彼女がキスをする相手といえば、祖父母と父親しかいなかった。後者の場合は、酔って涙もろくなった父親から愛情を示してくれとせがまれたときにかぎられていた。

「調子はどう？」ジェーンはサイモンにたずねた。ふたりは席についてメニューをながめているところで、ジェーンは急に猛烈な空腹感をおぼえていた。「地滑りのせいで、きっと大変だったんでしょうね。牧師館は現場のすぐそばだから。当日はなんともなかったの？」

「わたしはマグナス・テイトの葬儀にでていた」

「そうだったわ。地滑りが起きたときにあなたも墓地にいたって、ケヴィンがいってた。かわいそうなマグナス」ジェーンはマグナスのことを、あまりよく知らなかった。いつ会っても変わり者という感じがして、すこし怖かったのだ。だが、サイモンはマグナスの家をよく訪ねていた。彼が発作を起こした日に救急車を呼んだのは、サイモンだった。

「本人は、けっこう楽しんだんじゃないかな」サイモンがいった。「マグナスは変わったユーモア感覚の持ち主だった。われわれが泥流から逃れようとしてあたふたする光景を、気にいっていただろう。乙に澄ましているような人間じゃなかったから」しばし沈黙がながれた。「じつは、きみに助言をもらいたくてね」

ジェーンは、ぎょっとして顔をあげた。頼まれてもいないのにサイモンが助言をあたえることは、ときどきあった。なんのかんのいって、彼はそのための訓練を受けているのだ。だが、彼のほうから助言を求めてきたことは、ジェーンの記憶では一度もなかった。「わたしで力になれるかどうかは、わからないけど。いったいどうしたの？」

「あの地滑りで亡くなった女性がいるのは、聞いてるかな？」

「もちろんよ」ジェーンはいった。「彼女、うちのおとなりさんみたいなものだったらしいから」

「その女性を知ってたのか？」横目でジェーンのほうをうかがいながら、サイモンは返事を待っていた。

「いいえ、まったく。彼女はそれほど長くトーインに住んでいたわけでもなさそうだし」

「わたしは一度、彼女と会ったことがある」

「どこで？　警察には話した？」ジェーンは、自分の人生があの黒髪の女性に乗っ取られつつあるのを感じた。まるで、つけまわされているかのようだった。もちろん、そんな考えは馬鹿げていた。死んだ女性がどうやって彼女をつけまわせるというのか？

「いや」

「話さなきゃだめよ」ジェーンはいった。「警察では、まだ彼女の名前を突きとめられていないの。けさ、ジミー・ペレスと話をしたわ」ここで言葉をきる。「彼女とは、どうやって知りあったの？」

ふたたび沈黙がながれ、それは長びいていった。

「彼女を知ってたわけじゃない。きちんとは」そういうと、サイモンは外の水面に目をやった。

「だが、すごく変わった出会いだった」

サイモンがお得意の自分語りをはじめようとしているのが、ジェーンにはわかった。「どういうこと？　あなたがトーインにいる彼女を訪ねていったとか？」

「いや、そうじゃない。ラーウィックで会ったんだ。それに、この話を誰かにすべきかどうかさえ、よくわからない」

「もちろん、すべきよ！」そして、ジェーンは彼が話したがっているのを知っていた。サイモンはありとあらゆるうわさ話が大好きなのだ。自分が精神分析医になったのは、それで他人の生活をのぞき見できるからだ、と本人みずからが認めていた。

「われわれがシェトランドの人たちのために悩み相談をはじめたのは、知ってるだろ？　小規模な慈善活動だ。公共医療では対応しきれない部分をおぎなう。公共医療には必ずしも、そうした問題にしっかりと対処するだけの時間や経験がそろっていないからね。対象はもっぱら家族だが、必要とあらば個人を相手にする場合もある。悩みを抱えた個人だ」

ジェーンはうなずいた。〈シェトランド友の会〉は、サイモンが立ちあげたプロジェクトのひとつだった。もちろん、その目的はりっぱなものだったが、ジェーンはときおり、サイモンがそれをはじめたのはたんに退屈しのぎのためではないかと思うことがあった。つねに挑戦を必要とする、あの落ちつきのなさのなせるわざだ。とはいえ、サイモンはいまでもまだその活動にたずさわっており、週に三日はラーウィックに出かけて、人びとの相談にのっていた。

「週にひと晩、われわれは飛び込みの相談を受けつけている」サイモンがつづけた。「ふだんは、わたしとボランティアがひとり、当番につく。たいていは誰もあらわれずに、わたしたちはただ楽しくおしゃべりをして、紅茶を飲むだけだ」ふたたび間があく。「だが、その晩は、わたしひとりだった」

「そこへ、例の亡くなった女性がやってきたのね？」

サイモンがうなずいた。

「いつのことなの？」ジェーンは、いまやすっかり話にひきこまれていた。

「十日前だ」

「彼女の相談内容は？」

「それをきみに話していいものかどうか」突然、サイモンは厳粛な面持ちになった。「守秘義務がある。われわれのもとを訪れる人たち全員に対してなされる、神聖な約束だ」

「でも、彼女は亡くなってるのよ！」ジェーンの声は意図したよりも大きかったにちがいなく、遠くのテーブルにすわっている女性がこちらをみつめていた。ジェーンは声を落とした。「わたしには話せなくても、警察にはいうべきよ」

「それで、きみの助言が欲しかったんだ。たぶん、きみがなんというのか、わたしにはわかっていたんだろう」サイモンは窓の外をみつめていた。ジェーンがカフェにきてからはじめて、彼は微動だもせずにすわっていた。

「ジミー・ペレスと話すといいわ。彼はレイヴンズウィックの住人で、フラン・ハンターの娘と暮らしている。あなたも知ってるはずよ」

「家のまえにいる彼を見かけたことはあるが、きちんと話をしたことはない。フランが亡くなったあとで、一度訪ねていったんだ。そのときは、話し相手も助けも必要ないと、きっぱりといわれた。訪問がはやすぎたのかもしれないが、それ以降、またいくのがためらわれてね」

「なんだったら、わたしがついていってあげるわ」ジェーンはいった。「彼のことを知ってるし、きょうの午後はとくに予定がないから」ジェーンは返事を待って、サイモンをみつめた。気がつくと、息を詰めていた。警察署へいくサイモンに、どうしても同行したかった。あの黒髪の女性について、できるだけくわしく知りたかった。ケヴィンがトーインにいる彼女のもとへかよっていた可能性を考えると、この件にはたんなる好奇心以上のものを感じずにはいられなかった。ジェーンは立ちあがった。「さあ、どうする?」

サイモンはさらにすこしためらったあとで、おなじように立ちあがった。「どうやら」という。「選択の余地はなさそうだな」


サイモンに対してジミー・ペレスの名前をあげてみせたものの、ジェーンはペレス本人に会えるとまでは思っていなかった。供述は彼の部下がとるのだろう。だが、ジェーンが警察署にきた理由を受付にいた巡査に説明すると、ジミー・ペレスが出迎えのためにおりてきて、ジェーンとサイモンを自分のオフィスへと案内した。そして、コーヒーを勧めた。

「マグナスの葬式で会いましたね、サイモン。彼も喜んでたんじゃないかな。あなたの訪問をいつも楽しみにしていたから」

「埋葬自体は、あんなことになってしまって残念だったが」

「あの丘にはちかごろ羊が多すぎる、とマグナスはずっといってました」ペレスがいった。

「彼がくすくす笑いながらこういうところが、目に浮かぶようだ――〝ほうら、みんな《ボーイズ》、いわんこっちゃない〟」

サイモンがほほ笑んだ。「わたしもジェーンにいったんだよ。彼は変わったユーモア感覚の持ち主だったと」

ジェーンは自分がこの会話から締めだされるのではないかと――別室で待つようにいわれるのではないかと――心配していた。だが、ペレスもサイモンも、彼女が同席しているのは当然と考えているようだった。外では空がすこし明るんできていて、灰色の空にカモメが白くくっきりと映えていた。

「では」ペレスがいった。「問題の女性との出会いについて聞かせてください」椅子の背にもたれかかる。

「最初は電話だった。われわれは緊急用の電話窓口を設けている。だが、〈サマリタンズ〉のような大きなボランティア組織ではないので、二十四時間ずっと電話番をおくほどの人手はない。だから、電話のそばに誰もいないときには、受付時間を伝える録音メッセージがながれる仕組みになっているんだ。わたしがいるときは、自分で電話をとる」

「その最初の電話で彼女と話をしたとき、どんな印象を受けましたか？」ペレスはいったん言葉をきってから、つづけた。「あなたは職業柄、すばやく人を評価するすべを身につけていると思うので」

「とても落ちついた話しぶりだった」サイモンがいった。「浮ついたところはまったくなかった。躁状態をうかがわせるようなところも。だが、その声には静かな絶望のようなものが感じられた。彼女が自殺について口にしていたら、わたしはそれを本気かもしれないと考えていただろう」

「それで、彼女は自殺について口にした？」

「たしか、こういう言い方をしていた――〝もう行き詰まっていて、これ以上は耐えられないんです〟」

ジェーンは協同組合の売店で見かけた女性のことを思いだしていた。自信に満ちていて、ほがらかにさえ見えた。サイモンと接触してからブレイでシャンパンを買うまでの一週間のあいだに、なにが彼女の人生を変えたのだろう？　彼女を車で拾っていった男とか？　彼が良い変化をもたらした？　ジェーンの頭のなかで声が叫んでいた。すくなくとも、あれはケヴィンではなかった。彼の車だったら、あの悪天候のなかでもわかったはずだ。

「彼女はその電話で自分の名前をいってましたか？」ペレスがたずねた。そのゆったりとした探りをいれるような口調は、まるで彼自身も精神分析医であるかのようだった。

サイモンはすぐには返事をしなかった。「〝アリッサンドラ〟と名乗っていた。だが、いつそれを聞いたのかは思いだせない。電話で話したときかもしれないし、そのあとで夜に相談所に直接きたときかもしれない」

「アリッサンドラ？　たしかなんですね」その名前に、ペレスはとくに興味をひかれているように見えた。

「めずらしい名前だからね」サイモンがいった。「ギリシャ人かもしれないと思った。もちろん、強く記憶に残った」

ペレスは小さくうなずいた。「そして彼女は、相談所に訪ねていってもいいかと訊いてきた。あなたと直接話せるかと。それに対して、あなたはなんと？」

「歓迎はするが、わたしはここに九時半までしかいないと」

「電話がかかってきた時刻は？」ペレスがコーヒーから顔をあげた。

「八時十五分だ。自分でも理由はわからないが、時刻を記録しておくのが習慣になっていてね。わたしは相談所までの道順を教えたが、彼女はすでに住所を知っているような感じだった。そいつはウェブサイトに載っているから」

「彼女はいつごろ相談所に？」

「二十分後だ」サイモンはその出会いを思いだしているかのように、しばし目を閉じた。「相談所には待合室があって、そこで人と会えるようになっている。安楽椅子が二脚とコーヒーテーブルがひとつ。飛び込みの相談を受けつける晩は、そこにやかんをもちこんで、紅茶やコーヒーを淹れるんだ。昼間は個々の部屋で相談にのるが、こちらのほうが気楽に話せるのでね」

ペレスが質問をさしはさんだ。「そういう人はよくいるんですか？　飛び込みの晩に、まず電話してからくる人は？」

「いないわけではない」

「どういう段取りなんでしょうか」今度は、ペレスがしばし目を閉じる番だった。「相談にきた人は、外の舗道からそのままなかにはいってくる？」

「受付時間をすぎたら、ドアのところでブザーを鳴らすことになっている。アリッサンドラがそんなにはやくくるとは思っていなかったので、わたしはブザーの音にかなり驚いた。急いでドアのところへいって、彼女をなかにいれたよ。いうまでもないが、外は暗くて雨が降っていたからね。彼女を外で待たせて、それ以上ずぶ濡れにさせたくなかった」

「ここでもまた、よければ第一印象を聞かせてください」

「率直な印象か？」サイモンがいった。「とても美しい女性だった。外からはいってきたときは、丈の長いコートを着ていた。それを脱いで水滴をふり落とすと、長い黒髪と黒みがかった瞳が見えた。きみたちが公表した似顔絵を目にした瞬間、彼女だとわかったよ。疑いの余地はなかった」間があいたあとで、サイモンはその晩の話をつづけた。「はじめは、はいってきたのが電話をかけてきた女性と同一人物だとは思わなかった。自信たっぷりで平然としていたから、われわれの助けが必要そうには見えなかった。だが、部屋の奥までくると、彼女は泣きはじめた。ほとんど声をたてずに。それから、すすり泣きを漏らすと、ハンカチを口に押しあてた。まるで、その音がいかがわしいもので、二度とたててはならないとでもいうように」

「年齢はどれくらいだと思いましたか？」ペレスの声はとても小さく、彼からいちばん離れていたジェーンは聞き耳をたてなくてはならなかった。

「四十代はじめかな。よくわからなかった」

「それから？」

「はじめは、なにもせずに様子を見ていた。ふたりで腰をおろして、彼女が落ちつくのを待った。テーブルの上にティッシュの箱があったので、それを彼女のほうへ押しやった。ようやく、彼女がしゃべりはじめた」ジミー・ペレスの部屋に静寂がたれこめた。サイモンが女性の説明を待つあいだも、これと似たような静寂が相談所の待合室にたれこめていたのだろう、とジェーンは思った。仕事をしているときのサイモンは、ジェーンの知っているサイモンとは——せっかちで、誰かを待つことなど決してない男性とは——まったくの別人にちがいなかった。サイモンがつづけた。「まず彼女は、ひどく取り乱したことを詫びた。そして、自分はいま窮地においこまれていて、そこから抜けだせずにいる、といった。もはや自殺するしかないところまできている、と」

「窮地とは？」

サイモンはかぶりをふった。「すまないが、ジミー、彼女ははっきりとしたことをいわなかった。強い罪の意識にとらわれているようだった。にっちもさっちもいかなくて、家族のことが心配だ、といっていた。すべては自分のせいだと、くり返していた。それから突然、またすごく冷静になった。ちょうど、電話で話したときや相談所にきたときのように。そして、立ちあがると、コートを着た。コートは放熱器のそばの椅子に掛けてあって、ふたりでしゃべっているあいだ、そこから湯気がたちのぼっていたのを覚えている。もちろん、自分は自殺したりしない、と彼女はいった。自分を頼りにしている人たち、愛してくれている人たちがいるから。しばらくパニックを起こしていただけだ。いまとなっては、こんなことで時間をとらせてしまったことを恥ずかしく思っている。彼女はそういうと、まるで仕事で面談したあとのような感じでわたしと握手をして、帰っていった。わたしは彼女の背中にむかって、また話がしたくなったら――もしくは、ひとりで対処できないと感じたら――電話をくれといった。だが、彼女から返事はなかった」

静寂がたれこめ、ふたたびジェーンの脳裏には相談所の待合室の様子が浮かんだ。窓ガラスを叩く雨。お洒落なコートからたちのぼる蒸気。低いテーブルの上のティッシュの箱。そして、急に落ちつきはらったかと思うと、威厳さえ感じさせながら夜の闇のなかへと消えていく女性。

「彼女はそう見えたんですか？」ペレスがたずねた。「外で仕事をばりばりこなしているというふうに？　仕事の内容を推察するとしたら、それはどんなものだと思いますか？」

「わたしは彼女のことを石油かガスの関係者だと勝手に決めつけていたようだ」サイモンはペレスの質問に驚いた様子でいった。「そのしゃべり方。涙がひいたあとの自信に満ちた態度。彼女が責任ある立場でチームを率いているところが、容易に想像できた」

「あなたのいうとおり、〝アリッサンドラ〟というのは外国人っぽい名前です。南地中海のほうの。訛りはありましたか？」

サイモンはしばらく黙って考えていた。彼のしゃべり方は上流階級のイングランド人のもので、ジェーンはときどきそれをからかっていた。

「かすかな訛りはあったかもしれないが、彼女が外国の出身者だとしても、その英語は見事なものだった」

「つぎに会う約束は？」

一瞬の沈黙。

「いや」サイモンがいった。「二度とふたたび彼女と会うことはないだろう、とわたしは考えていた」

9

キャシーを迎えにいくのに、ペレスは警察署からロジャーソン家までのみじかい距離を歩いていった。途中、通り沿いのカーテンのない窓越しに、家庭内の様子が何度かちらりと見えた。金曜日の晩のしあわせそうな家族（あくまでも仮定の話だが）。ロジャーソン家のドアをあけてくれたのは、キャスリンの父親のトム・ロジャーソンだった。ペレスは会議で彼と同席したことがあり、その顔を知っていた。トム・ロジャーソンは事務弁護士で、離婚から犯罪事件までなんでも取り扱う弁護士事務所の上級パートナーとして、もっぱらサロム湾の請け負い業者のひとつを担当しているようだった。ペレスは人的災害――タンカーの座礁とか、ターミナルでの大規模な石油流出事故とか――に備えるための自治体の作業部会に属しており、トム・ロジャーソンは請け負い業者側の代理人、もしくは評議員として、しばしばそれに出席していた。地滑りといった自然災害に対する備えを誰も用意していなかったというのは、いまとなってはじつに皮肉なことに思えた。

トム・ロジャーソンは大学を卒業するとそのまま本土で就職し、娘が生まれたときにこちらへ戻ってきていた。「子育てするのに、シェトランド以上にいいところがあるか？」はじめて会ったとき、トム・ロジャーソンはペレスに幼い連れ子がいるのを知って、そういった。「ここでは、子供が子供らしく自由にのびのびとしていられる。そこがよくてね。女房はオークニー諸島の出身者で、やはりその点をすごく気にいっていた。こちらに移ってきて収入は減ったものの、金がすべてではない。だろ、ジミー？」

いまトム・ロジャーソンは、ペレスを家のなかへとおそうとしろにさがった。彼とは社交の場でも顔をあわせたことがあるのを、ペレスは思いだした。結婚式で二度。一度は、ウォルセイ島の長時間つづく式のときだった。トム・ロジャーソンは踊りが上手く、じつに軽やかな足さばきをしていた。いまも戸口からあとずさっただけなのに、その動きはまるで頭のなかで音楽が鳴り響いているかのようだった。

「キャシーはいい子だな。うちの女どもは、もうめろめろだ」

「すごく感謝してるよ」ペレスはいった。「でも、できれば月曜日には学校が再開されて、こちらに無理をお願いしなくてすむといいんだが」いまのがすこし堅苦しく聞こえることに、ペレスは気がついた。ウィロー・リーヴズがここにいたら、顔をしかめてペレスを笑っていただろう。

「その件については、キャスリンのほうがくわしいはずだ。わたしはいま仕事から帰ったばかりでね。紅茶を飲んでいくだろ、ジミー？」そして、ペレスが返事をするまえに、トム・ロジャーソンはキッチンにむかって叫んだ。「やかんを火にかけてくれ、メイヴィス。警部さんがキャシーを迎えにきた」

きょうのキャシーは居間にいて、そばには扮装用の服のはいった箱があった。キャシーが自分の姿を見られるように、縦長の鏡が壁にたてかけてある。ペレスは居間のまえを通りかかったときになかをのぞきこんで、キャシーに声をかけた。だが、キャシーは幅広の青いリボンのついた絹のお姫さまドレスを着るのに夢中で、なにもいわずに手をふり返してきただけだった。キャスリンはキッチンにいて、母親といっしょに紅茶を飲んでいた。

「キャシーは楽しんでいるようだ」ペレスはいった。あの子が着飾るのが好きかもしれないということに考えがおよばなかった自分は父親失格だろうか、という考えがふと頭をよぎる。

「わたしは青少年劇団で活動しています」キャスリンがいった。「小さい子のいる。それで、うちにはいつでも衣装がたくさんあるんです」間があく。「でも、キャシーは一日じゅう家のなかにいたわけではありません。午後はすこし晴れたので、いっしょに散歩にいきました」

「それじゃ、あの子は最高の一日をすごしたわけだ」

やかんが甲高い音をたてると、メイヴィス・ロジャーソンは調理用こんろの上にある大きな陶磁器のポットにふたたびお湯を満たした。「スコーンをおひとつどうぞ、ジミー。さっきオーヴンから出したばかりよ」

ペレスはすぐにキャシーを家に連れて帰りたかった。自宅の静寂のなかでなら、サイモン・アグニューから提供された情報についてじっくりと考えることができる。だが、紅茶を飲まずに――そして、最低でもスコーンをひとつは食べずに――帰ると言い張るのは、失礼にあたるとわかっていた。この一家は二日にわたってキャシーの面倒を無償でみてくれたわけで、かれらの厚意をきちんと受けとめるのが、ペレスにできるせめてものことだった。

「地滑りでトーインから押し流された女性は、そのときすでに殺されていたそうだな」トム・ロジャーソンがいった。「そうなのか、ジミー?」

その情報を誰から仕入れたのか、ペレスはたずねなかった。シェトランドでは、ニュースがウイルスのように広まるのだ。「その件は、不審死としてあつかわれている」自分の口調がふたたびもったいぶった感じになっていることを意識しながら、ペレスはいった。「彼女について、なにか知っていることはないかな? トーインに滞在していたようなんだが」それから、ふいにある考えが浮かんできて、キャスリンのほうをむいた。殺された女性は出産経験なしとジェームズ・グリーヴから聞かされていたが、これはもっとまえに確認しておくべきことだった。「トーインから学校にかよっている生徒はいませんでしたか?」

キャスリンは首を横にふった。「わたしがここの教壇に立つようになってから、転入してきた子はいません。それに、いまいる生徒でトーインに住んでいる子も」

「きみはどうかな、トム? その女性と会ったことは? 髪の毛が黒くて、全体に異国風だ。地元の人間ではない」なぜなら、トム・ロジャーソンは誰のことでも知っていそうな人物だったからである。島民と本土からの移住者、石油業界の関係者と環境保護論者のあいだの橋渡し役をつとめていたし、その悠然とした物腰と魅力で、さまざまな人から打ち明け話やうわさ話をひきだしているにちがいなかった。

「そういう女性と会った記憶はないな、ジミー。きみの話を聞くかぎりでは、会ったら覚えていそうなもんだが。だろ?」トム・ロジャーソンはいたずらっぽい笑みを浮かべると、ウインクともとれそうな目配せをしてみせた。

ペレスはメイヴィス・ロジャーソンのほうをちらりと見たが、彼女はなんの反応も示していなかった。トムには、ちょっとした女好きのうわさがあった。だが、もしかすると本人はその評判を楽しんでいて、わざとそういった面を強調しているだけなのかもしれなかった。彼の奥さんは、馬鹿な中年男の見せびらかしをまともにとりあっても仕方がないとわかっているのだろう。「あなたはどうです?」ペレスはメイヴィス・ロジャーソンにむかってたずねた。「この女性について、なにか耳にしていませんか? まだ苗字はわかっていませんが、ファーストネームは〝アリッサンドラ〟で、〝アリス〟という略称で呼ばれていた可能性があります」

メイヴィス・ロジャーソンはかぶりをふった。「ごめんなさい、ジミー。ここ最近は週に二回、赤十字の店に手伝いにいくくらいで、ほとんど外出していないの。でも、あなたのいうような女性がその店に客としてきたことがないのは、たしかよ」ペレスは目のまえにいる夫婦の関係について思いを馳せた。トム・ロジャーソンのような男を夫にもつというのは、いったいどんな感じのするものなのだろう? たいていの晩は会議で家を留守にしている夫と、冬のあいだはこの薄暗くてやや息の詰まる家からほとんど出ることのない妻。

「学校は月曜日から通常どおり再開してかまわない、という通達がありました」キャスリンがいった。

それを聞いて、ペレスはほっとした。これでもう、ロジャーソン家を毎日訪問しなくてもすむ。急に気持ちに余裕のできたペレスは、紅茶をおかわりし、メイヴィスのスコーン作りの腕前をほめた。だが、そのすぐあとでキャシーを連れて家を出たときには、解放感をおぼえた。生活は、すこしずつふだんの状態に戻りつつあった。あすはキャシーが週末のお泊まり会で、友だちの家にお呼ばれすることになっていた。そして、ウィロー・リーヴズがシェトランドに到着することに。

ウィローから電話がかかってきたのは、ペレスがキャシーをベッドに寝かしつけた直後のことだった。暖炉には火がはいっており、家のなかは暖かかった。

「一日じゅう、あなたのために働いてたのよ、警部」

「被害者のファーストネームがわかったと思う」ペレスはいった。「アリッサンドラだ。アメリカ人かもしれない。地滑りで押し流された家の所有者の」なぜ自分はその考えを素直に受けいれられないのだろう、とペレスは不思議に思った。彼のロマンチックな幻想にふさわしいのは、よそからきたスペインの美女だからか？　シェトランド人を叔母にもつ中年のアメリカ人女性ではなく？　自分の相続財産の状態を確認しにきた地味で落ちついた北方の人間ではなく？

「なるほどね！　それなら、こちらのつかんだ情報と合致するわ！」ウィローが意気揚々といった。「〝アリッサンドラ・セクレスト〟という女性が、一月のはじめにフェリーを予約していたの。おそらく、この人物がそちらの被害者よ。船の乗客は身分証明書を提示する必要がないけれど、これがべつの〝アリッサンドラ〟だとしたら、あまりにも偶然がすぎるもの」

では、いまや被害者の苗字と名前の両方がわかったわけだ。トーインの農家の最後の借り手であるクレイグ・ヘンダーソンに訊けば、彼女が農家の所有者かどうかを確認できるだろう。だが、ここでもペレスはすこしがっかりしていた。〝セクレスト〟という苗字は、南ヨーロッパの名前ではないからだ。亡くなった女性にかんする彼の夢はすこしずつ崩れていき、かわりにまったくあたらしい人物像があらわれようとしていた。

「この女性は亡くなる一週間ほどまえに、〈シェトランド友の会〉という悩み相談の慈善活動に連絡してきていた」ペレスはいった。「どうやら自殺を考えていたらしい」

「でも、彼女は殺されたんでしょ？」

「ジェームズ・グリーヴによると、その点に疑問の余地はない」ペレスは暖炉にむかって両脚を突きだした。「だが、地滑りの前日に最後に目撃されたとき、彼女はシャンパンを買っていて、とくに落ちこんでいる様子はなかった」

「必要とあらば、人は誰でもとりつくろえるものよ。たとえほがらかにしていたとしても、その人が内心では絶望していなかったとはかぎらない」

ペレスは、なんとこたえていいのかわからなかった。ウィロー・リーヴズが絶望しているところなど、想像できなかった。彼女はペレスが知るなかで、もっとも強くて溌剌とした人物だった。「あす、空港に迎えにいくよ」ペレスはいった。「ラーウィックに戻る途中で、現場に立ち寄って見ていくことができる」

電話口のむこうで、みじかい沈黙があった。「楽しみにしているわ、ジミー」さらりとした口調だったが、ペレスには彼女が本気でいっているのがわかった。彼は返事をしようとしたが、すでに電話は切れていた。

クレイグ・ヘンダーソンはアバディーン発の飛行機に乗っており、インヴァネスから飛んでくるウィロー・リーヴズよりも一時間はやくサンバラ空港に到着した。空はすこし明るさを増していて、むかい風のなか東からおりてくる飛行機は全便が定刻どおりに運航されていた。ペレスのほかに、サンディも自分の車で空港にきていた。彼はクレイグ・ヘンダーソンと学校でいっしょだったので、手荷物受取所へむかうクレイグを見つけると、手をふった。健康そうに茶色く日焼けした肌。ベルトコンベアにのってあらわれた洒落た革製の旅行かばん。どちらも、サンバラよりもドバイのほうがしっくりきそうな感じがした。ペレスは、ふたりの同窓生があいさつを交わす様子を遠くから観察していた。おたがい礼儀正しく接していたものの、かれらがそれほど親しくないのがわかった。サンディは、あらかじめ空港当局から借りておいた部屋のほうへとクレイグを連れていった。ペレスはそこでふたりに合流し、自己紹介をした。

「それじゃ、お偉いさんにまでお出ましいただいたわけだ」クレイグ・ヘンダーソンがいった。「おまえ、ひとりで仕事をまかせられてないのか、サンディ？　まだお目付け役が必要だとか？　まあ、驚きはしないけど」そういうと、彼はテーブルのそばの椅子に腰をおろした。

その部屋は出発ラウンジのすぐちかくにあって、滑走路を見晴らすことができた。ちょうどイースタン航空のチャーター便が到着したところで、サロム湾で働く労働者たちが飛行機から空港の建物にむかってぞろぞろと歩いてくるのが見えた。

しばらくつづいた沈黙を、クレイグ・ヘンダーソンが破った。「こいつはどういうことだ、サンディ？　おれはなにをやらかした？　この半年間は国外にいたから、今回はおれのせいにはできないぞ」面白がると同時に、すこし馬鹿にしているような口調。そのしゃべり方には、いまもシェトランドの訛りが残っていた。

ペレスはクレイグ・ヘンダーソンの記録を調べていた。ラーウィックの酒場での喧嘩騒ぎで検挙されたことがあり、そのとき逮捕にあたった警官がサンディだった。言葉に刺があるのは、そのせいだと思われた。

「ちょっと訊きたいことがあってね」サンディがいった。「それだけだ」

「おれが家に帰ってシャワーを浴びてビールを飲むのも待てなかったわけだ。たかだか数時間も」クレイグ・ヘンダーソンがさっと顔をあげた。口調が変化した。「家族になにかあったのか？　親父がまた倒れたとか？　一年前に心臓発作を起こしたが、それ以降はずっと元気そうだったのに」

「おまえの家族は大丈夫だ」サンディは相手を安心させた。「地滑りのことは聞いたか？　サンバラまでの道路は二日間閉鎖されてた」

「お袋からメッセージが送られてきてたが、そいつを読んだのはアバディーンに着いたときだった」

「地滑りはトーインを直撃して、そこにあった農家を完全に破壊した。そして、庭で女性の死体が発見された。あの家を最後に借りてたのは、おまえだ。死んだ女性の身元がまだわかっていなくて、おまえなら手がかりになりそうなことを知ってるかもしれないと思ったんだ。どういう経緯で、あそこに住むようになったんだ?」

ペレスはテーブルから離れたところにすわっており、気がつくと心はべつのところをさまよっていた。いまごろはもう、ウィローはインヴァネスで飛行機に乗っているはずだった。すでに離陸済みだとしても、おかしくはない。ペレスは無理やり注意を部屋のなかへと戻した。

クレイグ・ヘンダーソンがしゃべっていた。「おれは中東で請け負いの仕事をしている。半年間働いて、三カ月間休む。そのやり方があってるんだ。シェトランドでの休暇が終わるころには、仕事に戻りたくてうずうずしている。それに、給料も悪くない。休暇をずっと実家ですごしたとしても、親から文句がでることはないだろう。けど、こっちは子供に戻った気分にさせられる。夕食はいつとるのかとか、今夜は帰ってくるのかとか訊かれるし、そろそろ腰を落ちつけて家業を継げというプレッシャーも半端じゃない。なんか息が詰まるんだ。だから、前回こっちへ帰ってたときに、トーインの農家を借りた。あそこなら、お袋に洗濯を頼めるくらい実家のちかくで、なおかつ自分の空間を確保できる。わかるだろ?」クレイグはにやりと笑って、半分冗談であることを示してみせた。

サンディはうなずいた。「どうやってその家を借りられたんだ? あそこが貸し家になってるって広告は、どこでも見つけられなかった」

「マグナス・テイトが教えてくれたんだ」

部屋に沈黙がたちこめた。それをサンディが小さな声で破る。「マグナスが亡くなったのは、聞いてるか？」

ふたたびみじかい沈黙がながれたあとで、クレイグがこたえた。「いや、知らなかった。けど、やつが発作を起こしたのは、ちょうどおれの前回の休暇が終わるころだった。お袋から、やつが完全に発作から回復していないことは聞かされてた。だから、予想はしてたよ。でも、やつとおしゃべりできなくなるのは寂しいな」

「マグナスを埋葬しているときに、地滑りが墓地を襲ったんだ」サンディがいった。「ほら、トーインはちょうど墓地から丘をのぼったところにあるだろ」

「マグナスも災難だったな」

「きみたちは友だちだったのか？」ペレスはたずねた。

「ある意味、そういっていいと思う。前回こっちへ戻ってたとき、マグナスが羊の毛刈りにてこずってるのを見て、手伝いを申しでたんだ。やつは年寄りで、まだまだ元気だったけど、指と手首に関節炎があって、なかなか上手く毛を刈れずにいた。おれは子供のころ、ニボンにあった祖父さんの小農場でよく手伝いをしてたから」クレイグがしあわせな子供時代を回想しているあいだ、すこし間があいた。「いっしょに作業してたとき、マグナスはほとんど口をきかなかった。けど、終わると家に招きいれて、一杯ふるまってくれた。家のなかは百年前とまったく変わっていないように見えた。時間をさかのぼったのかと思ったくらいだ。それから、やつは昔の話をはじめた。思わず聞きいったよ。もう亡くなった祖父さんとしゃべってるような気がした。親父もお袋も、そういった過去のことにはまったく興味がないんだ。頭にあるのは、二年ごとにあたらしく入れ替えるキッチンとか、スペインですごす夏の休暇のことだけ。見栄えのするはでな車を買うための金のこととか」ふたたび間があいた。「それがきっかけで、おれは夜にマグナスに会いにいくようになった。酒のボトルを持参して。やつはおれの海外での仕事についてたずね、それから二、三杯やったあとで、自分の話をはじめるのがつねだった」

「そして、彼がトーインのことをもちだしてきた？　そこの農家を貸してもらえるかもしれないと？」ペレスは滑走路に背をむけると、サンディとクレイグのすわっているテーブルのほうへと身をのりだした。

「マグナスは、トーインに住んでたミニー・ローレンソンと同年輩だった。彼女のことを覚えてるよ。いつも黒い服を着てたから、その鉤鼻とあいまって、大鴉みたいだった。おれが子供のころでさえ、すごい年寄りに見えた。彼女が亡くなったのはすこしまえだけど、そのころにはシェトランドに彼女の身寄りはひとりも残ってなかった。一度も結婚したことがなくて、彼女が死んだあとのトーインは空き家になってた。その家は彼女の姪っ子に遺贈された、とマグナスはいってた。姪っ子みたいな女性だ。いとこの娘とか、そういった感じの。ここがどんなところか知ってるだろ、ジミー。シェトランドでは、ちょっと過去をほじくり返せば、みんなどこかで繋がってるんだ。とにかく、その姪っ子はアメリカに住んでて、マグナスがいうには、彼女が家を貸してくれるかもしれないってことだった。おれが実家で窮屈な思いをしてて、自分だけの空間を欲しがってるのを、やつは見抜いてたんだ。〝おれは母親と暮らす期間が長すぎた〟とマグナスはいってた。〝男には自分だけの家が必要だ〟と」

「マグナスはトーインの所有者の住所を知っていた？」

「ああ、ミニーがやつのために書き残しておいたんだ。どうやら彼女は、弁護士ってやつを信用してなかったらしい。そして、自分が死んだらアメリカにいる姪っ子に手紙を書いて、トーインは彼女のものだと伝えてくれ、とマグナスに頼んでいた。マグナスはいわれたとおりにして、それ以来、やつはその女性と連絡をとりあっていた」

それで彼女はシェトランドにきていたのだろうか？　ペレスは考えた。マグナスが死にかけているのを知り、手遅れになるまえに会いたくて。そのあとで、もしかすると葬儀にも参列するつもりだったのかもしれない。だが、殺されてしまったので、教会にはいけなかった。

「その女性の名前は？」

「本人は〝サンディ〟と名乗ってた。それがなんの略かは、よく知らない。サンディ・セクレスト。それが彼女の名前だ。おれはマグナスから教わった連絡先に電話して、トーインに住まわせてもらえないかとたずねた。そして、その際にすこし家の手入れをしておくから、彼女がこちらへきたときには、とりあえず泊まれるような状態になっているだろう、といった。すると彼女は、そうしてもらえるなら家賃はただでかまわない、といってくれた。おれが自分で使う光熱費を負担するだけでいいと。べつに、こっちは見返りを期待して家の手入れを申しでたわけじゃなかった。おれはすぐに退屈するんだ。そして、退屈すると、面倒に巻きこまれる」

クレイグは、ふたたびサンディにむかってにやりと笑ってみせた。

「彼女と実際に会ったことは？」

クレイグ・ヘンダーソンは首を横にふった。「こっちへくるようなことをいってたけれど、結局は途中で邪魔がはいった。仕事だと思う」

「その仕事というのは？」

「出版社で働いてる。ニューヨークの」

「彼女の写真を見たことは？」ペレスはたずねた。自分の想像していた黒い瞳の女性とニューヨークの出版人というのが、どうにもしっくりと合致しなかった。

「ないよ！　必要ないだろ！」

「彼女がこの冬シェトランドにくる予定でいたかどうかは、知らない？」

ふたたびクレイグ・ヘンダーソンは首を横にふった。「電話で二度しゃべっただけだから。一度はトーインに入居するまえ、もう一度は中東に出発する直前。でも、家の手入れの進捗状況を知らせるために、何度かメールで写真を送った」

「そのメールアドレスを教えてもらえるかな」

「いいとも」クレイグ・ヘンダーソンはシャツのポケットからiPhone《アイフォーン》をとりだすと、いくつかボタンを操作してからペレスのほうへさしだした。画面にアドレスが出ていた――A.Sechrest@mullion.com。「最後の〝ムリオン〟ってのは出版社の名前だと思うから、たぶん職場のメールだろう。個人のは教えてもらっていない」

ペレスはどこかで、その出版社名に出くわしたことがあるような気がした。だが、それがどこかは思いだせなかった。どうやら、被害者の身元は特定されたようだった。出版社に問い合わせれば、彼女がシェトランドを訪れるために休暇をとっていたかどうかがわかるだろう。だが、彼女がこちらに数週間しか滞在していなかったのだとすると、どうやって地元の男性とあれほど親しくなれたのだろう？　ブレイの協同組合で、バンパーにシェトランドの旗のステッカーを貼った車で彼女を拾っていった男。それに、〈マリール芸術センター〉のバーで彼女と酒を飲んでいた男。この二箇所で目撃された男が同一人物である可能性もあるが、だとすると、どうして男は彼女を知っていると名乗り出てこなかったのか？　この件はシェトランドじゅうに知れ渡っていた。この男の身元を突きとめられれば、それで殺人犯を見つけたことになるのかもしれない、とペレスはふと思った。結局のところ、これはそれほど複雑な事件ではないのかも。

サンディとクレイグは、会話を終えてすでに立ちあがっていた。ペレスはいっしょに混みあったターミナルまでいくと、かれらが外へ出ていくのを見送った。ふたりは同時に回転ドアにはいろうとしてすこしもたついたあとで、ペレスの視界から消えた。

ウィロー・リーヴズの乗った飛行機は、はやめに到着した。到着エリアには親戚を迎えにきたとおぼしき人がちらほらといて、ペレスはそのすこしうしろに陣取っていた。狭い出入り口から乗客があらわれ、その最後尾のほうにウィローの姿があった。となりにいるのは犯行現場検査官のヴィッキー・ヒューイットだ。ふたりは冗談をかわしているらしく、笑い声こそ聞こえなかったものの、ウィローが頭をのけぞらせてヴィッキーのほうをむくのが見えた。ウィローのぼさぼさの髪は束ねられていなかった。裾のほつれたコーデュロイの青いズボン。大きなブーツ。アノラック。ペレスは瞬時に、それらのことを見てとっていた。ヴィッキーの恰好については、あとでなにも思いだせそうになかった。

ウィローがペレスに気づいて、手をふった。ペレスは手荷物受取所のところで彼女と落ちあった。

「わたしたち、こんなふうにして会うのはやめないとね、警部」ウィローのしゃべり方には、ヘブリディーズ諸島の柔らかな訛りと――彼女はノース・ウイスト島のヒッピー共同体《コミューン》で育っていた――イングランド上流階級の訛り――既成社会の枠外で生きることをえらんだ教養ある両親から受け継いだもの――が混在していた。

ペレスはいつも、ウィローに対してどう切り返せばいいのかよくわからなかった。彼女の軽やかな口調とからかいに、ついていくことができずにいた。「またシェトランドへ、ようこそ」いったん言葉をきる。「すくなくとも、きみはいくらかましな天気をもってきてくれた」

「わたしはいつだって、みんなを喜ばせようと頑張ってるの。それは知ってるでしょ、ジミー」

車では、ウィローがペレスのとなりにすわった。ヴィッキー・ヒューイットは小柄で瘦せており、脚がみじかいことを理由に後部座席におさまった。ペレスは黙って車を出すと、〈サンバラ・ホテル〉とヤールショフの遺跡のそばを通過した。そして、信号が点滅していたので、空港の境界線のところにある交差点で一時停止をした。

「それで、いまの時点ではどこまでわかっているの、ジミー？　あなたの謎めいた黒髪の女性について、いろいろと聞かせてちょうだい」

飛行機が着陸し、信号の点滅が止まったので、ペレスは注意深く滑走路の端を横断した。

「もはや、それほど謎めいてはいないのかもしれない。この女性はトーインの所有者だ、とわれわれはにらんでいる。死体が発見された農家の所有者だ」ペレスはクレイグ・ヘンダーソンとの会話を説明した。「おそらく、彼がメールをやりとりしていた〝サンディ〟・セクレストと手紙に記されていた〝アリス〟は同一人物だろう。ひとつのファーストネームに略称がふたつというわけだ。サンディ・セクレストのメールアドレスでは、〝A・Sechrest〟という表記が使われていた。彼女がフェリーを予約した〝アリッサンドラ・セクレスト〟であることは、まず間違いのないところだ」

被害者の身元をほぼ特定したことでウィローから労をねぎらわれるかもしれないというペレスの予想を裏切って、ウィローは黙ってうなずいただけだった。

「アメリカは、東海岸でもまだ早朝だ」ペレスはいった。「署に戻ったら、彼女の雇い主のオフィスに電話するつもりだ。被害者の似顔絵をメールで送れば、夜までには身元確認ができているだろう」

ふたたび車内に沈黙がながれた。ヴィッキー・ヒューイットが現場の様子をたずねた。

「とんでもない状態だ」ペレスはいった。「女性の死体が発見された当初、彼女は地滑りによる事故で亡くなったと考えられていた。そして消防士たちにとっての最優先事項は、家のなかにべつの死体がないかを確認することだった。犯罪現場を確保しなくてはならないという考えは、誰の頭にも浮かんでいなかった。手伝いのために、地元の住民も駆りだされていた。その結果、いたるところにトラクターのタイヤ痕や足跡が残っている。泥流がいろんなものを破壊しながらはこんできたから、どれがもとから家にあったものかを区別するのは困難だろう」

「それじゃ、かなり手ごわい現場というわけね」ヴィッキー・ヒューイットがバックミラー越しにペレスににやりと笑いかけてきた。

「そいつは間違いない」前方に車列が見えてきたので、ペレスはスピードを落とした。「ここから例の農家の先までは、片側一車線なんだ。丘の状態を補強する作業がまだ終わっていなくて」

雲が海のほうから戻ってきており、分厚い灰色のかたまりが梳いた羽毛のようにしまりなくひろがっていた。ウィローは運がよかった、とペレスは考えていた。あと一時間遅かったら、飛行機は着陸できずに、ひき返さなくてはならなかったかもしれない。車はのろのろと進んでいき、ようやくトーインにつうじる小道のところまできた。ペレスはハンドルを切って車列を離れると、消防隊が切りひらいてくれた小道を下って、廃墟と化した農家のそばに駐車した。依然として、あらゆるものが泥で覆われていた。下のほうへ目をやると、地滑りのとおった跡が浜辺までつづいているのが見えた。冬の茶色い丘の斜面に残された、黒い傷跡だ。

しつこく降りつづいている霧雨に対抗して、ウィローがフードをかぶった。「こうなるまえから、ここは女性がひとりで暮らすには寂しい場所だったでしょうね」

「あの木立のむこうの丘のすぐ先に農場があって、ケヴィンとジェーンのヘイ夫妻が暮らしている。ふたりとも親切で人づきがいいが、どうやら被害者とはまったく面識がなかったらしい。ジェーンは誰かがトーインに滞在しているのを知っていたが、どうせ休暇できた旅行者だろうと考えていた。ケヴィンのほうは、あそこを空き家だと思っていた。ふたりとも、トーインに車がとまっているところを見ていない。だが、家のすぐそばを歩いておらないかぎり、車は目にはいらなかっただろう」

「車なしで、被害者の女性はここでどうやって暮らしていけたの?」

「彼女には友だちがいた。異性の友だちだ。その男性は、ブレイの協同組合で被害者を車に乗せた。それに、〈マリール芸術センター〉のバーで彼女とワインを飲んでいるのを目撃されている」

どちらもおなじ男性だったと仮定しての話だ、とペレスは胸の奥でひとりごちた。とはいえ、被害者がシェトランドにきてからの短期間でふたりの男性をつぎつぎと自分の崇拝者に仕立てあげていたと考えるのは、すこし無理がある。となると、現場にあった木箱のなかの手紙を書いたのも、やはりこの男性だったのか?

「それにしたって……」ウィローの顔はフードで隠れていたが、それでもペレスには彼女がこの状況にすんなり納得できずにいるのがわかった。「被害者がこの家を相続したということは、シェトランドに訪ねていくような親戚がいたのかもしれない。そうでもなければ、休暇をすごすのに最適とはいえないこの時期に、シェトランドにきたりする? でも、親戚がいるのなら、最初に警察が被害者にかんする情報提供を呼びかけたときに、なぜ誰も名乗り出てこなかったの？　筋のとおらないことだらけだわ」

ヴィッキー・ヒューイットはジーンズとジャケットの上から犯行現場用の紙スーツを着こんでいるところで、バランスをとるためにウィローの肩にしがみついた。

「それを着る必要はあるのかな？　現場はすでにすっかり汚染されてるのに？」

「染みついた習慣はなかなか消えないものよ、ジミー。それに、裁判になったら、あなたはこの用心に感謝することになるかもしれない」ヴィッキー・ヒューイットは身体をまっすぐにのばした。「わたしをここに残して、あとで迎えにきてもらうというのはどうかしら？　あなたたちはここにいても、現場を踏み荒らして、さらに汚染させるだけだわ。それに、わたしはひとりのほうが集中できるの」

「われわれは邪魔者ってわけか！」ペレスはいった。ヴィッキーが相手だと、ウィローのときよりもずっと簡単に自然にふるまうことができた。「サンディはいま、クレイグ・ヘンダーソンの両親から話を聞いている。それがすみしだい、ここへきてきみの手伝いをするようにさせるよ。彼はすでに家のなかをひととおり調べている」

「缶コーラを何本か持参するように伝えてちょうだい」ヴィッキー・ヒューイットがいった。「カフェインで神経がぴりぴりしているときのほうが、頭がよく働くの。現場の状況がより鮮明に見えてくるし」

「了解」ペレスはいったが、ヴィッキーの耳には届いていないようだった。彼女の注意は、すでに眼下の廃墟にむけられていた。彼女がそちらへむかって斜面を滑り降りはじめると、ペレスとウィローはふたりきりで取り残された。

10

クレイグ・ヘンダーソンの両親はレイヴンズウィックの北の集落にある平屋建ての家に住んでおり、海沿いのおなじ敷地で休暇村を経営していた。そこのコテージはどれも北欧風の洒落た造りで、高所得層向けだった。うわさでは目の玉が飛び出るくらいの賃貸料をとるということだが、頭のいかれた旅行者はそんなこと気にしないらしく、シーズン中はいつでも予約でいっぱいのようだった。サンディは一度、そこで掃除係をしていたガールフレンドにコテージを案内してもらったことがあった。御影石の調理台。個人用のサウナ。温水浴槽。ぴかぴかの木の床。目を瞠るものばかりだった。

ヘンダーソン夫妻の暮らす平屋建ての家のほうは、現代風ではあったが、より島の伝統にのっとった造りになっていた。小石を埋めこんだモルタル仕上げの下塗り。庭の端にはデッキ(とはいえ、ここにも温水浴槽があった)。夏の日にすわってすごしたら気持ちのよさそうなデッキで、サンディはそこでのバーベキューを想像した。冷蔵庫から出したばかりのワイン。高級な外国産のビール。サンディはヘンダーソン夫妻から、パーティ好きという印象を受けていた。いまデッキは濡れて光っており、軒からは雨粒が滴り落ちてきていた。

夫妻は息子の帰りを待ちわびていたらしく、車が家にちかづいたところで、出迎えのために張り出し玄関まで出てきていた。母親のアンジー・ヘンダーソンは喜びの悲鳴をあげ、すっかり日に焼けて茶色くなった息子の肌色について感想を述べてから、そろそろいい娘をこちらで見つけて腰を落ちつけるようにという話をはじめた。息子が留守にしていたことを、すごく寂しがっていた。自然のままにしては黒すぎる髪の毛。濃いマスカラ。大きなイアリング。父親のスチュアート・ヘンダーソンは、キッチンに着くまえから、すでに息子の手のなかに缶ビールを押しこんでいた。クレイグが自分だけの空間が必要だと感じた理由が、サンディには理解できた。

四人は間仕切りのない部屋で腰をおろした。アンジー・ヘンダーソンがコーヒーを淹れるといって、なにやら凝った機械を操作しはじめた。サンディは自分が邪魔者だと感じたが、ジミー・ペレスからクレイグの両親の話を聞いてくるようにといわれていた——もしも両親がクレイグのいうくらい過保護だとするならば、トーインの所有者について、もっとくわしいことを探りだしているかもしれないからな。

はじめのうち、サンディは家族の会話になかなか割りこめずにいた。だが、トーインで死体となって発見された女性のことをもちだすと、夫妻はその話題に飛びついてきた。

「この子がすでにあの家をひきはらっていて、ほんとうによかった」アンジー・ヘンダーソンはサンディにカプチーノをもってくると、それをガラス製のコーヒーテーブルのコースターの上に置いた。「いまもあそこで暮らしてたら、いまごろアバディーンの死体安置所にいたのはどこかの知らない女性じゃなくて、うちの息子だったかもしれない」クレイグにとって唯一安全な場所は自分のいるこの家だ、といわんばかりだった。

「ミニー・ローレンソンは知ってましたか?」

「ええ、もちろん。彼女は日曜学校で教えていて、みんなを震えあがらせてた。そうだったわよね、あなた?」

スチュアート・ヘンダーソンはうなずいて、缶ビールをもうひと口あおった。

「それじゃ、彼女が亡くなったときにあの家がアメリカにいる親戚に遺贈されたことは、耳にしていた?」

「あの家はどうなるんだろうって、みんな考えてたわ」アンジー・ヘンダーソンがいった。「わたしたちの知るかぎり、ミニーの親戚はもう全員が亡くなってたから。でも、家はそのまで、そのうちみんなそのことを忘れてしまった。ほら、道路から見えないところにあるし、そもそもわたしたちには関係のないことでしょ。アメリカにいるミニーの姪御さんの存在を知ったのは、マグナスの紹介でうちの子がその女性と連絡をとるようになってからよ」

「あなた自身が彼女と連絡をとりあうことはなかったんですか? クレイグはしょっちゅう外国にいってるから、あなたに連絡があったとしてもおかしくはない」

すぐには返事がかえってこなかった。それから、アンジー・ヘンダーソンは息子のほうを見た。「じつは、一度その女性に連絡をとろうとしたことがあるの。ほんの数週間前よ。クレイグが戻ってくるまえに、あの家のなかをすこしかたづけておきたかったから。それで、誰があそこの鍵をもっているのか突きとめようとしたの。クレイグの部屋をさがしたけど、見つからなくて」

「そういう取り決めになっていたんだ？」サンディはその質問をクレイグにぶつけた。「またトーインを借りることに？」

「最初の二週間は実家ですごして、そのあとでトーインに移るつもりでいた。でも、いまとなっては無理だな」クレイグが母親のほうをむいた。「例のアメリカ人女性に連絡をとろうとするなんて、母さんはでしゃばりすぎだよ。そもそも、どうやって彼女の電話番号を知ったんだ？」

「きっと、おまえから聞いたのを書き留めておいたんだよ。おまえが最初にトーインに移ると決めたときに」挑むような口調。おそらくアンジー・ヘンダーソンは、息子が見ていない隙に彼の携帯電話を調べたのだろう、とサンディは推測した。

クレイグは肩をすくめた。この件を追及してみても仕方がない、という結論にたっしたようだった。どうせ母親には勝てないのだ。

「それで、鍵は手にいれたんですか？」サンディはたずねた。

「その女性とは話せなかったの。留守番電話にしかつながらなくて」アンジー・ヘンダーソンが言葉をきった。「でも、家までいってみたわ。数カ月間空き家だったのなら、湿気がすごいことになってるだろうし、そんなところにわが子が帰ってくるなんて、考えるだけで耐えられなかった。もしかしたら、家にはいって空気をいれかえたり掃除機をかけたりできるかもしれないでしょ。鍵がかかっていない可能性だってあるし」

「正確には、それはいつのことでしたか？」両親の話を聞いてこいといったペレスは正しかった、とサンディは考えていた（とはいえ、それをいうなら、たいていのことでそうだったが）。この女性は限度というものを知らなかった。プライバシーの概念をまったく欠いていた。

「二週間くらいまえよ」

「もっとはっきりとした日にちがわかると、とても助かるんですけど」

「〈マリール芸術センター〉でカントリー音楽の夕べがあった日だった。うちの人といっしょにいったの。いつだったかしら、スチュアート？　カレンダーにまだ印が残っているはずよ。見てきてちょうだい」

スチュアート・ヘンダーソンはいわれたとおりにした。「二月の一日だった」

サンディはその日付をメモした。「で、あなたはトーインへいった。車でですか？」

「もちろんよ」ヘンダーソン家のまえには、大型の四輪駆動車とフォルクスワーゲン・ゴルフの新車がとめられていた。アンジー・ヘンダーソンがどこかへ歩いていくところは、想像しにくかった。

「何時ごろにいったんですか？」サンディはペレスが細かいところまでこだわるのを知っていた。

「午前のなかごろよ。うちの人はコテージの保守点検をしていた。それで、一か八かで、とにかくいくだけいってみようと思ったの。掃除機を車のうしろに積みこんだわ。家にはいれた場合に備えて」

「それで、どうだったんです?」

「ドアには鍵がかかっていた。正面のドアにも、差し掛け小屋にはいる裏口のドアにも」

サンディはふと思いついて、クレイグのほうをむいた。「あの家を出ていくとき、自分が使ってた鍵はどうしたんだ?」

「ラーウィックの事務弁護士事務所に返した。〈ロジャーソン&テイラー〉だ。ミニー・ローレンソンの不動産を管理している」

「そんなこと聞いてないわよ!」アンジー・ヘンダーソンが傷ついた様子でいった。「知ってたら、あんなに苦労しなかったのに。その弁護士事務所から鍵を借りられてたかもしれない」

「おれの人生のすべてを母さんが知る必要はないんだ!」突然の怒り。ラーウィックの酒場で喧嘩をはじめた若者のことが、サンディの脳裏に甦ってきた。原因はすごく些細なことで、翌日には本人もなぜ腹をたてたのかを思いだせずにいた。だが、クレイグはいま時差ぼけで疲れているのだろうし、アンジー・ヘンダーソンは聖人の堪忍袋の緒でも切ってしまえそうな女性だった。

「それで、鍵がかかっていて家にはいれないとわかったとき、あなたはどうしたんです?」サンディはたずねた。「車でまっすぐ自宅へ帰った?」だが、それではアンジー・ヘンダーソンらしくなかった。

「窓から家のなかをざっと見てまわったわ」アンジー・ヘンダーソンがいった。「クレイグが出ていくまえの日にきれいに掃除しておいたけど、いまはどんな状態になっているのかと思って。そのあとでべつの借家人がはいってたら、きっとこちらの耳にも届いていただろうけど、わからないでしょ」

「それで、家のなかの状態は？」

「誰かがそこに滞在していた！」まるで家が不法占拠者に乗っ取られていたとでもいうような憤慨ぶりだった。

「なかに人がいるのが見えた？」

「いいえ」アンジー・ヘンダーソンは落胆もあらわにいった。「ドアを叩いてみたけど、返事はなかった。でも、人が住んでいる形跡があちこちにあった。ドアを試したり窓をのぞきこんだりしながら、家のまわりを一周したの」

「なにが見えたのか教えてもらえますか？」

「なかはきちんとかたづいていた」間があく。アンジー・ヘンダーソンは、小さな窓から見えた部屋の様子を思いだそうとするかのように目を閉じた。「ベッドは整えられていた。うちの子があの家に越していったとき、寝具類はうちからもっていったの。ひきはらう前日に、すべてもって帰ってきた。クレイグは最後の日を実家ですごしたわ。そして、ちょっとした送別パーティをひらいたから。あたらしくそろえられてた寝具類は、高級そうに見えた。あんなの、地元じゃ手にはいらないんじゃないかしら。きっとネットで買ったのね。ミニー・ローレンソンが使ってた家具は、まだ一部がそのまま残っていた――クレイグが借りてたときも、そうだった。この子がそのままにしておきたがったから。わたしだったら、あたらしいのをいれるけど」ふたたび間があく。「家はもう、ほとんど残ってないんでしょうね」

サンディは、地滑りで破壊されて泥に埋めつくされた家のことを考えた。首を縦にふる。

「ええ。それから、どうしました？」

「うちへ帰ったわ」アンジー・ヘンダーソンがいった。「そうするしかないでしょ？」

サンディは車のなかからジミー・ペレスに電話をかけた。公営商店に立ち寄って、ヴィッキー・ヒューイットのためにコーラとチョコレートを買ったところで、車を出すまえに報告しておきたかったのだ――ミニー・ローレンソンの不動産を管理していたのは、トム・ロジャーソンの弁護士事務所でした。だが、電話には応答がなく、メッセージを残しておくしかなかった。

トーインに着いてみると、ヴィッキー・ヒューイットは庭にいて、塀ぎわに溜まった瓦礫をふるいにかける作業の最中だった。真っ昼間にもかかわらず、ほとんど日の光がなく、犯行現場用の紙スーツに身を包んだヴィッキー・ヒューイットは、薄闇のなかの小さな白い幽霊のように見えた。サンディは自分も紙スーツを着こんだ。彼の足音を聞きつけて、ヴィッキーがふり返った。

「ここには、チームが総出でとりかかってもきちんと整理するのにひと月はかかりそうなものが溜まってるわ」だが、その明るい口調から、ヴィッキー・ヒューイットがめげていないのがわかった。彼女は泣き言をならべるタイプではなかった。

「おれで我慢してもらわないと」サンディはいった。「悪いけど」

ヴィッキーがにやりと笑った。「外からはじめるのがいいと思ったの。家のなかにまだ残っているものは、ここのに較べれば状態が安定しているから——なんのかんのいって、地滑りを切り抜けたわけだしね。でも、ここにあるものは、強風が吹いたらすべて飛んでいってしまいかねない。だから、区画わけをして写真をたくさん撮りながら、できるだけ多くのものを袋に詰めているの。わたしのあとについて袋にデータを記入していってもらえると、すごく作業がはかどるんだけど」

そういうわけで、サンディはヴィッキーのかたわらにしゃがみこみ、彼女にいわれたとおりにした。昔から彼は、明確な指示に従っているときがいちばんしあわせだった。そして、犯行現場検査官の指示はひじょうに明確だった。ヴィッキー・ヒューイットは霧雨も寒さも気にならないらしく、ときおり立ちあがって伸びをしたり飲み物をとったりしたが、その注意はつねにすぐ目のまえの小さな区画にむけられていた。廃墟のそばのあまり天候の影響を受けないところにしまいこまれたビニール袋の山が、彼女のこれまでの奮闘ぶりを物語っていた。

ヴィッキー・ヒューイットはいま、キッチン用品の小さな山をよりわけていた。コルク抜き。チーズおろし器。ざる。それらは石塀のところに溜まっていて、どれも無傷だった。泥流によって、キッチンのドアから押し流されてきたにちがいない。そこに集まったばらばらな品物を見て、サンディは日曜日のお茶会でときおり見かける骨董品の屋台を思いだした。夏のあいだ集会場でひらかれる資金集めのためのお茶会では、屋台でお宝を見つけようとがらくたをひっかきまわす老女がよくいるが、ヴィッキーはそのひとりに見えた。こういった品々が事件とどう関係してくるのか、サンディには見当もつかなかった。だが、すべてが袋に保管され、サンディはそのひとつひとつのラベルに情報を記入していった。女物の靴が片方あった。サイズ5。スエード。革製の装飾物。靴ベルト。低いヒール。

「被害者は発見されたときに靴をはいてたのかしら?」ヴィッキー・ヒューイットはしゃがんだまま、背中と腕を伸ばした。

「いや」そのことになにか意味はあるのだろうかというサンディの疑問は、ヴィッキーがなにもいわなかったので、答えが出ないままで終わった。

ヴィッキー・ヒューイットは、ふやけた紙片のほうへと注意を戻していた。それらを注意深く袋にいれていく。

「新聞紙ではないわね。技術畑の人たちが完全に乾かすことができたら、身元確認の補強証拠になるかもしれない」

それか、クレジットカードや二重ガラスを売りつけようとするダイレクトメールの切れ端にすぎないのかも。サンディはすごく腹がへっていた。昼食を食べ損ねていたのだ。ヴィッキーもなにも食べていないはずだったが、彼女はコーラだけでやっていけるらしく、いっきに飲みほした缶を注意深くリュックサックにしまっていた。サンディは、自分からそろそろ切り上げようというつもりはなかった。とはいえ、内心では今夜のルイーザとのデートのことを考えていた。必要とあらば喜んで残業する、とペレスには申しでていたが、ひと晩くらいおまえがいなくても大丈夫だ、と笑っていわれていたので、〈スカロワー・ホテル〉のディナーのテーブルを予約しておいたのだ。それと、そのあとの部屋も。一泊の料金を聞いて、サンディは目を丸くしていたものの、ルイーザにはそれだけの価値があった。それに、今夜ふたりで彼のフラットにいくのでなければ、部屋をかたづける手間が省けるというものだ。

あたりは暗くなりつつあり、上方の道路をのろのろと進んでいく車はすでにヘッドライトをつけていた。もうすぐ作業をつづけられなくなるくらい暗くなる。そうなったら、たとえヴィッキーでもあきらめざるをえないだろう。消防士たちは発電機と照明灯を持ち去っており、あたりの風景からは色が消えていた。

「あと十分」ヴィッキー・ヒューイットがまっすぐに立ちあがりながらいった。「そしたら、お風呂と食事の待つ文明社会に戻りましょう」

サンディはうなずいた。それと、ルイーザの待つ世界に。

ヴィッキー・ヒューイットはふたたびしゃがみこみ、つぎの区画にある残留物をよりわけていった。その動きが止まる。

「女性の殺害に使われた索状の凶器はベルトかもしれない、とグリーヴ先生はいってなかったかしら?」

「ああ、たしか」サンディは断言するのが好きではなかった。「幅が狭いものだ。肌にバックルの食いこんだ痕はなかったけれど、表面に凹凸のある革製品でついたとおぼしき痕跡があった」

「それじゃ、これの写真を撮っておいたほうがいいわね」フラッシュが焚かれ、サンディは一瞬、目がくらんだ。ヴィッキー・ヒューイットは位置を変え、もう一枚写真を撮ってから、細い革のベルトを残留物のなかからひっぱりだした。花柄の浮き彫り細工が施されていた。

「女物だ」サンディはがっかりしていった。「被害者のもので、ほかのがらくたといっしょに家から押し流されてきたのかもしれない」

「たしかに。でも、死体の首に残されていた痕とベルトの模様が一致すれば、それがこの犯罪について、なにかを物語ってくれるんじゃないかしら」ヴィッキー・ヒューイットは、丸めて蛇のようになったベルトを袋にいれた。

「そうかな?」サンディはすこし考えてからいった。「そのベルトが凶器だとすると、ここが犯行現場ってことになるだろうな。つまり、トーインが。凶器がここにあるのなら、被害者がべつの場所で殺されたとは考えにくい」

「そして、殺害に女物のベルトが使われたということは、この犯行が突発的なものであったことを示唆している。犯人が男性だった場合の話だけれど。彼は殺人のための凶器を持参していなかった。たまたま手近にあった被害者のベルトを利用したのよ」何時間もじめじめした地面を這いずりまわっていたにもかかわらず、ヴィッキーの熱意は薄れていないようだった。

「でも、どれも消極的証拠じゃないかな? それに、不確かだ」サンディは、自分が裏切り者のように感じた。ヴィッキーの専門知識にけちをつけているように。

「これはとっかかりよ」ヴィッキー・ヒューイットはいった。「それだって、けさよりも一歩前進したことになる」

11

このシェトランドは自分の記憶にあるシェトランドとはまるでちがっている、とウィローは考えていた。彼女の知っている真夏のシェトランドは、どこもかしこもピンクと銀色だった。水面のきらめき。岬に咲き乱れる花。だが、いまは冬の薄暗がりのなかで、あちこちに黒い影ができていた。シェトランドにくるのはこれで三度目だったが、まるではじめて訪れたよそ者のような気分がした。もしかすると、現実ときちんとむきあう必要があるのかもしれなかった。いつまでも十代の小娘のように、背が高くて肌の浅黒い男のことを——亡くなってしまった完璧な女性についてくよくよと考えている男のことを——夢見ているわけにはいかないのだ。ウィローの両親は、どちらも夢を追う人だった。学者としての安楽な生活を捨て、ヘブリディーズ諸島のノース・ウイスト島でヒッピー共同体《コミューン》を立ちあげていた。結局、ほかの移住者たちは情熱を失い、島を去っていったが、ウィローの両親はまだそこに留まっていた。砂地を耕してかつかつの生活を送り、自分たちの実験が大失敗であったことを認めようとはしなかった。

ウィローはジミー・ペレスのオフィスにすわって、彼がニューヨークと電話で話すのを聞いていた。アメリカ人ははやくから仕事をはじめるだろうから、ミズ・セクレストの雇い主をつかまえるのは朝いちばんがいいのではないか、という結論にふたりでたっしていたのだ。ペレスはゆっくりとしゃべっていた。話し方に手心をくわえていたので、訛りはほとんど消えていた。

結局のところ、わたしはジミー・ペレスについてなにを知っているのだろう？　彼はどういう人間なのか？　仕事をやりとげるのに必要とあらば、どんなふうにでもなれるこの男は？

「わたしはイギリスの警察官です」ペレスはいっていた。

ウィローには相手側の発言が聞こえなかったが、ペレスの返事から、だいたい想像がついた。ペレスは苛立ちをまったく見せずにいった。「いいえ、イングランドではなく、スコットランドです。ええ、おなじようなものです。わたしの勤務地はシェトランド諸島です」ペレスは小さく笑ってから、ウィローにむかって顔をしかめてみせた。「そちらの会社で働いていると思われる方にかんする情報が必要なんです。名前はアリッサンドラ・セクレスト。ええ、もちろん、待ちます」

ペレスが電話機の切り替えボタンを押して、会話がスピーカーでながれるようにした。突然、アメリカ人の声が部屋を満たした。「はい、サンディ・セクレストです。どういったご用件でしょうか？」

一瞬、ウィローは笑いだしそうになった。ペレスが豆鉄砲を食らった鳩のような顔をしていたからだ。ようやく亡くなった女性の身元を突きとめたと確信していたのに、どうやら当のご本人はニューヨークで元気に働いているようだった。ペレスが返事をするまでに、すこし時間がかかった。

「突然、すみません。こちらが説明するまえに、いくつか質問にこたえていただきたいのですが。シェトランドに親戚がいたことは？」

「ええ、遠縁の親戚がひとりいました。叔母です」その声の感じからすると、サンディ・セクレストは殺された女性よりも年上と思われた。定年間近といったところか。だが、てきぱきとして、とても利発そうなしゃべり方だった。

「そして、その方は遺書であなたに不動産を残した？」

「そうです。レイヴンズウィックという村にある小さな家で、仕事がそう忙しくないときに、いつか訪れたいと考えています」間があく。「これはいったいどういうことなんでしょうか、刑事さん？」

「残念ながら、あなたが叔母さんから譲り受けた家は、今週発生した地滑りで被害にあいました」

「わざわざお知らせいただいて、ありがとうございます。さっそく保険会社に連絡をとります。くわしいことをメールで送っていただければ、あとはこちらで処理いたしますので」サンディ・セクレストは受話器を置こうとした。

「死者が出ました」ペレスが急いでいった。「女性です。あなたの家に滞在していたと思われます。それについて、なにかご存じありませんか？」

「いいえ！」すぐに返事がかえってきた。「ある男性に、家の使用を許可したことはあります。叔母と親しくしていた年輩の方から紹介された男性です。年輩の方のお友だちだとか。でも、その男性は半年前に家を出ています。手入れと修理とひきかえにまた家を借りられないかと男性からいわれたので、どうぞとこたえました。こうなっていなければ、彼は二週間後に、またそこで暮らしはじめていたはずです」

「亡くなった女性は〝アリッサンドラ・セクレスト〟と名乗っていました」ペレスはいった。「すくなくとも、その名前を使ってこちらまで旅をし、その名前で予約をひとついれていた」

「それで、わたしは死んだと思われていた？」サンディ・セクレストはしわがれた声で笑った。「電話口にあなたが出てきたときには、かなり驚きました」

「詐欺かしら？　身元詐称の？　どこか滞在する場所を確保するための」

「正直なところ、いまはなにをどう考えていいのかよくわかりません。この亡くなった女性の似顔絵をメールでそちらにお送りしたら、見覚えのある人物かどうかご確認いただけるのではないかと」ペレスは一瞬、言葉をきった。「なんらかの詐欺行為にお気づきではありませんか？　銀行口座からお金が消えたとか、知らないうちにクレジットカードが使われていたとか？　この女性はあなた名義の偽造パスポートを使っていた可能性さえある」

「いまのところはなにも気づいていませんけれど、さっそくさかのぼって調べてみます」

ペレスがウィロ―のほうを見て、なにか訊きたいことはあるかというように眉をあげてみせた。

ウィローは口だけ動かしていった。「事務弁護士のことを」

「シェトランドにおけるあなたの事務処理はどなたがおこなっているんでしょうか、ミズ・セクレスト？」

「〈ロジャーソン＆テイラー〉という弁護士事務所です。叔母の遺書のことで事務所から連絡があって、相続した不動産をどうするかと訊かれました。数点の大きな家具を除いては、すべて処分してもらいました。価値のあるものはありませんでした。安物の宝飾品が数点、こちらへ送られてきました。絵や写真もあったようで、それらは家にそのまま置いておくように頼みました。そこにあるべきものだと感じたからです。それから、請け負い契約の清掃業者を使って、隅から隅まできれいにしてもらいました。亡くなったとき叔母は高齢で、最後のほうは身のまわりのことや家のことをあまりきちんとできていなかったようなので」

「清掃業者の名前を覚えていますか？」

ペレスの質問に、サンディ・セクレストは一瞬、不意をつかれたようだった。だが、すぐにこたえた。「いいえ。でも、弁護士事務所に記録が残っているはずです。事務所から請求書が送られてきましたから」

「それから？」

「しっかりと戸締まりをして、わたしがそちらへいけるようになるまで――もしくは、家をどうするかを決めるまで――鍵を保管しておいてくれ、と頼みました。そして、家のことをほとんど忘れかけていたころに、そこを借りたいという男性から電話をもらったんです。彼のことを弁護士事務所に問い合わせてみると、問題なしという返事がかえってきました。あそこを空き家にしておくよりも誰かを住まわせておくほうが、理にかなっていました」

「トーインに借家人を置く件について、〈ロジャーソン＆テイラー〉の誰と話をしたのか覚えていますか？」ペレスのしゃべり方には、シェトランドの訛りがかすかに戻ってきていた。

「それはちょっと……すみません、刑事さん。たしか、ふたりいる共同経営者のどちらでもなかったと思います。女性です。受付で働いている方かもしれません。でも、彼女は家を借りたいといってきた男性のことを知っていて、彼はきちんとした家の出だといっていました。わたしには、それでじゅうぶんでした。地元の人が住むところを必要としているときに家を空けたままにしておくのは、馬鹿げていました」

サンディ・セクレストは即決し、それを変えない女性なのだろう、とウィローは思った。

「それで、家の戸締まりと清掃にかんしては、事務所の誰に指示したんでしょうか？」ペレスがたずねた。「そのおなじ女性にですか？」

「いいえ。そちらは間違いなく弁護士のひとりにでした。名前はポール・テイラーです」さらに質問がくるのを待つかのように、サンディ・セクレストは言葉をきった。だが、なにもなかったので、すぐにつづけた。「これですべてでしたら、刑事さん、いまから会議に出なくてはなりませんので」

「亡くなった女性ですが」ペレスがいった。「彼女は地滑りで命を落としたのではありません。事故ではなく、殺されたんです」

　サンディ・セクレストは、はじめて冷静さを失ったようだった。「おっしゃってることが、よくわからないんですが」

「彼女は絞殺されました」ペレスがいった。「その死体が家に残されていて、地滑りのときに押し流されたのだと考えられています。そうなっていなければ、以前借りていた男性がまたあの家に戻ってくるまで、死体は発見されずにいたでしょう」

「そして、その女性はわたしの名前を使い、わたしのふりをして生活していた」

「ですから、こうお訊きしなくてはなりません——あなたには誰かから命を狙われるような理由がおありですか？」ペレスの声は落ちついて淡々としていた。

　サンディ・セクレストは先ほどとおなじしわがれた笑い声をあげた。煙草のみの笑い声だ。どうやら喫煙が彼女の隠れた悪癖のようだった。「まあ、仕事で敵を何人か作ってきてはいますね。出版をことわったり契約を打ち切ったりした作家。わたしに売れっ子作家を横取りされたことを面白く思っていない編集者。でも、死を望むほどわたしを憎んでいる人はひとりもいません。しかも、大西洋を渡ってまで殺したいというような人は。それに、その人は被害者の女性を見た瞬間に、それがわたしではないと気づいたはずです」

「そちらの会社では、どんな本を出版しているんですか？」

「うちは総合出版社なんです。でも、わたしの担当はノンフィクションです。おもに自己啓発の本を出しています」

「『よりよい未来へとむかう考え方』というのは、そちらで出された本ではないですか？」ペレスがたずねた。「現場に、そういう本があったものですから」

「ええ、刑事さん。それはうちのベストセラーのひとつです」サンディ・セクレストは、訝しがるというよりは誇らしげな響きがあった。

「叔母さんに一冊送りましたか？」

サンディ・セクレストがふたたびしわがれた声で笑った。「叔母がいることさえ、ほとんど知らなかったんです。それに、叔母がそういう本に興味があったとは思えません」

「弁護士事務所の関係者以外に、ちょくちょく連絡をとりあっている人がシェトランドにいますか？」

「マグナス・テイトという老人がいました。叔母の友人で、彼女が亡くなってから、ときどきこちらに電話をかけてきていました。自宅に電話が敷かれてからまだ間もないといっていたので、玩具みたいな感覚でいたんじゃないかしら。ほかに電話をかける相手がいなかったのかもしれません。トーインに清掃会社がはいったこと、その仕事ぶりがきちんとしていたことを、電話で報告してくれました。それから、自分の友だちに家を貸してもらえないかと訊かれたんです。彼の言葉はほとんど理解できませんでしたけれど、それを聞いていると、なんとなく心地がよくて、自分が一度も訪れたことのない土地の一部になれたような気がしました。でも、ここ数カ月、彼から連絡はありません」

「わたしはマグナスを知っていました」ペレスがいった。「彼はずっと具合が悪くて、つい最近亡くなったんです」

「まあ！」サンディ・セクレストはほんとうに動揺しているようだった。「お気の毒に」

「マグナスはトーインの鍵をもっていましたか？」

「きっともっていたと思います」サンディ・セクレストがいった。「叔母の死体を発見したのは、彼だったんじゃないかしら。事務弁護士から連絡をもらうまえに、彼から電話で叔母の死を知らされましたから」

ふたたびペレスから視線をむけられたウィローは、今度は首を横にふった。いまの時点では、これ以上サンディ・セクレストへの質問はなかった。ペレスがすべて訊いてくれていた。ウィローはすでに、いま手にはいった情報を処理する作業にとりかかっていた。サンディ・セクレストはシェトランドに友だちがおらず、ここを一度も訪れたことがなく、こちらの弁護士とはメールでしか接触したことがないという。だとすると、トーインの被害者が彼女と間違われて殺された可能性は薄いと思われた。いまもっとも重要なのは、この〝サンディ・セクレスト〟になりすましていた女性といっしょにいるところを目撃された男性——もしくは、男性たち——が何者かを突きとめることだった。

ペレスが通話を終えようとしていた。受話器を置いた彼にむかって、ウィローはにやりと笑いかけた。「それじゃ」という。「お楽しみのはじまりね」

ふたりは昼食をとるために、〈マリール芸術センター〉まで歩いていった。警察署から坂を下って、あたらしい町役場のまえを通りすぎる。〈マリール芸術センター〉は水辺にあった。

そのコンクリートとガラスでできた建物に、ウィローは芸術分野の将来に対するシェトランドの自信を感じた。彼女が育った島では、とてもこんなものを作ろうという発想は生まれてこないだろう。石油で潤うようになって以来、シェトランドはおのれの無限の可能性を信じているようだった。ウィローはそういった趣旨のことをペレスにいった。

「そいつはどうかな」ペレスがいった。「いまだったら、この建物は作られていなかっただろう」彼は考えごとをしているらしく、それ以上の説明はなかった。

ふたりは階下にある小さなバーで、注文の列にならんだ。会話をほかの人に聞かれてしまうのを恐れて、待つあいだ、どちらも口をひらかなかった。子供連れの母親が大勢いるらしく、手編みのセーターを着た陽気な若い女性たちが授乳や幼児グループの話をしていた。自分もいつか母親になるのだろうか、とウィローはぼんやりと思った。

あらためてそれについて考えた瞬間、ウィローの全身に電気ショックのようなものが駆け抜けた。ペレスがそれに気づいていないのが、不思議なくらいだった。そのとき彼はウィローの肘に手をあてて、人ごみのなかをいっしょに抜けていくところだったのだ。彼にもきっと伝わっていたはずだ、とウィローは高ぶった状態のなかで考えていた。出産や育児のことは、しばらくまえから彼女の意識下でくすぶりつづけていたのかもしれない。だが、いま彼女は自分がその当事者になるという可能性に衝撃を受けていた。その問題の大きさに動転していた。ペレスといっしょのときに——捜査の真っ最中に——それが意識の表面にあらわれてきたというのは、じつに間が悪かった。ウィローには考える時間が必要だった。これが一過性のものなのか、それとも強迫観念のようにとどまりつづけるものなのか、いまこの場では判断がつかなかった。彼女にわかっているのは、時間は刻々とすぎつつあり、手遅れになるまえに決断をくださなくてはならないということだけだった。

ふたりはそれぞれの飲み物をもって上階へいった。階下のバーとちがって、こちらにはほとんど人がいなかった。

「被害者は殺される数日前に、ここで目撃されていた」ペレスがいった。「証言によると、われらが謎の女性はここにすわって、きちんとした身なりの男と酒を飲んでいた」

「ブレイの協同組合で彼女を車で拾っていった男ね？」ウィローは自分のホルモンを無視して、捜査に集中しようとした。

「おそらくは。まあ、そう考えるのが妥当だな」ペレスは自分のトレイをテーブルに置いた。そこからは階下のバーを見おろすことができた。母親たちが赤ん坊やよちよち歩きの幼児を集めて、外へ出ていこうとしていた。いま話題にしているのは、コミュニティ・センターではじまった五歳児以下を対象にした言語クラスのことだった。

わたしには無理だ。とてもあんなふうに子育てを仕事がわりにしてしまうことはできない。育児や教育にかんするさまざまなウェブサイトやディスカッショングループ。そういったものは、きっと仕事が恋しいと感じている女性たちの要求を満たすためにあるのだろう。もしかすると、うちの両親は正しかったのかもしれない。子供に必要なのは、愛情と新鮮な空気とすこしばかりの健全な放置だけなのかも。

「被害者は、どこで〝アリッサンドラ・セクレスト〟の名前を見つけたのかしら？」ウィローは女性たちが子供や荷物や乳母車とともに立ち去っていくのを見送っていた。昼食で混みあう時間帯が終わって、階下のバーでさえいまは静かになっていた。「どうやって弁護士から家の鍵をだましとることができたのかは、想像がつくの。名前をいって事情をすこし説明すれば、正式な身分証明書の提示までは求められないだろうから。でも、あの家の所有者が誰なのかは、地元の人でさえほとんど知らなかった。そして、なりすましをはじめるには、その情報がどうしても必要だったはずよ」

「『シェトランド・タイムズ』に、なにか掲載されてたのかもしれない」

「被害者が本土からきたのだとすると、くるまえに地元紙を目にする機会があったかしら？」ウィローはミネラルウォーターの瓶の蓋をねじってあけた。「それに、どうしてそんな手の込んだことをするの？　シェトランドを訪れたいのであれば、ただふつうにやってきてB&Bに泊まればすむことじゃない？」

　ペレスが返事をするまえに、黒いTシャツに黒いジーンズという制服姿の若い男性が料理をはこんできた。額にかかる髪の毛。眉にならぶ飾り鋲。〈マリール芸術センター〉を心のよりどころとする芸術家肌の若者のひとりだ。自分が子供のころにはこういう場所はどこにもなかった、とウィローは考えていた。みんなでつるむといったら、島でただ一軒の酒場に未成年でもぐりこんで酒を飲むか、集会場で大人たちがヴァイオリン《フィドル》とアコーディオンにあわせて踊っているあいだ、裏でこっそり乳繰りあうかだった。若者が料理の皿をテーブルに置くのを待ってから、ペレスが声をかけた。

「きみはアンディだろ？　ジェーンとケヴィンのところの？　すこしまえにこっちに戻ってきたって聞いたよ」殺された被害者の似顔絵がひっぱりだされる。「この女性に見覚えはないかな？　ここで一杯やってた。一週間ほどまえの晩だ。中年男性がいっしょにいたはずだ」

ウィローは若者の顔を観察していた。無表情だった。興味も好奇心もなし。奇妙な反応に思えたが、彼は〝クール〟でいることを練習していて、そういう態度が習慣になっているのかもしれなかった。アンディ・ヘイが首を横にふった。「悪いけど」

ウィローは、ペレスがもっと食いさがるものと考えていた。だが、彼は若者に似顔絵を渡しただけだった。「これをもっていって、同僚たちに見せてくれないか。この女性に見覚えのある人物がいたら、ここへくるようにいってもらいたいんだ」

「わかった。それじゃ、ジミー」

食事のあとで皿をさげにきたのは、大柄な若い男性だった。アンディ・ヘイとおなじく、制服の黒いジーンズに〈マリール芸術センター〉のTシャツを着ている。生えかけの顎ひげと若者特有の荒れた肌のせいで、その顔はすこしむさくるしく見えた。名札には〈ライアン〉とあった。

「アンディから似顔絵を見せてもらった？」ウィローはスープのお碗を彼のほうへ押しやりながらたずねた。ライアンは、てきぱきとした動きを期待できそうにない若者だった。

「似顔絵って？　アンディは、ついさっきシフトをあがった。おれはふだんチケット売り場で働いてるけど、ここが人手不足ってことで、手伝いを頼まれたんだ」不服そうに鼻を鳴らす。テーブルをかたづけるのは、どうやら彼の沽券にかかわることのようだった。

「これだ」ペレスがべつのコピーをひっぱりだして、テーブルに置いた。

ライアンは椅子をひいて、かれらといっしょにすわった。シェトランドの若者はこの建物とおなじく自信にあふれている、とウィローは思った。豊かな時代に育ったからだろう。なんでも可能だと思えた時代に。

「この女性を知ってるかな?」テーブルがすこし窮屈になったので、ペレスが椅子をずらした。

「ここで中年の男性と一杯やっていた」

「バーでは働いてないんだ——まだ学生だから。週末に、ロビーにあるデスクでチケットを売ってる。でも、彼女なら見たことがある。間違いない」

「新聞に彼女の似顔絵が載ってるのに気がつかなかったのか? ラジオ・シェトランドのニュースで人相を聞いたりとかは?」

「新聞はあまり読まない」若者が悪びれずにいった。「上級課程の勉強が忙しすぎて」ちらりとあらわれた笑みが、それが言い訳にすぎないことを物語っていた。『シェトランド・タイムズ』は彼の両親のためにある媒体であって、彼自身は携帯電話やタブレットで情報を得ているのだ。

「彼女を見かけたときのことを話してくれないか」

「そうだな。たしか、金曜日の晩だったと思う。おれが夜も働くのは金曜日だけだし、見かけたのが夜だったのは間違いないから」ライアンが椅子の背にもたれた。

「彼女は階下のデスクにチケットを買いにきた？」

「そうだよ。映画のね」

「支払いは彼女が？」

「ああ。でも、一枚だけだったから。彼女はひとりできてたんだ」

「それはたしかかな？　べつの目撃者によると、彼女はここで中年男性といっしょにいた。もしかすると、彼女には男性の連れがいたが、ふたりはべつべつに支払ったとか？」

ウィローの見ているまえで若者は顔をしかめ、自分がいま考え中であることを示してみせた。〈マリール芸術センター〉で働く若者の大半は芸術の分野で活躍したいと考えているらしく、どうやらこの目撃者にも芝居がかったところがありそうだった。

「いや」ライアンがいった。「彼女は間違いなくひとりだった」

ウィローはペレスの苛立ちを感じとった。この会話からもっと多くの情報を得られるのではと、期待していたのだ。被害者の連れの名前までは無理としても、せめて人相くらいわかるのではと。彼はこの二日間、女性の身元を突きとめようと、ずっと奮闘してきていた。ウィローは若者にほほ笑みかけた。「彼女にチケットを売ったのは、何時ごろだった？」

「どうだったかな」今度は、芝居がかったしぐさはなしだった。

「彼女は急いでいた？　映画の上映がはじまりそうになっていた？」力づけるように、ふたたび笑みを浮かべてみせる。ふだん、ペレスはこういうことに——目撃者をリラックスさせることに――ひじょうに長けていた。だが、彼はすでに事件にのめりこみすぎていた。被害者の名前を突きとめることが、彼自身への挑戦のようになっていた。

「そうだな。ぜんぜん急いでなかった」ライアンがいった。「たしか、まだ三十分は余裕があった。彼女はチケット売り場からまっすぐバーへむかった」

「バーは混んでいた?」

「そりゃ、夜のその時間はたいてい混んでるから。映画やライブを観にきた連中だけじゃなくて、仕事帰りに立ち寄って酒やコーヒーを一杯飲んでく連中がいるんだ。ほら、ここはビジネス街にちかいだろ」若者は漠然と海のほうへうなずいてみせた。

「それじゃ、彼女はチケットを買ったあとで、その男性と会っていたかもしれないわよね? 男性は自分でチケットを買い、それからバーにいる彼女に合流したとか?」もしくは、ふたりはたまたまバーで出会った可能性もある。男性は、仕事から帰宅する途中のビジネスマンだ。もしもバーが混みあっていたのなら、ふたりはテーブルで相席を強いられたのかもしれない。だが、その場合、いまごろはもう男性が警察に連絡してきているはずだった。中年の男性なら、『シェトランド・タイムズ』に目をとおしているだろうから。

「そういわれりゃ、そうかもしれない」

「映画が終わったとき、あなたはまだ勤務についていたのかしら?」ウィローはこの会話を完全に乗っ取ってしまっていた。ペレスは自分のコーヒーをみつめていたが、その耳がしっかりとそばだてられているのがわかった。ジミー・ペレスはいつだって耳をそばだてていた。寝ているあいだもそうなのだろうか。

「金曜日の晩は、いつも遅番なんだ」

「この女性がここを出ていくのに気がついた?」

「いや」若者がいった。「けど、だからって彼女がいなかったことにはならない。映画が終わると、ここは大混雑するんだ。そして、こっちは客をおいだすのに必死でね」

「その金曜日は、ここでほかにどんな催しがあったのかしら? 小ホールではなにが?」

若者が首を横にふった。「一年のこの時期は、たいていはすごく静かなんだ。みんなまだ、バイキングの火祭り《アップ・ヘリー・アー》の疲れが抜けてないから」

「ありがとう、ライアン」ウィローは笑みを浮かべて、若者を解放した。

ペレスは去っていく若者にむかって小さく手をふってみせたものの、なにもいわなかった。


ペレスはウィローのために、あたらしいB&Bを予約してくれていた。その宿をやっているのはペレスの学生時代の友人で、ひと旗あげようと本土へ渡ったのちに、やはり子供が生まれるのを機に故郷へ戻ってきたシェトランド人のひとりだった。そこはもともと州裁判所の判事の住居だった建物で、コマーシャル・ストリートから路地をすこしはいったところにあり、警察署からは簡単に歩いていけた。静かで落ちついた一画で、町の中心部にしてはめずらしく、庭に成木が何本か生えていた。ペレスは大きな声をかけてから建物にはいっていき、ウィローの先にたって地下のキッチンへとおりていった。そこは暖かかった。巨大な大型こんろ《アーガ》が壁一面を占めており、お腹の大きな女性がテーブルのまえにすわってニンジンとジャガイモの皮をむいていた。ウィローはその女性をみつめずにはいられなかった。〈マリール芸術センター〉でコーヒーを飲んでいた女性たちを見かけたときとおなじ奇妙な感覚に襲われていた。今回は、それがなんなのかわかった。羨望の念だ。わたしはこの身体に赤ん坊を身ごもりたいと思っている。ああいう外見になりたいと願っている。

女性は重たそうな身体をもちあげて立ちあがると、やかんをホットプレートの上に移動させた。

「すごいな、ロージー」ペレスがいった。「あとどれくらいなんだ？　それ以上でかくなったら、破裂してしまいそうだ」

ロージーがほほ笑んだ。「まだあと一週間ほどあるわ、ジミー。それまでに事件を解決しないと、ここでジョンの作った朝食を食べる羽目になるわよ」ウィローのほうをむく。「冗談抜きで、それだけは避けたほうがいいわ」

ウィローの部屋は、最上階の傾斜した軒の下にあった。ペレスはロージーが階段をのぼらなくてすむように、鞄のひとつをもって、自分でウィローをそこまで案内した。シーサイドブルーと緑の壁紙が貼られたばかりの部屋からは、ブレッサー海峡をのぞむことができた。

「旦那さんのジョンは、なにをしている人なの？」

「会計士だ。自治体の仕事についてる。このB&Bが軌道にのったら、そちらは辞めるかもしれない。彼の初恋の相手は海でね。小さな船を手にいれて、島めぐりのツアーをしたり、旅行客を日帰りの釣りに連れだしたりする計画をたてている」

ウィローはうなずいた。「あることをやりたいと思いながら、それとはべつのことをしなくてはならないなんて、つらいでしょうね」

「そうだな」ペレスがいった。「でもまあ、ジョンはいまのままでも、じゅうぶんしあわせだよ」

すこし気まずい沈黙。ふたりとも個人的な話をするのがあまり得意ではなく、ペレスの携帯電話が鳴ると、ほっとした空気がながれた。

「サンディだ」通話が終わると、ペレスがいった。「暗くなったから、ヴィッキーといっしょに署へ戻るところだそうだ。われわれに見せたいものがあるといっている」

「手を洗うから、二分ちょうだい。階下で会いましょう」

だが、ペレスの足音が磨きあげられた木の階段をふたつおりていくあいだ、ウィローの頭にあるのはロージーのことだった。お腹に赤ん坊がいるというのは——外へ出ようと押したりひいたりする赤ん坊がいるというのは——いったいどんな気分がするものなのだろう?

12

サンディがヴィッキー・ヒューイットを車に乗せて警察署に戻るころには、あたりはすっかり暗くなっていた。北へむかう途中で雨が激しくなっており、道路の窪みには淀んだ水がたまっていた。サンディは春の訪れが——この陰鬱な雰囲気を吹き飛ばしてくれる陽射しと暖かい風が——待ち遠しくてならなかった。署では、ペレスとウィローがふたりを待っていた。ペレスは自分の机のまえにすわって、なにやら考えこんでいた。ときおり彼は鬱にとりつかれたように見えることがあり、いまもちょうどそんな感じだった。そういうとき、サンディは心得ていたので、無理に警部を元気づけようとはしなかった。ペレスがその暗い気分から抜けだしてくるのを気長に待つのが、いちばんなのだ。

「それで、なにを見つけたのかしら、サンディ?」ウィローがいった。その口調が鬱々となることはなさそうだった。

「見つけたのはヴィッキーです」サンディは犯行現場検査官のほうをむいた。ヴィッキーがベルトのはいった証拠品袋を目のまえの机に置く。「これが殺人に使われた凶器かもしれません。革の模様と被害者の首に残されていた痕が一致すれば」

「被害者の名前がわかっていればな」ペレスが叫ぶようにいった。こんなに怒っているペレスを見るのは数カ月ぶりのことで、サンディは自分の思いどおりにならなくてかんしゃくを起こしている十代の若者を連想した。「彼女を〝あの女性〟とか〝被害者〟と呼ぶのには、もううんざりだ」

「彼女の名前は〝アリッサンドラ・セクレスト〟だと思ってましたけど」

「どうやら、ちがっていたようなの」ウィローがいった。「アリッサンドラ・セクレストは、ニューヨークの出版社で生きてぴんぴんしているわ」

その件にかんして、サンディはいろいろとたずねたかった。トーインで見つけた手紙にあった〝アリス〟とは何者なのか？　〝アリッサンドラ・セクレスト〟の名前でシェトランドまで旅してきた女性の正体は？　だが、ペレスが質問にこたえる気分でないのがわかったので、そのまま黙っていた。

「ベルトには、まだ指紋が残っているかもしれない」椅子の数が足りなくて、ヴィッキー・ヒューイットは机の端にちょこんと腰かけていた。「悪天候にさらされて劣化しているでしょうけど、ベルトは石塀のかげにあったから、損なわれていない指紋がいくつか見つかる可能性がある。トーインで暮らしていた女性のものではない指紋が。被害者の指紋は、家のなかにいくらでもあるはずよ。そこから身元を特定しようとはしたのよね？」

「もちろんだ」ペレスがほとんど顔もあげずにいった。「そして、ジェームズ・グリーヴも死体から指紋を採取することに成功した。それは家のなかにあった指紋の大半と一致したが、警察の記録にはなかった」

「家のなかには被害者以外の指紋もあったの？」

「いくつか。だが、湿気と泥でなにもかもぐしょぐしょになっているから、使えるものが見つかるかどうか」

沈黙がおりた。突風が雨粒を窓ガラスに叩きつけていた。外で誰かが車の警笛を鳴らした。

「それじゃ、おつぎはどうする？」ウィローがいった。明るく、てきぱきとした口調だった。

「いうまでもなく、まずベルトをアバディーンに送る。でも、ここではなにができるかしら？例の黒髪の女性の身元を突きとめるために？」

最後のは、被害者をより血のかよった存在にしようとする試みだった。そして、それが功を奏したらしく、ここではじめてペレスはこの会話に身を入れて参加してきた。

「断定はできないが、ジェーン・ヘイとアンジー・ヘンダーソンによると、トーインの農家に押し入られた形跡はなかった。となると、われらが身元詐称者はどうやってあの家の鍵を手にいれたのか？」ペレスが机の上に身をのりだした。「鍵を管理している弁護士事務所に問い合わせて、アリッサンドラ・セクレストのふりをした女性が訪ねてきたかどうかを確認する必要があるな」

「鍵はマグナス・テイトのところにもあった」ウィローがいった。ちらりとサンディのほうを見て、ウインクのような目配せをしてみせる。ほら、上手くいったわ！

「アリッサンドラ・セクレストを名乗る女性がシェトランドに着いたとき、マグナスはすでに入院していた」

「でも、彼の家は厳重に警備されている金塊貯蔵所《フォート・ノックス》とはいえないでしょ」ウィローがいった。「トーインの家のほうは、戸締まりがきちんとされていたはずよ。弁護士にはそうする責任があったんだから。でも、ほとんど盗むもののない農家に住んでいた老人がいきなり入院した場合、その家にはいりこむのはそうむずかしくなかったでしょうね」

「マグナスの家は、うちから斜面をすこしのぼったところにある」ペレスが意気込んだようにいった。「今夜、見てこよう」

「わたしはあす、現場に戻るわ」ヴィッキー・ヒューイットが机からおりた。「まだ庭に物が大量に残っていて、家のなかはまったくの手つかずだから」

「弁護士事務所への問い合わせは、わたしがやる、ジミー？　捜査責任者という立場を笠に着て、相手に圧力をかけるとか？」ウィローも立ちあがろうとしていた。

サンディは腕時計に目をやった。ジミー・ペレスのオフィスにいるあいだはルイーザと会うまえに着替える時間は、たっぷりとあった。スカロワーでルイーザのことを忘れていられたが、いまはまた頭のなかが彼女のことでいっぱいになっていた。ペレスがヴィッキー・ヒューイットをB&Bへ送っていく話をしていた。ウィローがマグナス・テイトの家にいくペレスに同行してもかまわないかとたずねていた。だが、サンディはまったく聞いていなかった。不安を感じていた。最初から上手くやれた経験がほとんどないにもかかわらず、今夜はルイーザを相手にしくじるわけにはいかないのだ。

サンディはルイーザよりも先に〈スカロワー・ホテル〉に着いた。彼女は午後をラーウィックですごしてから、バラ島にいる学生時代の友人を訪ねていくことになっていた。ルイーザの母親は最近では短期入所《ショートステイ》の制度を利用しており、週末はイェル島にある介護施設にはいっていた。バラ島とシェトランド本島はスカロワーにある橋でつながっているので、ふたりが〈スカロワー・ホテル〉で落ちあうことにしたのは理にかなっていた。だが、いまサンディはその選択を悔やんでいた。彼女を待つあいだに、飲みすぎたくなかった。ルイーザは酔って騒いで馬鹿をやるタイプではなかった。バーでビールをすする彼のまわりでは、土曜日の晩の人ごみが渦を巻いていた。サンディは自分が完全に周囲から切り離されているように感じた。おなじ建物でパーティがひらかれているときに面接を待っている気分だった。

そのとき、ルイーザの姿が目にはいった。彼女は通りに面したロビーにいた。雨がまたひどくなったらしく、コートを脱いで、表面の水滴をふり落としている。水滴は髪の毛にもついていた。サンディは彼女にちかづいていくとき、ドアのそばにすわっていた老女の足につまずいた。老女が痛みで小さな悲鳴をあげ、部屋じゅうの人間の視線がサンディに集まった。彼が謝っているあいだに、ルイーザはどこかへ消えてしまったようだった。一瞬、サンディはあせった。そのあまりの不器用さと愚かさに、彼女から愛想を尽かされてしまったのだろうか？　そのとき、ルイーザの姿がふたたびバーの入口にあらわれた。裏返しにして畳んだコートを手にしていた。

「これを乾かしておけるところはないかと思ったんだけど」

「部屋をとってある」サンディはいった。「そこに掛けておけばいい」

ルイーザの顔に浮かんだ驚きの表情を見て、サンディは彼女にまだ部屋のことを話していなかったことに気がついた。先走りすぎただろうか？　ふたりが夜をともにするのはこれがはじめてではなかったが、これがいい計画だと決めつけていたのは間違いだったのかもしれない。彼女にまずたずねてみるべきだったかも。

ルイーザが顔をしかめた。「ああ、サンディ！」そういうと、つま先立ちになって、彼の唇に軽くキスをする。「すごく気が利いてるわね。最高よ！」

サンディは自分の顔が赤くなるのがわかった。老女のつま先を踏んづけた男にむけられていた人びとの視線は、依然としておなじところにとどまっていたからである。

「これが鍵だ」サンディはいった。「部屋まで案内するよ」

ふたりはレストランが空いている遅い時間に食事をした。窓ぎわのテーブルだった。雨のせいか、外の通りにひと気はなく、車も走っていなかった。宿泊艦の明かりは土砂降りの雨でぼやけており、船体が背景に沈みこんでいるため、あまり圧迫感をおぼえなかった。サンディは心を空っぽにした。ふたりでワインを一本空けているところで、ゆったりとした気分だった。頭に浮かんだことをそのまま口にしても、馬鹿みたいに聞こえずにすむような気がした。ルイーザは、彼がはじめて見るドレスを着ていた。この日のためだけに買ったのかもしれない――ふとそんな考えが浮かんできて、サンディはほほ笑んだ。

「なにを考えてるの？」その笑みを目にして、ルイーザがたずねてきた。

いつもなら、サンディはこの質問が大嫌いだった。女性は真面目で深刻な会話をしたがる。だが、サンディがふだん考えているのは、つぎの食事はなににするかとか、仕事でへまをしないようにするといったことだった。女性を満足させるような返事を思いつくほどの想像力は、もちあわせていなかった。だが、今夜は考えるまでもなかった。「きみといるとすごくしあわせだと思っていただけだよ」

「調子がいいわね、サンディ・ウィルソン」だが、サンディには彼女が喜んでいるのがわかった。

ウエイターがコーヒーとシェトランド・タブレットの小さなかけらをはこんできた。レストランだけでなく、バーも空いてきていた。雨がすこし弱まったのか、人びとが舗道に集まって、友だちに別れを告げたり最後に煙草をもう一服したりしていた。ガラス越しだったので会話の声は聞こえなかったものの、車のドアの閉まる音は室内にも届いた。レストランからバーにつうじる扉はあいたままで、いまやそこに残っている客はふた組のカップルだけになっていた。連れひと組は年輩のカップルで、女性のほうはサンディが足を踏んづけた白髪の老女だった。この男性は日焼けしており、サンディはトーインで見つけた写真の男をすこし思いだした。このふたりはサンディがホテルに着いてからずっと飲んでいたのだろうか？　だとすると、どちらも足もとがそうとう怪しくなっていそうだった。ふたりが無事に帰宅するのを見届ける人がいてくれることを、サンディは願った。

もうひと組のカップルは、隅のほうにひっそりと陣取っていた。立ちあがって、外へつうじる通路のほうへとむかいはじめる。だが、このとき年輩のカップルも帰ろうと立ちあがったため、こちらのカップルはドア口の手前でしばし足を止めなくてはならなかった。サンディは男のほうをよく見た。すぐにぴんときた。がっしりとした逞しいボクサーのような体格。その写真は、よく『シェトランド・タイムズ』に載っていた。公式行事で撮られたものだ。トム・ロジャーソン評議員。同時に彼は、ミニー・ローレンソンの遺言を執行してトーインの鍵を管理している弁護士事務所の共同経営者でもあった。

トム・ロジャーソンの連れの女性に、サンディは見覚えがなかった。だが、それが彼の妻でないのはわかった。メイヴィス・ロジャーソンは、通りに面した赤十字の店でときどきボランティアをしていた。気さくな女性でふっくらとしており、いつも手編みのヨークのカーディガンにスラックス、もしくはツイードのスカートといった服装をしていた。いま目のまえにいる女性は三十代で、トム・ロジャーソンとおなじくらい背が高かった。そして、今夜はそれがいっそう強調されていた。歩くのにも苦労しそうなほどヒールの高い靴をはいていたからだ。その黒いドレスは、〈テスコ〉で売っている生肉を包むポリエチレンのように、身体にぴったりと張りついていた。髪の毛はブロンドで、まっすぐだった。

サンディの視線がブロンドの女性に釘付けになっているのに気づいたらしく、ルイーザがふざけた調子で彼の肩を殴った。そういう意味で彼女に興味をもってるんじゃないんだ、とサンディはルイーザにいいたかった。おれがみつめていたい女性は、きみだけだ。だが同時に、ジミー・ペレスがこのブロンドの女性に興味をもつであろうことがわかった。女性はいま、トム・ロジャーソンのあとについてバーを出ていこうとしていた。トム・ロジャーソンに気づかなかったふりをすることもできた。ルイーザのほうにむきなおって、仕事で彼女の夜を台無しにしないことも。

「どうしたの？」ルイーザがたずねてきた。怒った口調ではなかった。ただ好奇心にかられているだけだった。

「仕事がらみだ。あのふたりがどこへいくのか、見届けないと」

「それじゃ、はやくいって。ただし、そのタブレットは残していってね。コーヒーのおかわりをしたいから」

サンディはルイーザを見た。彼女は腹をたてているのだろうか？　いまのは皮肉だったのか？　だが、ルイーザはすごくくつろいでいるように見えた。コーヒーをまえにすわって、外の通りとその先の水面をみつめていた。

サンディはホテルの入口で足を止めた。年輩のカップルが腕を組んで狭い舗道を歩み去っていくのが見えた。ふたりとも足どりはしっかりしているようだった。トム・ロジャーソンは通りのむかいにある小さな駐車場に立って、年下の女性とまだ話をしていた。ふたりは小声でしゃべっており、内容までは聞きとれなかった。だが、これ以上ちかづくのはまずいだろう。ロマンチックな別れといった雰囲気はなかった。その身ぶりからすると、取引がまとまろうとしているような感じだった。ひと晩の交渉のあとで話がついたとでもいうような。最後に、女性が小型のレンタカーに乗りこんだ。サンディは会社名を頭に刻みこみ、ナンバープレートの自動車登録番号を書き留めようと、鉛筆をさがしてポケットのなかをかきまわした。だが、今夜は洒落たスーツに着替えていたため、筆記具をなにももっていなかった。女性が走り去るまえに、トム・ロジャーソンが車にちかづいていった。女性が窓を下げる。ここではトム・ロジャーソンが声を張りあげていたので、サンディの耳にも言葉が届いた。「それじゃ、わかったんだな。先ほど同意したとおりにする?」

女性の返事は、アクセルを踏みこんで、できるだけはやく小型のフィアットを走り去らせるというものだった。トム・ロジャーソンはしばらくその場にたたずんで、車を見送っていた。それから、自分の車に乗りこみ、ラーウィックのほうへと戻っていった。

13

ペレスはウィローと連れだって、フランの家から——彼がいまフランの娘と暮らしている家から——マグナス・テイトの住んでいた小農場の古い農家まで歩いていった。それほど遠くはなかったし、この悪天候にもかかわらず、ふたりとも新鮮な空気と運動が必要だと感じていたのだ。地滑りは小農場の境界線付近ではじまっており、農家は被害をこうむっていなかった。下のほうをいききする車のヘッドライトが、ときおりスポットライトのように丘の斜面をなぎはらっていった。だが、車は片側通行の部分をゆっくりと走行しており、ほとんど音は聞こえなかった。石ころだらけの小道がマグナスの家へとつうじていた。ペレスはウィローがついてこられるように懐中電灯で足もとの小道を照らしていたが、それでもウィローはときどき足をとられており、そのたびに小声で毒づいていた。

家はマグナスが発作で倒れる二カ月前に水漆喰を塗られたばかりで、ふたりがちかづいていくあいだ、闇のむこうのかがり火のように白く浮かびあがっていた。ペレスも地元の少数の有志とともに水漆喰塗りを手伝っていた。このような作業班が結成されたのは、みんながそれまでマグナスに対して示してきた敵意に、うしろめたさを感じていたからだった。自分だったら――とペレスは思った――この手のひらを返したような態度の変化に憤然としていただろう。人びとの訪問や手作りのお菓子の差し入れや手伝いの申し出を、恩着せがましいと感じていただろう。だが、マグナスはちがった。家に水漆喰が塗られた日、その一分一秒を楽しんでいた。女たちと軽くいちゃつき、男たちと冗談をいいあっていた。天気のいい晩で、作業が終わると、誰かが即興でバーベキューをやろうといいだした。ペレスは気がつくと自己憐憫にどっぷりとひたっていたので、長居はしなかった。フランが生きていたら、この催しをきっと楽しんでいたのではないか――そんな考えが、ふと頭に浮かんできていた。彼はキャシーを肩車して家まで戻ると、彼女をベッドにいれた。そして、夜遅くにひとりで陽光のなかにすわっていたときに、外からフランの笑い声が聞こえたような気がして、あらためて自己憐憫にひたった。

いま霧雨がジーンズに染みこんでくるのを感じながら、ペレスは無理やり気持ちを現在に切り替えた。ここ数年、彼はあまりにも過去にとらわれすぎていた。マグナスの住んでいた家に着くと、流木で作られたベンチが外にあった。みんなで水漆喰を塗った日、マグナスはそこにすわって作業をながめていた。ペレスの思考は、ふたたびあのよく晴れた日に戻っていた。マグナスは自分も手伝いたがったが、みんなから楽にしているようにといわれ、そのとおりにしていた。人びとがそこにいることに、ただもう感謝していた。途中でペレスのほうをむいて、こういった。「このぼろ屋は、何年も眠っていたあとで目覚めたみたいな感じだな」そこには長年の孤立に対する恨みはなく、ただそのときの喜びがあるだけだった。

ぼろ屋は、いまふたたび眠りについているように見えた。家のそばの土地には羊の姿がまったくなく、草は茶色で伸び放題だった。家から泥炭の煙や煙草の匂いがただよってくることはなかった。戸口の上がり段の敷石のところで、ウィローがペレスにおいついた。「ドアは施錠されてるかしら?」

ペレスはためしてみた。ドアにはお粗末なかんぬきがついているだけで、すぐにあいた。木の扉がすこしゆがんでおり、石の床に一瞬つっかえたが、もうひと押しすると、ふたりは簡単に家のなかにはいることができた。ペレスは明かりのスイッチをさがして、ざらざらした壁をまさぐった。ふいに、部屋が天井からぶらさがる裸電球の光で満たされた。家のなかは、ペレスの記憶にあるのとほとんど変わっていなかった。窓ぎわのみすぼらしいテーブル。座席の下にふぞろいなひきだしのついたシェトランド・チェア。石の床に置かれた羊皮の敷物。室内はひんやりとしていて——マグナスは夏でも夜になると暖炉に火をいれていた——家具にはうっすらと埃が積もっていた。

「彼をよく知ってたの?」ウィローが暖炉の棚にちかづきながらいった。丸型の置き時計は動いていなかった。マグナスと気まずい会話をかわしたときにそれがうしろで音をたてて時を刻んでいたのを、ペレスは覚えていた。ふたりはむかいあってすわり、少女の失踪について話していた。そのときも冬だったが、めずらしく風がなく、地面は雪で覆われていた。

「一度、逮捕したことがある」

ペレスの声には、彼がまだその件を気に病んでいることを示すなにかがあったのかもしれない。もしくは、ウィローはその少女の失踪事件について、すべてを知っていたのかも。とにかく、それ以上の質問はなかった。

「それじゃ、マグナスはトーインの鍵をもっていたという前提にもとづいて、それがまだここにあるかを調べるわけね」ウィローの声は、きびきびとして明るかった。彼女には悲しみに沈んだ経験があるのだろうか、とペレスは考えた。あまりの悲しみに、自分の頭のなか以外の世界はどうでもよくなったことが。だが、そのような状態になるのは、自己耽溺《たんでき》というものだった。ペレスが最初の妻のサラからいわれていた〝感情の垂れ流し〟というやつだ。もしかすると、ウィローは悲しみに対処するのが人よりも上手いというだけのことかもしれなかった。より強くてバランスのとれた人間なのだ。

「そういうことだな。マグナスはとても信じやすかった。トーインの鍵が必要な理由をもっともらしく説明する人がいたら、すぐに鍵を渡していただろう。それに、彼はアリッサンドラ・セクレストと会ったことがなかったから、彼女の名を騙って彼を丸めこむのは容易だったはずだ」ペレスは塗装された木製の食器棚の扉をあけはじめた。マグナスはほとんど物をもっていなかった。平鍋と深鍋がいくつか。カップと受け皿とお皿がふたつずつ。手造りの木の箱におさめられたふたり分のナイフとフォーク。ペレスがはじめてここを訪れたときには、もっとたくさんのがらくたがあった。マグナスの子供時代のもの。彼の母親のもの。そうした雑貨の一部をマグナスがレイヴンズウィックでひらかれる日曜日のお茶会の屋台に寄付していたのを、ペレスは思いだした。もしかすると、それが過去と折り合いをつける彼なりのやり方だったのかもしれない。それか、不恰好で埃まみれのものばかりだと考えて、とにかく厄介ばらいしたかっただけなのかも。

「でも、彼は電話で本物のアリッサンドラ・セクレストと話をしたことがあった」ウィローがいった。「トーインの鍵を受けとるために彼に会いにきた人物は、それなりに説得力のあるアメリカ訛りの英語をしゃべる必要があったはずよ」

ペレスは肩をすくめた。マグナスにとっては、シェトランド以外の訛りはどんなものでも奇妙に聞こえただろう。それに、もしも訪ねてきたのが被害者のような女性だったら、マグナスはすっかり魅了されて、相手の訛りなど気にしなかったのではないか。生涯独身だったとはいえ、彼は美しい女性に目がなかった。「しゃべる声は電話越しに聞いたことがあるだけだから、アメリカのテレビ番組に接している人物なら誰でもマグナスをだませたんじゃないかな」

ペレスはキッチンを見てまわった。これが彼にとってはただの家宅捜索でないことに――彼がこの場所に個人的なつながりをもっていることに――ウィローは気づいているらしく、黙ってその場に立って、ペレスの作業を見守っていた。

流しの下には、亜鉛メッキのバケツとたわしと粉末洗剤と洗濯ばさみがあった。部屋の反対側には、先祖代々に伝わる巨大なヴィクトリア朝風の食器テーブル（濃い色の木でできていて、華やかな花と葉の模様が――シェトランドでは決してお目にかかることのない繁茂した植物の模様が――彫りこまれている)。そのひきだしをあけると、マグナスの人生の記録がおさめられていた。個人の記録と商取引の記録。食肉処理場に出荷した子羊の受領書。のたくるような文字で記入された売上の細目。預金通帳によると、オークニー&シェトランド住宅金融組合に二千五百ポンドの残高があった。小切手帳は何十年もまえのぶんまで保存されており、きちんと折り畳んで輪ゴムで束ねられていた。家のなかのものは、まったくの手つかずで残されていた。マグナスの葬儀のために本土からきていた遠縁の親戚たちは、またべつの自然災害で島に足止めされることを恐れて、地滑りが起きた日の晩にそそくさとフェリーでアバディーンに帰っていたのだ。かれらにとって、シェトランドはさぞかし敵意に満ちた土地に感じられたにちがいなかった。ペレスは遺族とすこし話をしており、かれらがもっと天候のいい時期に戻ってきて遺品の整理をするつもりでいることを聞かされていた。ひとりはビジネスマンで、もうひとりは大学講師だった。かれらは自分たちの祖父母が生まれたこの地にかんして、昔話や言い伝えから得た印象しかもっていなかった。

食器テーブルには、靴箱に保存されたクリスマスカードもあった。ミニー・ローレンソンからは毎年送られてきていたようで、どれも宗教がらみの絵柄に、黒インクで丁寧に書かれたメッセージが添えられていた。文面はいつもおなじだった――あなたの良き友人より　季節のご挨拶を。ご近所さんであり友人でもある、ともに独り身のふたり。その関係に恋愛感情がからんでいたことはあるのだろうか、とペレスは考えた。たとえあったのだとしても、おそらくマグナスの母親がやめさせていただろう。そのとき、一枚の手造りのカードが目にとまった。表には緑色の子供の手形がついていて、それが大人の手によって太ったクリスマス・ツリーに変身させられていた。カードの内側に書かれていたメッセージは――キャシーとフランからマグナスへ　メリー・クリスマス。キスマークをあらわす、のたくるような×印がふたつ。当時はまだ幼かったであろうキャシーが書いたものだ。ペレスは靴箱の蓋をもとに戻すと、醜悪な食器テーブルにふたたび押しこみ、つぎの部屋へと移動した。

寝室は、キッチンよりもさらにわびしく感じられた。洋服だんすには、擦り切れて生地がてかてかになったスーツが掛かっていた。葬式や結婚式のときに着る服だ。それと、身柄を拘束されるときに。ペレスはポケットをさぐったが、なにも見つからなかった。ひきだしには、年月と手洗いによって灰色になった下着。キッチンでは、ウィローが自分でも食器テーブルを調べてみることにしたらしく、棚の扉をばたんと閉める音やひきだしをあける音が聞こえてきた。もしかすると、ペレスがなにを見てぎくりとしたのかに興味があるのかもしれない。フランから届いたクリスマスカードを見つけたときに、すぐに見せておけばよかった。それのどこがむずかしいというのか？　ほら、このカードを作ったとき、きっとキャシーはまだすごく幼かったんだな。だが、ペレスにはそうする勇気さえなかった。

「ジミー、ミニー・ローレンソンの事務弁護士から送られてきた手紙があるわ」

もちろん、ウィローの捜索のほうがより徹底していたのだろう。彼女なら、亡くなった恋人の筆跡に気を散らされたりはしなかったはずだ。ペレスはゆっくりとキッチンへ戻っていった。手紙はキッチンのテーブルの上にひろげられていた。レターヘッドに〈ロジャーソン&テイラー〉と印刷されており、日付は九カ月前だった。言葉づかいは堅苦しく、やや居丈高な感じがした。

当方では、貴殿がトーイン(所在地　レイヴンズウィック　ガルバーズウィック・ロード)の鍵を所持しているものと理解しています。トーインは現在、当方の顧客であるミズ・アリッサンドラ・セクレストの所有物となっており、当該建物の鍵をご都合のつきしだい、当事務所(所在地　ラーウィック　コマーシャル・ストリート六番地)にご返却いただけるとさいわいです。

「彼は事務所に鍵を返したのかしら?」ウィローは裸電球のほぼ真下に立っており、その顔はプラスチックの人形のように硬くてなめらかに見えた。

「ああ、返したと思う。マグナスは権力をもつ人間を恐れていた。こういう手紙を受けとったら、きっと不安になっていただろう。すぐに鍵をポケットにいれて、町へいく最初のバスに飛び乗ったんじゃないかな」

「それじゃ、アリッサンドラ・セクレストを名乗っていた女性は、トーインの鍵を弁護士事務所で手にいれた可能性が高そうね」ウィローがすこし移動したので、今度は髪の毛に光があたった。すこし焦げてカラメル状になった綿菓子のようだった。

「そうだな」だが、ペレスはべつのことに気をとられていた。ふたたび手紙に目をとおす。

「こいつはすこし高圧的な感じがしないか？　こんな手紙を送らなくても、マグナスに直接電話をして、つぎに町にくるときに鍵を事務所に届けてくれと頼めば、すむことじゃないか。彼がトーインに損害をあたえることはないと、わかっていただろうに」

ウィローは肩をすくめた。「弁護士って、そういうものじゃない？」

「ああ、かもしれない」

ウィローは寝室に移動して、そこを調べはじめた。ペレスは自分の仕事ぶりにけちをつけられているような気がして面白くなかったが、実際に事務弁護士からの手紙を見逃していたことを考えると、文句をいえる立場にはなかった。ウィローがキッチンに戻ってきた。

「収穫は？」

ウィローは首を横にふった。「亡くなった人の所持品を見てまわるのって、いつだってすごく嫌なものだわ。プライバシーの侵害に思えて。どういうわけか、所有者がいるところで捜索するより、ずっとひどい気がする」

「それじゃ、ここまできたのは無駄足だったわけだ」ペレスはいった。「きみをつきあわせてしまって、悪かった」

「科学者がよくいうじゃない？　かんばしくない結果にも大きな意味があるって。それに、事務弁護士の手紙にかんしては、あなたのいうとおりかもしれない。事務所でもっとくわしく訊いてみる必要があるわ」

ペレスが明かりを消し、ふたりは外へ出た。家のなかにいたあいだに霧雨はやんでおり、雲のまばらな切れ間からときおり半月が顔をのぞかせていた。「うちでコーヒーを飲んでいくかい？」

ウィローは、しばらくなにもいわなかった。彼女が口をひらいたとき、ペレスにはその顔が見えなかったものの、声には笑みがふくまれているのがわかった。「ねえ、ジミー。今夜のあなたは誰かの相手をする気分じゃないでしょ」

ふたりは黙って丘を下り、ペレスの家の明かりを目指した。自分がほっとしているのか、それとも残念に思っているのか、ペレスはよくわからなかった。

ウィローが車に乗りこんで走り去るのを、ペレスは手をふって見送った。丘にいるときは電波が届かなかったが、いま彼の携帯電話はテキストメッセージやメールの着信で振動するようになっていた。キャシーのおしゃべりがないと、家のなかはがらんとして感じられた。朝食の汚れた皿が水切り台にのったままだったので、ペレスは携帯電話を確認するまえに、それを洗うことにした。いまの時点ですぐやらなくてはならないことはないと考えていたし、マグナスの家でフランの筆跡を目にした衝撃からまだ立ちなおっていなかった。ペレスの手もとには、フランの書いたものがほとんど残っていなかった。ふたりとも、感情を表にあらわすほうではなかったのだ。そのため、この家にカードの詰まった靴箱はなかった。ペレスがもっているのは、フランの作成した最後の買い物リスト——冷蔵庫にツノメドリの磁石で留められていた——と、彼女がフェア島にいたときにふざけ半分でペレスに宛てて書いた手紙——そのなかで彼女は、自分が死んだら娘のキャシーを彼に託すと記していた――だけだった。その手紙は、秘密の場所にしまってあった。捨ててしまいたい誘惑にも駆られたが、キャシーがある程度の年齢にたっしたら、本人にそれを見せる必要があるとわかっていた。

ペレスは紅茶を淹れ、それから携帯電話に目をとおした。あす返信すればいいようなお決まりのメッセージがならんでいた。ふいに疲れがどっとこみあげてきた。そのとき、すこしまえに吹きこまれたサンディの留守電が目にとまった。サンディはすごく興奮しており、ペレスは内容をきちんと理解するのに二度再生しなくてはならなかった。どうやらサンディは、トム・ロジャーソンが〈スカロワー・ホテル〉で正体不明の女性といっしょにいるところを目撃したようだった。それほど怪しいことではない、とペレスは思った。トム・ロジャーソンは仕事でしょっちゅう誰かと会っているからだ。とはいえ、サンディの話の最後の部分は、より興味をそそられる内容だった――〝ふたりは別々の車で帰っていったんですけど、トム・ロジャーソンの車のバンパーにはシェトランドの旗のステッカーが貼ってありました〟。

ペレスは落ちつかなかった。ベッドにはいるべきだとわかっていたが、あまりにも神経が張りつめていた。そこで、暖炉の残り火のそばにすわって、今夜の出来事を頭のなかでひとつずつ整理していった。トム・ロジャーソンの車のバンパーのステッカーがシェトランドの旗だというのは、なかなか興味深い事実だった。とはいえ、それほど重きを置くべきではないだろう。シェトランドの住人の半分は、そういう車に乗っているのだから。マグナスの家の捜索について考える。あの家にはいった瞬間から、ペレスは集中力を欠いていた。あの老人とフランの思い出のせいだ。ウィローがそれを批判したり、もっと徹底的にさがすべきだと主張したりしなかったのは、彼に気をつかっていたからにすぎない。ペレスはブーツをはくと外へ出て、ふたたびマグナスの家へと斜面をのぼっていった。

先ほどよりも寒く感じられた。それと、明るく。月の光はたまにふちの茶色い雲にさえぎられるくらいで、ほとんど途切れることがなかった。ペレスはポケットで手袋を見つけ、歩きながらそれをはめた。懐中電灯はつけなかった。家に着くと、無理やり目のまえのことだけに集中して、まっすぐなかにはいった。そして、明かりをつけた。部屋の真ん中に立って、ぐるりと見まわす。最初のときに見落としたかもしれない箇所はないかと、必死に考える。シェトランド・チェアにいきついた。まっすぐな背もたれ。低い肘掛け。その昔は浜辺に漂着した流木だけで作られていた椅子だ。座席の下にはひきだしがついていた。小農場の農家は狭く、家畜もいっしょに暮らしていたため、どんな空間も無駄にするわけにはいかなかったのだ。ウィローはそのひきだしに気づかなかっただろう。

ペレスは身をかがめて、ひきだしをあけた。はじめは、がっかりした。なかは空っぽに見えたからだ。だが、そのとき底に平らな茶封筒があることに気がついた。封筒とひきだしがおなじ大きさだったので、はじめは紙片が裏地として底に敷かれているのかと思ったのだ。封筒にはなにも書かれておらず、封もされていなかった。すごく薄いので、たぶんなかは空だとペレスは自戒した。手袋をはめたままの手で封筒をもちあげ、テーブルの上でかたむける。なかから光沢のあるカラー写真が滑り落ちてきた。女性のバストショットだ。肩がむきだしで、胸のふくらみがわずかにわかる程度であるにもかかわらず、やや扇情的だった。写真の女性は、今回の事件の被害者だった。ただし、いまよりも若く、すくなくとも十年は昔に撮られたものと思われた。

14

土曜日の夜遅く。ジェーンは家のなかにすわって、やきもきしながら待っていた。ケヴィンはすでにベッドのなかだった。一日じゅう道路で土木技師たちと作業をしたあとで、疲れていたのだ。マイクルはラーウィックにある恋人の家に泊まっていた。だが、アンディがまだ帰ってきていなかった。そして、ジェーンが心配しているのは、この上の息子のことだった。テキストメッセージを送ったし、電話もかけてみたが、応答はなかった。

アンディはきょう、〈マリール芸術センター〉で早番勤務についていた。誰かが病欠したとか残業を頼まれたとかいうのなら、その旨を伝える連絡があってもよさそうなものだった。アンディが世界でいちばんあてにできる息子でないことは承知していたが、それでも町のあのあたりは電波の状態が良く、電話とまではいわなくても、テキストメッセージを送るくらいはできるだろうに。アンディは大学へ進むまえ、ジェーンとすごく仲が良かった。上級の資格試験のための準備休暇中、キッチンにやってきてカウンターの上にちょこんとすわると、長い脚をぶらぶらさせて黒い目にいたずらっぽい光をたたえながら、母親にむかって自分の夢をよく語っていた。映画製作者になる。台本の校閲人になる。道化師の一団を結成して、世界じゅうを旅してまわる。どれが真剣で、どれがおちゃらけなのか、ジェーンにはよくわからなかったが、それでもこの会話はすごく楽しかった。アンディは青少年劇団の団員だったので、いっしょに台本を読んで、彼が台詞を覚えるのを手伝うこともあった。

アンディが大学に戻らずにシェトランドにとどまると宣言したとき、ジェーンはじつに利己的な反応をした。大喜びしたのだ。アンディがいなくて、寂しくてたまらなかった。息子としてだけでなく、話し相手としても、彼は大切な存在だった。ケヴィンのする話といえば、子羊の値段とか家族のこととかに限られていた。アンディはサイモン・アグニューとおなじく、彼女にもっと広い世界を見せてくれた。もちろん、息子が大きなチャンスをどぶに捨てているのではないかという心配はあった。だが、アンディならばシェトランドでもきっとりっぱにやっていけるだろう。ジェーン自身、この地でインターネットを使って自分の農産物を全国に売っているではないか。アンディの熱意をもってすれば、どのような分野をえらぼうとも、似たようなやり方で名をあげられるはずだった。なんだったらジェーンの商売に参加してもらってもよかった。販売部長になって、ウェブサイトを充実させ、その芸術的な才能を宣伝の方面で発揮してもらうのだ。

だが、グラスゴーから戻ってきたアンディは、家の車に荷物と本を満載してフェリーで島を出ていった若者とはまったくの別人になっていた。自分の殻に閉じこもり、やつれていた。ジエーンが話しかけようとしても、そっぽをむかれた。シェトランドにはまだ友人がいたが、かれらを家に呼ぶことはなかった。ジェーンが朝起きてみると、居間には巨大なナメクジを思わせる寝袋がごろごろ転がっていて、そのなかで若者たちが身体を丸めて眠っている、というようなことはなくなっていた。アンディはすぐに〈マリール芸術センター〉で仕事を見つけてきたが、あいかわらず孤立しているようだった。バーの客を相手に魅力をふりまき、ふざけたやりとりをすることはできたものの、家に帰ってくるころには疲れきっているらしく、ほとんどの時間を自分の部屋ですごした。ジェーンはサイモンに相談した。息子が鬱を患っているのではないかと考えたのだ。だがサイモンの助言は、とにかく時間をあたえるようにというものだった。

ジェーンの携帯電話がみじかく鳴って、テキストメッセージの着信を知らせた。安堵の念がどっとこみあげてくる。きっとアンディからだ。今夜は友だちとすごすと知らせてきたのだろう。もしかすると、飲みすぎて家まで車を運転できないのかもしれない。そして、それはいい徴候だった。ちがうか？　もしも友だちとつるんで浮かれ騒いでいるのだとすれば、すくなくともそれはアンディがふたたび人と交わりはじめたことを意味している。とはいえ、息子は依存症になりやすい自分の体質を受け継いでいるのではないか、大学でドラッグの習慣を身につけてきているのではないか、という不安もあった。メッセージはレイチェルからだった。断酒会でジェーンが相談役《スポンサー》をつとめている若い女性だ。まだ起きてる？　おしゃべりできる？

はじめは、無視してしまおうかと思った。ジェーン自身もいろいろと心配事を抱えていたからだ。だが、とりあえずレイチェルと話をしていれば、アンディのことで気を揉まずにすむかもしれなかった。自分が心配しているあいだは息子は帰ってこないのではないか、という迷信にちかい考えがどこかにあった。もっとふだんどおりに行動していれば――いつものようにレイチェルと話をしていれば――アンディはさっそうと家にはいってきて謝罪の言葉をならべて、連絡せずにいた筋のとおった説明をしてくれるかもしれない。

レイチェルは最初の呼び出し音で出た。

「調子はどう？」ジェーンは不安を悟られないように明るい声を出そうとした。「ずいぶん遅くまで起きてるのね。遅番だったの？」

「ええ、いま帰ってきたところ」間があく。「じつは、すこし落ちこんでて」

「なにかあったの？」

「べつに、そういうわけではないの。今回の殺人事件の犯人が捕まったら、もっと気分が明るくなるんだろうけど。あなたなんて、きっとびくびくものでしょうね。だって、事件はお宅のすぐそばで起きたんでしょ」

犯人が捕まったらみんなの気分が明るくなるだろう、とジェーンは思った。いまや、このあたりに住む人たちは疑心暗鬼にとらわれていた。ジェーンはご近所さんたちをちがった目で見るようになっていた。もしかしたら……。

「仕事は？」

レイチェルにとって、仕事はストレスの源であると同時に、安心できる場でもあった。自分の問題について話しあうよりも、緊急治療室を訪れる患者の話をするほうが楽だった。「自傷行為をくり返している女の子を診たの。まだ十三歳で、家庭は安定していてしあわせそうに見えた。でも、実際はどうかなんて、誰にもわからないわよね。そういうのは、わたしじゃなくて精神科医の仕事だし」だが、それでもレイチェルは原因を突きとめる必要があると感じているらしく、先をつづけた。「同調圧力のせいかもしれない。彼女、すこし必死そうな感じがあったから。仲間にいれてもらおうと頑張りすぎちゃうのよ。それで、結局はつまはじきにされちゃうの」

あなたもそうだったの？ ジェーンは頭のなかで問いかけた。レイチェルにではなく、自分に対して。あなたも結局はつまはじきにされちゃう子だった？ だから、ケヴィンがあらわれてあなたを夢中にさせたとき、あんなにも簡単に彼を受けいれたの？ 自分をえらんでくれたことに感謝して？

ジェーンの自問が結論にたどり着くことはなかった。そのとき、小道をちかづいてくる車の音が聞こえたような気がしたからだ。耳を澄ましたが、外は静まりかえっていた。アンディが家にはいってきていないのは、たしかだった。きっと空耳だったのだろう。願望的思考というやつだ。ジェーンはレイチェルとの会話をつづけ、ほかの人たちの事故や外傷の話に慰めをおぼえた。なんのかんのいって、ジェーン自身の人生には問題がほとんどなかった。

電話を切るころには、レイチェルの気分はだいぶ明るくなっているようだった。午前二時ちかくになっていて、ジェーンはベッドにはいることにした。アンディは今夜はもう帰ってこないだろうし、また電話をするのは気がひけた。おそらく、あの子はもう寝ているのだ。もしかすると、女の子といい感じになったのかもしれない。それか、男の子と。アンディがまだ十代のはじめだったころから、この子はゲイかもしれない、とジェーンは考えていた。だが、それをどうたずねたらいいのか、よくわからなかった。なにがあったにせよ、アンディは邪魔されたくないのだろう。ここはシェトランドだ。もしも息子の身になにか悪いことが起きていたら、すぐに誰かが知らせてくれるはずだった。

コーヒーのマグカップをキッチンへもっていくと、中庭にアンディの車がとめてあるのが目にはいった。ジェーンがレイチェルと話をしていたときに小道のほうから聞こえてきたのは、やはりこの車の音だったにちがいない。だが、アンディは間違いなく家のなかにはいなかった。ジェーンは靴をはくと、息子がまだ車のなかにいるのかを確認しに外へ出た。運転席で、そのまま眠ってしまったのかもしれない。だとしたら、彼を起こして、暖かい家のなかへ連れていかなくては。だが、車には誰もなかった。月にかかっていた雲が吹き飛ばされ、ふいに青白い光が海へとつづく斜面に降り注いだ。アンディはトーインの土地との境目にある塀のちかくに立っていた。廃墟と化したトーインの農家をじっと見おろしている。ジェーンは声をかけようとした。どうかしたのかと、たずねようとした。だが、息子のたたずまいに――身じろぎひとつせずに、背筋をぴんとのばして立つその姿に――なぜか邪魔するのがためらわれた。ジェーンはそのまま家のなかへ戻って、ベッドにはいった。

15

殺人事件の捜査の最中であるにもかかわらず、警察署は日曜日で静まりかえっていた。会議室にはウィローのほかにペレスとサンディがいて、かれらのまえにはペレスのオフィスにある機械で淹れた上質のコーヒーと縁の欠けた皿にのせたチョコレート・ビスケットがならんでいた。ヴィッキー・ヒューイットはきょうもトーインで残留物を仕分けしており、ここにはいなかった。ペレスのまえのテーブルには、マグナス・テイトの家で見つけたという写真が置かれていた。

「あのあとで、また家に戻ったというのね、ジミー？」ウィローには理解しがたかった。あの老人の家にいたときのペレスは、呆然としているように見えた。ウィローがその訪問をみじかく切り上げたのは、ひとつにはそれが無駄な探索に思えたからだが――トーインの鍵が事務弁護士のもとに届けられたのがほぼ確実になったのに、これ以上それをここでさがす意味があるだろうか？――ひとつにはペレスがひじょうに居心地悪そうにしていたからだった。

「椅子の下の小さなひきだしを調べていなかったのを、ふと思いだしてね」ペレスの目の下には隈ができており、身なりはだらしなかった。一睡もしてなさそうに見えた。はじめて会ったときの彼はちょうどこんなふうだった、とウィローは思った。疲れきっていて、なにかで頭がいっぱいだという感じ。すくなくとも、いま彼の頭を占めているのは捜査のことのようだった。「そして、ようやく名前を突きとめた」ウィローはいった。賞賛の言葉をつけくわえたかったが――さすがね、ジミー！――彼がそれに苛立ち、恩着せがましいと感じるのがわかっていたので、やめておいた。

ペレスが写真をひっくり返した。全員の目が、裏に書かれた署名にむけられた。子供っぽいといえそうなくらいわかりやすい字で、アリソン・ティール。

「〝アリス〟ね」ウィローはテーブルを見まわした。「サンディがトーインで見つけた木箱のなかの手紙は、〝アリソン〟に宛てられたものだったにちがいないわ。〝アリッサンドラ〟ではなく。奇妙な偶然の一致よ」

ペレスが写真をひっくり返したので、表側の女性がふたたび捜査官たちをみつめた。「宣伝部がファンに送る宣材写真に見えるな。個人的なところがまったくない。添えられた文句まで、あたりさわりのないものだ――マグナスへ　これからもいいことが沢山ありますように。これをどう考えたらいいのかな？　彼女は歌手だった？　それとも、女優とか？」

「なんとなく見覚えがあるんですよね」サンディが顔をしかめた。集中していると、幼い少年のように見えた。

「マグナスはどうやって人気スターの写真を手にいれたのかしら？」ウィローは自分がこの議論でなんの役にもたてそうにないのがわかった。彼女が育ったヒッピー共同体《コミューン》では大衆文化は蔑まれており、そういうものとは無縁の生活を送ってきたのだ。ウィローは反抗手段として口ックや昼メロにはまろうとしたが、その洗脳は根深いものがあった。「それに、どうしてそんな写真を欲しがるの？」

「彼がようやくテレビを手にいれたのは、かれこれ一年ほどまえのことだ」ペレスがいった。

「そして、この写真はそれよりもずっと古い」

「ドリー・ジャスパーだ」サンディが叫んだ。思いだすことができたので、大喜びしていた。

「ヴィクトリア時代の田舎の大きなお屋敷を舞台にしたTVドラマで、そういう役名の女中がいたんです。ほら、その手の時代物の番組はよくあるでしょ」上司ふたりの顔を交互に見る。

「この番組は日曜日の晩に放映されてました。両親が大好きだったんです。おれはまだ子供だったから、いまから二十年ちかくまえのことにちがいない」

「それじゃ、マグナスはその番組を観ていたのかもしれないな」ペレスはゆっくりとしゃべっていたが、いまは完全に集中していた。彼の頭のなかでさまざまな考えが浮かんできているのが、ウィローには見てとれた。「そう、もしかすると、ミニー・ローレンソンの家で――すべてのはじまりであるトーインで。ミニーはマグナスがレイヴンズウィックで村八分にされていたときも、彼とつきあいがあった。定期的に彼を家に招いていた可能性はじゅうぶんにある。日曜日のお茶のあとで、テレビのまえでいっしょに夜をすごす。マグナスにとっては、それは最高のおもてなしだっただろう」

「マグナスがドリー・ジャスパー役の女優を気にいって、写真が欲しくてファンレターを送ったというの？」ウィローは納得していなかった。この孤独な老人が若くて可愛い女優に惹かれるところは、想像できた。のぼせあがるところさえ。マグナスはみんなから単純な人間と思われていた男なのだ。だが、テレビの制作会社の住所を調べ、そこに手紙を送るとなると、それなりの秩序だった手順を踏む必要があった。はたして彼にそれができただろうか？

「ありえる話だ。マグナスは、好きになった人を思いださせてくれるものをとっておきたがった」ペレスがいった。「そのことには、なんの害もない」

ウィローは確信がもてなかった。孤独な老人が若くて可愛い女性の写真をまえににやにさがっているところは、あまり健全とは思えなかった。

「彼女はシェトランドにきたことがあった！」またしてもサンディだった。興奮で、われを忘れかけていた。「すごい騒ぎになりました。あなたはそのころ本土で働いてたのかもしれない、ジミー。でなきゃ、きっと覚えていたはずだから。ドリー役の女優が突然失踪したんです。彼女を見つけようと、マスコミが一大キャンペーンを張りました。彼女は鬱状態で、マスコミではドラッグのことがあれこれ取り沙汰されていた。まず最初に考えられたのは、彼女がどこかのリハビリ施設に舞い戻ったんじゃないかってことでした。でも実際には、彼女はただシェトランドに逃げだしただけだった。発見されたとき、彼女はこういいました――〝地図を見てシェトランドをえらんだのは、ずっと北のほうにあるので、そこへいけばすべてから逃れられるように思えたからだ〟と。理由はそれだけです。気分が落ちこんでいたので、とにかく逃げたかった。彼女は車でアバディーンまでいき、そこに車を残して、フェリーでシェトランドにやってきた」

アガサ・クリスティが雲隠れしたときとすこし似ている、とウィローは思った。大衆小説は好きだったので、クリスティの失踪事件については読んだことがあったのだ。このミステリ作家は、しばらくしてハロゲートのホテルにいるところを発見されていた。「その女優が姿を消したのは、たんなる売名行為だったの？」

「ちがうと思います。彼女に気づいたのは、〈レイヴンズウィック・ホテル〉で食事をしていた客のひとりでした。それがなければ、彼女の正体はそのまま気づかれずにいたでしょう。彼女は一日じゅうひとりですごして、外を歩きまわっていました」

「では、彼女はレイヴンズウィックにきたことがあったわけだ」ペレスはホワイトボードに情報を書きつけ、それらのつながりを見失うまえに、必死で関連性を記録していった。「田舎をぶらついていたときに、トーインのそばをとおっていたのかもしれないな。ミニーとマグナスに会っていた可能性さえある」

「それじゃ、今回の旅はやりなおしだったのかしら？」ウィローはペレスの思考をたどっていった。「おなじような理由で、また戻ってきた。またしても人生の危機が訪れ、ふたたびシェトランドを自分の避難場所と考えた。だとすると、彼女が偽名で旅していたのも納得がいくわ。彼女は全国的には以前ほど有名ではないのだろうけど、シェトランドではその名前にぴんとくる人がいるかもしれない」

「それに、〈シェトランド友の会〉のサイモン・アグニューに連絡してきたのも、彼女が絶望して混乱していた、もしくは意気消沈していたのだとすると、辻褄があう」

「でも、彼女がどうやってトーインの鍵を手にいれたのかは、まだ謎のままね」被害者の身元が判明したいま、ウィローはすごく楽観的な気分になっていた。これで捜査のギアが一段あがっただけでなく、ペレスがもっと理性的に事件をとらえられるようになるかもしれなかった。悩みを抱えたTVドラマの小粒なスターというのは、間違いなく謎めいた黒い瞳の女性ほど人の心をかき乱す存在ではなかった。

「シェトランドにいる誰かが、彼女の正体を知っていて保護していたにちがいない」ペレスはふたたびホワイトボードになにやら書きつけていた。

「トム・ロジャーソンとか？」ウィローはいった。

「真っ先にあげられる人物だろうな。女好きの評判があるし、トーインの鍵を手にいれることができた」

「でも、アリスに宛てて手紙を書いたりするかしら？　サンディがトーインで見つけたような手紙を？」

ペレスがその点を考慮するあいだ、部屋のなかは完全に静まりかえっていた。「どうかな」ようやくペレスがいった。「まあ、とにかく決めつけないのがいちばんだ」

「マグナスが発作を起こすまえに書いたという可能性は？」

それに対するペレスの返事は、先ほどよりもはやかった。「マグナスの字なら知っているが、あの手紙の筆跡は彼のものではないと思う。こちらの手もとに彼の帳面があるから、正式に鑑定してもらうこともできるが」

サンディがチョコレート・ビスケットの最後の一枚に手をのばした。すこしまえから目をつけていて、ほかに欲しがる人がいるかを見ていたのだろうが、いざ実行に移す段になると、その腕は太った蛇の舌のようにさっと突きだされた。「それで、きょうはなにをしますか？」

ウィローはペレスに先んじていった。「アリソン・ティールが前回シェトランドにきてからなにをしてきたのか、すべて知りたいわ。仕事、家族生活、病歴。そして、ジミーとわたしは弁護士を訪ねる」

日曜日ということで、コマーシャル・ストリートにある弁護士事務所は閉まっているものと思われた。サンディは自分のオフィスへ戻っていったが、ウィローとペレスは会議室に残った。「どういうふうに攻める？」ウィローはいった。大きなテーブルの周囲をまわってごみを集め、カップを積み重ねていく。落ちつかなくて、じっとしていられなかった。「あなたはトム・ロジャーソンを知っているけど、わたしは会ったこともない。まえもって電話して、自宅へ訪ねていくことを知らせておくべきかしら？」ウィローは動きを止め、ペレスを見た。

「どうしたものかな」ようやくペレスがいった。しばし黙考したあとで、言葉をえらびながらつづける。「彼はいろいろな委員会に名を連ねたがる男だ。評議員をしていて、シェトランドでは影響力をもっている。手順をきちんと守って敬意を表したほうがいいだろう」ふたたび間があく。「それに、すこしつかみどころのない男だ。彼のことをほんとうに理解しているものは、ひとりもいないんじゃないかな。家族をのぞいては」ここでペレスは窓の外に目をむけた。

「彼の娘とは知りあいなんだ。キャスリンといって、レイヴンズウィック小学校で働いている。キャシーの担任だ」

これでさらにことは複雑になった、とウィローは思った。シェトランドでの捜査は、いつもこんな調子だった。島の人間関係は、個人的なつながりや仕事をつうじて広くからみあっているのだ。ロジャーソン家の人たちの機嫌をそこねたら、ペレスは気まずいことになりそうだった。彼の可愛いキャシーはロジャーソン家の娘の世話になっているのだから。ペレスがそれを捜査の妨げとさせることはないだろうが、逆に意識するあまり、やりすぎてしまう場合がありそうだった。

「それじゃ、先に電話しておくべきだと思うのね？」ウィローはいらいらしかけていた。この警察署の建物から解放されたかった。外へ出て質問をし、事務弁護士の生活を嗅ぎまわり、揺さぶりをかけはじめたかった。

「そのほうが礼にかなっているだろう」

「だとすると、どちらがかける？　あなた？　それとも、わたし？　さっさととりかかりましょう」

またしてもペレスはすこし考えこんだ。「わたしがかけよう」ようやくいう。「きみから電話をもらったら、あまりにも正式な感じがして、彼を警戒させてしまうかもしれない」ペレスは上着のポケットから携帯電話をとりだすと、連絡先のリストからお目当ての番号を見つけた。外の廊下を誰かが口笛を吹きながら歩いていった。

呼び出し音が長いことつづいていたので、ウィローは録音された音声がながれてくるものと予想していた。だが、ペレスが粘っていると、誰かが電話に出た。どうやらトム・ロジャーソンの妻らしく、ペレスは会議用テーブルの隅に腰かけると、こういった。

「どうも、メイヴィス。日曜日のこんな朝早くに、すみません」

ウィローには返事が聞こえなかったが、ペレスは小さく笑った。「いえ、きょう用事があるのはキャスリンではないので、娘さんはゆっくり寝かせておいてあげてください。ご主人とすこし話ができればと思ったんですが。仕事がらみというか、今回の殺人事件の被害者にかんすることで、助言をもらいたかったんです。いまから、そちらにお邪魔してもかまいませんか。なんだったら、パン焼きの手をすこし休めていただいて」

こういうことにかけてはペレスの右に出るものはいない、とウィローは考えていた。これだったら、相手はまったく警戒心を抱かないだろう。

「ああ、そうなんですか」ペレスがウィローにむかって顔をしかめてみせた。どうやら、ロジャーソン家までただぶらぶらと歩いていって話を聞く、というわけにはいかなそうだった。

「それで、帰ってくるのはいつなんですか？」

電話口のむこうでメイヴィス・ロジャーソンがこたえる。

「では、火曜日の朝に事務所で会う約束をとりつけるのがいいのかもしれませんね。ご主人の携帯電話の番号は？　ええ、あちらの電波の状態があまり良くないのは知っています。でも、運良くつながるかもしれない、でしょ？」ペレスはまえの会議のあとでテーブルに残されたままのメモ帳に手をのばし、番号を殴り書きした。「それじゃ、どうも。それと、先週あなたとキャスリンにキャシーの面倒をみてもらったことで、あらためてお礼をいわせてください。ほんとうに助かりました」

「それで？」ウィローは、トム・ロジャーソンを事件全体の鍵を握る人物とみなすようになっていた。いまでは、地滑りの前日にブレイの協同組合で被害者を車に乗せた男は彼だと確信していた。

「奥さんによると、彼はいまオークニー諸島にいるらしい。あすのＥＵの漁業会議に出席するためで、そのあと飛行機の最終便で帰ってくるそうだ」

「ずいぶんと都合がいいわね」ウィローは自分が駄々っ子のような口調になっているのがわかったが、我慢できなかった。「会議が月曜日にあるのなら、どうしてきょう現地に飛ぶ必要があったの？」

「カークウォールに親しくしている人たちがいるので、出張を利用して旧交を温めるつもりのようだ。彼の仕事用の携帯電話の番号を教えてもらった。そちらなら出るだろう、ということだった」

ウィローは動くことで苛立ちを解消しようと、ふたたび部屋のなかをいったりきたりしはじめた。

「彼に電話して、シェトランドへ戻ってくるようにいおうか？」ペレスが番号を書き留めた紙片をふりながらいった。「どうしても出席しなくてはならない会議なら、きょうの飛行機でこちらへ戻って、あすの朝早い便でオークニーにとって返せばいい。もしくは、こちらからオークニーに出向いて、彼の話を聞くという手もある」

ウィローはその案に心が惹かれた。劇的な追跡というところが気にいっていた。サンバラ空港に急いで駆けつけて飛行機に飛び乗り、馴染みのない島々を訪れる。だが、彼女は首を横にふった。「自分が警察にとってそれほど重要な人物だと、トム・ロジャーソンに思わせたくないわ。彼は弁護士よ。あなたがいうように、つかみどころのない人種。火曜日までには時間があるから、そのあいだに彼についてもうすこし調べてみましょう。実際に会ったときに、彼に確固たるものを突きつけたいの」

ウィローはぶらぶらと窓にちかづいていった。それから、部屋にいるジミー・ペレスのほうへむきなおる。「彼の共同経営者と会うのはどう？　名前は〝テイラー〟だったかしら？」

ペレスがうなずいた。「ポール・テイラーだ」

「ミニー・ローレンソンの遺言を作成したのは、彼だったんじゃないかしら？　トーインの鍵を管理しているのが彼だとすると、そう考えるのが筋だわ。それに、トム・ロジャーソンと会うまえに、その人となりを仕事仲間から聞いておくのは、きっと役にたつはずよ」

ペレスはふたたびうなずいた。

ウィローが窓の外へ目をやると、灰色の路面がステンドグラスのような色の虹で彩られていた。

16

ペレスとウィローがポール・テイラーの家に着いたのは午前の遅い時間だったが、あきらかに相手は都合が悪そうだった。この事務弁護士の家には幼い男の子が三人おり、それが退屈して床の上で取っ組みあっていた。

「ちょうどいま、この子たちをスポーツセンターに連れていこうとしてたんです」ポール・テイラーのイングランド訛りのある声は、ぴりぴりしていた。「このエネルギーをプールでいくらか発散させてやらないと。一年のこの時期は、ずっと家に閉じこめられてるような状態になりますから」ポール・テイラーが窓に目をむけると、また降りはじめたにわか雨が窓ガラスに吹きつけられてきた。

　彼の妻はキッチンで平鍋をがちゃがちゃいわせていた。食卓はすでに用意されていた。テーブルクロス。グラス。七人分の食器具。「わたしの両親がバイキングの火祭り《アップ・ヘリー・アー》でこちらへきたついでに、しばらく滞在することになったんです。ホテルに泊まっていますが――まあ、見てのとおり、ここはすこし落ちつきませんから――きょうは日曜日の昼食に招いてあって……」ポール・テイラーの声がしだいに小さくなっていった。ペレスには状況が理解できた。彼の最初の妻のサラは家族の集まりに熱心なほうだったが、それでもいつも最後には、それに必要とされる骨折りにうんざりしていた。

「それほどお時間はとらせません」ウィローがいった。床の上でもつれあうかたまりから突きだされる腕を避け、ソファにすわる。この現代風の家はラーウィックのすぐ南のガルバーズウィックという村にあり、通勤には恰好の場所だった。広びろとした居間と四つの寝室。車が二台とめられる車庫に便利室。おそらく本土並みの価格がついていたのだろう。「いくつかお訊きしたいことがあるだけで」

ポール・テイラーはうなずくと、やや苦労しながら息子たちをわけ、二階へいかせた。「仕事部屋のコンピュータを使ってもいいぞ。十五分だ。それから、食事のまえにクリミキン・スポーツセンターへいく」

男の子たちは歓声をあげながら、どたどたと二階へあがっていった。突然、部屋のなかが不自然なほど静かになった。

「トーインの農家を管理しているのは、そちらの弁護士事務所ですよね。先日の地滑りで破壊された、レイヴンズウィックにある家屋です」ウィローが身をのりだして、両肘を膝にのせながらいった。くつろいでいるように見えたが、その言葉づかいは堅苦しかった。「その家屋の所有者にかんする情報提供を警察が呼びかけたとき、なぜ署のほうへご連絡いただけなかったのでしょうか」

ポール・テイラーは窓を背にして肘掛け椅子にすわっていた。ペレスは立ったまま、このやりとりを観察していた。

「あの不動産をうちがあつかっているとは、気づきませんでした」ポール・テイラーがいった。「家の管理は決まりきった仕事で、事務所の女の子たちがわれわれにかわって賃貸業務をこなしているので」

「この家は、あなたの作成した遺言状によって第三者に遺贈されました」ウィローは歯切れよくきっぱりといった。彼女自身が弁護士といっても通用しそうだった。「遺言者は、ミニー・ローレンソンです」

「あの物件か！」ポール・テイラーはショックを受けているように見えた。

だが、ウィローは追及の手をゆるめなかった。「この女性の遺言状はあなたが作成したのですから、彼女がどこに住んでいたのかはご存じだったはずです」

「それはちがいます。ミニー・ローレンソンがその件で事務所にやってきたとき、わたしはシェトランドに越してきたばかりでした。いまなら、その家がどこにあるのか認識していますが、当時はラーウィック以外の場所は、あまりよくわからなかった。遺言状はいたって単純なものでした。家はアメリカにいる姪に譲渡する。残った現金があれば、それは医療関係の慈善団体に寄付する。内容をよく覚えているのは、ミニー・ローレンソンがわたしにとってシェトランドで最初の依頼人だったからです」ポール・テイラーがほほ笑んだ。ウィローを魅了しようとする試み。それは感じの良い笑みで、ペレスは自分も相手を味方につけようとして似たような笑みを使っているのだろうと思った。

だが、ウィローがそれに魅了されることはなかった。「去年、その家は家賃をとらずにクレイグ・ヘンダーソンに貸し出されていました」

「ええ。それについては、電話でミス・セクレストとやりとりがありました。実際、彼女のほうから電話してきて、クレイグ・ヘンダーソンに家を使わせることについての意見を求められたんです。それから、彼女の指示で彼に鍵を渡しました」

「ミス・セクレストとは、あなたご自身が話をされたんですか？」

「いいえ。けれども、うちの事務員のマリーが電話を受けたとき、わたしも大部屋のオフィスにいたので、話の内容はわかりました」

「ミス・セクレストの家に赤の他人が越してくることに、あなたは反対しなかった？」

ポール・テイラーは首を横にふった。「クレイグ・ヘンダーソンは、まったく知らない人物というわけではありません。うちはヘンダーソン家と取引があるんです。かれらの商売の代理人ということで。ヘンダーソン家は、富裕層の旅行者向けの宿泊施設を所有しています。ミス・セクレストがクレイグ・ヘンダーソンとの取り決めに満足しているのなら、家を貸すことにはなんの問題もないと思われました。あの家には、あらゆることに対する保険がかけられていますし」

「クレイグ・ヘンダーソンがふたたび海外へいったとき、家の鍵はどうなりました？」

「彼が旅立つまえに事務所に返してくれたはずですが、先ほどもいったとおり、事務所の女の子のひとりが受けとったのでしょう。錠前付きの戸棚があって、うちが管理している不動産の鍵はそこに保管してあります」

「では、トーインの鍵がまだそこにあるのかどうか、あなたは確認することができる？」

「いま事務所にいって調べてこいというんですか？」ポール・テイラーはぞっとしたようにいった。二階ではコンピュータ・ゲームへの関心が薄れつつあるらしく、空手キックとおぼしき音のあとで、苦痛の悲鳴があがった。それから、泣き叫ぶ声。「パパ！」

「事務所の鍵を預からせていただけるのであれば」ウィローがいった。「こちらで確認したあとで、鍵はお宅の玄関ドアの郵便受けからそっと戻しておくこともできます。ご家族の昼食の邪魔にならないように」

ポール・テイラーはためらったが、すぐにその提案を受けいれた。玄関広間の鉤に掛けてあった鍵束をもってくる。「これが正面玄関の鍵、そして、これが受付のです。戸棚は受付にあって、それをあける鍵はこれです。戸棚のなかの鉤にはすべて、不動産の名称と所有者の名前を記したラベルがついています」

ペレスは、ポール・テイラーがいま説明した鍵をひとつずつ輪からはずすのを待っていた。だが、事務弁護士は鍵束ごとウィローの手のひらに落とした。今度はウィローが大きくにっこりと感じのいい笑みを浮かべる番だった。「ご協力に感謝します、テイラーさん。それでは、あとはご家族だけでゆっくりとおすごしください」だが、彼女は玄関のところで足を止めた。「アリソン・ティールという名前に聞き覚えはありませんか？」

ポール・テイラーは二階にいる息子たちに気をとられていて、考える間もなくこたえた。「いいえ。誰なんですか？」家から離れていくペレスたちの耳に、ポール・テイラーが息子たちにむかって大声でこういうのが聞こえてきた。「さっさと用意しないと、泳いでる時間がなくなるぞ」この訪問のあいだじゅう、ポール・テイラーの妻は一度も姿を見せなかった。

〈ロジャーソン&テイラー〉の事務所は、コマーシャル・ストリートが急坂の路地のひとつと交わる角にあった。通りにはほとんど人影がなく、大半の店が閉まっていた。冷たい風が吹き抜けていくなか、ときおり雲が蹴散らされて空が明るくなるものの、すぐにまだ雨が降りはじめていた。男がひとり、ちかくの銀行のATMのまえでちぢこまっていたが、建物にはいっていくペレスたちのほうには目もくれなかった。ふたりは薄板の床の上に溜まった土曜日の郵便物をまたいで、細い廊下に足を踏みいれた。右手の鍵のかかっていないドアのむこうの部屋には、椅子が何脚かあった。依頼人はそこで、自分のえらんだ事務弁護士との面会を待つのだろう。壁にスライド式のガラス窓がついており、そのむこうが受付のオフィスだった。二台のコンピュータがのった机。積み上げられた書類整理ケース。このオフィスへは、正面玄関の間にあるドアからはいる造りになっていた。ウィローは何度か手間取ってから、鍵束にあったそこの鍵を見つけた。ふたりは受付のオフィスにはいった。

「ポール・テイラーは、どうして事務所のすべての部屋にはいれるようにしてくれたのかしら?」ウィローは小さなオフィスの真ん中に立ち、ぐるりと見まわした。「なにも隠すことがないのか、それとも二重のはったりをきかせているのか? まずいものが見つかる心配はまったくない、とこちらに信じこませるために」

ペレスは肩をすくめてみせた。「彼には裏はなさそうに見えたな。父親としてはいまひとつかもしれないが、とにかくてんてこまいしていて、われわれを家からおいだしたがっていた」

事務所が管理している不動産の鍵は、内壁ぎわに設置された木製の縦長の戸棚に保管されていた。ポール・テイラーの説明どおり、なかには鉤がずらりとならんでおり、〝セクレスト／レイヴンズウィック〟というラベルのついたところには、シリンダー錠とチャブ錠の鍵がぶらさがっていた。「〝トーイン〟とは書かれていないわね」ウィローがいった。「ということは、ポール・テイラーは地滑りで破壊された家とこの家を結びつけて考えていなかったのかもしれない。ほんとうのことをいってたのかも」

「鍵がいまここにあるからといって、アリソン・ティールがあの家にはいるのに事務所の鍵を使わなかったということにはならない」ペレスは、自分たちが事件の細かいことにこだわりすぎていて、もっと大きな全体像を見失っているような気がした。このどっしりとした家具と育ちすぎた鉢植え植物のある事務所を出たかった。やはり、オークニー諸島にいるトム・ロジャーソンをおいかけていくべきだったのではないか。「もしもアリソン・ティールに手を貸していた人物がトム・ロジャーソンだとすると、彼は合鍵を作るだけでよかった」

「たしかに。でも、せっかくここにいるからには、ほかの部屋ものぞかせてもらわない手はないわ」ウィローが指にぶらさげた鍵束をじゃらじゃらと揺らしてみせた。その音がペレスの神経にさわった。「なんのかんのいって、これはテイラー氏が提供してくれたのよ。みずからの自由意志で」

共同経営者たちのオフィスは二階にあった。ポール・テイラーのオフィスは路地に面していて、むかいは大きなホテルの窓なしの壁だった。夏でも、この部屋はずっと薄暗いのだろう。いまも、細かいところまで見るためには、明かりをつけなくてはならなかった。窓の下に置かれた机には、強力な卓上ランプと、一見すると天使のような三人の男の子の写真（おそろいの手編みのセーターを着ている）がのっていた。写真がもう一枚。こちらは女性で、奥さんにちがいなかった。キツネのような鋭い顔立ちで、かなりきつそうな感じがした。

「これが先ほどとおなじ家族だなんて、とても信じられないわね」そういって、ウィローはペレスににやりと笑ってみせた。彼女が従来型の家族にあまりいい印象をもっていないのを、ペレスは知っていた。ヒッピー共同体《コミューン》の影響は、本人が認める以上に強く残っているのだ。だが、雨の日曜日にすこし会っただけの人たちについてそのような判断をくだすのは、やや不公平な気がした。

トム・ロジャーソンのオフィスは建物の表側にあり、ポール・テイラーの部屋よりもりっぱだった。大きな机はほんとうに古いものらしく、本棚にはむずかしそうな専門書がならんでいた。窓台には、より見栄えのする鉢植え植物。壁には、額入りの修了証書と本人の写真がいくつか。政治家のニコラ・スタージョンと握手している写真。デイヴィッド・キャメロン首相のそばでにこやかに笑う男たちにまぎれて立っている写真。部屋をうろついていたウィローが、写真のほうにうなずいてみせた。

「スコットランドとイングランドの政治家に両賭けしているわけね」という。「彼はそういう人物なのかしら？」

ペレスはその点について考えてみた。「つねに勝者の側にいたがる男だ」

「まあ、それは犯罪ではないわね」一拍おいて、ウィローがつづけた。「残念ながら」彼女は書類整理ケースのまえで足を止め、いくつもの鍵をためした末に、それをあけた。

「そいつは完全に合法といいきれるかな？」

「この鍵束はポール・テイラーが渡してくれたのよ。そして彼は、われわれが捜査を進めるために鍵束を求めていたのを知っていた」

「だが彼は、われわれが事務所の顧客の情報をのぞくとまでは考えていなかったはずだ」ペレスは、こんなにもったいぶって聞こえなければいいのにと思いながらいった。

「あなたのいうとおりよ、ジミー。でも、ここにアリソン・ティールのファイルがあるかどうかだけ確認させてちょうだい。ブレイと〈マリール芸術センター〉で彼女がいっしょにいた男性がトム・ロジャーソンだとするならば、彼は過去のどこかでアリソンと出会っていたはずよ。そして、関係を築いていった。その関係が、どういう性質のものであれ。マグナス・テイトが彼女の魅力にころりとまいるところは、だいたい想像がつくの。彼はアリソンがはじめてシェトランドにきたときに出会って、サイン入りの写真をもらって喜んだ。でも、トム・ロジャーソンの場合は、そんなことだったとは考えられない」ウィローが顔をあげた。「トム・ロジャーソンはしばらく本土で働いていたことがある、とあなたはいってたわよね。アリソン・ティールが失踪したとき、そもそも彼はシェトランドにいたのかしら？」

「ああ。そのころすでに、トムはこちらで働いていたはずだ。シェトランドに戻ってきたのは、キャスリンがまだ赤ん坊のころだったから」

ウィローはなにかいいそうに見えたが、かわりに書類整理ケースのほうへむきなおった。

「アリソン・ティールのファイルはないわね」

彼女は机のところにいるペレスに合流すると、ひきだしをあけはじめた。どれも鍵はかかっておらず、なかにはいっているのは仕事に関係した――ただし、弁護士というよりは評議員としての仕事に関係した――もののようだった。健康と社会福祉にかんする小冊子。観光客向けの案内書。

ペレスは自分たちが時間を無駄にしているという感覚をぬぐえずにいた。机の下にあったごみ箱には、紙くずがはいったままだった。そこから手書きのメモを拾いあげる。トム・ロジャーソンが助手に残した書き置きにちがいなかった――至急これに顧客の署名をもらってくれ。ペレスはメモを平らにのばし、ウィローにもきちんと見えるようにわきに寄った。「どう思う？」

「原本を再確認する必要があるけど、この筆跡はサンディがトーインで見つけた手紙のものとそっくりに見えるわ」

「つまり、またひとつ、つながりが見つかったわけだ」ペレスはいった。「それと、容疑者の可能性のある人物が」

17

ジェーン・ヘイは、家族そろって日曜日の昼食をとるための準備を進めていた。料理をする気分ではなかったが、週のはじめに自分で大騒ぎして決めたのだ。

「日曜日は〈マリール芸術センター〉の仕事がないんでしょ、アンディ？　それじゃ、みんなで集まりましょう。ひさしぶりに、きちんとした日曜日の昼食をとるの。ジェマも呼ぶといいわ、マイクル」

そういうわけで、ジェーンはいまキッチンにいて、ジャガイモとパースニップの皮をむいていた。大型こんろ《アーガ》の下の段でゆっくりと焼かれている子羊の肩肉の匂いで、すこし気分が悪かった。疲れているだけだ、と自分に言い聞かせる。自業自得だ。きのうの晩にアンディの帰宅が遅くなったからといって、あんなにやきもきしたりして。アンディを責めるわけにはいかなかった。彼はもう大人で、大学では自由な生活を送っていたのだ。グラスゴーではなんでも好きにできたし、ジェーンがその当時の息子の行動について知ることはこの先もないだろう。だとすれば、こちらでの行動をいちいち知らせてもらえないからといって、それがなんだというのか？

ジェーンは包丁を置くと、ドアのそばでゴム製のサンダルに履き替え、いちばんちかいビニールハウスにむかった。子羊の肩肉用にもっとローズマリーが必要だったし、ソースにいれるミントも欲しかった。だが、ほんとうのところは、とにかく家から数分間離れたかった。地滑りが起きて以来、ここはそれまでとは変わってしまったように感じられた。景色が破壊されただけではない(いまでは、浜辺のほうを見おろすと、泥流が残していった黒い傷跡が目に飛びこんできた)。まるで、地面の変動によって、家族の土台までもが緩んでしまったかのようだった。堅固なものは、なにも残されていなかった。夫や息子たちのいうことは、なにひとつ信じられなかった。

ジェーンはローズマリーの茂みから小枝をふたつひっこ抜くと、手にいっぱいのミントを集めてから、キッチンに戻った。アンディがいた。トラックスーツのボトムスに見覚えのない袖なしの肌着という恰好で、ぼんやりと宙をみつめて立っていた。

「もっと寝てるのかと思った」ジェーンの声は甲高く、あまりにも明るすぎた。タイルやぴかぴかの調理台から反響してくるような気がした。「きのうは帰りが遅かったんでしょ。レイチェルと電話でおしゃべりしてて、夜中すぎまで起きてたのよ」

アンディはなにもいわなかった。そんな息子がすごくつらそうに見えて、ジェーンは思わずちかづいていって、抱きしめたくなった。その頭を自分の肩にのせ、目にかかる柔らかい黒髪をかきあげてやりたかった。だが、かわりにこうたずねた。「コーヒーを飲む?」

アンディが頑張って返事をした。「ああ、いいね」

ジェーンは息子に背をむけ、コーヒーメーカーに水をいれると、フィルターにコーヒーの粉を用意した。そのあとでむきなおると、アンディが先ほどよりもふだんの感じに戻っていった。

「心配させたんじゃなきゃいいけど。母さんのメッセージは、けさになってから読んだ」きのうの晩は電池が切れてたんだ」

「そんなことじゃないかと思った」ジェーンは嘘をついてまで、おのれの不安を否定することができなかった。かといって、真実をいうわけにもいかなかった。もちろん、心配だったに決まってるでしょ。居ても立ってもいられなかった。もう二度とあんな思いをさせないでちょうだい。なぜなら、朝の冷たい光のなかで冷静に考えると、自分が過剰に反応していたのがわかったからである。あんなふうにパニックを起こしたのは、馬鹿げていた。アンディはあきらかに、いまなんらかの危機に直面していた。人間関係がおかしくなっていた。だが、彼はいま家にいる。安全だった。そのうち心の準備ができたら、自分がふさぎこんでいる理由を母親に話してくれるだろう。ジェーンはまえの晩に見た息子の姿を——暗闇のなか、廃墟と化したトーインの農家を見おろしていた息子の姿を——頭からおいはらった。この子と亡くなった中年女性のあいだに、いったいどんなつながりがあるというのか？　アンディが彼女の死についてなにか知っているのかもしれない——それどころか、かかわってさえいたのかもしれない——と考えるのは、馬鹿げていた。

ジェーンがコーヒーを注ぐと、アンディは母親といっしょにテーブルについた。マグカップをもちあげる彼の手は震えていた。ジェーンは、あまり穿鑿《せんさく》がましくない——もしくは、批判がましくない——質問をなかなか見つけられずにいた。きのうの晩はなにをしてたの？　これでは間違いなく、アンディは心を閉ざしてしまうはずだ。それに、嘘をつかなくてはならない立場に息子をおいこみたくなかった。結局、ふたりはしばらく黙ってすわっていた。それから、ジェーンはパヴロヴァを作るためにお碗で卵白を泡立てはじめた。すでにラズベリーは冷凍庫からとりだしてあった。プディングは温かいのと冷たいのをふたつ用意するつもりだった。息子たちがどちらも甘い物好きだからだ。この昼食はひじょうに大きな意味をもちつつあるように感じられた。まるで最後の晩餐だ。ジェーンは機械の音をたてたくなくて、手で卵を泡立てていた。もしも部屋が静かだったら、アンディはなにか話してくれるかもしれない。だが、どちらも言葉をはっしないまま、彼女の腕はしだいに疲れて痛くなってきた。ジェーンはメレンゲを大型こんろ《アーガ》の子羊の下の段にいれた。

ケヴィンは道路での作業からまだ戻ってきていなかった。夫が出かけていったとき、ジェーンはベッドのなかにいたが、目はさめており、夫の機嫌がいいのを見てとっていた。日曜日の作業には、割り増し賃金が支払われるのだ。ケヴィンの自己評価はつねに、農場のために自分が稼いだ金額に拠っていた。出かけるまえに、彼は紅茶と二枚のビスケットをのせた皿をベッドにもってきて、ジェーンの額にキスしていった。最近の彼は、よりいっそう思いやり深くなっていた。まるでデートしはじめたころのようだった。

中庭からトラクターの音が聞こえてきて、ケヴィンがキッチンにいるふたりに合流した。張り出し玄関で作業用の長靴を脱いでいたので、足もとは靴下だけだった。防水服とつなぎ服を脱ぐ。クランブルにとりかかっていたジェーンは、顔をあげてたずねた。「作業はどう?」

「すごぶる順調だ」ケヴィンは元気いっぱいに見えた。頰が紅潮し、髪の毛と顎ひげに雨粒がついていた。「手伝いを頼まれるのは、あすが最後になるんじゃないかな。それ以降は、かれらだけでやれるだろう」

ケヴィンが流しで手を洗いはじめた。「うまそうな匂いだな」彼は室内の張りつめた空気に気づいておらず、そこにすわっている息子のことをほとんど無視していた。

「あたらしくコーヒーを淹れるわ」ジェーンは指についた小麦粉をはらい落として、夫が流しのまえからどくのを待った。「あなたももっといる、アンディ?」

アンディは首を横にふると、椅子からおりて、ぶらぶらと去っていった。

「あいつはどうしたんだ?」ケヴィンがふり返って、遠ざかっていく息子の背中を見ながらいった。「二日酔いかな」

「かもね」だが、ジェーンは二日酔いというのがケヴィンのいうほど単純なものではないことを知っていた。またぞろ息子への心配がはじまった。

マイクルはジェマを連れて、ラーウィックからバスでいっしょにやってきた。まえの晩は、町にあるジェマの両親の家に泊まっていたのだ。ジェーンはこの下の息子について、まったくなんの心配もしていなかった。彼がすこし退屈な人間になって、そのうち会話の話題にさえ事欠くようになるかもしれない、という点を除いては。ジェーンはマイクルの将来を予想することができた。ジェマと結婚し、ふたりでレイヴンズウィックに小さな家をもち、お行儀がよくてちょっとぼうっとした子供たちを育てるのだろう。そして十年後には、ジェーンはあいかわらずかれらのために日曜日の昼食の準備をし、ジェマの役所での仕事やマイクルのあまり野心的とはいえない農場の計画に興味のあるふりをしているというわけだ。

自分がこれほどまでに辛辣になれることに、ジェーンは驚いた。彼女自身の人生がそれよりも興味深いとでもいうのか？　アンディの将来がこんなふうに細かく決まっていて、なにも心配することがなければ、自分はすごく喜ぶのではないか？

雲の切れ間から漏れてきた陽射しがテーブルにあたった。食事はキッチンでとることになっており、ジェーンは最後の仕上げにとりかかった。肉汁に少量の小麦粉をくわえてかきまわし、グレービーソースを作る。ケヴィンとマイクルは居間にいて、缶ビールを手にテレビでサッカーの試合を観戦していた。ジェマはキッチンで、ジェーンといっしょにいた。手伝いを申しでてくれたのだが、ジェーンが頼めそうな用事をなにも思いつけずにいると、そのまま調理用こんろのそばの椅子にすわって、おしゃべりをはじめていた。そこにいると邪魔というほどではないので、おいはらうわけにもいかず、かといってすごくちかくにいるので、ジェーンは調理の様子を監視されているように感じた。ジェマは話し好きだった。父親が自治体の財政部門で働いているため、話題がシェトランドの政治におよぶこともあったが、ただとりとめもなく学校の友だちや先生や親戚についてしゃべるだけのときもあった。ふだんジェーンは、この一方通行の会話に心の安らぎをおぼえていた。すこし楽しむことさえあった。だが、きょうはすぐにいらついてしまいそうで、一切返事をしなかった。それでもジェマは、しゃべりつづけていた。ジェーンが興味を示していないことに気づいていないか、気にしていないかだった。どちらにせよ、ジェマはそれで気分を害するような女性ではなかった。

ジェーンが流しでキャベツの水切りをしていると、ジェマのとりとめのない話のなかのある発言が耳に飛びこんできた。

「アンディって、隅に置けないわよね」

「どういう意味?」ジェーンは顔をあげた。平鍋と蓋のあいだから緑色の水が滴り落ちてこなくなったところで、キャベツを盛り皿によそう。

「だって……」だが、ジェマがそれ以上いうまえに、男たちがキッチンにはいってきた。サッカーの試合が終わって、腹をすかせていた。ケヴィンがジェマを歓迎して、軽く抱きしめた。

彼はジェマのような女性といっしょになるべきだったのではないか、とジェーンは思った。想像力のまったくない女性、安定したきちんとした家の出で、なんの問題も抱えていない女性とのほうが、しあわせになれたのでは。

「アンディを呼んでくるわ」ジェーンはキッチンを出て、玄関広間にある階段の下で足を止めた。ふり返ると、ケヴィンが肉を切り分け、マイクルがワインをあけているのが見えた。いま窓からなかをのぞきこんだ人は、この家にはどこに出しても恥ずかしくない家族が――秘密や心配事のまったくない家族が――住んでいると思うことだろう。

ジェーンが声をかけるまえに、アンディが階段のてっぺんにあらわれた。キッチンで皿のぶつかりあう音や話し声がするのを耳にしたにちがいない。彼は母親に気づいておらず、二階の廊下に掛かっている鏡をのぞきこみ、みんなと会うまえに身だしなみを整えていた。ジェーンは彼が学校の劇に出演していたころを思いだした。すごく真剣に役になりきろうとしていたときのことを。どうやら当時の練習が、いま役にたっているようだった。

食事は何事もなく進んだ。マイクルとジェマは、いつもわき目もふらずに食べた。まるで料理をさげられてしまうのを恐れているかのように、皿から目を離さなかった。ジェマは中年になったら太るだろう、とジェーンは思った。だが、満足して、おっとりとした女性になっているはずだ。食事の席では口数すくなくおとなしくしているのではないかというジェーンの予想に反して、アンディはすごく明るくふるまい、〈マリール芸術センター〉の同僚たちにかんする逸話で場を盛りあげた。ケヴィンは絶えずみんなのグラスにワインを注いでまわっていて、すぐに二本目をとってきた。すべてはいつもどおりだ、とジェーンは自分に言い聞かせた。だが、緊張で息が詰まりそうになっていた。これがほかの人たちとの会食だったら、グラスをさしだして、ワインを注いでくれと頼んでいたかもしれない。自分の皿に目を落とすと、ほとんど料理はへっていなかった。

それでも、食事はだらだらとつづいた。パヴロヴァは絶賛された。ジェーンがメレンゲにナイフをいれると、仕上がりは完璧だった。外はさくさくで、真ん中はすこし歯応えがある。ジェーンはすこし気分が良くなった。クランブルもきれいに平らげられた。ジェマとマイクルはおかわりまでした。

ケヴィンが立ちあがった。ご満悦の体だった。彼はいい家庭人をめざしており、実際、文句のつけようのないお祖父ちゃんになるものと思われた。ふたたび、ジェーンの目のまえに将来にわたって連綿とつづく日曜日の昼食が浮かんできた。その合間に、もっと大きいが似たような行事がはいってくる。クリスマス。家族の誕生日。記念日。

「女性陣は暖炉のまえにいって、すわってるといい」ケヴィンは去年の誕生日に息子たちから贈られたりっぱなコーヒーメーカーをいじくりながらいった。「かたづけは男どもがやるから。そうだろ、おまえら？」

ジェマは食事の準備でなにもしていないにもかかわらず、すぐにその提案を受けいれた。ジェーンは気がつくと、居間にある革張りのソファにすわっていた。突然、すごく静かになっていた。ジェマでさえ、しゃべるのをやめていた。外は暗くなりかけており、風はやんでいた。ジェーンはカーテンを閉めようと立ちあがった。アンディのうわさ話をしかけていたのを、ジェマが忘れているといいのだが。この静けさのなかですわっているのは、すごく心地が良さそうに思えた。疲れていたので、ジェーンは息子にかんする新事実を聞く気にはなれなかった。

だが、ジェマは忘れていなかったらしく、コーヒーをはこんできたケヴィンが居間からいなくなると、すぐさま中断したところから話を再開した。その顔はフロアランプに照らされていたが、部屋のほかの部分は影のなかに沈みこんでいた。「さっきの話だけど……」間をあけて、ジェーンの注意をひきつけたことを確認してからつづける。「ジェニファー叔母さんがアンディを見かけたの。二週間ほどまえに」

ジェーンはなにもいわなかった。先をうながす必要はないとわかっていた。とはいえ、ジェマの叔母さんがなぜアンディのことを知っているのかという疑問が、ちらりと頭をかすめた。

「叔母さんは退職するまえ、アンダーソン高校で先生をしてたの。だから、アンディのことがすぐにわかった」説明がついた。「アンディはいい子だったたって、叔母さんはいってたわ。だから、自分が目にしたことが信じられなかったって」

「それで、なにを目にしたのかしら？」ジェーンはくつろいでいるように見せるため、ソファにすわったまま、身体の下に脚をたたみこんだ。

「アンディは〈グランド・ホテル〉のまえで言い合いをしてたの。自分の父親くらいの年齢の男性にむかって、怒鳴ったり悪態をついたりしていた。通りをいく人にじろじろ見られるのもかまわずに」

ジェーンの胸に安堵の念がどっとこみあげてきた。あの亡くなった女性がらみの話を聞かされるのではないかと心配していたのだ。気がつくと、ジェマがこちらをみつめていた。アンディが騒ぎを起こしていたと聞かされて彼女がショックを受けることを期待しているのだろう。

「原因はなんだったのかしら？」なぜなら、アンディはやさしい子だからだ。子供のころでも、衝突を避けていた。

ジェマが首を横にふった。「わたしが知ってるのは、アンディに責められてた男性が警察を呼ぶと脅してたってことだけ」

「どうやら、あの子はどこかの酔っぱらった石油労働者と揉めたみたいね」石油労働者というのは、町でいざこざが起きたときにいつでも罪を着せられる便利な身代わりだった。

「それが、ちがうの！」いまやジェマはこれを楽しんでいた。「アンディが突っかかってた相手は、ジェニファー叔母さんの知っている人物だった」彼女は話のこの部分を、最後までとっておいたのだ。小説はあまり読まないのかもしれないが、はらはらどきどきさせる必要があることは理解しているのだろう。「トム・ロジャーソンよ。評議員の」

18

サンディは日曜日の午前中を、ずっと警察署の自分の机のまえですごした。アリソン・ティールの人生について、くわしく調べていたのだ。被害者の名前が判明したので、ジミー・ペレスの気分はまえよりも上向いているかもしれなかった。サンディはお昼をルイーザといっしょにとれたらと考えていたが、彼女は〈スカロワー・ホテル〉からまっすぐイエル島に帰っていた。

「もうすこし、あなたといたくないわけじゃないのよ。でも、母が寂しがるだろうし、あなただって仕事を抜けられない可能性があるでしょ」

昔だったら、拒絶されたと感じて、傷ついていたかもしれない。だが、サンディは母親に対するルイーザの責任感の強さを知っていたし、ふたりですごしたスカロワーでの一夜のあとでは、なんであれ文句をいう気分ではなかった。作業をはじめて最初の三十分は、なかなかアリソン・ティールに集中できなかった。気がつくと、わけもなくにやにやしていて、いつルイーザに結婚を申し込もうかと考えていた。だが、そこには多少の気まずさがあった。ジミー・ペレスが最愛の女性を失ったのは、婚約して間もないころだった。サンディとしては、せっかく鬱のどん底から復活してきたように思えるペレスに悲しい過去を思いださせたくなかった。それに、この件については、彼自身も迷信めいた不安を抱いていた。ルイーザに結婚を申し込んだら、彼女もまた危険な目にあうのではないか……。

アリソン・ティールには、彼女だけをとりあげたウェブサイトがあった。テレビのドラマ番組で女中のドリーを演じていたときに作られたものらしく、ホームページにはマグナス・テイトの家にあったのとおなじ写真が使われていた。もう何年も更新されておらず、最近の活動にかんする情報は皆無だった。代理人の電話番号が表示されていたが、サンディが電話をかけてみると、すぐに留守番電話につながった。あきらかに事務所の番号で、日曜日は休みのようだった。サンディは至急連絡をもらいたいという伝言を残しておいた。

アリソン・ティールの身内はまだ見つかっておらず、ペレスからはその捜索を最優先にしろといわれていた。「身内から重要な情報を得られるかもしれない、というだけではない。アリソンの死をかれらに告知する必要がある。彼女の両親は、おそらくまだ生きているだろう」ペレスの念頭にトーインで見つかった写真のなかの老カップルのことがあるのが、サンディにはわかった。あの写真は間違いなく、被害者が大切にしていた所持品のひとつだった。携帯電話で撮ってコンピュータに保存しておくような写真ではなく、きちんとカメラで撮影されていた。

サンディは画面に注意を戻して、調査をつづけた。

インターネットの検索で、『インディペンデント・オン・サンデー』に掲載されたアリソン・ティールの長文のインタビュー記事が見つかった。印刷する。役立ちそうな記事だったし、ペレスは重要だと思われるものを紙の形でもっていたがった。インタビューがおこなわれたのは、失踪していたアリソン・ティールが〈レイヴンズウィック・ホテル〉で発見されてから数カ月後のことだった。失踪の日付は、すでに判明していた。いまから十五年前だ。記事のなかで質問している記者は、まるで精神分析医のようだった。自分だったら、この質疑応答であきらかになるような個人情報を大っぴらにしたいと思うだろうか？　それを新聞に載せて、みんなに朝食を食べながら読んでもらいたいと思うだろうか？

アリソン・ティールは幼少期について、かなり多くを語っていた。両親は麻薬常用者で、彼女を育ててくれたのは父方の祖父母だったという。かれらはノーフォークの海岸にあるクローマーという小さな町で暮らしていた。

「ご両親と会うことは？」記者がたずねていた。

その質問に対して、アリソン・ティールはただ淡々と事実を述べていた。「あまりなかったわ。ふたりはときどき訪ねてきてたけど、それはおじいちゃんとおばあちゃんにお金をせびるためだった。まあ、常用者が気にかけるのは、つぎのヘロイン注射のことくらいでしょ？　両親が麻薬と手を切って、わたしを家に連れて帰る――そんなことを夢見ていたけど、心の奥底では絶対にそれが実現しないとわかっていた。それに、おじいちゃんとおばあちゃんと暮らすのは楽しかった。学校のほかの子たちとはちがう生活だったけど、当時でさえ、片親の家庭はまわりにたくさんあった。すくなくとも、うちには大人がふたりそろっていた。わたしがそのあとでしでかした失敗を、不幸な子供時代のせいにはできないわ」

「ごきょうだいは？」

「弟がひとり。ジョノよ。正式には、ジョナサン。この子は軍隊にはいって、しばらく連絡が途絶えていたけど、最近ではもっと頻繁に会ってるわ」

記者はこの弟についてもっと知りたがったが、アリソンはそれ以上くわしいことを語ろうとしなかった。

サンディはすでにいくつかメモをとっていた。アリソン・ティールが芸名でないかぎり、〝ティール〟というのが父親の苗字、ひいては父方の祖父母の苗字であると思われた。そしていまサンディの手もとには、かれらが住んでいたノーフォークの町の名前もあった。アリソン・ティールは亡くなったときに四十二歳だったので、祖父母のどちらかはまだ生きている可能性があった。地元の警察署に電話をかけて、かれらの消息を突きとめられるかやってみてもらえばいい。弟のジョナサン・ティールがまだ軍隊にいるのなら、そちらの消息をつかむのもそうむずかしくはないだろう。アリソン・ティールの死を身内に伝えることができれば――被害者とちかしく、その死を嘆き悲しむであろう人物を見つけることができれば――ジミー・ペレスは喜ぶはずだった。サンディは新聞のインタビュー記事に注意を戻した。

「演技をはじめたきっかけは？」この記者はアリソンよりも年上なのではないか、とサンディは推察した。やや落ちついた感じで、洗練された人物だ。

「ほんとうに、たまたまだったの！　演劇クラブのメンバーだった友だちにつきあわされてただけで、はじめはあまり乗り気じゃなかった。準備運動になんの意味があるのか、わからなかった。跳ねまわったり、即興をしたり。でも、台本を渡されると、すぐに夢中になった。すこしのあいだ誰かべつの人間になっていられるのが、よかったんじゃないかしら。一種の逃避ね。はじめのうち、祖父母はあまりよく思っていなかった。わたしにもっと安定した仕事についてもらいたかったのよ。でも、わたしがすっかりのめりこんでいるのを知って、演劇学校への入学が決まったときには、すごく喜んでくれたわ」

「《ゴールズワージー館》のドリー役は、大きな転機となったんでしょうね」

「そのとおりよ！　その役をもらったのは演劇学校を出てまだ一年しかたっていないころで、わたしは舞台の仕事やテレビのコマーシャルをいくつかこなしただけだった。でも、それで人生が変わった。通りを歩いてると、まるでわたしが実際のドリーであるかのように、まわりから大きな声で呼びかけられるの。奇妙な体験だった。そして、わたしはたぶんすこし思いあがっていた。みんなに顔を知られるようになって、突然、お金にも余裕ができた。ちょっと羽目を外して、馬鹿なことをした。両親を見ていたら、薬に手をだすのは間違いだとわかっていそうなものでしょ。でも、わたしは自信がなかったんだと思う。自分が分不相応な生活を送っていると感じていた。どこか間違っていると。そして、わたしにはそのあたらしい生活とむきあうのに助けとなるものが必要だった。結局は、すべてが音をたてて崩れたわ。あれは一種の神経衰弱だったんじゃないかしら。わたしは気がつくと、どうすればより楽に死ねるかということばかり考えていた。それを考えること自体が中毒のようになっていた。そんなある晩、テレビで天気予報を見ているときに、地図でシェトランドが目にとまったの。ずっと北にあるけど、それでもイギリスの一部だった。それで、こう考えた――〝わたしはいま崖っぷちにいる。だとしたら、あそこ以上にいくのにふさわしい場所がある？〟」

サンディは自分が記者としてインタビューしているところを想像した。捜査の一環として質問するのに似ていた。その場合、彼ならもっと実務的なことを問いただしていただろう。アバディーンまでどうやって車でいったのかとか、フェリーの予約はどのようにしたのかとか。事実は証人の暴走を食い止める、というのがペレスの口癖だった。事実があれば、人は話を作ったり自分の人生を絵空事にはしなくなる。だが、この記者はそうしたことをすべてすっ飛ばして、つぎの話題へと移った。

「あなたが姿を消してイギリスじゅうのマスコミが大騒ぎしていたのを、知っていたんですか？」

「いいえ、まったく。自分の目から見たら、わたしは姿を消してはいなかった。でしょ？　自分がどこにいるのか、きちんとわかっていた。それに、シェトランドにいるあいだは、イギリスの新聞をまったく見なかった。それに、テレビのニュースも」

「ご家族に連絡しようとは思わなかった？　もしくは、《ゴールズワージー館》の仕事仲間に？」

サンディの頭に、アリソン・ティールがこの質問について考えている場面が浮かんできた。どうこたえるのがいちばんいいかと思案しているのだ。彼女の返事は、サンディにはとても誠実なものに思えた。

「ええ、そういったことはほとんど頭になかった。わたしは落ちこんでいた。そして、そういう人間はとても身勝手になるものよ。このときのわたしは、自分の感情にしか気がまわらなかった。すべての人のことを頭から締めだしていた。それが、回復するためのわたしなりのやり方だった」

サンディが外へ目をやると、警察署のまえを女性たちの集団がとおっていくのが見えた。通りの先にある教会堂にむかっているのだろう。みんなレインコート姿で、うしろから風に押されているのか、すこし小走りになりながら、倒れないように踏ん張って坂をおりていった。サンディは机の上の印刷した記事のほうに注意を戻し、またひとつメモをとった。アリソン・ティールにインタビューした女性記者の話を聞いてみてもいいかもしれなかった。記事にはならなかった裏話があったとしても、おかしくない。だが、サンディは自分でそれをやりたくなかった。ロンドンの記者はおっかなかったし、どのみちもっと偉い警察官が話を聞いたほうが相手の反応もいいと思われた。女性記者の名前は〝カミラ・ホワイト〟といい、サンディが頭のなかで作りあげた上品な女性のイメージと合致していた。彼女のつぎの質問は、はじめて滞在したシェトランドについての感想だった。

「それで、あなたはフェリーでシェトランドに到着した。島の第一印象は?」

「冬だったから、あまりよく見えなかった。あたりは薄暗くて、雨が降っていた。荷物は、小さなかばんに身のまわりの品をいくつか詰めてきただけだった。フェリーのターミナルのまえにタクシーがとまっていたから、島でいちばんいいホテルに連れていってくれと運転手に頼んだわ。それなら〈レイヴンズウィック・ホテル〉だろうということで、そこへむかった。ホテルの受付で名前を訊かれたとき、わたしは自分の正体を明かしたくなかった。誰にも気づかれたくなかった。それで、〝スージー・ブラック〟と名乗ったの。母の結婚まえの名前よ」

サンディは目のまえの紙に殴り書きのメモを追加した。アリソン・ティールの母親がまだ生きているとすると、いまや彼女の結婚後の名前だけでなく、旧姓も手にいれたわけだ。これで、彼女の消息を突きとめるのは簡単になるはずだった。これらの情報に対するペレスの反応を考えると、ふたたびサンディの口もとには笑みが浮かんできた。

記事のなかで、アリソン・ティールはシェトランドでの滞在について語っていた。「車がなかったので、ホテルからあまり離れたところまでは足をのばせなかった。でも、何マイルも歩きまわったわ。到着した翌日に、天気が急に回復したの。目がさめると、空は雲ひとつなく晴れていて、とても寒かった。ホテルの庭園には霜が降りていて、海は青く凪いでいた。弟とノーフォークに移り住んでから、海はずっと好きだった。その好天のせいで、シェトランドは魔法の場所のように感じられた。どこもかしこも明るく輝いていた。ホテルで地元産のニットウエアを売ってたから、寒さ対策にセーターを買って、それで毎日ただ散歩に出かけていた。そうやってぶらついてるときに、地元の人との出会いもあった。そのなかに〝マグナス〟っていう老人がいて、わたしを家に招きいれると、島の話をいろいろと聞かせてくれたわ。地下で暮らしながら素晴らしい音楽を奏でるこびとの話とかを。その家の鳥かごには、大鴉がいた。いま思い返すと、すべてが幻覚だったような気がする。あれがほんとうにあったことかどうかさえ、確信がもてないの」

いや、とサンディは思った。それは現実に起きたことだった。

「それから、あなたの正体がばれた？」その質問は紙面の下のほうにあったので、インタビューが終わりにちかづいているのがわかった。サンディはアリソンの返事を知りたくて、急いで先を読み進めた。

「ええ。いつかはそうなることだった。地元の男性が奥さんといっしょにホテルに食事にきていたの。弁護士よ。わたしはレストランで夕食をとっていて、彼に見られているのに気がついた。そのうち彼が奥さんに小声で話しかけはじめて、それでこの隠遁生活が終わろうとしているのがわかった。そう、これはちょうど世俗を離れて修行しているのに似ていた。その男性にみつめられているのに気づいたとき、わたしは世間が自分を連れ戻しにきたのを感じた。彼はレストランを出ていくときに、わたしのテーブルにちかづいてきた。そして、わたしが本土の新聞で大きくとりあげられていて、いろいろ書きたてられていることを教えてくれた。わたしがリハビリ施設に隠れているとか、薬物の過剰摂取を起こしたとか。彼は、ひとりでいる時間がもうすこし必要なら、誰にもいわずにおくこともできる、といってくれた。でも、いずれすべてに直面しなくてはならないとわかっていたから、その晩、わたしは代理人に電話したの」

この弁護士がトム・ロジャーソンであるのは間違いない、とサンディは思った。ほかに誰がいるというのか? だが、だとすると、亡くなった女性の似顔絵を警察が公開したとき、それがアリソン・ティールだと彼が気づかないことがあるだろうか? たしかに彼女はこの十五年で老けていたが、それほど変わったわけではなかった。こうなると、ブレイの協同組合で彼女を車で拾ったのも、〈マリール芸術センター〉のバーで彼女といっしょに飲んでいたのも、おそらくトム・ロジャーソンだろう。アリソンが長年にわたって彼に連絡をとりつづけていた理由なら、サンディにも想像がついた。秘密を守ると申しでてくれた彼に対して、きっと感謝の念を抱いていたにちがいない。アリソンはふたたび彼に助けを求めたのだろうか? だが、ふたりの間柄がそんなに良好なものだったのなら、トム・ロジャーソンが彼女を殺す動機は存在しないのではないか?

サンディはこれらの疑問をわきに置いておいた。その答えは、ウィローとペレスが出してくれるだろう。彼は印刷した記事をペレスの机に届けてから、自分のオフィスに戻って、アリソン・ティールの親族を突きとめるために電話をかけはじめようとした。だが、受話器をもちあげるまえに、電話が鳴った。かけてきたのはすごく声の大きな女性で、〝ジュヌビエーブ・ウィンター〟と名乗った。どうやらアリソン・ティールの代理人が、サンディの残した留守番電話の伝言を聞いて連絡をくれたようだった。

19

ウィローの泊まっているB&Bの地下のキッチンには、今回の捜査にたずさわる全員が顔をそろえていた。紅茶とサンドイッチをとりながら情報交換をするためで、ロージーは飲食物をテーブルに置くと、自分は横になってひと休みしてくるといって、かれらが自由に議論できるようにしてくれた。

そこにはヴィッキー・ヒューイットもいたので、ウィローはまず彼女にたずねた。

「きょうの収穫は？」

ヴィッキーは首を横にふった。「塀の手前にある残留物はほとんど見終えたけど、めぼしいものはなかった。採取したものは、できるだけはやく本土に送るつもりよ」

「でも、サンディのほうは実り多い一日だったみたいね」

ウィローはすでに『インディペンデント・オン・サンデー』のインタビュー記事に目をとおしており、サンディがそのコピーをヴィッキー・ヒューイットに渡した。

「このインタビューは、十五年前の失踪騒ぎのすこしあとで、カミラ・ホワイトという記者がアリソン・ティールにおこなったものです」サンディは、クラスのまえでしゃべるようにいわれた男子生徒のような真剣な面持ちでいった。

ペレスが口をはさんだ。「ちょうど十五年前だったのか？」

「ええ。時期もだいたいおなじです。前回アリソン・ティールがシェトランドに着いたのは、一月の三十一日でした」

「だとすると、彼女は今回のシェトランド訪問を記念の旅と考えていたのかもしれないな。シャンパンを買ったのは、それが理由だったとか？」

「また気分が落ちこんで逃げだしてきたのではなく、ということね？」どちらの説明も成り立つ、とウィローは思った。「でも、とりあえずいまは推論をめぐらせずに、先に進みましょう。つづけて、サンディ」

「記事によると、ここへ逃げてきていたあいだに、アリソン・ティールはすくなくともふたりの人物と出会っています。ひとりはマグナス・テイト。そして、もうひとりは弁護士。これはトム・ロジャーソンと見て、ほぼ間違いないでしょう。ほかに記事でふれられている人物はいませんが、彼女がそれ以外の島民と出会っていた可能性はあります」

「そうね、大いに考えられることだわ」ウィローはうなずいて、サンディに先をうながした。

「アリソン・ティールはインタビューのなかで、家族についても語っています。大変だった子供時代のことも。それでわかったことが、いくつかあります。まず、彼女には軍隊にはいった〝ジョナサン〟という弟がいます。それから、彼女の母親の結婚まえの名前は〝スージー・ブラック〟です。あと、アリソンの祖父母はクローマーに住んでいました。アリソンがいうには、両親はどちらも麻薬常用者で、子供たちの世話を父方の祖父母に丸投げしていたのだとか。きっと社会福祉サービスが関係していたでしょうから、そこにも記録が残っているはずです」

「それで、サンディ、そのうちの何人を見つけられたの？」

そうたずねたのはヴィッキー・ヒューイットで、からかうような口調だったが、サンディは真面目にこたえた。「ジョナサン・ティールが、いちばん簡単に見つかりました。彼は五年前に、落下傘部隊の伍長までいったところで軍をやめています。現在は武装強盗の罪で、ワームウッド・スクラブズ刑務所に服役中です。友人といっしょに、ノリッジで家族経営の店を襲ったんです。怪我人は出ませんでしたけど、このときジョナサン・ティールは銃をふりまわしていました」

「それはじつに興味深い情報ね。この一家を理解するうえで、なにかの助けになるかもしれない」ウィローはいった。「でも、つまりはこういうことね――ジョナサン・ティールはシェトランドで姉を絞め殺すことはできなかった」

「両親と祖父母については、ノーフォーク警察がいま調べてくれています」サンディがメモに目を落とした。「祖父母のうちのどちらか片方はすでに亡くなっているものと見られますが、そういったこともふくめて、もろもろ確認中です。両親には薬物がらみの犯罪記録がいくつか残っています。ただし、アリソンが前回シェトランドにきたすこしあとくらいからは、なにも警察沙汰を起こしていないようです」

「つまり、薬物とは手を切ったわけだ」ペレスがいった。

「それか、もっと利口に立ちまわるようになったのか」ウィローはそのタイミングに意味はあるのだろうかと考えていたが、なにも思いつかなかった。

「それから」サンディがいった。「アリソン・ティールの代理人とも話をしました。〝ジュヌビエーブ・ウィンター〟という女性です」

「なかなかの名前だな」ペレスがいった。

「そして、なかなかの女性よ」ウィローはここで割ってはいった。「彼女はまずサンディと話をしたんだけれど、彼の話す言葉は理解できないと言い張るものだから、あとでわたしから電話をかけなおしたの」

「あせっちゃったんです」サンディが顔を赤らめながらいった。「頑張ってナッピングしようとしたんですけど、それでも彼女はこちらのいうことが理解できなかったらしくて」

「それはたぶん、自分がしゃべるのに忙しすぎて、きちんと聞いていなかったせいよ」

「〝ナッピング〟？」ヴィッキー・ヒューイットが眉をあげた。

「本土人のために訛りを消すことだ」ペレスが説明した。「かれらは理解されて当然という顔でタイン川流域地方の方言《ジョーディ》やロンドン訛り《コックニー》を使ってくるが、そのくせ、こちらの訛りを理解しようとする努力はまったくしないんだ」

「それに、この女性はすごく高飛車だった」ウィローは顔をしかめてみせた。「でも、最後には彼女を黙らせて、アリソンが亡くなったことを伝えたわ。彼女はアリソンの近親者の連絡先についてはなにも知らなかったけれど、最近の仕事の状況については教えてくれた。まあ、引く手あまたというわけにはいかなかったようね」

「アリソンの死を聞かされたときの反応は?」ペレスが大きなポットから紅茶を注ぎながらたずねた。

「本音の反応ってこと? たぶん、さほど気にならなかったんじゃないかしら。アリソンはもう何年もまえから、彼女の金づるではなくなっていた。そしてミズ・ウィンターは、代理人の商売は金がすべてだと明言していた」ウィローは言葉をきって、アリソン・ティールの人生の最後の数年間を総括するために考えをまとめようとした。「アリソンが例の時代もののドラマで演じていた女中の役は、彼女がシェトランドに逃げだした直後に番組から消された。アリソンはあてにならないという評判ができていて、ミズ・ウィンターがいうには、それは若手俳優にとっては致命的なことらしいわ。そういうのは、監督から嫌われるから。それでも、失踪騒ぎの直後くらいは、ぽつぽつと仕事がはいってきていた。昼メロのちょい役とか、クリスマスのおとぎ芝居とか、チャンネル5のリアリティ番組とか。でも、七年ほどまえに、まったくお声がかからなくなった。それでもまだ、ミズ・ウィンターはアリソンをオーディションに送りこんでいたけれど、最近ではそれすらやめていた」

「だとしたら、彼女がシェトランドにきた理由も説明がつきます」サンディがいった。「仕事がなくなって、また気分が落ちこんだのだとしたら。彼女の診療記録は、まだ手にいれられていません。それに、社会福祉サービスの人とも話ができていない。きょうは日曜日で、どこもお休みなんです」

「最近、彼女がどんな形であれ仕事についていたかどうかがわかれば、役にたつんだけど」ウイローには、アリソン・ティールの人生が数年前から完全に行き詰まっていたように思えた。

「きっと仕事はしてたと思います」ここでもサンディがこたえた。おずおずとした口調だった。「トーインの農家にあった服は、どれもすごく高級そうでした。社会福祉サービスの給付金で生活してたら、とても買えないでしょう」

「いい着眼点ね、サンディ。シェトランドでアリソンを目撃した人たちは、口をそろえて彼女の身なりは良かったといっている。サイモン・アグニューは、じかに会ったときの彼女から自信と自制心を感じとっている。それって、仕事にあぶれた俳優らしくないわ。あと、文無しだったら、シャンパンに散財したりしないはずよ。たとえ、それが協同組合の特価品であったとしても」

四人はしばらく黙ってすわっていた。風が急にやんでおり、外は静まりかえっていた。

「アリソンには恋人がいたのかな？」ペレスがいった。「あるいは、結婚していたとか？」

「彼女の人生にはロマンスがあった、と思いたいのね？」ときとしてペレスは世界でいちばん感傷的な男になることがある、とウィローは思った。「代理人に訊いてみたわ。彼女がいうには、アリソンが身を固めるところは想像できないそうよ。昔からかなり自由奔放で、いつも哀れな男たちを何人かひっぱりまわしていたとか。というか、金持ちの男を。気前のいい中年男が好きだったのよ。でも、特定の人とつきあうのは、彼女の流儀ではなかった」

ふたたび、しばらく沈黙がつづいた。

「それじゃ、これからどうする？」ウィローは、テーブルを囲むほかの面々を見まわした。あたりには空の皿や食べ残しが散らばっていた。まるで家族のようだ、という考えが頭をよぎる。自分とペレスが両親で、ヴィッキーとサンディが子供。ウィローは責任を感じた。

「まずは、トム・ロジャーソンの話を聞こう」ペレスがいった。「彼はアリソン・ティールを知っていたのに、そのことで嘘をついた。トーインの鍵を手にいれることができた。彼の車はブレイで彼女を拾った車の特徴と一致する」

「彼の飛行機は、あすの何時に着くのかしら?」

「彼が予約したのは夕方の便だ」

「空港で出迎えるべき?」あらためてウィローは、自分とペレスは大人役だと感じた。子供では責任を負うことのできない決断をくだそうとしている大人だ。「それとも、彼が帰宅するのを待って、家に訪ねていく?」

ペレスはしばらく考えていた。決して急いで決断をくだすことのない男なのだ。「空港で出迎えるのが、いちばん確実じゃないかな。彼を見失いたくない。ポール・テイラーからわれわれの訪問について聞かされていたら、彼はびくついているかもしれない」

「シェトランドで容疑者を見失うのは、かなりむずかしいわよ」

「まあ、たしかに」ペレスが例のゆったりとした笑みを浮かべながらいった。「だが、ここにはたくさんの島がある。たくさんの隠れ場所が。それよりも心配なのは、彼が証拠を処分してしまわないかということだ。あとでこちらの役にたつような証拠が、自宅に保管してあるかもしれない」

「奥さんに見つかる危険があるのに？　トム・ロジャーソンがアリソン・ティールと浮気をしてたのなら、まずいものを自宅に置いたりしないんじゃない？」

またしても間があく。「彼の奥さんのメイヴィスは、夫がなにをしているのか知らずにいるほうをえらぶ女性だという気がする。夫のものをこっそり調べたりはしないだろう」

ウィローは、トム・ロジャーソンにとって不利な証拠を頭のなかでさらっていった。確固たるものは、ひとつもなかった。法廷に提出できるようなものは、なにも。「彼とアリソン・ティールのつながりを示す決定的な証拠を、ぜひとも見つけたいところね」

ペレスがポケットからビニールの証拠品袋をとりだした。なかには、弁護士事務所のごみ箱から拾ってきたメモがはいっていた。「こいつを筆跡鑑定の専門家に送ろうと思っている。マグナス・テイトの帳面のページもいっしょに。そして、どちらかの筆跡がトーインで見つかった手紙のものと一致しないか調べてもらうんだ。わたしには、トム・ロジャーソンの筆跡が一致しているように見える」

「トム・ロジャーソンはアリソン・ティールの愛人だった、というわけね？」それが全体のなかでどういう役割をはたしているのか、いまの段階ではウィローにはよくわからなかった。「でも、インタビュー記事によると、アリソン・ティールはホテルで弁護士に気づかれた翌日に、飛行機でロンドンに戻っている。そのあとでまた彼と会ったという話はどこにもないわ」

ペレスは肩をすくめた。「人は嘘をつく。それに、上手な作り話で自分の行動を隠す」ふたたび沈黙がながれた。サンディとヴィッキーは耳を澄まして聞いていたが、口をはさみもうとはしなかった。つぎに発言したのも、やはりウィローだった。

「トム・ロジャーソンをオークニーからひとりで戻ってこさせても、大丈夫かしら？　彼が本土へむかう飛行機に乗るのをとめだてするものは、なにもないわ」

「彼がシェトランドから逃げだすとは思えないな」ペレスがいった。「そんなことをすれば、あまりにも多くのものを失ってしまう。彼は評議員という地位のもつ権威や権力を気にいっている。典型的な井のなかの蛙だな。そもそも、彼が故郷に戻ってきた理由はそれだったのかもしれない」

「それじゃ、わたしたちは空港で彼を待ち受けるのね？」

「それでいいと思う」ペレスはすでにその線で考えていたようだった。「彼の車は空港にある。調べたんだ。だから、迎えにくるものはいない。これは非公式な形でやろう」

「それで、飛行機が到着するあすの夕方まで、われわれにはほかにどんな計画が用意されているのかしら、警部？」ときおりウィローは、捜査の指揮をとるべきは自分のほうだということを、ペレスに思いださせずにはいられなかった。

ペレスがにやりと笑った。「もちろん、それはきみが決めることだ、警部」

「でも？」

「サンディがはじめた大仕事を、このままつづけていくべきだろう。アリソン・ティールにかんする情報が、もっと必要だ。最近はどんな仕事をしていたのか。精神状態はどうだったのか。麻薬の問題を抱えていたのか」

サンディが手をあげて、ふたりの会話に割ってはいった。部屋にいるのは、ウィローとペレスだけではないのだ。「彼女が麻薬取引をおこなっていた可能性は？　それで、金に不自由していなかったのかもしれません。両親をつうじて、コネがあっただろうし」

「それはないんじゃないかな」ペレスはすぐに否定した。その反応がウィローにはひっかかった。彼はまだ、被害者についてなにもわかっていなかった時点で空想していた女性のイメージにとらわれているのではないか。この女性が金持ち相手の麻薬の売人であってほしくないのだ。

「どうかしら」ウィローはいった。「もちろん、どんな可能性も排除するわけにはいかないわ。いまのは興味深い考えよ、サンディ。それに、ジミー、麻薬がシェトランドにはいりこんできているのは、あなたも知ってるでしょ。掘削装置や水上ホテルにいる独り身の若い男たちは、恰好の客よ」

ペレスはうなずいたが、ウィローには彼がまだ納得していないのがわかった。

「ほかに、午前中にやっておくべきことは？」

「サンディは、トム・ロジャーソンの写真を手にいれてくれ」ペレスがいった。「『シェトランド・タイムズ』にあたれば、いくらでも見つかるはずだ。彼はほぼ毎週のように一面を飾っているから。それをブレイにもっていって、協同組合で働いている若者に見せるんだ。そして、それが〈マリール芸術センター〉でアリソンといっしょにいた男かどうかを確認してもらう。すこし時間はたっているが、おまえの話では、その若者は優秀な視覚記憶の持ち主らしいから、思いだせないことはないだろう。それがはっきりすれば、あすの夕方にトム・ロジャーソンと会うときに、こちらが使える武器がひとつ増えることになる」

そのあとで男たちは帰っていき、あすの朝いちばんの飛行機に乗る予定のヴィッキー・ヒューイットは荷造りのために自分の部屋へとあがっていった。ウィローは皿とマグカップを集めて皿洗い機のそばに積みあげると、自分も部屋に戻ろうと階段をのぼりはじめた。最初にさしかかった踊り場のドアがあいていた。ドアのむこうは庭を見晴らす小さな部屋で、黄色と白で塗装されていた。そして、月と星のついたモビールの下には、白い幼児用ベッドが置かれていた。

20

月曜日の朝に目をさましたとき、ジェーンはベッドのなかからでも天気の変化を感じとることができた。風と雨の音がしていない。そして、室内は冷えきっている。時計を見るまでもなく、朝早いのがわかった。道路の沈泥を除去する作業がまだはじまっておらず、掘削機やトラクターの音が家の上のほうから聞こえてこないからだ。ケヴィンはベッドにいなかった。ジェーンはいつも眠りが浅いのだが、夫がおなじベッドから起きあがるのに気づいていなかった。ジェーンを起こさないように、かなり努力したのだろう。それか、彼女の眠りがいちばん深まるもっと早い時間にベッドを抜けだしたのか。ジェーンは一瞬、不安をおぼえた。あの地滑り以来なにもかも変わってしまった、という感覚が甦ってくる。いまは冬で、夜明けまえにケヴィンが起きださなくてはならない理由はどこにもなかった。

ジェーンはベッドを出ると、部屋着を羽織ってから窓の外を見た。月明かりで、厚霜が降りているのがわかった。トーインの廃墟は黒から白へと変わっており、まるで写真のネガのようだった。キッチンにいくと、ケヴィンの姿はどこにもなかった。張り出し玄関の棚から彼の長靴が消えていたので、きっと外にいるにちがいなかった。ジェーンは紅茶を淹れるためにやかんを火にかけながら、地滑りは自分だけでなく、夫にも変化をもたらした、と考えていた。きのうの日曜日の昼食では、彼は息子たちのためにひと芝居打っていた。いつもと変わらぬ週末の儀式をこなしていたものの――ビール、サッカーの試合観戦、どか食い――そこには無理が感じられた。夫がじょじょに自分から離れていっているような気がした。ちょうどジェーン自身が夫から離れていっているように。

衝動に駆られて、ジェーンは紅茶をそのままに、着替えのために二階へあがった。マイクルがベッドのなかでもぞもぞ動いていたが、学校へいくバスの時間まではまだすこし余裕があった。ジェーンはジーンズと厚手のセーターを着ると、張り出し玄関に置いてある長靴とコートを身につけ、外へ出た。ぎょっとするような寒さだった。肌がちくちくした。キッチンの窓の明かりで、霜に残る足跡が見えた。草地を横切って、トーインの農場との境界線のほうへとつづいている。あの場所のなにに、ケヴィンとアンディは惹かれているのだろう? なぜふたりはあそこへひき戻されていくのか?

ミニー・ローレンソンがまだ生きていたころ、ジェーンはしょっちゅうトーインを訪れていた。ミニーは亡くなる直前まで気性が激しく、かくしゃくとしていたが、人づきあいは悪くなかった。ジェーンとケヴィンがここへ越してきたとき、ジェーンを家に招いてくれた。紅茶をご馳走になったキッチンは、染みひとつついていなかった。花柄の皿。縁が波打っている小さなカップ。オークニー産のオレンジ色のチーズをはさんだバノック。自家製のジンジャー・ケーキ。暖炉のそばには犬が、ミニーの椅子の腕には猫がいた。「この子たちがいてくれれば、じゅうぶんさ」ミニーはいっていた。「いつでも気がむいたときにきてくれてかまわないけど、無理してそうする必要はないからね。あたしは孤独を感じるような女じゃないから」そういうと、ミニーは乾いた笑い声をあげた。「結婚してもよかったんだけどね。何人かから申し込まれたから」

そしてジェーンは、その言葉に甘えて、ちょくちょくトーインに立ち寄っていた。ちょうど酒に溺れていた時期だったが、ミニーの家を訪ねるときには、いつもしらふでいるように心がけた。すくなくとも、しらふにちかい状態でいるように。ジェーンの飲酒についてのうわさを、ミニーは耳にしていたのかもしれない。だが、一度もそのことにはふれなかった。会話の内容は、ほとんどがジェーンの息子や農場のことだった。「旦那がまた土地を買い足したみたいだね。ひとりでやるには大変だろう。けど、あんたのケヴィンは小さいころからよく働く子だったから」

ミニーの死は突然だった。気分がすぐれなかったのだとしても、彼女はそれを人には見せなかった。日曜日の朝に自分で車を運転してレイヴンズウィックの教会にくると、その晩はいつものように訪ねてきたマグナス・テイトといっしょにすごした。月曜日、ジェーンはミニーが洗濯物を干しているのを目にした。午後になって雨が降りはじめたが、それがとりこまれることはなく、ジェーンはミニーのかわりをつとめようとトーインにむかった。ミニーは昼寝をしているのかもしれない。ジェーンが家にはいっていくと、案の定、ミニーは暖炉のそばのいつもの椅子で仰向けになって休んでいた。冬の午後遅くの薄暗がりのなか、猫が彼女の膝の上で喉を鳴らしていた。だが、ジェーンが洗濯物を紐からはずして畳み、籠にしまっているあいだも、ミニーはまったく起きだしてこなかった。ジェーンが家のなかに戻ると、猫は餌がしまってある食器棚のちかくにいた。ジェーンの脚にまつわりついてきたので、もうすこしで転びそうになった。ここでようやくジェーンはミニーのところへいき、彼女を起こそうとした。そして、彼女が亡くなっていることを発見したのだ。

もちろん、それはひどいことではあったが、とりあえずは自然死だった。ジェーンは友だちとの会話で、自分もまさにこんなふうに逝きたいものだ——自宅で、眠っているあいだに——といっていた。トーインに滞在していた謎の女性の死は、その対極にあった。絞め殺されたあとで、その死体は泥流によって家から押し流されたという。その死は暴力に満ちていて、自然なところがまったくなかった。

ミニーが亡くなったとき、ジェーンはすでに飲むのをやめていた。そして、そのことを嬉しく思った。ミニーの葬式に酔った状態で参列したくなかったし、飲んでいた最後のころには、ほとんどいつもそういう状態だったのだ。アルコールがはいると、彼女は自由奔放で無責任になった。そして、そのころの記憶はいまでも彼女を苦しめていた。折にふれて、断酒会でも話していた。ラーウィックの酒場で男をひっかけ、気がつくと朝早くに名前も思いだせない男と見慣れないベッドにいたときのこと。スカロワーで飲みあかしたあとで、もうすこしで海に落ちかけたときのこと。そして、そのたびにタクシーでケヴィンの待つ家に帰ったこと。アンディがはじめて小学校にいく日、ジェーンは酔っていた（ただし、誰にも気づかれない程度に）。そのころには、ケヴィンが決してのぞきそうにない場所に酒瓶を隠すようになっていた。自分の車のなかとか、便利室に置いてある粉石鹼の箱のうしろとか。ケヴィンは気づいていたのだろうか？　もしかすると、気づきたくなかったのかもしれない。アンディのはじめての登校日、ジェーンは二日酔いで目をさました。運転すべきではないとわかっていたが、気分が悪くて、歩いて送っていくのは無理だと感じた。ケヴィンは農場で使う用具を購入しに本土へ出かけており、ジェーンは仕方なく息子たちを車に乗せた。すでに遅刻していたので、小道を飛ばしすぎた。その結果、あとすこしで溝に突っこみそうになった。もしかすると、それが断酒会へいくきっかけとなったのかもしれない。朝の九時前から酒気を帯びていたせいで、ふたりの息子を殺しかけた――そう悟ったことで、いきなり罪の意識と羞恥心から強烈な一撃を食らったのだ。

ジェーンは最初の断酒会を覚えていた。いまでも毎週かよっている集会場のドアをあけると、そこには当時からプロパンガスの匂いがただよっていた。そして、そこで知っている顔を目にしたときの衝撃。町の尊敬すべき人びとが、自分もやはりアルコール依存症だと認めていた。その晩、ジェーンは自分がそこにいる理由を説明しようとして、泣き崩れてしまった。そして、そのとき部屋には、彼女がそれまで一度も体験したことがないほどの愛と理解があふれていた。

外は明るくなりかけていた。まだ完全に夜は明けていなかったものの、水平線ちかくの空は銀色になっており、そこに黒い人影が浮かんでいた。ケヴィンにちがいない。だが、彼はトーインを見ているわけではなかった。海岸ちかくの低い崖のふちに立ち、岩だらけの浜辺を見おろしていた。ときどき羊が海草を食べようとそこへおりていき、潮が満ちてきたときに戻れなくなることがあった。浜辺につうじる小道がすごい急勾配だからだ。もしかすると、いまもそういう事態が起きていて、ケヴィンは羊をうしろから押してやろうと、自分も浜辺までおりていこうとしているのかもしれない。そこは夏になるとアザラシが子を産むために上陸する場所で、ジェーンもときおり天気のいい日に訪れて、ひなたぼっこをしながら読書を楽しんでいた。

腕時計に目をやると、八時ちかくになっていた。あと三十分で、マイクルは通学バスに乗るために道路まで出ていなくてはならない。家にひき返して、もう起きているか確認すべきだろうか? ジェーンはいまだに息子たちの朝食を用意し、着ていく清潔な服があるように気を配っていた。自分が飲み歩いていて頼りにならなかったころの——おむつを替えずに、服を汚れたままにしていたころの——埋め合わせというわけか。だが、マイクルはしっかりとした子だし、自分で自分の面倒をみられる年齢になっていた。ジェーンは息子にテキストメッセージを送った——お父さんと外にいる。ひとりでバスに乗れる？　すぐに携帯電話がみじかく鳴った——もちろん。また今夜。マイクルには想像力が欠けていた。キッチンに誰もおらず、両親の気配が感じられなくても、不安をおぼえたりしないだろう。かれらの不在を説明する恐ろしい筋書きを、頭のなかで作りあげたりしない。自分はもっとこの子にならうべきだ、とジェーンは思った。

東の空はさらに明るさを増して、銀色の光に黄金色が混ざるようになっていた。すごく天気のいい日になりそうだった。ジェーンはケヴィンのほうへ歩いていった。すぐちかくまできたところで、凍った地面を踏みしめる彼女の長靴の音を聞きつけたのか、ケヴィンがふり返った。

「眠れなかったの？」ジェーンは夫にほほ笑みかけた。

「すまない。起こすつもりはなかったんだが」ケヴィンがいった。

「こんなところに立ってたら、身体が冷えきっちゃうわよ」ジェーンは彼の肩に腕をまわして、自分のほうへひき寄せた。彼にはもっと感謝しなくては、という思いで胸がいっぱいになる。とっくの昔に愛想を尽かされていてもおかしくないのに、ずっとそばにいてくれたのだから。

「おれたち、この先も大丈夫だよな？」

「もちろんよ」彼を安心させるのは、ジェーンにできるせめてものことだった。「どうかしたの、ケヴィン？　なにか話したいことがあるの？　トーインで女性の死体が発見されてから、あなたすこしおかしいわよ」ジェーンは夫の表情がきちんと見えるように、顔を自分のほうへむけさせた。彼の目は潤んでいたが、それが泣いているせいなのか、それともただ寒さのせいなのか、ジェーンにはわからなかった。夫が泣くところを見たことがあるかどうかさえ、思いだせなかった。

ケヴィンはためらった。いまでは、崖の下の浜辺にも日の光が斜めから射しこんできていた。砂利に打ち寄せる波はすごく穏やかで、まるで油のようだった。

「あの女性の死に、あなたは関係してたの？」

「いや」ケヴィンが大声でいった。「そういうんじゃない。見当ちがいもいいところだ」

奇妙なオレンジ色の光のせいで、ケヴィンの顔はいつもとまったくちがって見えた。彼の言葉を信じていいのかどうか、ジェーンには判断がつきかねた。なぜこんなところで暗いうちから考えこんでいたのかをさらに問いつめようとしたとき、ジェーンは下の岩場になにかが打ち上げられているのに気がついた。ここ数日つづいていた嵐で、あそこにたどり着いたにちがいない。「あれはなに？」

「さあな」ケヴィンがいった。自分の問題を考えるのに忙しくて、そちらに目をやるのさえ億劫だといった口調だった。「古いレインコートじゃないのか。船から海に落ちたものとか」

「いいえ、ちがうわ」ジェーンはすでに、崖の斜面にある羊道を伝って浜辺へおりはじめていた。氷でまだところどころ滑りやすく、足もとの小石がぱらぱらと落ちていった。ケヴィンが斜面をおりてくる音が、上のほうから聞こえてきた。彼はべつの羊道を使っており、ふたりはほぼ同時に浜辺に着いた。

それが人間だと——船から捨てられた用済みの服のかたまりではないと——ジェーンに確信

させたのは、靴だった。いまは雨か海水で濡れていたものの、そうなるまえはぴかぴかに磨きあげられていたとおぼしき男物の靴。男はスーツに白いシャツという恰好だったが、ネクタイはしていなかった。スーツの上に着ている黄色いレインコートが、斜めに射しこむ朝日のなかで不自然なほど鮮やかに見えた。ぎごちない体勢。頭が身体よりも低い位置にあって、浅い潮だまりに浸かっている。もつれた髪の毛は、海草に覆われていた。

「この男を知ってるよな?」ケヴィンの声は、やけに興奮しているように聞こえた。

ジェーンの頭のなかでは、さまざまな考えが渦を巻いていた。ケヴィンが見おろしていた浜辺に男の死体があるなんて、とても偶然とは思えない。きっとペレスは、わが家の内情に探りをいれてくるだろう。だが、ケヴィンの質問で、彼女はふとわれに返った。なぜなら、ジェーンはもちろん、この男が誰かを知っていたからである。評議員で弁護士のトム・ロジャーソン。コマーシャル・ストリートで彼女の息子と口論しているところを目撃された男だ。

21

携帯電話が鳴ったとき、ペレスは車で職場へとむかっていた。ご近所さんのマギーの家でキャシーを降ろしてきたところだった。その家の子供たちといっしょにキャシーを学校まで送ってもらうためだ。

「ジミー」電話の声は息切れしていたし、ペレスは携帯電話用のヘッドセットを使っていたので、相手が誰なのかわからなかった。

「どちらさまですか？」ペレスは車を待避所にとめた。幹線道路にはすでに散布車で砂が撒かれていたが、待避所の砂利はまだ霜に覆われており、水溜まりには氷が張っていた。

電話をかけてきた人物は落ちつきを取り戻し、声がよりはっきりとなった。突然、すごく大きく聞こえた。「ジェーン・ヘイよ、ジミー」

「サイモン・アグニューから連絡があったのかな？　ラーウィックの相談所に訪ねてきた女性について、もっとなにか思いだしたとか？」被害者の女性の過去についてあらたにわかったことがいろいろあるので、ペレスはもう一度サイモン・アグニューに会う必要を感じていた。

間があく。どうやらジェーンは、ペレスの質問に戸惑っている――もしくは、すぐには理解できずにいる――ようだった。「いいえ、そうじゃないの！　きてちょうだい、ジミー。ここにきて自分の目で確かめてもらったほうが、電話で説明して時間を無駄にするよりずっといい。門のところで待ってるから」そのまま電話は切れた。ペレスは、車のむきを変えてレイヴンズウィックにひき返すしかなかった。

ジェーンは約束した場所でペレスを待っていた。背が高く金髪で、セーターに中綿入りのジャケットという恰好だったので、着ぶくれして見えた。両手をポケットに突っこんで、身体を冷やさないように足踏みをしている。すでに農場の門はあいており、ペレスがそこを通過して中庭に車をとめているあいだに、ジェーンの手で閉められた。

「いったいどうしたんだ?」ペレスはたずねた。ジェーンはなんでもないことで大騒ぎするような女性ではなかった。それに、彼女の慌てぶりがペレスにも伝わってきた。全身がぴんと張りつめている。「ケヴィンになにかあったのか? それか、どちらかの息子さんに?」ペレスが家のほうをむくと、上の息子のアンディが二階の窓からこちらを見おろしているのが目にはいった。

ジェーンがペレスの視線をたどった。そして、一瞬ためらったあとでいった。「いいえ。家族は全員無事よ。ついてきて」

ジェーンはペレスの先に立って、羊が食んだあとの草地を早足で突っ切っていった。太陽の熱でところどころ霜がとけていたが、空気はあいかわらず冷えきっていた。銀でできているように見える水平線を、石油の補給船がゆっくりと進んでいく。ふたりは低い崖のへりにたどり着いた。急な斜面が、両端に岩場の潮だまりのある砂利浜までつづいていた。ペレスは一度、夏の日の午後にフランにここへ連れてこられたことがあった。彼女は水の冷たさに笑い声と悲鳴をあげながら泳ぎ、海にはいろうとしないペレスのことを臆病者と呼んだ。そのあとで、ふたりは彼女の家に戻って、愛を交わした。フランは浜辺でもかまわなさそうだったが、ペレスはこちらのほうでも臆病者すぎた。

浜辺にはふたつの人影があった。ひとりは砂利の上に仰向けに横たわっている。一瞬、ペレスは自分の白昼夢と現実が重なりあったのかと思った。あそこでフランが自分を待っているのではないかと。だが、立っているほうの人影がふり返ると、それがケヴィン・ヘイであるのがわかった。作業用のつなぎ服の上にジャケットを着ている。ジェーンはすでに斜面を滑り降りはじめており、ペレスもあとにつづいた。海草の匂いがした。身体を支えようと手をついたときに、岩だらけの小道から冷たさが伝わってきた。この寒さと薄い空気のなかで、五感が研ぎ澄まされているのを感じた。

死体の身元に気づいたとき、ペレスはまず自分の目を疑った。トム・ロジャーソンはいまシェトランドでなく、オークニーにいるのだ。したがって、彼の死体がレイヴンズウィックの浜辺に横たわっているというのは、ありえないことだった。

「どういう経緯で彼を見つけることに?」

「ケヴィンは羊の様子を確かめるために、毎日のようにこっちのほうへきてるの。きょうはすごく天気が良かったから、わたしも同行することにした」ジェーンは夫のそばに立つと、その手をとった。だが、それは安心を求めての行動には見えなかった。逆に、彼女のほうが夫を安心させているように見えた。

「彼は足を滑らせたのかな?」ケヴィンがたずねた。「岩場で頭を打って気絶したのなら、きのうの晩はすごく気温が下がったから、寒さで命を落としたとしても不思議はない」

「死因は、検死がすむまでわからない」だがペレスは、事故死の可能性は薄いと考えていた。浜辺に横たわった状態でも、トム・ロジャーソンの頭の側面には打撲の痕があるのがはっきりと見てとれた。おそらく彼は、浜辺にある丸くてすべすべした岩で正面から殴られたのだろう。もちろん捜索はおこなうが、犯人が馬鹿でないかぎり、その岩は犯行の直後に海に投げこまれ、血の痕跡はすでに海水ですっかり洗い流されているはずだった。ジェームズ・グリーヴに連絡しなくてはならなかった。すくなくとも、この天気なら飛行機は定刻どおりに運航されているだろうから、病理医は最初の便でこちらにくることができる。ペレスは携帯電話に目をやった。電波が届いていなかった。

「同僚に電話しなくてはならない。斜面をのぼれば、電波は届くようになるのかな?」

「うちの固定電話を使えば確実よ」ジェーンがいった。「いっしょに家まできたら」

ケヴィン・ヘイは死体に背をむけて、海のほうをながめていた。犯罪現場と思われる場所のいちばん近所に住む人物、容疑者となる可能性のある人物だ。そんな男に死体を見張らせておくわけにはいかなかった。たとえ彼にはすでに証拠となるようなものを取り除く機会があったのだとしても、ペレスは現場に到着した最初の警察官であり、そこを確保する責任があった。

「ジェーン、きみの助けが必要だ。家に戻って、サンディ・ウィルソンに電話してもらえないかな? できるだけはやく制服警官をひとりここへ寄越すように伝えてくれ。それと、ジェームズ・グリーヴに連絡をとって、最初の飛行便に彼を乗せること。あと、この件をリーヴズ主任警部に報告すること」ペレスは携帯電話の番号と捜査関係者ふたりの名前を紙片に殴り書きし、ジェーンに手渡した。それから、紙片を取り返して、もうひとつ名前を書きくわえた。

「あと、ヴィッキーを呼び戻すこと」

「ケヴィンもいっしょに家に戻ってかまわないかしら? ショックな出来事だったたし、すっかり凍えてるの」

「おれなら大丈夫だ」ケヴィン・ヘイはあいかわらず海のほうを見ながらいった。「援軍が到着するまで、ジミーとここで待ってるよ。死人はあまりいい連れとはいえないから。だろ、ジミー?」

妻の質問にこたえるよりも警察の質問にこたえるほうがいいのだ、とペレスは思った。ジェーンが斜面をのぼっていなくなるまで、ふたりは黙って立っていた。

「トム・ロジャーソンを知ってたのか?」ようやくペレスは口をひらいた。「個人的なつきあいがあったのか、って意味でだが。彼がきみの土地をうろつく理由に心当たりは?」

「まったくないね。やつのことは、〈レイヴンズウィック・ホテル〉のバーで出くわしたら声をかける程度には知っていた。だが、やつとおれとでは住む世界がちがった。やつはラーウィックで顔の利く有力者のひとりだった。大物だ」ケヴィン・ヘイの口調は淡々としていて、彼がそのことをどう思っていたのかはよくわからなかった。

「彼は〈レイヴンズウィック・ホテル〉の常連だったのか?」トム・ロジャーソンがここにいた理由は、それで説明がつくのかもしれなかった。とはいえ、ホテルは海岸沿いに北へ二マイルほどいったところにあったし、道路を使うと、もっと遠かった。それに、そもそもこの男はオークニーで漁業会議に出席しているはずなのだ。

「やつは奥さんを連れて、ときどき夕食をとりにきてた。最近は見かけてないが」

「彼の車がトーインにとまっているのを見たことは? 黒のボルボだ」

「いや、ジミー。だが、まえにもいったとおり、やつがよくトーインにきていたのだとしても、おれは気づかなかっただろう。あのシカモアの木立のせいで、うちの土地からは見えないから。幹線道路からは見えるかもしれないが、うちからは無理だ」

たしかに、彼のいうとおりだった。シカモアの木立は吹きさらしの風で発育不全の状態だったが、それでもトーインの住人にじゅうぶんなプライバシーを提供していた。「彼女の名前がわかった」ペレスはいった。

「えっ？」

「殺された女性の身元が判明したんだ。名前はアリソン・ティール」

なんの反応もなかった。

「その名前に聞き覚えは？ 彼女は女優だった。すくなくとも、過去のある時点では」

ケヴィン・ヘイは、その情報にまったく興味がないといった感じで首を横にふった。そしてこたえるかわりに、トム・ロジャーソンの死体のほうにうなずいてみせた。「やつの娘は学校の先生だ。ニュースが広まるまえに、このことを伝えたほうがいい。ここがどんなところか、知ってるだろ。ジェーンは電話でいろんなことをしゃべってまわる人間じゃないが、息子たちにはこのことを話すかもしれない。そして、ちかごろの子供ときたら。ほら、フェイスブックだのなんだの」

「そうだな」ペレスはいった。「この現場を監督する警察官が到着したら、まず学校にいってこよう。彼の自宅にも誰かやって、奥さんにご主人の死を伝えさせる」ペレスはここに足止めされているように感じており、行動に移りたかった。いろいろ質問してまわって、考えたかった。遠くのサイレンとか上の草地の足音とかが聞こえてこないか、耳を澄ます。だが、無駄だった。

「やつは奥さんにいろいろと面倒をかけてた」ケヴィン・ヘイが唐突にいった。

「というと？」

「やつが浮気しまくっていることは、みんな知ってた。隠そうともしないんだ。それって、どこか傲慢な感じがしたな」ケヴィン・ヘイはふたたび海のほうをむいていた。「要するに、やつはそういう男だった。いつだって札びらを切ってた」

「彼のことを好きではなかった？」

ケヴィン・ヘイは肩をすくめた。「さっきもいったとおり、よくは知らなかったから」

ペレスは足音と話し声がちかづいてくるのを耳にした。ジェーンが若い巡査をともなって崖のてっぺんにあらわれた。警察官になってまだ日の浅い巡査だ。彼はぎごちなく斜面を滑り降りてくると、浜辺にいるふたりに合流した。ペレスは現場の確保にかんするみじかい指示をいくつかあたえた。「浜辺には誰もいれないようにしろ。誰もだ。おまえはここにいて、死体にはちかづくな」それから、ペレスは崖をよじのぼって、ヘイ夫妻といっしょにかれらの家まで歩いて戻った。

ペレスはジェーンからコーヒーを勧められたが、電話を何本かかけたかったので、それを自分の車で飲んでもかまわないかとたずねた。「時間がなくてね。小学校は昼休みの時間がはやい。ちょうどそのころに学校に着きたいんだ。そうすれば、授業を中断して生徒たちのまえでキャスリンに父親の死を伝えずにすむ。それに、学校側もすこし余裕をもって、代わりの先生を手配できるだろう。キャスリンが家に帰って、母親のそばについていられるようにするために」

キッチンにはアンディがいて——〈マリール芸術センター〉のバーで働いている、ピアスをした黒髪の若者だ——テーブルで紅茶を飲んでいた。ペレスは彼にうなずきかけた。「浜辺でなにが見つかったか、お母さんから聞いたかな?」ペレスの視界の隅で、ジェーンがわが子を守ろうとするかのようにうろついていた。

「ああ」

「まだ近親者に伝えてないから、そのことは自分だけの胸にしまっておいてくれるかな」

若者はうなずいたが、なにもいわなかった。

ペレスは車のなかからサンディに電話をかけた。サンディは協同組合の店員にトム・ロジャーソンの写真を見せるため、ブレイへの途上にあった。「その若者による確認が、ますます重要になった」ペレスはいった。

「おれもそっちにいかなくて大丈夫ですか?」

「まだいい」ペレスは言葉をきった。「ブレイでの聞き込みを終えたら、サイモン・アグニューに会いにいってくれ。〈シェトランド友の会〉を立ちあげた男で、きょうはラーウィックで悩み相談をおこなっているはずだ。〝アリソン・ティール〟という名前に〝アリッサンドラ〟

よりもぴんとくるかどうかを訊くんだ。まだ不思議でならない——相談所にやってきた女性は、なぜすこし会話をかわしただけで心変わりして、またふらりと出ていってしまったのか？　もしかするとサイモンは、以前に精神分析医という立場で彼女と会ったことがあるのかもしれない。彼女は間違いなく問題のある子供時代を送っていたようだから」ペレスは、サイモン・アグニューに対するフランの評価を思いだしていた。とにかく楽しい人よ、ジミー。でも、それだけじゃなくて、家族や若者を相手に素晴らしい仕事をしているの。それを聞いたとき、ペレスは一瞬、このほとんど顔をあわせたことのない男に敵意をおぼえた。混じりけのない嫉妬を感じた。なぜなら、ペレスが〝楽しい人〟といわれることは金輪際なさそうだったし、フランが彼の仕事にいくらかでも価値を認めているのかどうか、よくわからなかったからである。

電話口のむこうでサンディが咳ばらいをして、自分がさらなる指示を待っていることをペレスに知らせた。ペレスはつづけた。「モラグをロジャーソン家にいかせて、メイヴィス・ロジャーソンに夫の死を伝えさせることはできるか？　細かいことは省いて、ただ不慮の死とだけいうんだ。そして、夫がオークニーから戻っているのを知っていたかをたずねる。もちろん、そもそも彼がオークニーにいっていたのかを確認する必要がある」ふたたび言葉をきる。「ウィローには、なにが起きているのか報告してくれたか？」

「ええ。自分は警察署にいる、といってました。指示を待つって」

そういったときの彼女の様子が想像できた。またしてもペレスが指揮をとっていることを面白がって、きっとその声には笑みがふくまれていたのだろう。「いまから彼女と話をする。へイ家の事情聴取は彼女にまかせるのがいいかと思っているんだ。わたしはかれらとちかすぎる。ご近所さんだから。それに、べつの視点からかれらを見るのは捜査の役にたつはずだ。レイヴンズウィックで死体がふたつ。どちらもヘイ家のすぐそばで発見された。とてもたんなる偶然とは思えない」

ペレスは車を降りると、コーヒーのマグカップをキッチンに返しにいった。張り出し玄関で、アンディがコンバースのスニーカーを履こうとしていた。若者は背が高く、黒のスキニージーンズと黒のセーターを着ているると、まるで棒切れのように見えた。

「仕事へいくのかな？」

「いえ、きょうは休みなんで」若者は言葉をきった。「あなたに会いにいこうとしてたんです。あなたと話をすべきだって、母さんにいわれたから。ロジャーソンさんとのあいだで起きたことで」

「最近、彼と会ったのか？　このあたりで？」

「いいえ」

ペレスは腕時計に目をやった。あと十五分もすれば、レイヴンズウィック小学校の子供たちは講堂と体育館を兼ねた食堂で昼食の列にならんでいることだろう。授業が終わったとき、ペレスはキャスリンと話ができるように、その場にいたかった。「だったら、その話はあとでかまわない。もうすぐべつの刑事がきて、きみたち全員と話をする。トム・ロジャーソンとのあいだに起きた出来事は、その刑事に話してくれればいい」

若者はうなずくと、ふたたびキッチンに消えていった。一瞬、ペレスは迷って、彼を呼び戻しかけた。だが、ドアはすでに閉まっており、その機会は失われていた。

22

サンディはブレイにむかって車を走らせていた。おでかけ日和で、それだけで気分が明るくなった。協同組合のまえに車をとめながら、ふたたびアリソン・ティールの行動について考える。なぜ彼女は、こんなところでシャンパンとクスクスを買っていたのだろう？　なぜ、もっと品揃えのいいラーウィックで買い物をしなかったのか？　彼女がどうやってブレイまできたのかは、まだわかっていなかった。車がないと、レイヴンズウィックからここまでは、バスをふたつ乗り継いで一時間ちかくかかった。ラーウィックのバス発着所で、バスの運転手や利用客に顔写真を見せてまわっていたが、彼女を見かけたものはいなかった。

「けど、それも無理ないかも」運転手のひとりがいっていた。「ここ数週間、ずっと天気が悪くて、こっちに見えるのは雨水を滴らせたフードと目もとだけだったから」

ピーター——完璧な視覚記憶をそなえたニキビ面の若者——は、きょうもレジで働いていた。サンディは客の列が途切れるのを待ってから、声をかけた。「ちょっと話せるかな？」

「ここでかい？」若者は、ふたたび予定外のコーヒー休憩をとれることを期待していった。

「ここはちょっと人目がありすぎる、だろ?」

「だったら、上司に話をとおしてもらわないと」若者の顔には共犯者めいた笑みが浮かんでいた。

店長はピーターをレジから外すことに文句たらたらだったが、サンディは押しきった。ふたりはピーターが煙草を吸えるようにコーヒーを外へもっていき、まぶしい日の光に目を細めながら、建物の壁によりかかった。「亡くなった女性の身元がわかった」サンディはいった。「名前はアリソン・ティール。女優だ。聞いたことは?」

ピーターはかぶりをふった。まだ若いから、テレビで活躍するアリソン・ティールを見たことがないのだろう、とサンディは思った。そもそも、時代もののドラマには興味がなさそうだった。BBC3で放映されている下品なコメディやSFドラマにはまっていそうな感じだ。

「きみが〈マリール芸術センター〉で彼女を見かけたときにバーにいた連れの男性について、いま調べている最中だ。もしも写真を見せたら、それがそのときの男性かどうか思いだせそうかな?」

若者は肩をすくめてみせた。「かもね」

サンディは内ポケットからトム・ロジャーソンの写真をとりだした。『シェトランド・タイムズ』からとってきたもので、トム・ロジャーソンは王室のあまり重要でない人物と握手をしていた。「この男に見覚えは?」

ピーターはうなずいた。「もちろん。トム・ロジャーソンだろ。評議員の。吹き出物みたいに、シェトランドのあちこちに顔をだしてる。けど、おれが〈マリール芸術センター〉で見た男は、こいつじゃない」

「たしかなのか？」ペレスがこれをどう受けとめるのか、サンディにはわからなかった。ブレイの協同組合のまえでアリソン・ティールを車で拾った男、〈マリール芸術センター〉で彼女と飲んでいた男はトム・ロジャーソンだ、と誰もが考えていたのだ。

「間違いない」

「きみが見た男について、もっとくわしく説明してもらえないか？」

ピーターは最後にもう一服すると、吸い殻を巨大なごみ容器のほうへと投げた。外れた。それから、太陽にむかって目を閉じ、かすめとった休憩時間をひきのばしにかかった。「まえにもいったけど、中年で、ぴしっとした身なりをしてた。たぶん、自治体の職員じゃないかな。ほら、道路をはさんですぐのところにオフィスがあって、夜はやい時間によく飲みにきてるから」

「だが、きみが見た男は……」若者が時間稼ぎをしているのを、サンディは責めることができなかった。とはいえ、トム・ロジャーソンは亡くなっており、捜査はいまも自分抜きで着々と進んでいた。

「中年で、ぴしっとした身なりをしてた。ほら、よくいるだろ」

サンディはピーターと連れだって店にはいっていき、昼食用にサンドイッチとアイアン・ブルーを買った。店長には、ピーターがとても役にたってくれたと報告し、また彼の話を聞きにくるかもしれないとつけくわえておいた。

サンディは昼食をとるために、ヴォーで車をとめた。そして、電波の状態がよかったので、ジミー・ペレスに電話をかけた。応答がなかった。きっと、まだレイヴンズウィック小学校でキャスリンと話をしているのだろう。サンディはこのままレイヴンズウィックに車を走らせて、捜査にあたっているほかの面々に合流したかった。だが、ペレスの指示があったので、昼食を終えると、サイモン・アグニューと会うべくラーウィックへとむかった。

サイモン・アグニューは週に三日、警察署からさほど遠くない地味でこぢんまりとしたオフィスで働いており、ペレスによると、きょうは彼の出勤日だった。ドアの横の壁に小さな表札があった――〈シェトランド友の会　家庭の精神衛生サービス〉。サンディはこの通りを何度もいききしていたが、この表札にはまったく気づいていなかった。なかにはいると、そこは待合室だった。女性がひとり、幼児を膝の上にのせてすわっていた。幼児は半分寝ているらしく、部屋の隅にあるおもちゃの箱にも母親にもまったく興味を示していなかった。女性が顔をあげた。「呼び鈴を鳴らして、あなたがここにいることを知らせるのよ」

呼び鈴は、小さな掲示板とともに壁に設置されていた。サンディがそれを押すと、遠くのほうでベルが鳴るのが聞こえた。それ以外、建物のなかは不自然なほど静まりかえっていた。通りに面した窓は浴室にあるようなガラスでできていて、反対側は見通せなかったものの、日の光はとおすので、床に泡を連想させる奇妙な影ができていた。灰色の髪をした中年女性があらわれた。眼鏡が首から紐でぶらさがっていた。

「どうされましたか?」その強いシェトランド訛りに、サンディは不意をつかれた。女性の顔に見覚えがなかったからである。この場所全体が夢のように感じられた。

「サイモン・アグニューさんにお会いしたいんです」サンディはためらいがちにいった。サイモン・アグニューが博士号《ドクター》の取得者だった場合、その称号をつけずに彼の名前を口にするのは失礼にあたるからだ。

「ご予約は?」

「ありません」サンディはこっそり目立たないように警察の身分証を提示した。幼子を連れた母親を怯えさせたくなかったし、サイモン・アグニューが警察の捜査に関係しているといううわさがながれるのを防ぎたかった。

「椅子にすわって、お待ちください」中年女性は壁ぎわにならぶ椅子のほうにうなずいてみせた。「サイモンはいま相談者といますけれど、すぐに手が空くはずです。あなたをねじこめるかどうか、訊いてみます」サンディの訪問の目的については、なにひとつ訊いてこなかった。こういう職場では、余計な口をきかないことが求められるのだろう。彼女はあらわれたとき同様、音もなく姿を消した。聞こえるのは、壁の時計が時を刻む音だけだった。サンディは椅子の背にもたれた。気がつくと、ルイーザのことを夢想していた。ここにいると、現実との接点が簡単に失われてしまった。

灰色の髪の女性がふたたびあらわれた。幼子を連れた母親を呼ぶためだった。「モーラの準備ができました」

サンディは壁の時計に目をやった。ここにきてからまだ十分しかたっていなかったが、それが何時間にも感じられた。話し声がちかづいてきて、建物の奥につうじるドアからひと家族がまとまって出てきた。かれらはサンディのほうには目もくれずに、通りに出ていった。外に面したドアがあけられ、一瞬、日の光が射しこむ。それから、静寂が戻ってきた。しばらくすると、灰色の髪の女性も。「つぎの予約まで二十分あるので、いまお会いするそうです」

サンディは受付の女性のあとについて廊下を歩いていき、閉じたドアのまえをいくつも通りすぎた。女性がいちばん奥のドアを叩いて、サンディをなかへとおす。部屋はサンディが予想していたよりも広かった。先ほどのような一家を収容するのであれば、これくらいの広さはあって当然と気づいてしかるべきだった。壁ぎわに小さなソファ。低いコーヒーテーブルのまわりに二脚の肘掛け椅子。べつの壁から突きだすような恰好でサイモン・アグニューの机が置かれており、部屋の主は相談者とのあいだに机がこないように、そのわきにすわっていた。カーテンは黄色で、待合室とおなじバブルガラスが直射日光の侵入を防いでいたが、部屋は明るく感じられた。サンディは思わず目をしばたたいた。この部屋の隅にも、おもちゃのはいった箱があった。壁には、雪山をのぼる男のひき伸ばされた写真。それはサイモン・アグニュー本人かもしれなかったが、登山用の装備とヘルメットをつけているため、よくわからなかった。

「刑事さん、どういったご用件でしょうか？」サイモン・アグニューはすでに立ちあがって、手をさしだしてきていた。彼がふたたび腰をおろすまえに、サンディは相手の髪と歯の白さに目を奪われていた。

「亡くなった女性の身元が判明しました。こちらへ訪ねてきた女性のです。名前はアリソン・ティール。聞き覚えはありませんか?」

精神分析医は首を横にふった。「残念ながら」

「彼女は女優でした」サンディには、この聞き込みが時間の無駄にしか思えなかった。これがなければ、自分も同僚たちといっしょにレイヴンズウィックの現場にいられたのに……。サンディは若き日のアリソン・ティールの写真を目のまえの机の上に置いた。「あなたに会うためにこちらへきたのは、この女性ですか?」

すぐには返事がかえってこなかった。すくなくとも、サイモン・アグニューはこの件を真剣にうけとめていた。「あきらかに、この写真はずっと若いころのものだ」

「でも、おなじ女性だった?」

「ああ、間違いない」

「トム・ロジャーソンはご存じでしたか?」彼が死んだことをサイモン・アグニューに伝えても問題ない、とサンディは考えていた。もしもその知らせがまだ耳にはいっていないとしても、すぐにそうなるだろうから。

「評議員の? もちろん。この悩み相談を立ちあげたときに、とても力になってくれた。この活動をほんとうに理解していると思える数少ない人間のひとりだ。ここの役員でもある」

「彼は亡くなりました」どうやったらこういう知らせを如才なく伝えることができるのか、サンディはいまだによくわからなかった。「もうお耳にはいっているかもしれませんが、彼の死体はけさ、トーインの下の浜辺で発見されました」ここで言葉をきる。「警察はこれを不審死とみなしています」

「そんな。いまはじめて聞いた」そういうと、サイモン・アグニューが顔をそむけたので、サンディには相手の表情が見えなくなった。「この週末、わたしはフェア島にいた。そこの牧師に頼まれて、日曜日に教会の信徒にむかって〈シェトランド友の会〉の話をしたんだ。あの島を訪れるいい機会だった。わたしは土曜日に出かけて、けさ戻ってきたところだ。ティングウォールの滑走路から、まっすぐここへきた」サイモン・アグニューがふたたびサンディのほうを見た。「評議会でわれわれに味方してくれるトムがいなくなったら、この先もここをつづけていけるかどうか」

23

ジミー・ペレスは、レイヴンズウィック小学校の門のそばに車をとめた。小学校は、彼がフェア島でかよっていたのとよく似ていた。平屋建ての校舎。白塗りの壁。校庭のジャングルジム。コンクリートの地面に描かれた石蹴り遊びの枠。あたりは静かだった。子供たちはまだ授業中なのだ。緊張感が高まっていく。ペレスはこれが大嫌いだった——不慮の死を身内に伝える。その知らせがかれらの人生やものの見方や感じ方を変えてしまうのを、ペレスは知っていた。

授業の終わりを告げるベルが鳴って、子供たちの騒々しい声が聞こえてきた。これから教室を出て、昼食をとるために食堂へとむかうのだろう。ペレスは車から降りた。キャスリンは教室にいた。年長の生徒を担当しており、テーブルから練習問題帳を集めているところだった。長い窓から陽光が射しこんできていた。ペレスはドアを軽く叩いて、教室にはいっていった。

「ジミー」キャスリンは彼の姿を見て、嬉しそうにいった。

「ここにいると、邪魔がはいるかな?」ペレスは、教室に飛びこんできた生徒が動揺している先生を目にする、もしくは、どうでもいいことを訊くために学校の職員がはいってくる、といった事態を避けたかった。

「いいえ。ほかのみんなは、いま昼食をとっています。わたしは自宅からサラダを持参しているので。メアリーの料理を毎日食べていたら、馬並みのサイズになってしまうわ」キャスリンは小さなテーブルのひとつに腰をおろした。「どうかしたのかしら、ジミー? すごく深刻な顔をしているけれど。キャシーのこと? また悪夢を見るようになったとか?」

ペレスはキャスリンのとなりのテーブルに腰をおろした。「きみに話がある」という。「お父さんのことで」

「父はいまオークニーです。評議会の仕事で」キャスリンが顔をあげた。ペレスがなぜ自分の父親に関心をもっているのか、知りたがっていた。悪い知らせを聞かされるとは、夢にも思っていなかった。

「お父さんは亡くなった、キャスリン」これをやさしく、彼女に苦痛をあたえずに伝えるすべはなかった。「トーインのそばの砂利浜で、死体となって発見された。ケヴィン・ヘイが見つけた。けさ、自分のところの羊の様子を確かめているときに」

キャスリンがこの知らせを受けいれられずにいるのがわかった。「いいえ、ジミー、さっきもいったとおり、父はいまオークニーにいるわ」頑とした口調。そのことが希望であるかのように、必死にしがみついているのだ。

「たしかに、お父さんは飛行機を予約していた」ペレスは、自分がキャシーを相手にしているときの口調になっていることに気がついた。母親を求めて悲鳴をあげながら夜中に飛び起きたときのキャシーだ。「だが、彼はその飛行機に乗らなかった。フライビー航空に問い合わせたんだ。わたしはこの目で見た、キャスリン。けさ浜辺にあった死体は、お父さんだった」

「そんなの信じない！」いまやキャスリンは、恐怖に対抗するためにかんしゃくを起こしている動転した子供のように叫んでいた。ペレスの脳裏に、彼女が足を踏み鳴らしながら自分に食ってかかる場面が浮かんできた。「わたしにも見せてちょうだい、ジミー。この目で確かめないと」

ペレスはすぐにはこたえなかった。キャスリンが落ちつくまで、すこし待っていた。「まだ、そうするわけにはいかない。浜辺では無理だ。しばらくしたら、彼はラーウィックにはこばれる。アニー・グーディーの葬儀屋に。きみとお母さんは、そこで彼と対面することになる」いったん言葉をきる。昼食を終えた一部の子供たちが校庭に駆けだしてきていた。「これについては、わたしの言葉を信じてもらうしかない、キャスリン。いまからほかの先生たちと話をして、午後の授業を誰かにかわってもらうように頼もう。それから、きみを家まで送り届ける」

仕事の話になったせいか、キャスリンは急に大人になり、いつもの自分を取り戻した。まだ混乱し、質問をいくつも抱えていたが、もはや腹をたてた子供ではなくなっていた。「先生たちは職員室にいます。そこで話をすればいい」キャスリンは教室のドアのところで足を止めた。「父は完璧な人間ではなかった。でも、すごくいい父親だった。楽しい人で、退屈なことでも冒険に変えてしまうことができた」そこでようやくキャスリンは、ペレスが教室に足を踏みいれた瞬間から訊かれると予想していた質問をした。「父はどうやって亡くなったんですか?」

「はっきりしたことはわからないが」ペレスはいった。「事故ではないと思われる」

ふたたびキャスリンは、いわれたことが理解できないといった感じでペレスを見た。そこで、ペレスは言い直した。

「殺されたのだと思う」

ラーウィックにある広くて薄暗い家では、メイヴィス・ロジャーソンが娘の帰りを待っていた。だが、正面玄関のドアをあけてペレスたちをなかにいれてくれたのは、彼女に夫の死を伝えにきていたモラグだった。玄関ドアのステンドグラスが日の光を奪っており、ペレスの目が玄関広間の薄闇に慣れるまでにはしばらく時間がかかった。かれらはキッチンで腰をおろし、モラグが紅茶を淹れた。メイヴィス・ロジャーソンはテーブルからまったく動こうとせず、キャスリンがちかづいていってその身体に腕をまわすまで、ほかの人たちの存在にほとんど気づいていないように見えた。

「いくつか質問にこたえてもらうことはできそうですか？」ペレスはいった。キッチンは家の裏手にあって、日があたらなかった。できれば家の外で話がしたかったが、場所を変えてくれとはとても頼めなかった。

母と娘が同時に顔をあげた。

「なにを知りたいのかしら？」メイヴィス・ロジャーソンがいった。顔がむくんでパテのような色になっていたが、泣いてはいなかった。

「なぜご主人はオークニー行きの飛行機に乗らなかったのか。ぎりぎりになって予定が変更になったとか？」

「トムはオークニーにいるものと思っていたわ」メイヴィス・ロジャーソンがいった。「すべて手配済みだった。主人はわたしの兄とすごく仲がいいの。兄はいまもカークウォールに住んでいて、ふたりは日曜日の夜に会うことになっていた」

「お兄さんから連絡は？　ご主人があらわれなかったという？」

メイヴィス・ロジャーソンは首を横にふった。

「お兄さんの連絡先を教えてもらえますか？　どういうことになっていたのか確認したいので。

それとも、ご自分で電話しますか?」

「いいえ!」返事はすぐにかえってきた。「いまは誰とも話せないわ」間があく。「その力がないの」奇妙な言い回しだったが、フランが亡くなったあとのペレスもちょうどそう感じていた。悲しみに力を奪われ、すごく簡単なことでさえできなくなっていた。

メイヴィス・ロジャーソンは携帯電話をとりだして、兄の電話番号を見つけた。ペレスは手帳にそれを書きうつすと、モラグに手渡した。モラグがそっと部屋を出ていく。三人が紅茶をすすっているあいだ、玄関広間からモラグのくぐもった声が聞こえていた。とりあえず、最初の電話で相手をつかまえられたようだった。モラグがキッチンに戻ってくると、全員の目が彼女に注がれた。舞台に俳優が登場したときと変わらぬ注目を浴びせられて、モラグはすこしとまどっていた。

「日曜日にご主人から、約束を取り消す電話があったそうです」モラグはメイヴィス・ロジャーソンにむかっていった。「予期せぬことが起きて、足止めを食らった、オークニーの会議にも出席できるかどうかわからない、とご主人はいっていたとか。原因は評議会がらみのことだと、ほのめかしていたようです」

「ああ」メイヴィス・ロジャーソンの声には、怒りよりも悲しみのほうが色濃くあらわれていた。「それは、あの人がいつも使う口実だわ」

「というと?」その意味するところがペレスにはだいたい想像がついたが、きちんと説明してもらう必要があった。

「主人にはほかにも複数の女性がいたのよ、警部さん。みんな知っているわ」

ペレスはキャスリンに一瞥をくれたが、その表情からは、彼女がそれをはじめて聞いたのか、それともすでに知っていたのか、判断がつかなかった。彼女は微動だにせずにすわっていた。もしかすると、自分の父親は完璧ではなかったといっていたのは、このことだったのかもしれない。キッチンはものすごく息苦しく感じられた。全員がスローモーションの映画のなかにいるような気がして、ペレスはつぎの質問をするのにすこし時間を要した。テーブル越しにメイヴィス・ロジャーソンのほうへ身をのりだす。

「ご主人が今回のオークニー行きの予定を変更しそうな様子はありましたか？」

メイヴィス・ロジャーソンが顔をあげた。「いいえ、まったく。主人はわたしの家族と会うのが好きだった。会議に出席するのも。とても人づきあいがよくて、わたしは彼のそういうところを愛していた」一瞬、口をつぐんでからつづける。「わたしたち夫婦はしあわせだったわ、ジミー。わたしは彼がどういう人間かを知っていて結婚した。トムは賞賛を必要としていた。そして、セックスは――中毒みたいなものだった。わたしでは彼の必要をすべて満たすことができなかった。そのことは、すぐにあきらかになった。でも、わたしは彼といたかった。彼が浮気するという事実と折りあって生きていくことができた。彼が誠実な夫であればいいと思ったけれど、彼は家族を愛していた。この家庭を愛していた。わたしは彼の礎だった。彼はいつもそういっていた。わたしなしでは、いまの自分はなかったと」

ふいに部屋が静まりかえって、窓台で猫が喉を鳴らす音がペレスの耳に届いた。ペレスはキヤスリンのほうをむいていった。「お父さんの浮気を、きみは知っていた?」

「もちろんです。はじめのうちは、ちょっと羽目をはずす程度でした。父は女性が好きで、よくパーティや結婚式でいちゃついていた。すこしやりすぎなところはありましたけど、みんな害はないといっていた。でも、父が年をとって、手をだす女性が若くなっていくと、それはみっともないものになってきた。父には、すこしはた迷惑な人物という評判がたちました。最近の父に愛人がいたのかどうかは、よく知りません。たんに、そういう関係を夢想していただけかも。独身女性は、自分がもっといい相手を見つけられることがわかっていたはずです。父が決して妻のもとを離れようとしないことも。そして、パートナーに隠れて不貞を働こうとする女性は、シェトランドにはそう多くない。父はちょっとした笑いものになっていました。父と出歩いているところを見られたがる女性はいなかったんじゃないかしら。すこし可哀相な状況でした」

「あの人はまだじゅうぶん魅力ある男性だった!」メイヴィス・ロジャーソンが叫んだ。「お父さんのことをそんなふうにいうのはよしてちょうだい」

ふたたび静寂がたちこめる。自分の夫が哀れでみっともない人物であるよりも女たらしであるほうがいいのだ、とペレスは思った。じつに不思議な心理だった。ゆがんだ忠誠心とでもいうのだろうか。

「お父さんにはいま、外で親しくしている女性はいなかった?」ペレスの頭にあったのは、〈スカロワー・ホテル〉でトム・ロジャーソンが会っていた女性のことだった。サンディからその話を聞いたとき、ペレスはそれが仕事の会合ではないかと考えていたが、その読みは間違っていたのかもしれない。

「いまいったとおり、ジミー、父はここしばらく誰ともつきあっていなかったと思います」紅茶はすでに冷めているはずだが、キャスリンはマグカップを口もとにはこんだ。

「あの人はなにかの取引に多くの時間をとられていた」メイヴィス・ロジャーソンがいった。「何度か夜に出かけていたけれど、それは女性とすごすためではなかった。そういうときは、いつでもわかった。帰ってくると、すこしやさしくなるから」

「法律事務所での取引ですか？」ペレスはたずねた。「それとも、評議員としての活動に関係していた？」

「石油がからんでいたのかも」メイヴィス・ロジャーソンは大きな手編みのカーディガンを着ていたが、部屋の暖かさにもかかわらず、まだ寒いと感じているようだった。カーディガンを身体にきつく巻きつける。「まだわたしには話せないけれど、大金をもたらしてくれる取引だ、とあの人はいっていた」

「金はご主人にとって重要だった？」

「金そのものは重要ではなかった」メイヴィス・ロジャーソンがいった。「あの人はお金を貯めることができなかった。でも、それで買えるものは好きだった」

権力とか？　ペレスは頭のなかで思いつくままにあげていった。影響力。女性。とはいえ、トムが自慢していた取引が現実のものなのかどうかは、はっきりしなかった。彼が若くて美しい女性たちとの関係を夢想していた可能性に、キャスリンは言及していた。それとおなじように、この取引も想像の産物だったということもありうる。

「最後にご主人を見たのは？」

「日曜日の朝早くよ」メイヴィス・ロジャーソンがいった。「そのあとで、あの人は朝の飛行機に乗るために車でサンバラへむかった」

そして、トム・ロジャーソンはそのとおりにした。彼の車は空港の駐車場で見つかっていた。となると、サンバラ空港に到着してから搭乗手続きをするまでのあいだに、いったいなにがあったのか？

「彼がオークニーへいくことを知っていたのは？」

「『シェトランド・タイムズ』を読んでいる人、全員よ」キャスリンが小さな笑みを浮かべた。「漁業会議をとりあげた記事のなかで、父がシェトランドの漁師のために闘うつもりでいることが大きく報じられていましたから」

「でも、彼が日曜日の朝の飛行機に乗ることまでは、読者にはわからなかったはずだ」

「ええ。記事には、父が月曜日の朝の会議に出るためにオークニーへいくことしか書かれていませんでした」

トム・ロジャーソンが会議に出席するつもりでいたのは、間違いなかった。でなければ、車でサンバラまでいったり、会議のことを喧伝してまわったりしなかっただろう。搭乗手続きの係員や空港のほかの利用客たちに聞き込みをする必要があった。もしかすると、空港でばったり誰かと出会って、それで気が変わったのかもしれない。それとも、その人物は空港で彼を待ちかまえていたのだろうか？

ペレスは母娘のほうへ注意を戻した。「おふたりは週末になにを？」くだけた軽い口調を心がける。

メイヴィス・ロジャーソンの身体がこわばり、声が急にとげとげしくなった。「わたしがあの人を殺したとでも、ジミー？　ほかの女性たちと浮き名を流して、わたしに恥をかかせたから？　それだったら、もう何年もまえに殺しているわ」

「うかがう必要があるんです、メイヴィス。それはおわかりのはずだ」

母娘は顔を見あわせた。一瞬、ペレスはふたりが嘘をつこうとしているのではないかと思った。それとも、たんにこれから話す内容の正確さを確認したかっただけなのか。

「わたしたちはふたりで朝食をとりました」キャスリンがいった。「それから、教会にいった」

「ラーウィックの教会に？」

「いいえ、レイヴンズウィックのです」キャスリンがいった。「そちらの牧師さんが好きなので」

では、ふたりは日曜日にレイヴンズウィックにきていたわけだ。それに意味があるのかどうか、ペレスにはまだわからなかった。

「それで、礼拝のあとは？」

「〈レイヴンズウィック・ホテル〉で日曜日の昼食と洒落こみました」今度はキャスリンが食

ってかかるような口調になっていた。母親は気づいていなくても、娘はペレスの質問にふくまれている言外の意味を理解しているにちがいなかった。「そのあと、すこし天気が良くなったので、ふたりでホテルの庭を散歩しました。でも、トーインのちかくにはいってません。浜辺にも」

ペレスはうなずいて、相手が先をつづけるのを待った。

「その晩は、ふたりとも家にいました。いっしょに。わたしは採点がありましたし、母はおなじ部屋でテレビを見ていた。けさは、八時ごろに学校に着きました。すごく寒い朝で、余裕をもって家を出たんです。地滑りの現場の信号のところで渋滞が起きているかもしれないので。父とは会っていません。週末のあいだも、けさも。わたしの知るかぎりでは、父はオークニーにいました」

ペレスは立ちあがった。小学校でキャスリンと会ったときから、捜査は一歩もまえに進んでいなかった。これ以上、この暖房のききすぎた部屋にいたくなかった。彼は母娘のもとにモラグを残して、キッチンのドアをうしろ手に閉めた。そして、外の日の光のなかへと出ていった。

24

ウィローはヘイ家の農場をすぐに見つけることができた。トーインのそばにあるビニールハウスを目印にするといい、とペレスから教えられていたのだ。その小農場に立つがっしりとした石造りの家は、なかなかりっぱに見えた。もとの農家の面影がまだいくらか残っていたものの、長年のあいだに快適な家族向けの家へと変身をとげていた。屋根裏部屋。正面の増築部分。かつての家畜小屋や搾乳場といった離れ屋は、いまや住居の一部となっていた。

キッチンには、制服警官のほかに三人の人間がいた。もう昼すぎだというのに、ペレスがここを去ってから、ずっとそこにすわったままのように見えた。自家製のスープの匂いがただよっていたが、お碗はすでにかたづけられたらしく、昼食をとった痕跡はどこにも残っていなかった。制服警官はウィローの顔を知っているらしく、彼女がドアを叩くと、さっと立ちあがってなかにいれてくれた。へイ家の三人が首をまわして、彼女をみつめた。もしかすると、ウィローはかれらの考える刑事像とあまり合致していないのかもしれなかった。ペレスと〈マリール芸術センター〉で食事をしたときに給仕してくれた若者がいたので、ウィローは小さな笑みを浮かべて声をかけた。「アンディよね？　まえにも会ってるわ」

若者はうなずいた。そうするのもひと苦労といった感じに見えた。ウィローは彼の両親に手をさしだした。「主任警部のウィロー・リーヴズです。申しわけありませんが、さらにいくつか質問させていただかなくてはなりません。けれども、できるだけはやくすませて、ふだんの生活に戻れるようにします」なぜなら、いま目のまえにいる三人が殺人犯だとは、とても考えられなかったからである。快適な家に暮らす、きちんとしたふつうの人びと――かれらには失うものがありすぎた。

「みなさんの話をうかがうのに使える部屋はありますか？　ひとりずつ順番にお会いしたいんです。一度にまとめてだと、ご不便をおかけすることになるので」この説明に誰も納得していないのが、ウィローにはわかった。だが、彼女がここにいるのは、キッチンのテーブルを囲んでなごやかにおしゃべりするためではなかった。それに、かれらにこれが深刻な問題であると知らしめるのは、悪いことではなかった。

「仕事部屋があるわ」ジェーン・ヘイが立ちあがった。もう幾晩も寝ていないような顔をしていた。自分の土地で死体を発見したショックのせいだろうか、とウィローは憶測をめぐらせた。それとも、ほかにも心配事があるのか。「ご案内します」

そこは小さな部屋で、もともとは家畜がいれられていたのかもしれなかった。家全体をつらぬく長い廊下に面しており、キッチンからは遠く離れているので、誰かに盗み聞きされる心配はなさそうだった。コンピュータののった机。報告書や園芸関係の本がならぶ棚。机とおそろいの椅子。そして、隅に椅子がもう一脚。

「完璧だわ」

「コーヒーを飲みます？」ジェーン・ヘイはドアのところでぐずぐずしていた。

「ぜひお願いします」ウィローにとって、コーヒーは愛用のドラッグといってもよかった。彼女の両親はカフェインをとらない生活を送っていたので、いまだにそれはうしろめたい喜びをもたらしてくれた。「それじゃ、アンディにもってこさせてもらえますか？　まず彼と話をしたいので」

ジェーン・ヘイはそれを予想していたような感じでうなずいた。そして、なにかいいかけた。息子の行動の言い訳、もしくは説明をしようとしているのか。だが、考えなおしたらしく、そのまま去っていった。

コーヒーの香りにつづいて、アンディがトレイをもってあらわれた。そこにはマグカップがひとつと小さなミルク入れと砂糖つぼがのっていた。あと、自家製のビスケットのならぶ皿も。手のこんだおもてなしだったが、ウィローはこちらにいい印象をあたえようとする参考人に慣れていた。それに、これはこの若者ではなく、彼の両親がやっていることだった。

「あなたは飲まないの?」ウィローはビスケットを一枚手にとると、皿を若者のほうへ押しだした。

若者は首を横にふった。「朝からずっとコーヒーを飲みつづけてるから」

「ジミー・ペレスから聞いたけど、トム・ロジャーソンのことでなにか話があるそうね」

若者がさっと顔をあげた。「母さんにいわれたんです。きちんと説明しといたほうがいいって。でも、ほんとうにそんな大したことじゃないんだ」間があく。「あんなに大騒ぎする必要ないのに」

「それでも、お母さんのいうとおりよ。どうせ警察の耳にはいろいろはいってくるんだから、あなたの口から聞くのがいちばんだわ」

アンディはすこし間をおいてからいった。「通りで言い争いをしたんです。こっちは飲みすぎてたし、トム・ロジャーソンは傲慢なクソ野郎だった」

「ペレス警部によると、あなたのお父さんも似たようなことをいっていたとか。それじゃ、これは家族全体の問題だったのかしら？　なにか理由があって、あなたとお父さんはトム・ロジャーソンを嫌っていた？」

返事はなかった。

「とはいえ、聞くところでは、トム・ロジャーソンにはある評判があったみたいね。もしも彼があなたのお母さんを困らせていたのなら、あなたたちが怒るのも無理はないと……」ウィローは途中でやめた。いまふと頭に浮かんできた仮説だったが、そう考えると、母親の不安も父親の敵意も説明がついた。それに、殺人の動機にもなるかもしれない。もしかすると、この尊敬すべき一家の内部は、はたから見るほど平穏ではないのかも。

アンディがぎょっとして顔をあげた。その驚きは本物に見えた。自分の親が性的な存在であることにおぞましさをおぼえる若者らしい反応といえるだろうか？　それとも、彼はただ演技が上手いのか？

「いえ」アンディはようやくいった。「そういったことはありませんでした。もちろん」間があく。「でも、トム・ロジャーソンはまさにそういう男だった。つまり、彼が女性を困らせているところは容易に想像できた。でも、母さんはちがいます。彼のような男に惹かれたりはしない」

「たしかに、お母さんは惹かれないかもしれない。でも、彼のほうが拒絶を受けいれようとしなかったら……」

だが、アンディは首を横にふった。「ふたりは知りあいですらなかったんじゃないかな」

「あなたはどうやって彼と知りあったの？　彼は〈マリール芸術センター〉によくきていたとか？」ウィローは慎重に質問していった。ちょっとしたことで、この若者は完全に口を閉ざしてしまいそうだった。

「ときどきです」

「でも、彼はあなたのお父さんよりも年上だわ。いったいどんなことが原因で、あなたたちが喧嘩をするというの？　ほとんど知らない人を相手に、言い争いなんてしないでしょ」

「大したことじゃありません。こっちは飲みすぎてて、むこうはたまたまそこにいた。彼は乱暴で、こっちを押しのけた。それで、かっとなったんです。べつに個人的な恨みはなかった。ただ馬鹿なことをしただけです」アンディは質問に苛立ってきていた。かんしゃくを抑えようと努力しているのが、ウィローには見てとれた。だとすれば、さらに圧力をかけるべきときだった。

「その場には、ほかに誰かいたの？　目撃した人が？」

「そのときは連れがいなくて」アンディがいった。「通りには人がいましたけど、なにが起きているのか細かいところまで見えるほどちかくにはいなかった」

「どうして大学をやめたの？」

質問の方向がいきなり変わったので、若者は面食らっていた。いっそう落ちつきがなくなった。「どうしてかな。コースがあまり面白くなかった。また戻るかもしれません。今度はすこしちがったことを勉強するために」

「わたしは島で育ったの」ウィローはいった。「ノース・ウイスト島よ。シェトランド本島よりずっと小さくて、なにもなかった。ここにあるような施設は、なにも。島を出るのが待ちきれなかったわ」ここで言葉をきる。「でも、島から離れたところで暮らすのは大変だということを学んだわ。際限がないのよ。自分の領域に限界がない。まわりにどこまでも世界がひろがっている。しばらくは、頭がぼうっとしていた。際限がないのは、感情の面でもおなじだった。わたしは好きなことを自由にできた。それを止めてくれる知りあいは、ひとりもいなかった。うわさ話に興じて余計なおせっかいをしてくる人でいっぱいの島とはちがった。ここはわたしの故郷よりも大きな島だけど、やっぱりそういう人だらけなんじゃないかしら」

「ああ、それはもう驚くくらい」辛辣で苦々しい口調。

ウィローは若者がいまの発言をくわしく説明してくれるのを待った。だが、相手が感情を爆発させたのをすでに後悔しているのがわかったので、こちらからうながした。「どういう意味かしら？」

アンディは肩をすくめ、しばらく考えてからこたえた。「みんな、シェトランドに秘密はないと考えている。でも、それは間違いです。誰もが秘密をもっている。それが正気を保つ唯一の方法だから」

「あなたにはどんな秘密があるの、アンディ？」ウィローは、くだけていてすこし皮肉っぽい口調のままたずねた。真剣な声をだして、相手を警戒させたくなかった。

若者が顔をあげて、とげとげしい笑みを浮かべてみせた。「それをここで話したら、秘密じゃなくなってしまう」

これ以上はなにもひきだせそうになく、ウィローは若者をいかせた。

ウィローがつぎに部屋に呼んだのは、ケヴィン・ヘイだった。奥さんのほうはいろいろと話すことがありそうだから、焦らすのも悪くない、と考えたのだ。ケヴィン・ヘイは大柄で、ぶっきらぼうな男だった。頭がいいとか悪いとかではなく、ただものの見方がかぎられていそうな感じだ。『シェトランド・タイムズ』は読んでいても、シェトランド以外の土地のニュースにはまったく興味をもたない男。

「トーインに滞在していた女性ですけど……」ウィローは最後までいわずに、相手にほほ笑んでみせた。ぎごちない沈黙がながれる。

「それが?」

「彼女がそこで暮らしていたことにあなたが気づかなかったというのが、どうにも腑に落ちなくて。奥さんの場合は、かろうじて納得できます。でも、あなたは毎日外に出て、ご自分の土地を歩きまわっている。きっと、トーインのそばをとおっていたはずです。ふつう、家に明かりがついているのが目にはいるでしょう。それか、小道に車がとまっているのが」

「車は一台も見てない。女性の死体が発見された日に、ジミー・ペレスにもそういった」

「でも、あなたはそのまえの借家人の存在には気づいていた。クレイグ・ヘンダーソンです。

彼の車は見ていた」

「クレイグとその家族のことは、生まれたときからずっと知ってるんだ。もちろん、やつがしばらくあの家に住んでたのは知ってた。やつが越してくるまえに、修理を手伝ったから。だが、やつは中東に旅立つとき、あたらしい借り手のことはなにもいってなかった」

「借家人の名前はアリソン・ティールでした。聞き覚えは？」

ケヴィン・ヘイの表情からは、なにも読みとれなかった。きっとポーカーが得意なのだろう、とウィローは思った。これほど感情を表にあらわさない男性と暮らすというのは、いったいどんな感じのするものなのだろう？　だが、妻といるときは、ちがうのかもしれなかった。もっと自分をさらけだしているのかも。

ケヴィン・ヘイは首を横にふった。

「彼女は女優でした」ウィローはいった。「かなり昔の話になりますが、シェトランドにきて、ちょっとした騒ぎになったことがあります。行方をくらましたあとで、〈レイヴンズウィック・ホテル〉にあらわれたんです。ついこの先にあるホテルに。当時、あなたはもうここで暮らしていた？」

それは、ほとんど事実を述べるような感じで口にされた。なぜなら、ウィローはその答えを知っていたからだ。そして、ここでもまたケヴィン・ヘイは口をひらくまでもないと考えたらしく、黙って小さくうなずいた。

「当時の騒ぎを覚えていない？」ウィローは相手のほうへ身をのりだした。おたがい机をはさまずにむかいあえる位置に椅子を配置しておいたので、ふたりの顔はすぐちかくにあった。

「いつのことだったのかな?」依然として、まともな返事はかえってこなかった。

「十五年前です」

「そのころ、女房はあまり調子が良くなかった。精神面で問題を抱えてたんだ。おれは家族の面倒をみるので手一杯だった。それと、女房の面倒をみるので。今回みたいな地滑りが起きてても、ほとんど気づかなかったんじゃないかな」ケヴィン・ヘイは顔をそむけ、ウィローではなく細い窓の外に目をむけた。「女優をめぐるうわさ話に注意をはらってなかったのは、たしかだ」

「トム・ロジャーソン」その名前は、ふたりのあいだで宙ぶらりんになっていた。

ここでもやはり、ケヴィン・ヘイは質問がくるのを待っていた。

「すこし偶然がすぎる気がします」ウィローはいった。「あなたの家のすぐちかくで死体がふたつ発見されたというのは」

あいかわらず相手が無言だったので、ここでようやくウィローは質問をした。「彼のことを好きでしたか?」

「やつのことは、ほとんど知らなかった。住む世界がちがってたから」はじめてケヴィン・ヘイがいくらか感情をあらわにした。かすかに嘲りが感じられる。

「あなたと彼は年齢がほとんどちがわないはずですよね。学校でいっしょだったとか?」

「やつのほうがふたつ上だった。友だちになるには大きすぎる年齢差だ」

「あなたは彼のことが好きではなかった、という印象をジミー・ペレスは受けています」

「やつとは個人的なつきあいがなかった」すこし間をおいてから、ケヴィン・ヘイがつづけた。「だが、やつがどういう男かは知ってた」

「というと？」

「人をたらしこむ人気者だ。人を利用し、人から奪っていく」

ウィローは椅子の背にもたれた。「お気づきでしょうけど、ヘイさん、いまのはすごく個人的な意見に聞こえます」

それにつづく沈黙のなかで、外の音が室内にはいりこんできた。オオハクチョウの群れが空で鳴く声。犬の吠え声。まだ午後のなかばだったが、影が長くのびてきており、もうすぐ暗くなりそうだった。ウィローはその沈黙をひきのばしたあとで、口をひらいた。

「それでは、あなたの奥さんはどうです？　トム・ロジャーソンのことを個人的に知っていた？」

数秒間、なんの反応もなかった。ケヴィン・ヘイはじっとウィローをみつめていた。完全に無表情だった。それから彼は立ちあがると、部屋を出ていった。これほどの大男であるにもかかわらず、足音ひとつたてずに。

25

自分の家の戸口にあらわれた女性刑事のことを、ジェーンはどうとらえたらいいのかよくわからなかった。ちょうど昼食のかたづけを終えて、きょうは一日じゅう屋内ですごさなくてはならないのかと考えていたところだった。朝からずっと、彼女の頭のなかではなぜか不適切な考えがつぎつぎと去来していた。数週間ぶりに晴れたのに、家から出られないなんて。それから、買い物にいけないとしたら、今夜の夕食はどうしよう？　サイモンを招いてもいいかもしれない。彼ならこの件を冷静に分析して、みんなの気分を明るくしてくれるだろう。そして、すこし罪の意識をおぼえながら（というのも、もっとはやくに思いついておくべきことだったからだ）、マイクルに電話して、浜辺に男の死体があったことを知らせたほうがいいのではないか？　こうしたさまざまな考えの合間に、映像が脳裏に浮かんできていた。砂利浜に横たわるトム・ロジャーソン。顔の片側が損傷している。地滑りのあとの丘とおなじだ。見覚えはあるものの、以前とはどこかちがっている。そして、夜明けの光が射しはじめるなか、崖のへりに立っていたケヴィン。

ジェーンは若い巡査に、息子に電話をかけてもかまわないかとたずねた。「マイクルが学校でうわさを耳にするまえに、知らせておきたいの。ここではどんなふうにニュースが広まるか、知ってるでしょ。死体のことを聞いたら、あの子はそれが家族の誰かではないかと思いかねない」

「息子さんには、帰宅してもらったほうがいいでしょう」巡査がいった。「警部が彼の話を聞きたがるかもしれないので」

「でも、ジミーはもう帰ったわ」

「ジミー・ペレスではありません」巡査はすこしあわてたようにいった。「インヴァネスからきた警部です。捜査の指揮をとっている」

そこへ、そのインヴァネスからきたという女性刑事が、ちょっと変わったメアリー・ポピンズよろしく家に舞い降りてきたのだ。ただし外見は、ノースリンク社のフェリーでシェトランドにやってきた大きなブーツと重たいリュックサック姿の徒歩旅行者《ハイカー》といった感じだった。丈の長いセーターにジーンズ。そして、ぼさぼさの髪。

「ヘイさんから、下の息子さんに連絡すべきかどうかを訊かれました」若い巡査はこの件が自分の手に余ると感じているらしく、上司に指示を仰いだ。「警部が彼の話を聞きたがるかもしれないので、家に戻ってもらうことをすすめたんですが」

「息子さんはおいくつかしら？」女性刑事はジェーンのほうをむくと、笑みを浮かべてみせた。

「十六歳です」

「だったら、とりあえず帰宅してもらいましょう。通学バスを待つ必要はありません。サンディ・ウィルソンがラーウィックから車でこちらへくることになっているので、それに同乗すればいい」それから、女性刑事は事情聴取に使える部屋はないかとたずね、まずアンディを呼んだ。そのため、ジェーンはいましばらく待たされることとなった。

事情聴取を終えて仕事部屋から出てきたアンディの気分を推し量るのは、むずかしかった。彼はキッチンのドアのまえをとおって自分の部屋へむかうときに、黙って両親にむかって手をふってみせた。その動作、ぎらついた目、ぎくしゃくとした足運びには、どこか躁病っぽいところがある気がしたが、ジェーンはいま過敏になっていた。もしかすると、本人は不安も興奮も感じておらず、ただうんざりして、ひとりになりたがっているだけかもしれなかった。

女性刑事がキッチンのドアから顔をのぞかせたので、ジェーンは事情聴取にそなえて心の準備をした。だが、刑事はケヴィンのほうをむいていった。

「つぎは、ご主人、どうぞ」これでは、歯医者の待合室にいるのと変わりなかった。残されたジェーンは、家の影がしだいにのびてビニールハウスに到達するのをながめていた。キッチンの隅にいる若い巡査が落ちつかなげに指の爪をほじくっているので、しまいには〝じっとして〟と叫びたくなった。彼に紅茶を勧めると、もらうという返事がかえってきた。手持ち無沙汰を解消してくれるものができて、ほっとしているようだった。

突然、あたりがばたばたした。ケヴィンが玄関広間からキッチンに飛びこんできた。顔が真っ赤で、わきに垂らしたこぶしがきつく握りしめられている。激怒しているのだ。なにがこのような気分の変化をもたらしたのか、ジェーンは心配になった。彼がかんしゃくを起こすことはめったにないが、そういうときは恐ろしかった。怒りを煮えたぎらせたあとで、いっきに爆発するからだ。ジェーンは立ちあがって、夫を抱きしめようとした。彼が怒りに支配されるまえに、なだめたかった。ちょうどそこへ、ウォルセイ島出身の若い刑事に連れられて、マイクルが帰宅した。それまでの静寂とはうってかわって、キッチンには人があふれ、さまざまな話し声や質問する声が交錯した。そのとき、ウィロー・リーヴズがドア口にあらわれた。彼女は張りつめた空気も大きな声も無視して、マイクルにあいさつがわりにほほ笑みかけると、若い刑事にうなずいてから、ジェーンを部屋へ呼んだ。ジェーンは夫の腕に手をのせた。わかっているというしぐさ。落ちつくようにという夫へのメッセージだ。それから、キッチンを出た。

仕事部屋では、すでに女性刑事が腰をおろして待っていた。「ほんとうに美味しいコーヒーだわ」大きな笑み。「もっとゆっくりできなかったことを、きっとジミーは悔しがってるはずよ」

これが作戦であるのを、ジェーンは知っていた。こちらを安心させておいてから、厄介な質問をぶつけてくるのだ。キッチンで待つあいだに、ジェーンは自分の答えを用意しておいた。だが、いまはその説得力に、あまり自信がなくなっていた。椅子に腰をおろして、相手の出方を待つ。

「トム・ロジャーソンのことは、どの程度ご存じでしたか?」またしても明るい笑み。

ちかくにすわっていたので、女性刑事の頬骨に沿ってならぶそばかすがよく見えた。目のまわりのしわも。ということは、この刑事は中年になりかけているにちがいない。だが、そばかすのせいか、その見た目は女学生のようだった。

「彼がどういう人かは知っています」ジェーンはいった。「あらゆる委員会に名を連ねているように思えるシェトランド人のひとりです。ときおり社交の場で顔をあわせました。慈善活動とかパーティで」

「でも、個人的には知らなかった？」ウィロー・リーヴズは〝個人的には〟という部分をことさら強調していった。「たとえば、ロジャーソン夫妻を夕食に招いたり、いっしょに食事に出かけたりということはなかった？」

ジェーンは首を横にふった。「そういうおつきあいをしたことは、一度もありません」

「それなのに、ご主人は彼のことを嫌っていたようです。相手をよく知らなかったのなら、どうしてそんなことが可能なのかがわからなくて」

「ケヴィンは、とても黒白のはっきりした人です。まったく知らない相手でも、その人物について判断をくだしてしまう。政治家とか、新聞でとりあげられている人とか……」ジェーンはそれ以上だらだらとしゃべらないようにした。

そういう人なら自分も知っているといった感じで、ウィロー・リーヴズがうなずいてみせた。

「けさのお話では」女性刑事がつづけた。「ご主人は羊の様子を確かめに起きだしていったんですよね。そして、あなたがたがロジャーソン氏の死体を発見したのは早朝だった。だとすると、家を出たときには、外はまだ暗かったんじゃありませんか？　それなのに、あなたがご主人についていったのが不思議だったんです。わたしだったら、きょうみたいな朝には暖かいべッドでぬくぬくしていたいと思うでしょう」

これは、ジェーンがまえもって答えを用意しておいた質問のひとつだった。すこし間をおいてから、それを口にする。「けさはとても天気が良くて、雨の日つづきのあとで外へいくのは楽しみでした。夫とふたりで太陽がのぼってくるのを見たかったんです。東にいくと、素晴らしい日の出を拝めるので」

「とてもロマンチックだわ」女性刑事は本心からそういっているように聞こえた。すこし羨ましそうですらあった。だが、それからさらにつづけた。「一年のこの時期でも、よくご自分の土地を歩いてらっしゃるんですね。でも、だとすると、トーインに滞在者がいたことにおふたりが気づかなかったというのが、とても奇妙に思えるんですけど」

「わたしはあの家に人がいるのを見ました」ジェーンはいった。「そのことは、ジミー・ペレスに伝えてあります」

「でも、ご主人には話さなかった？　ご主人は地滑りが起きたときにあの家に人が住んでいたことを、まったくご存じなかったようですから」

「話す機会がなかったんです」ジェーンは言葉をきった。「ふたりとも、とても忙しいので」

「そうですよね」ここでもまた、ジェーンを安心させようとする大きな笑み。「あなたの精神面での問題について、聞かせてください」

「えっ？」

「トーインで死体となって発見されたのは、アリソン・ティールという女性でした。女優で、人気のあるテレビのドラマ番組に出演中に失踪騒ぎを起こしたことで知られています。結局、彼女はシェトランドで見つかりました。ここから海岸沿いにすこしいったところにある〈レイヴンズウィック・ホテル〉で。ご主人は、そのときの騒動を覚えていないといっています。当時、あなたの調子がすごく悪かったので」

それでケヴィンは腹をたてていたのだろうか、とジェーンは考えていた。過去へひき戻されたせいで、こぶしを握りしめ、怒りにうち震えることとなったのか。ケヴィンはつねづね、彼女が酒に溺れていたときに犯した裏切りや思慮のない行動を許すといっていた。回復の一段階として、ジェーンはすべてを打ち明けなくてはならなかったのだ。「きみは病気だったんだ」ケヴィンはそういっていた。「自分を見失っていた。もちろん、ふたりでまたやりなおせるさ」だが、ジェーンはその言葉を完全に信じたことが一度もなかった。ケヴィンが彼女を必要としているのは、わかっていた。彼ひとりでは、決して上手くやっていけないからだ。だが、彼がジェーンを許しているかどうかは、まったくの別問題だった。

ジェーンは顔をあげて、女性刑事を見た。「わたしはアルコール依存症です」という。「いまは回復中ですけど、それ以前の生活は完全にめちゃくちゃでした。うちにはふたりの幼い子供がいて、ケヴィンは農場を拡張しながら、一家を維持していかなくてはならなかった。ほんとうに大車輪の活躍でした。本土からきた女優にかんするニュース報道を覚えていないとしても、無理はありません」

「あなたはどうです？　その女優の失踪騒ぎについて、なにか覚えていますか？」

ジェーンは首を横にふった。「ほんとうに大変な時期だったので」ふいに過去がちらりと甦ってくる。パニック発作。酒への渇望。ひどい二日酔い。そして、圧倒されるような自己憐憫。ジェーンはふたたび首を横にふって、それらの記憶を頭からおいはらった。

「昨夜は、なにをなさってましたか？」ウィロー・リーヴズはジェーンの返事に満足したらしく、先へと進んだ。

「とくにはなにも。きのうは、家族みんなで日曜日の昼食をとったんです。下の息子の恋人もくわえて。そのあとだったので、テレビのまえでぐったりする以外、なにもする気になれませんでした」ジェーンは言葉をきり、さらに質問が飛んでくるのを待った。だが、なにもなかったので、沈黙を埋める必要を感じた。「早めにベッドにはいりました。まえの晩、よく眠れなかったので」

「それはまた、どうして？」

「ああ、息子の帰りが遅かったんです。おわかりになるでしょ。子供が成長して大人になっても、心配するのをやめられない」とはいえ、この女性刑事に親であることの気持ちがわかるとは思えなかった。彼女が赤ん坊を育てているところは、まったく想像できなかった。

「どちらの息子さんかしら？」女性刑事は走り書きでメモをとっていたが、ここで顔をあげて、ジェーンに全神経を集中させた。

「アンディです。上の子の。大学を途中でやめて、いまは〈マリール芸術センター〉のバーで働いています。ときどき残業を頼まれることがあって」

「それじゃ、土曜日の晩もそうだった？」ウィロー・リーヴズの声は表向き落ちついていたが、ジェーンは騙されなかった。これは女性刑事にとって重要なことなのだ。そして、自分の話はあとですべて確認をとられるのだろうから、ここは嘘をつかないことが肝心だった。

「よくは知りません。それで帰宅が遅くなったのではと、こちらが勝手に想像しただけで。もしかすると、仕事のあとで、町でただ友だちとつるんでいただけかもしれない」いったん言葉をきる。「どうして、そのことに興味があるのかしら？　トム・ロジャーソンが亡くなったのは日曜日の夜なのに」

「そうなんですか？」女性刑事がジェーンをみつめた。

「そんなこと知るわけないわ！」ジェーンは自分がパニックを起こしかけているのがわかった。「死体がきのうの朝からあの浜辺にあったのなら、きっと誰かが気づいていたはずでしょ。人がいつ亡くなったのか、特定できないんですか？」

「ええ、正確なところは。テレビのドラマ番組で見たことを、そのまま鵜呑みにしないでください。とはいえ、トム・ロジャーソンが最後に目撃されたのは日曜日の朝でした。土曜日の晩のことについては、とくに調べてはいません。関係者全員に、きのうの日曜日の行動をうかがっているだけで」

「でも、わたしたちは関係者じゃない！」ジェーンの声は上ずって、金切り声にちかくなっていた。

女性刑事は笑みを浮かべてみせた。「そうですか？　たとえ地理的な面だけだとしても、かかわりがあるといえるのでは？　ふたりの人間が、この家のすぐちかくで亡くなっています。ほかに、このあたりに住んでいる人はいません。あなたがたの誰かが殺人犯だと思っているわけではありませんが、捜査の助けにはなれると考えています」

それにつづく沈黙のなかで、外の小道をちかづいてくる車の音が聞こえてきた。車が中庭にはいってきて、ヘッドライトがビニールハウスを照らす。

「誰かくる予定があるんですか？」ウィロー・リーヴズがたずねた。

ジェーンは首を横にふった。訪ねてきそうな人物は、ひとりも思いつかなかった。ただし、サイモン・アグニューはべつだ。死体が発見されたことを聞きつけて、慰めと支えをあたえるために駆けつけたのかもしれない。だとすれば、それはいかにも彼らしい行動だった。だが、家の戸口のまえに立った人影はサイモンよりも背が低く、その声にはシェトランド訛りがあった。

「ケヴ！　大丈夫か？　ついさっきトム・ロジャーソンのことを聞いたんだ。なにかできることは？」

ウィロー・リーヴズがジェーンのほうを見た。

「クレイグ・ヘンダーソンです」ジェーンはいった。ケヴィンを落ちつかせることのできる人物がいるとすれば、それはクレイグだった。この状況では、サイモンよりも助けになるだろう。サイモンには、いつでも騒ぎを楽しむようなところがあった。「夫の古い友人の」

「そして、ご近所さんでもあった」それは質問ではなかった。女性刑事はほとんど独り言をいっているような感じだった。「彼はかつて、おとなりのトーインに住んでいた。すでに彼からは、亡くなった女性の件で話を聞いています。そして、彼はきっとトム・ロジャーソンのことも知っていた」女性刑事がジェーンのほうをむいて、笑みを浮かべた。「いかにも島らしいわ、でしょ？　いたるところに人のつながりがある」

　これで事情聴取は終わったらしく、女性刑事が立ちあがった。ジェーンは仕事部屋のドアのところでためらった。

「はやく犯人が捕まってくれるといいんだけど。うちのすぐちかくで、こんなことがあるなんて。もとの生活を取り戻したいんです」

　女性刑事は、理解できるというふうにうなずいてみせた。

　ジェーンは廊下でしばらく足を止め、気分を落ちつかせた。なんのかんのいって、そう悪くない事情聴取だったのではないか。キッチンからは、あいかわらず騒々しい音が聞こえていた。男たちの大きな声。突然の爆笑。まるでパーティだ。きっとケヴィンがクレイグにビールかウイスキーを勧めたにちがいない。ジェーンはそれにつきあえそうになく、そのまま階段をのぼって自分の部屋へとむかった。

26

事件について話しあうためにジミー・ペレスの家に集まることにしたのは、みんな口にはださなくても、ペレスが夜はキャシーのために自宅にいたがるのを知っていたからだ。こうした形式ばらない議論の場に参加することに、サンディはしだいに気おくれをおぼえなくなっていた。自分もそこにいる権利があると感じるようになっていた。ウィローはヘイ親子の事情聴取を終えたあとで、いったんラーウィックに戻ってシャワーと着替えをすませてから、中華料理のテイクアウトの箱とともにレイヴンズウィックにひき返してきていた。サンディがペレスの家に着いたとき、ウィローはすでにそこにいた。蠟燭と暖炉に火がともされており、サンディは思わずとまどった。これは仕事の集まりであって、ディナーパーティではないのだ。一瞬、ルイーザのことが頭をよぎった。彼女は友だちを何人か夕食に招いて、サンディを紹介したがっていた。だが、かれらはすごく頭がいいのだろうから、サンディはいまから不安でたまらなかった。

サンディが家にはいっていくと、ペレスは慌てて立ちあがって、食器類をテーブルにならべはじめた。それまでウィローとどんな会話がかわされていたにせよ、それは打ち切りになったようだった。ウィローはオーヴンで保温してあった〈万里の長城〉の中華料理を、店がつけてくれた箸を使って食べた。べつに見せびらかすでもなく、ごく自然な感じで。彼女がそれで器用に料理をつまんで口もとへとはこぶのを、サンディはじっとみつめずにはいられなかった。ペレスのほうに目をやると、そこにもやはり感嘆のまなざしがあった。

「マイクル・ヘイを学校から家まで車で送り届けたとき、なにか話をしたのか？」食べ終えたペレスがたずねた。

「トーインの下の浜辺で死体が発見されたことを伝えました」

「彼の反応は？」

サンディはすこし考えた。車でレイヴンズウィックへむかっていたときのことを思い返す。陽光が斜めに射しこんできていて、まぶしかった。マイクルは助手席の足もとに通学用のリュックサックを置いてすわっていた。はやく大人びる若者のひとりらしく、顔はすでに一人前の男だった。がっしりとした肩。大きな足。

若者はサンディのほうを見ると、「なにがどうなってるのかな？」といった。どこか喧嘩腰な口調。神経質になっているのか。それとも、たんに十代の若者らしく、誰に対してもそういう口の利き方をするのか。

「きみの家のちかくで、またべつの死体が見つかった」

「誰の？」すぐに質問が飛んできた。はやく答えを知りたがっていた。

「トム・ロジャーソンという男だ。知ってるかな？」

「顔と名前は」

「きみのご両親とは友だちだった？」

マイクルは肩をすくめた。「さあ。すくなくとも、うちに彼がきてるのを見たことはない」

「きのうの晩、きみはどこに？」

「うちだよ。土曜日はガールフレンドのジェマのところに泊まって、きのうはうちでいっしょに昼食をとった。週末はたいてい、ふたりですごすんだ」

「ジェマはきのう泊まっていった？」

「いや。彼女は働いてて、月曜日の朝にレイヴンズウィックからラーウィックまでいくのはちょっと大変だから。それに、こっちには宿題があった。さっさと学校とおさらばして父さんと働きたいんだけど、母さんが上級の資格試験を受けろってうるさくて」マイクルは顔をしかめ、仲間を見る目でサンディのほうを見た。どうやら、サンディもまた学業にあまり熱心でなかったことを見抜いているようだった。

「なにか変わったことに気づいたりしなかったかな？」

マイクルはかぶりをふった。「きのうは、ほとんど家から出なかったから。天気がひどくて、屋内にいるほうがよかった」

「ガールフレンドといっしょにラーウィックから戻ってきたときは、どうかな？　日曜日の朝だ。知らない車を見かけたとか？」

「なにも気づかなかった」そういうと、マイクルは車窓の外に目をむけて、それ以上の会話を拒んだ。

サンディは現在に戻って、ジミー・ペレスの質問にこたえようとした。「浜辺で死体が発見されたことを伝えると、彼は誰の死体か知りたがりました。それがトム・ロジャーソンだと聞くと、そのあとは、あまり気にしていないようでした」

「家族の誰かが亡くなったのかと心配だったのね」ウィローが皿を押しやりながらいった。

「家のすぐちかくだから、知っている人だと考えた」

「かもしれません」サンディは言葉をきった。「あまり想像力のある子には見えませんでした。夢想するよりも行動するほうが得意そうな感じで」

「あの一家のなかで警察のお世話になったことのある人は？」ウィローは椅子をまわして、脚を暖炉のほうへむけていた。日が落ちると同時に気温が下がってきており、今夜も霜が降りそうだった。

ペレスが顔をあげた。「確認したが、そういう記録はなかった。あの一家は、昔からずっと仲が良くて上手くやっているように見えた。問題があると感じたことはなかった」

「ジェーン・ヘイがアルコール依存症なのは、知ってた？」

「若いころすこしやんちゃだったというのは、聞いたことがある。ケヴィンと結婚して、こちらに移り住んだころだ。だが当時は、ほとんどの若者がそうだった。石油の金がどんどんながれこんできていたから、週末にはラーウィック全体が巨大なパーティ会場みたいになることもあった」

「彼女は、いまでもまだ断酒会にかよっている」

「それが事件に関係していると？」ペレスは弁護する口調になっていた。

「ねえ、ジミー。殺人事件の捜査がどういうものか、知ってるでしょ。すべては関係している

――われわれがそうでないと判断するまでは」

ぎごちない沈黙がながれた。ペレスがコーヒーを淹れるために立ちあがった。

「ヘイ家の誰かが殺人犯かもしれないっていうんですか?」サンディはなにかしゃべる必要があるのを感じて、口をひらいた。あの一家のことをどう考えていいのか、よくわからなかった。

「死体はどちらも、かれらの家のすぐちかくで発見された」ウィローがいった。「奇妙な偶然よね」

「何者かがあの一家を事件に巻きこもうとしている可能性は?」ペレスがコーヒーのポットとマグカップをテーブルにはこんできた。

「それにしては、すこし手がこみすぎている気がする」ウィローはマグカップを自分のほうへひき寄せた。「わたしはただ、あの一家にはまだ話してくれていないことがあると感じているだけよ。誰かが秘密を隠している」

「この件全体が手がこんでいる印象がある」ペレスがいった。「たとえば、なぜアリソン・ティールは身元を偽ろうとしたのか? もはや有名人とはいえないのに。それに、不思議なめぐりあわせや結びつきがいくつもある。ふたりの被害者は、何年もまえの偶然の出会いでつながっていた。逃げ隠れしていた女優と、その正体に気づいた男。もしもトーインで見つかった手紙がトム・ロジャーソンの書いたものだとすると、ふたりはその後もずっと連絡をとりあっていたにちがいない」

「トム・ロジャーソンの奥さんは、なんといってるの?」ウィローがコーヒーから顔をあげていった。「夫がアリソン・ティールと関係をもっていたのなら、メイヴィス・ロジャーソンには強力な動機があったことになる」

「嫉妬か？　だが、メイヴィスが夫とその浮気相手を殺してまわってたら、ジェームズ・グリーヴの死体置き場はいっぱいになってしまうだろう」

「もしかすると、アリソン・ティールの場合はほかの浮気相手とちがっていたのかもしれない」ウィローがいった。「アリソンがシェトランドにきて、トーインの農家に住むようになったのは、トム・ロジャーソンの差し金だったのかも。彼はアリソンのために奥さんを捨てようとしていたのよ。どうかしら？」

「アリソン・ティールを〈シェトランド友の会〉にむかわせた原因を、ぜひとも知りたいな。それがわかれば、彼女が殺された理由もわかりそうな気がする」ペレスが間をおいてからつづけた。「彼女の病歴については、もう調べがついたのかな？　彼女がまだ鬱や不安に悩んでいたかどうかが、そのあたりのことを理解する鍵になるんじゃないかな」

「彼女が〈シェトランド友の会〉を訪れたのは、以前に抱いていた悩みとはなんの関係もなかったのかもしれない」ウィローは、いまや自分に語りかけるような感じでしゃべっていた。「彼女とトム・ロジャーソンの関係がずっと昔にシェトランドではじめて出会ったときからつづいていたのなら、そこになんらかの問題が発生しただけで、彼女の心はずたずたになっていたはずよ」

「それで、気持ちが変わった？　やはりシェトランドにはいたくないと思った？　そして、そんな彼女をトム・ロジャーソンが脅して、怯えさせたとか？」ペレスは急に生き生きとなっていた。「彼が支配者タイプだったとしても、驚きはしないな」

「それじゃ、トム・ロジャーソンがアリソン・ティールを殺したっていうんですか?」サンディは上司ふたりのやりとりを傍観しているうちに、しだいに混乱してきていた。めまぐるしく飛びかう推論に、頭がくらくらした。暖炉の火で小さな部屋はものすごく暖かくなっており、サンディはセーターを脱ぎたかった。だが、その下のTシャツが人様に見せられるような状態だったかどうか、いまひとつ自信がなかった。

ウィローとペレスが彼をみつめた。もしかすると、ふたりは彼が部屋にいることさえ忘れていたのかもしれない。だが、サンディはそうやって見過ごされることに慣れていた。

「その可能性はあると思う」ウィローがゆっくりといった。「アリソン・ティールは殺されたとき、おめかししていた。でしょ? われわれは最初から、彼女が男性をもてなしていたと考えていた。もしかすると、そこで言い争いが起きて、それが手に負えなくなったのかもしれない。彼女の死体は、クレイグ・ヘンダーソンがトーインに越してくるまで発見される心配がなかった。そして、トム・ロジャーソンはサンディ・セクレストとクレイグ・ヘンダーソンとのあいだの取り決めを知っていた。つまり、彼には自分の都合のいいときに死体を処分できることがわかっていたのよ。満潮のときに死体を崖まではこんでいって海に捨てるのは、簡単よ。たとえ死体がまた打ち上げられたとしても、損傷が激しくて、身元確認はむずかしかったでしょう。地滑りさえなければ、完璧な計画だった」

「だとしたら、トム・ロジャーソンは誰が殺したんです?」サンディの声は大きくなりすぎていたらしく、ペレスがキャシーの寝室のほうへちらりと目をやるのがわかった。だが、彼はこの筋書きが信じられなかった。シェトランド本島の南側で人がふたり殺されて、それぞれに犯人がいる……。

ウィローが例のにこやかな笑みを浮かべていった。「あなたはどう思うの、サンディ？」

「そんなのむちゃくちゃだと思います。殺人犯がふたりだなんて」

「いまのはすべて仮説よ、サンディ。事件の全容がいくらかでも見えてこないかと、思いつくままを口にしているだけ。というわけで、アリソン・ティールを殺したのがトム・ロジャーソンだとすると、トム・ロジャーソンを殺したのは誰なのか？」

サンディには、これが一種の試験のように感じられた。「わかりません」ようやくいう。「とにかく、そんなことは考えられない」サンディは学校の授業であてられたときの気分を味わっていた。干潮時の岩場の潮だまりの水とおなじで、気の利いた考えがすっかり頭からながれだしてしまっていた。きょうは一日じゅうルイーザのことを考えて集中できずにいたのも、助けにはならなかった。「もしかすると、アリソン・ティールにはべつの男性がいたのかもしれない――そいつが、アリソンの復讐のためにトム・ロジャーソンを殺したとか」

「可能性はあるわね」

ペレスが椅子の背にもたれた。「これらはすべて、とりとめのない空想にすぎない」という。「ウィローのいったとおり、仮説だ。アリソン・ティールが誰かと関係をもっていたという証拠は、どこにもない。ふたりの男が彼女をめぐっていがみあっていたという証拠はいわずもがな」

「でも、彼女とつながりのある男性がふたりいたことはわかってます」サンディはしばし遠慮を忘れていった。「ブレイの協同組合で彼女を車で拾った男。これはまず間違いなくトム・ロジャーソンでしょう。シェトランドの旗のバンパーステッカーを貼った車がありますから。そして、彼女が〈マリール芸術センター〉のバーで会っていたもうひとりの男。彼女がシャンパンを買ったのは、その男たちのどちらかと飲むためだったにちがいない」

「仮説は、いくらでも好きなだけたてることができる」ペレスがいった。「だが、いまはどれもおとぎ話と変わらない。そして、われわれに確実な情報をあたえてくれていたかもしれない唯一の人物は、死んでしまった」

ペレスがマグカップを集めて、流しへもっていった。それを見てサンディは、ペレスがそろそろおひらきにしたがっているのだと考えた。だが、ウィローは動こうとしなかった。「それで、あしたはどうする?」

ペレスが流しからウィローのほうへむきなおった。「トム・ロジャーソンが空港に車をとめたあとでどこへいったのかを、突きとめる必要がある。サンディ、もう一度ブレイにいって、お友だちのピーターに事件の関係者の写真を見せてきてくれ。アリソン・ティールと〈マリール芸術センター〉で飲んでいた男の正体がわかるかもしれない。あとは、彼女が最近なにをしていたのかを知りたいな。代理人のいうとおり俳優の仕事をしていなかったのだとすると、あの洒落た服やフェリーの高級船室の代金は誰が支払っていたのか? トム・ロジャーソンの銀行口座から不審な引き落としはなかったか、調べられるといいんだが」ペレスはウィローを見た。「ほかにはなにか、警部？」

ウィローはペレスにむかってにやりと笑ってみせた。「いまので漏れはないと思うわ、警部」

ここでサンディはほんとうに立ちあがった。外に自分の車がとめてあったし、なんだか邪魔者のような気分がしはじめていたからである。ここに到着したときに感じた、個人的な会話に割りこんでいるという感覚が甦ってきた。だが、彼が帰り仕度をはじめると、ウィローも席を立った。そして、ペレスにふれることなく、戸口で別れを告げた。ドアを閉めるペレスに対して、ウィローは友人らしく手をふってみせただけだった。

27

ウィローは路地の角ちかくに路上駐車した。図書館のむかいの中華料理の店から男たちが出てきて――イングランド人だった――大声をあげて笑いながら埠頭のほうへと歩いていった。港に係留されている水上ホテルのどれかにむかったのだろう。これらの宿泊施設は、刑務所のように見えた。いっしょに働いている人たちとそこで寝泊まりも共にするというのは、きっと奇妙で不自然な生活にちがいなかった。ウィローは自分の泊まっているB&Bへとむかった。空には細い月が出ていて、路地はすでに凍えるくらい冷えきっていた。宿の建物と路地は石塀によって隔てられており、アーチ形の木製の門をはいると、その先の風から守られた庭にはシカモアが生えていた。葉の落ちた枝は、霜で覆われていた。

地下室のキッチンには明かりがついていて、なかに宿の経営者のカップルがいるのが見えた。女性のほうは大型こんろ《アーガ》のそばにすわって足を低い踏み台にのせ、両手をふくれたお腹にあてていた。男性はアイロンをかけていた。ふたりのあいだでは会話がかわされているらしく、男のほうが笑った。ウィローは地下室にむかって声をかけ、帰ってきたことをふたりに知らせてから、自分の部屋へと階段をのぼっていった。紅茶を飲みたかったし、キッチンへいけばふたりが歓迎してくれるのはわかっていたが、かれらと話をする気分ではなかった。

ウィローの部屋の窓は、床ちかくまで斜めにつづく天井についていた。ブラインドをあけると、眼下にひろがるラーウィックの町の明かりとブレッサー島から戻ってくるフェリーが見えた。捜査について考え、アリバイや動機のことで頭を悩ますべきだとわかっていたが、ウィローはそちらに集中できなかった。サンディがペレスの家に飛びこんでくるまえ、彼女とペレスのあいだには予想外の親密な瞬間があった。はじまりは、家事の緊急事態だった。ウィローの到着がペレスの予想よりもはやかったため、彼はまだ洗濯機から濡れた洗濯物をとりだしているところだったのだ。

「すまない。まだきちんと準備ができてなくて」ペレスはにやりと笑った。「回転式の乾燥機が壊れたんだ。だから、こいつは暖炉のそばの物干し掛けに干さなくてはならない。お客がきているのにみっともないが、そうしないとキャシーのあした着ていく服が……」

「サンディとわたしはほんとうのお客じゃないわ！」

「それでも……」
「大きな明かりを消して、テーブルに蠟燭を何本か立てましょう」ウィローは提案した。「そうすれば、誰も洗濯物には気がつかない」ペレスはいわれたとおりにした。「ほらね」ウィローはいった。「これなら、いまからロマンチックな夕食をとるところだとしてもおかしくない」

長い沈黙のあとで、ペレスが口をひらいた。「われわれもいつか、そうすべきかもしれないな」

その発言があまりにもペレスらしくなかったので、一瞬、ウィローは自分の耳を疑った。だが、ペレスはじっと彼女をみつめていた。ふだん仕事で発揮されている集中力が、いまは完全に彼女にむけられていた。ウィローは彼のほうへ歩いていった。暖炉で燃えている泥炭の匂いだけでなく、彼の手についている粉末洗剤の匂いまでわかるくらいちかくまで。「いい考えね」という。「大賛成よ」

「キャシーが父親の家にお泊まりする日がいいな。そのときは、部屋に洗濯物がないようにするよ」

そんなことはまったく気にしない、とウィローがいいかけたとき、外の小道をやかましくちかづいてくる足音が聞こえて、ドアからサンディがはいってきたのだった。

いまウィローは、自分はあのときの状況を読み違えていたのだろうかと考えていた。もしかすると、あれはペレスの冗談で、ウィローがそれを真に受けると、ただ親切心から調子をあわせてくれただけかもしれない。ウィローは、ペレスほど親切な男性にこれまで出会ったことがなかった。服を脱いで、歯を磨いているあいだ――そして、ふかふかのベッドに横たわってからも――彼女はずっとこの黒髪の男のことばかり考えていた。

翌朝に目がさめたとき、ウィローは元気いっぱいで、なぜか満ち足りた気分だった。屋根裏の部屋はヨガに最適の空間に思え、彼女はストレッチとポージングをおこないながら、心を穏やかにしていった。ペレスのことは、たまに頭に浮かんでくるだけだった。ヨガを終えても、まだ宿のほかの人たちを起こすにははやすぎたので、部屋にあるＷｉ－Ｆｉを利用して、トム・ロジャーソンの銀行口座をのぞけるように官僚機構を動かしはじめた。階下の部屋で人の動きまわる音がするのを耳にしたところで、朝食をとりにキッチンへとおりていく。そこにいたのはご主人のほうで、すでにコーヒーの香りがしていた。

「けさは、わたしひとりです」使いこまれて塗装のはげた長いテーブルにシリアルと果物を用意しながら、ジョンがいった。「ロージーは、まえの晩よく眠れなかったので」

「大丈夫なのかしら？」

「ええ。お腹がすごく大きいので、ちょっと不自由しているだけです。だから、けさは朝寝坊を勧めました。わたしでも炒り卵くらいなら作れますから。学生時代の得意料理です」

「予定日はいつなの？」

「一週間先です。でも、初産は予定日よりも遅れるっていいますよね？」

ウィローは気がつくと、自分がここに滞在しているうちに赤ん坊が生まれてくることを願っていた。新生児を見たかった。その温もりと独特な日課を自分も楽しめるかどうかを確かめたかった。テーブルで朝食を食べながら、ウィローはこの日の予定について考えた。まっすぐ警察署にいく気にはなれなかった。きのうの晩の招待のあとで、ペレスは彼女と会うことにすこし気まずさをおぼえている可能性があった。そこで、自分でコーヒーのおかわりを注ぐと、ペレスにテキストメッセージを送った。

サイモン・アグニューの話を聞くために、レイヴンズウィックの牧師館にいきます。サンディが訊きそびれた質問があるかもしれないので。アグニューがジェーンの友だちならば、ヘイ家の内情についてなにか知っているかも。

すぐに返事がかえってきた。

いい案だ。サンディをブレイにやって、協同組合にいる彼の情報源と話をさせておく。アグニューの事情聴取、がんばって！

ウィローはメッセージを何度も読みかえした。気がつくと、恋わずらいの女学生みたいににやにやしていた。ペレスが気分を害している様子はなかった。実際、文面は陽気といってもいいくらいだった。ウィローは宿の主人の作った炒り卵――ややぱさぱさしていたものの、なんの問題もなかった――を食べてから、出発した。

ウィローは太陽を正面に見ながら、南へむかって車を走らせた。砂散布車がとおったあとで、道路の氷はとけかけていたが、外は依然としてものすごく寒かった。レンタカーの暖房装置が不調で、ウィローはレイヴンズウィックに着くまでずっと震えていた。ペレスの家のまえをおったとき、外に車がなかったので、彼がすでに仕事に出かけているのがわかった。サイモン・アグニューが住んでいる旧牧師館は、湾の南の岬にまばらにひろがるレイヴンズウィックの集落のなかにあった。灰色の四角い建物で、小さな入り江ちかくの斜面にめりこむような恰好でたっている。そのとなりには、メイヴィス・ロジャーソンと娘のキャスリンが日曜日の礼拝で訪れている教会があった。いちばんちかいご近所さんは、ヘイ一家が暮らすギルセッターの農場だった。

ウィローはまえもって電話をしていなかった。この訪問は、思いつきで決めたものだった。まだ朝早いので、サイモン・アグニューが家にいることを期待していた。家のわきに車庫があったが、赤いフォルクスワーゲンが正面玄関のそばの平らな草地にとめられていた。ウィローはそのとなりに駐車すると、車から降りて呼び鈴を鳴らした。

ほとんど間をおかずにドアがあいた。ウィローはたいていの男性よりも背が高かったが、いまは相手を見あげなくてはならなかった。

「なにかご用でしょうか?」サイモン・アグニューがいった。ゆったりとして自信たっぷりな物腰。ウィローの父親も、ヒッピー共同体《コミューン》が敵意と反目のなかで崩壊し、世界を救うという夢が消えうせるまでは、ちょうどこんな感じだった。

ウィローは自己紹介をした。

「スコットランド警察から、またべつの刑事さんにお越しいただけるとは。じつに光栄だ」嫌味ではなく、からかうような口調。「どうぞ、おはいりください。ちょうどコーヒーを淹れたところです」

「すでにわたしの同僚とお話しいただいているのは承知していますが、さらに質問がありまして」

「そうでしょう。ふたりも殺されるなんて、じつにおぞましい事件だ」

サイモン・アグニューはウィローをなかへとおした。建物の外観は伝統的なスコットランド教会の牧師館だったが、なかはふたつの部屋がぶち抜かれ、入り江に面した三つの上げ下げ窓から光が射しこんできていた。明るい色の木で統一されたキッチンに、陽光があふれている。サイモン・アグニューはウィローが感心していることに気づいたらしく、こういった。「地元の人に頼んで、ユニット式の家具を作ってもらったんです」彼が用意したコーヒーをもって、ふたりはテーブルのまえにすわった。

「パーティをひらくのに、ちょうどよさそうな部屋ですね」

「ええ、何度もひらいてきましたよ」

「そのどれかにトム・ロジャーソンが出席したことは?」

サイモン・アグニューは間をおいてからこたえた。「一度か二度。去年のクリスマスの直後にも、家族といっしょにきていた」顔をあげる。「彼の娘さんがここの小学校で教師をしているのは、ご存じですよね」

ウィローはうなずいた。

「キャスリンは若くて美しい女性だ」

「ジェーンとケヴィンのヘイ夫妻について、おうかがいしたいんです。被害者はどちらも、かれらの土地のすぐちかくで発見されている」

「それをいうなら、わたしの土地のちかくでもあります」サイモン・アグニューは立ちあがると、自分のカップにコーヒーを注ぎ足した。じっとしてられない性分なのだろう、とウィローは推測した。「申しわけありませんが、警部さん、ケヴィンとジェーンはわたしのよき友人です。ふだんは、うわさ話に花を咲かせるのにやぶさかではないのですが、友人の問題を警察に話すのは、あまり気が進みません」

「あのご夫婦は問題を抱えている？」

サイモン・アグニューは、すこしためらっていた。やはり打ち明けようかと、考えているのだろうか？　だが、結局は思いなおしたらしく、笑っていった。「わたしたちはみんな問題を抱えていますよ、警部さん。肝心なのは、それにどう対処するかです」これもまた、いかにもウィローの父親がいいそうなことだった。父親はいつでも、深遠に聞こえるものの、そのじつ陳腐でありふれた賢者の言葉を、たくさんとりそろえていた。

「あなたはどんな問題を抱えているんですか、アグニューさん？」

「ああ、わたしは退屈を恐れています。ずっとそうでした。退屈すると、悪さをしたくなる」

「それなら、どうしてシェトランドに？　ここは世界でいちばん興奮させられる土地とはいえませんけど」参考人とかわすにしては、じつに奇妙な会話だった。だが、そのふざけた軽口の下に有益な情報が隠されているのではないかと、ウィローはにらんでいた。

「昔から、シェトランドが大好きだったんです。子供のころにきて――まだ石油が出るまえです――それからずっと、引退したらここで暮らそうと決めていました」サイモン・アグニューは、いちばん手前の細長い窓から入り江のほうを見た。「それに、ここには興奮はないかもしれないが、ドラマがある。こちらに移住して十年になりますが、友だちを大勢作って、いまではすっかり根をおろしています。ここを離れるつもりは、まったくありません」にやりと笑う。「とはいえ、わたしはいつだってあらたなプロジェクト、あらたな冒険をさがしています」

「それで、〈シェトランド友の会〉をはじめられたんですか？」

「かもしれません。とはいえ、それは必要なものです。こちらに移り住んだとき、わたしは理想の共同体に出会えるのではないかと考えていました。緊密な人のつながり。危機に際して住民どうしがおたがいを支えあう土地。もちろん、それはおおむね間違ってはいません。けれども、そういう土地では恥の意識が強く働きます。そして、それはひじょうに有害なものとなりうる感情です。ときとして人は、自分があまり上手くやれていないことを認めにくいものです。見も知らぬ相手に話をするほうが楽なときもある。わたしはそういった必要を満たすだけの知識と経験をそなえていた」

「アリソン・ティールがあなたに連絡してきた理由について、あれからなにか思いついたことはありますか？」

「それについては、ずっと考えていました」サイモン・アグニューはしばし目を閉じた。「あれはとても衝動的な訪問だったのではないか、という印象があります。もしかすると、彼女はラーウィックにいるときに、たまたまうちの相談所を見かけたのかもしれない。もしくは、『シェトランド・タイムズ』に掲載されているうちの広告を目にしたのか。そして、わたしと会うと、この人物では頼りにならないと感じた」サイモン・アグニューは小さく肩をすくめてみせた。「ときどきあることです」

「では、ヘイ夫妻について、もうすこし聞かせてください」ウィローはいった。「あの一家は完璧だ、とジミー・ペレスは考えています」

「そう、ジミーはかれらを理想の家族に祭りあげている。そうは思いませんか？　彼はどんなときでも、完璧な見本をさがしている。フランが生きていたら、はたして彼の基準を満たすことができていたかどうか。亡くなったものを聖者に仕立てあげるのは、じつに簡単だ」

「フランをご存じだった？」

ちらりと笑みが浮かぶ。「彼女もうちのパーティに何度かきてましたよ」

ウィローはくわしいことを訊きたかったが、すんでのところで思いとどまった。彼女が穿鑿《せんさく》していたことを知ったら、ペレスは決して許さないだろう。

「それで、ヘイ夫妻は？」

「そうですね。もちろん、ジェーンは飲みません。うわさは、すでにそちらの耳にもはいっているんでしょ。けれども、彼女はパーティに参加しますし、いまでもそこで楽しいときをすごしている」間があく。「とても特別な女性です。わたしは彼女を尊敬しています」

「ケヴィンのほうは、どうです？」

「ケヴィンには、たいていの人が考えている以上のものがあります。アルコール依存症のパートナーでいるというのは、決して楽なことではありません。それでも壊れなかった関係は、ほとんどない」ここでもサイモン・アグニューはもっとくわしいことを話してくれそうな様子を見せたが、ふたたび顔をそらした。

「息子さんたちのことも、ご存じなんですか？」

「ふたりがもっと幼かったころのほうが、よく知っていました。そのころ、ケヴィンは農場が忙しくて、わたしは子供が大好きだった。そこで、かれらはしょっちゅうここへきて、ただぶらぶらしていた。そのあいだ、ケヴィンとジェーンは自分たちだけの時間をすこしもてたというわけです。わたしは自然のなかで泳ぐのが好きで、何度かあの子たちをつきあわせたことがあります。一度、ふたりをエディンバラの芸術祭に連れていきました。マイクルがどう感じたのかはともかく、アンディは大喜びしていた」サイモン・アグニューは道化師の悲しい顔をしてみせた。「わたしには子供がいません。ひじょうに後悔していることのひとつです」

「そのころ、ジェーンはまだ飲んでいたんですか？」

「いや。わたしがこちらへ移り住んだころには、彼女はもう酒をやめていました」サイモン・アグニューはコーヒーカップ越しにウィローを見た。「わたしがジェーンと親しくなったのは、彼女を救うため、もしくは子供たちを保護するためだった――そうお考えならば、それは間違いです。わたしは仕事と私生活をきっちりわけてきました。ジェーンはいっしょにいて楽しい相手で、ただそれだけです」

「アンディが大学をやめた理由について、なにか心当たりは？」

サイモン・アグニューはかぶりをふった。「しばらくまえから、あまり会わなくなっているので。もちろん、ジェーンからいろいろ話は聞いています。子供というのは、大きくなって独立したあとでも、ずっと心配の種でありつづけるんでしょう」

「いまかれらは、どんなことで母親に心配をかけているんでしょうか？」

サイモン・アグニューの口がぱっとひらいたので、ついにこの会話から有益な情報が得られるかと思われた。

だが、彼は笑みを浮かべただけで、こうつづけた。「それはジェーン本人にたずねていただかないと、警部さん。そうでしょ？」

28

ペレスは自分のオフィスにすわっていた。ウィローからテキストメッセージをもらったときには、ほっとしていた。けさ彼女とどう接したらいいのか、よくわからなかったからだ。まえの晩、彼はウィローにうっかりしたことを口走っていた。そしていま、彼女をロマンチックな食事に誘ったのは不適切で気まずい行為に思われた。相手は上司なのだ。

サンディは朝いちばんで、捜査線上に浮かんできたすべての男性の写真をもって、ブレイの協同組合にむかっていた。そこの店員に写真を見てもらうためだ。ペレスは、キャシーを学校へ送り届ける時間になるまで自宅にいた。そして、学校に着いてみると、校舎の戸口にあらわれて子供たちをなかにいれたのがキャスリン・ロジャーソンだったので、驚いた。

「しばらく休むのかと思ってました」子供たちが教室にはいるのを待ってから、ペレスはキャスリンに話しかけた。

「ここにいるほうがいいんです」キャスリンは一睡もしていないような、やつれた青白い顔をしていた。「きのうの飛行機の最終便で、伯母がオークニーからきてくれました。母と伯母はすごく仲がいいので、わたしが家にいる必要はありません」

「自分のことも大切にしないと」

それに対して、キャスリンはちらりと小さな笑みを浮かべてみせた。「わたしは心配いりません、ジミー。家族のなかでは強いほうなので」手をのばして、ペレスの腕にのせる。「でも、ありがとうございます。父を殺した犯人をさがしているのがあなたで、よかった。わたしたちを知らない人が担当だったらと考えると、ぞっとするわ」そういうと、彼女はむきなおって、背筋をぴんとのばして校舎の奥へと歩いていった。

いまペレスはオフィスにすわって、そのときのことを思い返していた。キャスリン・ロジャーソンの落ちつきには、どこか不穏なものがあった。それはなぜだろうと考えていると、電話が鳴った。ペレスはまだすこしキャスリンのほうに気をとられたまま、それに出た。サンディだった。教師のことを忘れ、電話に集中する。

「写真を協同組合のピーターに見せました」サンディの声は、興奮した子供のようにやや大きくなりすぎていた。

「それで？」

「彼がえらんだのは、すごく意外な人物です」

「いいから、さっさといえ、サンディ。これはゲームじゃないんだ」

「ポール・テイラーです！」

一瞬、ペレスはその名前にぴんとこなかった。それから、思いだした。トム・ロジャーソンの共同経営者をつとめる事務弁護士だ。雨降りの日曜日の朝、妻が昼食の準備をしている自宅で、弁護士事務所の鍵束を丸ごとそっくり渡してくれた男。

「しかも、それだけじゃないんです！」サンディはペレスの返事を待たずにつづけた。「〈マリール芸術センター〉のバーでアリソン・ティールとおしゃべりしていた男はポール・テイラーですけど、その晩そこにはケヴィン・ヘイもいました。ピーターがテーブルの上にならべた写真のなかから、彼をえらびだしたんです」

ペレスはサンディが署に戻るのを待ってから、ポール・テイラーの事情聴取をするために弁護士事務所へとむかった。サンディには、それに同行する権利があった。必要な情報が得られるまで、何度も粘り強く店員とむきあってきたのだから。ふたりはコマーシャル・ストリートにある弁護士事務所まで歩いていった。そこかしこで人びとが天気の話をしながら、空に輝く太陽を見あげていた。

事務所にはいっていくと、受付がふたりに応対した。「申しわけありませんが、テイラー氏はいまとても多忙なんです。ロジャーソン氏がこの週末に突然亡くなったことは、もうご存じですよね。事務所の全員がものすごいショックを受けていて、やることがたくさんあります」

受付の女性は、ペレスの知らない顔だった。イングランド人で、おそらくまだシェトランドにきて間もないのだろう。もしかすると、悪いことがなにも起きない理想郷を求めて、家族とともに越してきたのかもしれない。そして、雇い主が殺されるという事態に直面することとなった。ペレスが警察のものだと名乗ると、女性の顔が赤くなった。狼狽と野次馬っぽい好奇心が混ざりあった反応だ。「テイラー氏の手があいているかどうか、確認してみます」

しばらくすると、ポール・テイラー本人が階段をおりてきて、ペレスたちを出迎えてくれた。そして、ふたりを自分の狭くて薄暗いオフィスではなく、トム・ロジャーソンの部屋へと案内した。

「いらっしゃるのではないかと思ってましたよ、警部。トムの顧客について、いろいろご質問がおありでしょうから。できるかぎりの協力を惜しまないつもりです」

「事務所は、この先どうなさるおつもりですか？」ペレスはたずねた。共同経営者のものだった巨大な机のうしろにすわっているポール・テイラーは、ひじょうに落ちついているように見えた。

「まだ、なにも決めていません」幼い息子たちといたときはお手上げ状態でげっそりしていた男が、いまは完全にリラックスしていた。「ひとりでやっていけるか、それともべつの事務弁護士を迎えるか。もちろん、財務上の問題がありますから、トムの奥さんと話しあわなくてはなりません。けれども、いまそれを考えるのは不適切な気がします」

「われわれがこちらへうかがったのは、トム・ロジャーソンの話をするためではありません」ペレスはいった。「とりあえず、きょうのところは。トーインで死体となって発見された女性の身元が判明しました。名前はアリソン・ティール。ノーフォーク出身の女優です。ただし、この女性は、ミニー・ローレンソンの農家を相続したミズ・セクレストの名前を騙っていました。この身元詐称について、なにかご存じありませんか？　なんのかんのいって、あの不動産を管理しているのはあなたです。アリソン・ティールという名前に聞き覚えは？」

「日曜日に事務所の鍵をとりにこられたとき、あなたの同僚がその名前を口にしていませんでしたか？　それ以外で、その女性について耳にしたことはありませんか」

「しかし、あなたは十日ほどまえに〈マリール芸術センター〉のバーで彼女と飲んでいるところを目撃されている」ペレスは相手の顔にパニックがあらわれるのを見て、満足感をおぼえた。

「申しわけありませんが、なんの話かさっぱりわかりませんね」口調がやや高飛車になってきていた。

「信頼できる目撃者が、〈マリール芸術センター〉でアリソン・ティールと酒を飲んでいたのはあなただったと証言しています」

「だとすれば、それは思い違いです」

ペレスはブリーフケースからアリソン・ティールの似顔絵をとりだして、ポール・テイラーのまえの机に置いた。「これを見れば、記憶が甦るかもしれない」

ポール・テイラーは、しばらく黙ってそれをみつめていた。「ああ、この女性なら覚えています」ようやくいう。「けれども、知らない女性です」

「それでも、あなたは彼女といっしょに飲んでいた。そして、目撃者によると、あきらかに親しそうにしていた」

ふたたび沈黙がながれた。ポール・テイラーは慎重に言葉をえらびながらしゃべりはじめた。

「その日は、仕事でさんざんだったんです。大きな間違いこそなかったものの、細々《こまごま》とした問題がつづけざまに発生した。あなたにもそういう日があるでしょう、警部」ポール・テイラーが顔をあげた。ペレスを味方につけたいと願っているようだったが、返事がなかったので、先をつづける。「ふだんは、仕事が終わると車でまっすぐ帰宅します。息子たちを寝かしつける妻の手伝いをするために。三人ともちょうど手のかかる年頃で、ベッドにいれるのはひと苦労なんです。だが、あの晩はテイラー家の入浴騒動とむきあうまえに、すこしひとりになる時間が欲しかった。そこで、ワインを一杯やりに〈マリール芸術センター〉にいきました。小さなグラスで一杯です。車を運転していましたし、弁護士が酔っぱらい運転で捕まるわけにはいきませんから。着いてみると、〈マリール芸術センター〉はわりかし空いていました。映画がはじまるまで、まだすこし時間があったのかもしれません。それでも、わたしはワインを上階へもっていきました。先ほどもいったとおり、しばらくひとりになりたかったんです。そこへ、女性がはいってきました。わたしとちがって話し相手を求めていたらしく、いっしょに飲んでもかまわないかと訊いてきました。たぶん、わたしは満更でもない気分だったんでしょう。なにしろ、相手は黒い髪と黒い瞳をもつ魅力的な女性でしたから。わたしたちは、しばらくおしゃべりしました。他愛もないことを。わたしは彼女といちゃついていたのだと思います。というか、われわれ双方が。彼女はいい話し相手で、時間はあっという間にすぎていった。わたしは自分と彼女のためにコーヒーを買い、そのころにはバーは混みあってきていました。そのとき、妻から電話があって、いまどこにいるのかと訊かれたので、わたしは目のまえの女性に別れを告げ、その場を立ち去りました。彼女は〝アリス〟と名乗っていて、わたしはそれがふつうの綴りの〝アリス〟だと思った。彼女については、それ以外はなにも知りません」

だが、あんたは知りたいと思っていた、とペレスは心のなかでつぶやいた。もしも奥さんからの電話がなければ、彼女の暮らすレイヴンズウィックの小さな農家についていってたんじゃないのか？　自分がその立場に置かれていたら、とペレスは考えた。その場合、やはり彼女の魅力にまいっていたかもしれなかった。

「警察は彼女にかんする情報をずっと求めていました」ペレスはいった。「ニュースで見なかったんですか？」

　ポール・テイラーは首を横にふってみせたが、あまり説得力がなかった。彼が恐れていたのは警察だったのか、それとも奥さんだったのか、ペレスには判断がつきかねた。

「おわかりでしょうが、これはじつに大きな偶然です」ペレスはいった。「いまや、あなたは殺されたふたりの被害者のどちらともつながりがあることが判明した」

「この女性と会ったのは、生涯であのとき一度きりです」ポール・テイラーがぎょっとして顔をあげた。「嘘じゃありません」

「女性はどんな様子でしたか？」ペレスはたずねた。「どんな気分でいたのか？」

「寂しそうでした」ポール・テイラーはすぐにこたえた。「すこし人恋しそうというのか」

「私生活について、なにかいってましたか？　家族のこととか？　シェトランドでなにをしているのかについては、どうです？」

「ここには仕事できている、といってました」ポール・テイラーは椅子のなかで身じろぎした。

「きっと石油かガス関係の仕事だろう、とわたしは思いました」

「滞在先については？」

「契約期間のあいだ、あるところを借りていると」

「そして、あなたは彼女をアリッサンドラ・セクレストとまったく結びつけて考えなかった？　トーインの所有者と？」

「もちろんです！　わたしが二時間ほどいっしょにすごした〝アリス〟という女性は、イングランド人でした。アメリカ人ではなく」

ペレスは、ポール・テイラーが真実を話しているのかどうかを見極めようとした。もしかすると、〈マリール芸術センター〉での出会いは偶然なのかもしれなかった。孤独な女と家庭内の責任に押し潰されそうになっていた男が、たまたまゆき逢った。もしかすると。

「あなたは仕事の話をしましたか？　たとえば、彼女に名前をいったりとか？」なぜなら、この男の名前と職業を聞いたなら、アリソン・ティールは相手の正体に――彼がトーインを管理している弁護士事務所の人間だということに――気づいていた可能性があるからだ。

ポール・テイラーは気まずそうな顔になった。「〝ポール〟とだけ名乗って、苗字はいいませんでした。それに、仕事の話はしなかった。彼女はわたしを自治体の職員だと考えていました」

いちゃつきがもっと本格的なものへと発展した場合、自分の身元を彼女に突きとめられたくなかったわけだ。

「あなたが奥さんのもとへ帰っていったとき、彼女はどうしたんですか？　いっしょにそこを出た？」

ポール・テイラーは首を横にふった。「いいえ。わたしが〈マリール芸術センター〉を出たとき、彼女はまだそこにすわって、コーヒーの残りを飲んでいました」

「ケヴィン・ヘイという人物をご存じですか？　レイヴンズウィックで大がかりに農業をしている男です」

ポール・テイラーはかぶりをふった。「それが重要なんですか？」

ペレスは、どう返事をしていいのかわからなかった。なにが重要で、なにがそうでないのか、判然としなくなっていた。ペレスは立ちあがった。ポール・テイラーの目に映ったアリソン・ティールは、〈シェトランド友の会〉に助けを求めてきたアリソン・ティールとややつうじるものがあった。孤独で、すこし寂しそうな女性だ。

通りに出ると、太陽はまだ空で輝いており、買い物客たちは依然として、今年は春がはやくきたという話をつづけていた。サンディはあきらかに、ペレスがこの事情聴取からどのような推理を組み立てたのかを知りたがっていた。だが、いまは質問しないほうがいいとわかっているらしく、ふたりで歩いて警察署へ戻るあいだ、ペレスのそばを飛び跳ねながら、上司が口をひらくのを待っていた。

ペレスはそれを無視した。まだ、なにもいうことがなかったからだ。アリソン・ティールについて考える。彼女のようになるのは、簡単なのかもしれなかった。孤独なあまり、もうこれ以上はひとりでいるのに耐えられず、話し相手を見つけるためだけに、ふらふらとバーへはいっていく。ウィローのことが頭に浮かんだ。彼女とふたりきりですごして仕事以外の話をするというのは、あながち悪い考えではないのかもしれなかった。そのことに思いを馳せているだけで、ペレスの口もとには自然と笑みが浮かんできた。

29

ウィローはラーウィックにむけてゆっくりと車を走らせながら、サイモン・アグニューとの会話を思い返していた。そこで語られたことよりも、割愛された情報——たとえば、アグニューはケヴィン・ヘイや息子たちのこととなると口が重たくなった——のほうが興味深かった。ヘイ家の農場につうじるわかれ道にさしかかり、巨大なビニールハウスに日の光が反射しているのを目にしたところで、サンディから電話がかかってきた。トム・ロジャーソンの銀行取引明細書がメールで届いたが、彼女に見せたい箇所があるという。

「要点だけを聞かせてくれない、サンディ？」

だが、そういわれてサンディは怖じ気づいた。「おれの解釈が間違ってるだけかもしれないんで、自分の目で確かめてもらったほうがいいです」

ウィローは警察署の廊下でペレスと出くわした。彼はあたらしい地方検察官との面談にむかおうとしていて、すれちがいざまに手をふりながら、あとで情報交換をしないかともちかけてきた。「遅めの昼食でもとりながら？　こっちはたぶん、二時過ぎまでは抜けられないから」

ウィローが返事をするまえに、ペレスは歩み去っていた。サンディは会議室にいて、メールを印刷した紙を目のまえの大きなテーブルにひろげていた。そして、ウィローが部屋にはいっていくと、ぱっと笑みを浮かべてみせた。まるで小学生のようだった。「よかった。ジミーには、まだ見せてないんです。ちょうど地方検察官に会うまえで忙しくしてたんで。おれの読みが正しいと確認できるまでは、黙っておきたかった」

「明細書のなにがひっかかったの?」ウィローは自分でコーヒーを注いでから、サンディのうしろに立って紙片をのぞきこんだ。

「ほら、われわれはトム・ロジャーソンがアリソン・ティールに金を渡してたんじゃないかと疑っていたでしょ」サンディが椅子のなかで身体をねじって、ウィローを見あげた。「あのお洒落な服は、それで説明がつく。なにせ、トーインで暮らしていたあいだ――そして、それ以前もしばらくまえから――彼女が仕事をしていた形跡はまったくないんだから」

「そうね。でも、彼女は別名義で銀行口座をひらいていたのかもしれない。他人の身元を盗むことに抵抗のない女性なんだから、トム・ロジャーソンの口座の記録を調べるときには、その点も考慮しないと」

「でも、銀行取引明細書によると、トム・ロジャーソンは誰にも送金していませんでした」サンディはテーブルのほうへむきなおった。「仕事用の口座からも、個人の口座からも。もちろん、個人の口座からは電気代や電話代が、仕事用の口座からは支払い賃金やコマーシャル・ストリートの事務所の家賃が引き落とされています。けど、おかしな送金はひとつもなかった」

「アリソン・ティールを架空の雇用者に仕立てあげて、賃金の支払いのなかに紛れこませていた可能性は？」

「ありません。確認したんです。雇用者全員の国民保険番号と名前が一致しました」

「それじゃ、間違いなさそうね」

「でも、おかしいのはそこじゃないんです！」サンディは明細書のひとつを自分のほうへひき寄せ、黄色いマーカーで強調された部分を指さした。「これは、トム・ロジャーソンの別の仕事用の口座への入金をリストアップしたものです」

「依頼人からの入金でしょ。弁護士が報酬を支払ってもらうのは、当然だわ！」

「けど、事務長に確認してもらったら、この強調してある部分の名前にはどれも見覚えがないそうです。事務所がかれらのために仕事をした記録はなかった。それに、これは仕事用の口座となってますが、事務長がアクセスする権利をもっている口座とは別物だった。どうやら、トム・ロジャーソン自身が開設したものらしいです」

ウィローはその意味するところを理解しようとした。「それじゃ、トム・ロジャーソンは秘密の銀行口座をもっていたのね？」

「そうみたいです」いまやサンディのなかでは、不安よりも興奮がまさっているようだった。

「リストを見てください！」

ウィローは銀行取引明細書に目を走らせた。リストのなかに知っている名前はなく、一見してかれらを結びつけているものはなにもなかった。口座に振り込まれている金額は数百ポンドから数千ポンドまで、さまざまだった。何名かは複数回の支払いをおこなっていた。振り込み人のなかには、シェトランド人っぽい名前の人物――〝トミー・ジェロムソン〟とか、〝ウィリアム・ユーンスン〟とか――もいた。ほかはもっとイングランド人風の名前で、数はすくないもののヨーロッパ大陸や中東の出身者を連想させる名前もあった。「これらの口座名義人の住所は手にいれたの？」

「まだです。それには、もっと許可をとる必要があるらしくて」

「そっちはまかせて」

「でも、見てもらいたいのはここです！」サンディはほとんどわれを忘れていた。ずんぐりとした指でリストのいちばん下にあるふたつの名前を指さす。ひとつは、〝スチュアート・ヘンダーソン〟だった。「クレイグ・ヘンダーソンの父親です。クレイグは覚えているでしょ。サンディ・セクレストからトーインを借りてた男です」

「スチュアート・ヘンダーソンは、休暇用の洒落た別荘を貸し出している人よね？　トム・ロジャーソンがその商売の法律面での代理人をつとめていたのは、すでにわかっていることだわ」ウィローはサンディをがっかりさせたくなかったが、彼の想像力はいま暴走しているように思えた。彼女は昔から、とっぴな陰謀説には興味がなかった。「ふたりのあいだで弁護士費用が支払われていたとしても、なんの不思議もない」

「この金は、スチュアート・ヘンダーソンの個人の口座から振り込まれています。商売用の口座ではなく。調べたんです。それに、弁護士事務所の事務長によると、その金額は彼女が送付したどの請求書のものとも一致しないそうです」

ウィローは、ここでようやく腰をおろした。会議室にきてから、ずっとサンディのうしろに立っていたのだ。「それじゃ、あなたはこれをなんだと考えているの、サンディ？　贈収賄とか？」

「あの休暇用の宿泊施設の建築許可をスチュアート・ヘンダーソンがどうやってとりつけたのかについては、いぶかる人が大勢いました。そして、トム・ロジャーソンはその当時から評議員だった」サンディがウィローを見た。その目は、自分のことを想像力のありすぎるたわけ者と思わないでくれ、と訴えかけてきていた。

「そうね。開発の許可を得るために政治家に袖の下が渡されるというのは、なにもこれがはじめてではないわ」ウィローの頭脳はめまぐるしく働いていた。いまや捜査には、あらたな観点がもたらされていた。これまでにない動機と容疑者が。「でも、このリストには一ダース以上の名前がある。その全員が複合建築の計画にかかわっていたとは思えない」

「これは恐喝なんじゃないでしょうか」サンディがいった。「トム・ロジャーソンは人づきあいのいい男として知られてました。いろんなうわさが耳にはいってきていたでしょう。そのなかには、評議会がらみのもの、サロム湾の開発がらみのもの、個人的なものもあった。もしかすると、彼自身がスチュアート・ヘンダーソンから袖の下を受けとっていたんじゃなくて、そういうことをしていた評議員を知ってたのかもしれない。もしくは、怪しげなことがおこなわれていると推察した」

ウィローはうなずいた。たしかに、筋はとおっていた。「でも、恐喝はかなりきわどい行為よ。ジミーの話では、トム・ロジャーソンはシェトランド諸島評議会の人気者でいることを楽しんでいた。なぜ、そういったものをすべて危険にさらすような真似をするの？」

「金が必要だったんです」サンディがいった。「彼の仕事用の口座と個人の口座を見れば、毎月、当座借り越しの限度額いっぱいまで金が使われていたことがわかります。彼が支払い不能におちいらずにすんでいたのは、ひとえにこの秘密の口座からの振り替えがあったからなんです」

「奥さんは知ってたのかしら」ウィローは疑問を口にした。夫の一連の浮気にも黙って耐えられる女性なら、夫の当座預金への定期的な入金についてもあまり探りを入れたりしなさそうな気がした。「素晴らしい発見だわ、サンディ」

「まだあります。事件の関係者で入金リストに名前があったのは、スチュアート・ヘンダーソンだけではなかった」サンディは喜びで頰を紅潮させていた。ウィローのほうへ身をのりだして、マーカーで強調してある最後の入金を指さす。「これに気づきましたか？」指をずらして、ウィローにも読めるようにする。「ケヴィン・ヘイです」

ウィローはケヴィン・ヘイの事情聴取をおこなうまえに、まずペレスに相談したかった。サイモン・アグニューはけさのやりとりのなかで、さりげなく彼女をケヴィン・ヘイのほうへと誘導していたのだろうか？　だが、いまは行動のときだった。ペレスが地方検察官との面談から戻るのを待つあいだ、銀行の支店長から話を聞いたりデータを調べたりして午前中の残りをすごすのは耐えられなかった。そこで、ロジャーソン家までの行き方をサンディに教えてもらうと、ウィローは陽射しのなかへと出ていった。

たどり着いた家はがっしりとした灰色の建物で、正面に垣根で囲われた庭があった。きれいに刈られた生け垣。オレンジベリーの実をつけた灌木。シェトランドにしては、やけに郊外っぽい雰囲気の家だった。ウィローがドアを叩くと、小柄でせわしない女性が出てきた。「ロジャーソンさんですか？」ウィローはたずねた。

女性が目を細めた。「どなたかしら？」

「ウィロー・リーヴズといいます。スコットランド警察のものです」

女性は疑わしげな表情を浮かべていた。彼女の抱いている警察官のイメージとウィローの姿形が一致しないのだろう。ウィローは警察の身分証をとりだした。

「用心するに越したことはないから」女性の話し方には、抑揚の単調なオークニーの訛りがあった。「さっき『シェトランド・タイムズ』のレグ・ギルバートという男がやってきて、メイヴィスにインタビューしようとしたのよ」

「あなたはトム・ロジャーソンの奥さんではない？」

「彼女の姉のジョーンよ」

「妹さんと話をさせてもらえますか？」ウィローはひらいたドアのほうへじりじりとちかづいていった。ふたりはまだ玄関の踏み段のところに立っていた。

「妹は留守よ。きょうは赤十字の店を手伝う日だからと言い張って、出かけたの。誰もあなたがくるとは思ってないといったけど、家にいるよりいいって譲らなくて。わたしがとめようとしたら、すこし興奮してきたから、それで気分が良くなるのなら、二時間ほどいかせるのがいちばんだと思ったの。ふだんとおなじように行動するのは、妹にとっていいことなのかもしれないでしょ」町役場の時計が見えるように、女性が戸口から離れた。「妹の帰りを待つのなら、あと五分で手伝いは終わるはずよ。店から歩いて戻ってくるのに、それほど時間はかからないわ」

だが、ウィローは女性に礼をいうと、その場を立ち去った。待つ気分ではなかった。

ウィローが赤十字の慈善ショップに着いたとき、メイヴィス・ロジャーソンはちょうど帰路につくところだった。お姉さんのジョーンをすこし角張らせてがっしりとさせたような女性だったので、すぐにわかった。日が射しているにもかかわらず、この女性は厚手のコートと羊皮のブーツで身を固めていた。ウィローは未亡人が店から出てくるのを待って、通りで声をかけた。

「メイヴィスさんですね。ウィロー・リーヴズといいます。インヴァネスからきた刑事で、ご主人の死について捜査しているチームの一員です。いくつか質問させていただけないでしょうか」

「これからうちに帰るところなの。そこでお話しします?」

「それでもかまいませんし、そこいらへんでコーヒーを飲みながらおしゃべりすることもできます」ウィローは、この事情聴取を堅苦しくないものにしたかった。「きょうは、まだあまり食べていらっしゃらないんじゃないですか。〈ピーリ・ショップ・カフェ〉では、とても美味しいケーキをいただけると聞いています」

メイヴィス・ロジャーソンは小さな笑みを浮かべた。「主人に時間があるときは、ふたりでよく土曜日の朝にいってたわ。ちょっとした自分たちへのご褒美で」

「ちょっとしたご褒美は、誰にでも必要です」

混雑するお昼どきはすぎており、外の席には煙草を吸っている客が何人かいたものの、カフェの上階には誰もいなかった。ウィローはメイヴィスを席につかせると、カウンターで注文するために階下へむかった。メイヴィスはコートを脱ぐのをウィローに手伝ってもらうあいだ、ずっとおとなしくしていた。誰かに指示されるのを、ありがたがっている感じがした。ウィローはカプチーノとレモン・ドリズル・ケーキをふたつずつ注文した。宿屋で炒り卵を食べてから、かなり時間がたっていた。赤ん坊のことでなにか進展はあったのだろうか、という考えがちらりと頭をよぎった。

「ご主人のことをうかがわせてください」

メイヴィス・ロジャーソンはうなずいたが、ウィローの言葉がほとんど耳にはいっていないように見えた。

「われわれは、ご主人が殺されることになった理由をさがしています」若いウエイトレスが注文の品をはこんできてテーブルにならべるあいだ、ウィローは黙りこんだ。それから、先をつづけた。「ご主人の銀行口座を調べさせてもらっていますが、これはこうした捜査ではお決まりの手順です。おわかりいただけますね?」

メイヴィス・レモン・ロジャーソンはふたたびうなずいた。しゃべるのは無理でも食べることはできるらしく、ケーキを切って、大きなかけらを口もとへとはこんでいく。ウィローには理解できた。彼女自身も、ショックを受けるとお腹がすくからだ。

「ご主人からお金の話をされたことは?」

「あの人は昔からお金の管理が下手だった」メイヴィスはケーキで生気を取り戻したようだった。「稼ぎはよかったけれど、余分なお金はまったくなかった」言葉をきる。それから、説明する必要があると感じたのだろう。「主人はいつでも好かれていないと気がすまなかった。それは強迫観念にちかかった。でも、そうはならないこともあった。ときとして、友情をお金で買わなくてはならなかった。贈り物とか、返す必要のない貸付とかで。夫婦そろってべつのご夫婦と食事にいくと、トムは決まって勘定は自分がもつと言い張った。そのうちに、みんなそれを期待するようになった」

今度はウィローがうなずいて、よくわかるということを相手に伝えた。メイヴィス・ロジャーソンはもうひと口ケーキを食べた。

「ご主人の口座で、説明のつかない入金がいくつかあります」ウィローはいった。「それがどういうものなのか、思い当たる節はありますか? もしかすると、以前の借金を返してきた人がいたのかもしれません」

メイヴィス・ロジャーソンは考えていた。「それはありそうにないわ。先ほどもいったとおり、トムはいつでも自分からお金を出していた。それを返す必要があると感じていた人はいなかった」

「ご主人が事務所をとおさずに法律関係の仕事をしていた可能性は？」

メイヴィス・ロジャーソンは首を横にふった。「事務所には下級パートナーをつとめるポール・テイラーがいます」という。「トムは彼のことが好きだった。その彼から金を騙しとるような真似はしないと思うわ」

「そういうつもりでいったわけではありません。ただ、この入金を説明しようとしているだけで」

だが、メイヴィス・ロジャーソンの集中力はふたたび途切れてしまったようだった。ウィローはまだ自分のケーキに手をつけておらず、メイヴィスがそれを物欲しげにみつめているのに気がついた。

ウィローはふたつの皿を交換し、ケーキがメイヴィスのまえにくるようにした。「食べてもらえると、助かります。これから遅めの昼食をとることになっているので、いまここでお腹をいっぱいにするわけにはいかないんです」

30

地方検察官との面談が思ったよりも長びいたので、ペレスはウィローが自分抜きで昼食に出かけたものと考えていた。だが、急いで会議室に戻ってみると、彼女はまだそこでペレスを待っていた。

「新情報がたくさんあるの。ほとんどは、サンディの粘り強い調査のおかげよ」ウィローのぼさぼさの髪は片側に寄せられており、反対側の首筋が見えていた。

ペレスは目をそらしていった。「食事はもうすませたのかな?」

ウィローは首を横にふった。「〈ピーリ・ショップ・カフェ〉でレモン・ケーキを注文したんだけど、大義のためにそれをあきらめたわ。もう腹ぺこよ」

ペレスは、ウィローを連れていくのにいい店はないかと頭をひねった。だが、結局はフィッシュ・アンド・チップスを買って、それをギャリソン劇場の建物のかげで食べることになった。そこは風から守られていて、ふたつの灰色の壁のあいだにあるので、人目にもつかなかった。ペレスは草地に上着をひろげて、その上にすわれるようにした。子供のころに作った隠れ家のことが、ふいに頭に甦ってきた。そのときとおなじ、まわりの世界から隔絶されているという感覚があった。「こちらからでいいかな?」

「もちろんよ、警部」ウィローは指についた油をなめとると、包み紙を丸めてきちんとポケットにしまった。

「ブレイの協同組合にいるサンディの協力者は、アリソン・ティールが〈マリール芸術センター〉で酒を飲んでいた晩のことを訊かれて、事件の関係者の写真のなかからふたりの男をえらびだした。もう聞いてるかな？」

ウィローは首を横にふった。「そのあと出てきた情報に、サンディはすっかり気をとられていたから」

「アリソンがいっしょに酒を飲んでいた相手は、トム・ロジャーソンの共同経営者ポール・テイラーだった。だが、そこにはもうひとり事件の関係者がいた。ケヴィン・ヘイだ。サンディとふたりで弁護士事務所にいって、ポール・テイラーの話を聞いてきた」

「それで？」風が吹いてきて、ウィローの顔に髪がひと房かかった。

「〈マリール芸術センター〉でアリソンと出会ったのは偶然だ、とポール・テイラーは主張している。その日は仕事が上手くいかなかったので、バーで一杯やりにいくと、そこへ寂しさから話し相手を求めていた彼女がきたんだそうだ」

「すこしできすぎな気がするわ」ウィローがいった。「あなたは信じる？」

ペレスはよく晴れた空を舞うセグロカモメたちを見あげながら、それについて考えた。「まあ、そうだな」

それからペレスは、サイモン・アグニューとのやりとりを説明するウィローの言葉に耳をかたむけた。「ヘイ夫妻については、あまり話してもらえなかった。でも、どうやらアグニューは、あのふたりが世間で思われているほど完璧な夫婦ではないと考えているようだった」

「となると、アリソンがいた晩にケヴィン・ヘイが〈マリール芸術センター〉にきていたのは、事件と関係があるのかもしれない？」

「彼女をつけまわしていた、というわけね？」ウィローがいった。「ストーカーだったとか？」

「いまある情報でそこまで推測するのは、ちょっと無理があるだろう」

「アリソンが十五年前にシェトランドに逃げてきたとき、ケヴィンと関係をもっていた可能性は？ トーインで見つかった手紙の差出人はトム・ロジャーソンだと仮定してきたけれど、筆跡鑑定の結果はまだ出ていないわ」

ペレスは考えた。「当時、ヘイ夫妻はすでにいまの農場で暮らしていた。幼い子供がふたりいて、ジェーンはまだ飲んでいた。かなり大変なころだ。すぐちかくのホテルに滞在する魅力的なよそ者にケヴィンが心を奪われたとしても、不思議はない」

「ケヴィン・ヘイと話をしてみたら、ジミー？」ウィローが身をのりだしたので、ペレスの目にふたたび彼女の首筋が飛びこんできた。かすかにそばかすがあった。「相手が男性のほうが、彼は口をひらきやすいかもしれない」

「キャシーの父親がきょう、シェトランドに戻ってくる」ダンカン・ハンターはキャシーの生物学上の父親で、島を数週間留守にしていた。「今夜キャシーは父親のところに泊まることになっているから、あの子を送りだしたあとでヘイ家を訪ねて、ケヴィンと一対一で話ができないかやってみよう」

「ついでに、彼がトム・ロジャーソンの銀行口座に金を払いこんでいた理由を突きとめてきて！」

「なんだって？」

「トム・ロジャーソンの銀行口座の情報が手にはいるように手配しておいたの。わたしがけさサイモン・アグニューのところから署に戻ってみると、サンディの手もとには銀行取引明細書がすべてそろっていた」ウィローはそこで見つかったことをくわしく説明した。「その情報をもとにメイヴィス・ロジャーソンと話をしたけれど、彼女は秘密の口座への入金についてはなにも知らないといっていた。なにがおこなわれていたのだと思う？　サンディは、評議会の汚職にからんでトム・ロジャーソンが関係者を恐喝していたという説を唱えている。でも、わたしにはケヴィン・ヘイがそれにどうからんでくるのかがよくわからなくて」

「たしかに、恐喝という線はありえるな」これで事件の様相は一変した、とペレスは思った。金というのは、理解できる動機だった。「ケヴィン・ヘイとアリソン・ティールの関係を、トム・ロジャーソンが知っていたとしよう。そして、それをジェーンにばらすと脅した」ケヴィンの置かれていた状況を想像する。アリソン・ティールは、彼の家から農地をはさんですぐのところにあるトーインで暮らしていた。彼女に夢中になったあげくに、その女性がトム・ロジャーソンと組んで自分へのゆすりに加担していたことを発見したのだろうか……。

「そのあたりのことも、ケヴィン・ヘイに訊いてみないと」ウィローは腰をあげると、服から食べかすを払いのけてから、ペレスが立ちあがるのに手を貸した。「あとでお宅にうかがってもかまわないかしら、ジミー？　ケヴィン・ヘイがなにをいったのか、興味があるの」

ペレスはすこしためらった。キャシーが今夜うちにいないことを、ウィローは知っていた。

「きみのために料理しようか？　大したものは作れないが、遅めの夕食だ」

一瞬、沈黙がながれ、いまの質問にはペレスが意図した以上の意味がでてきたように思えた。

「凝ったことはしないで、ジミー」ようやくウィローがいった。「わたしが手間のかからない女なのは知ってるでしょ。パンとチーズがあれば、それでじゅうぶんよ」

その日の夕方、ダンカン・ハンターは娘への贈り物を腕いっぱいに抱えて、ペレスの家の戸口にあらわれた。顔が日焼けしていた。「贈り物はここに置いといて、あとであければいい」彼はキャシーにいった。「うちに、もっとたくさんあるから」ダンカンの家はがたのきた大きなお屋敷で、彼はそこで年上の女性シーリアとくっついたり離れたりしながら暮らしていた。このふたりの関係は山あり谷ありの激しいもので、それもあってフランは、娘の世話を別れた夫ではなくペレスに託したのだった。墓場からの贈り物だ。

とはいえ、キャシーは喜んで父親と出かけていき、ペレスも家を独占できて満足だった。勢いにまかせてベッドのシーツを替え、浴室の洗面台を掃除する。それから、紅茶とビーンズのせのトーストを用意して食べ、皿洗いをすませたあとで、水切り台をきれいに拭いた。すでに、上等なパンと数種類のチーズ、それにブドウとクレソンを買ってあった。ヘイ家から戻ったらすぐに火をつけられるように、暖炉の準備もした。

ペレスは車でヘイ家へむかった。ギルセッターの農場につうじるわかれ道にさしかかったとき、ちょうどそこから一台の車が幹線道路に出てきて、ラーウィックのほうへと走り去った。すでにあたりは暗くなっていたので、運転しているのがヘイ夫妻のどちらなのかはわからなかった。ペレスはそのまま家にむかって車を走らせた。二階の窓のひとつに明かりがついていたので、すくなくとも息子たちの片方は家にいるものと思われた。ペレスが車から降りると、家のドアがあいた。エンジン音を聞きつけたのだろう。そこには、ケヴィン・ヘイの黒い影が立っていた。「職務で訪ねてくるには、すこし遅すぎる時間なんじゃないか」

「これが職務だったら、きみを署のほうへ呼びだしてるよ」ペレスは軽快な口調で応じた。相手に脅威を感じさせたくなかった。「ちょっと話がしたいだけだ」ケヴィンがわきに寄って、ペレスをなかへとおした。「家には、きみひとりなのか？」

「ジェーンは集会で町にいってて、アンディは〈マリール芸術センター〉で仕事だ。マイクルは二階にいるが、おれたちの邪魔をすることはない。いったんコンピュータをはじめたら、もう別世界にいってるから」ケヴィン・ヘイは靴を脱いでおり、厚手の毛編みのソックスをはいた足でペレスの先に立ってキッチンへとむかった。そこには料理の匂いがまだ残っていたものの、すべてがきれいにかたづいていた。「コーヒーを飲むか、ジミー？　それか、仕事中でないのならビールでも？」

「コーヒーをもらえるとありがたいな」ケヴィンの冗談めかしたビールの提案に、ペレスは笑みを浮かべてみせた。

ケヴィン・ヘイはやかんのスイッチを入れると、インスタント・コーヒーをマグカップに用意した。どうやらペレスは、きちんとしたコーヒーを淹れるに価しない客のようだった。「それで、どうした？」ケヴィンはすごく真剣な口調になっていった。

「いくつか不明な点があってね。きっと、きみならすぐにそれを解決できるだろう」ペレスは、ケヴィンがおなじテーブルにつくのを待ってからつづけた。「きみはトム・ロジャーソンの銀行口座に金を振り込んでいた。それがなんの金だったのか、教えてもらえないか？」

ケヴィン・ヘイは、すぐにはこたえなかった。そういった質問を予想していたのか、そわそわしていたものの、それほど驚いてはいなかった。とはいえ、彼は嘘の常習者ではなく、その答えはためらいがちで説得力に欠けていた。「トム・ロジャーソンはうちの弁護士だった」ようやくいう。「ときどき仕事を頼んでいた」

「〈ロジャーソン&テイラー〉からの請求書を見せてもらえるかな？」

「いまは無理だ、ジミー。すぐには見つからないし、どのみちそういった事務的なことはジェーンにまかせているから」ケヴィンは顔をそむけて、ペレスと目をあわせようとしなかった。

「そうか。ただ、こちらではおたくと弁護士事務所とのあいだの取引の記録を見つけられなくてね。だから、いまの説明は少々おかしく聞こえる」ペレスは相手に同情にちかいものを感じていた。ケヴィンの顔は赤くなりはじめていた。「これはうちうちの話だ、ケヴィン。トム・ロジャーソンの死と関係がないとわかれば、表沙汰になることはない。トムの秘密の口座に金を振り込んでいた男は、きみだけじゃないんだ」

長い沈黙がつづいた。ケヴィンは口をとざしたまま、身じろぎひとつしなかった。

「これは恐喝じゃないのかな」ペレスはいった。「いまのところは、そう見える。もしもそうなら、きみは被害者だ。名前の出ない被害者。だが、誰かがわれわれに話してくれないと、埒があかない。それはわかるだろ、ケヴィン？」

「恐喝はなかった」ケヴィンの口調は、いまやきっぱりとしていた。「きっと、どこかで手違いがあったんだ。会計のミスだな。この取引には怪しいことなどなにもない。トム・ロジャーソンの死と関係するようなことは、なにも」二階でばたんとドアの閉まる音がして、ケヴィンはいっそう切迫した口調になった。「いまのはマイクルだ。キッチンにおりてきて、飲み食いするものを用意するんだろう。あの子に心配をかけたくない。それでなくても、人がいきなりふたりも死んで、おれたちの生活はかき乱されてるんだ。もう帰ってくれ、ジミー。今度おれに話があるときは、署に呼びだしてもらいたい。あんたもさっきいったとおり、警察の職務がらみで話をするときは、それが正しいやり方だ」ケヴィンは立ちあがると、ペレスを外へつうじるドアのほうへとおいたてた。まるで、厄介な猫をおい払うような感じで。そのイメージから、ペレスの頭にまったくべつの質問が浮かんできた。

「きみのところの猫で、いなくなったやつはいないかな？」ペレスはすでに中庭に出ており、ケヴィンは戸口に立っていた。

「それはないと思う。農場の猫が何匹か子猫を産んだが、すべて人に譲り渡した。どうしてだ？」

「トーインの瓦礫をかたづけたときに、猫の死骸が見つかった。きみのところの猫が地滑りのまえに迷いこんだのかと思ったんだが」

ケヴィンはなにかいいかけたように見えたが、結局は無言でドアを閉めた。ペレスはしばらく車のなかにすわっていてから、その場を走り去った。

まだ七時をすぎたばかりで、ウィローがペレスの家にくるのは九時の予定だった。あと二時間。うちにいても不安で落ちつかないだけだとわかっていたので、ペレスはそのまま車をヘンダーソン家の所有する別荘地へと走らせた。ウィローによると、トム・ロジャーソンの秘密の口座に金を振り込んでいた人物のなかには、スチュアート・ヘンダーソンもいたという。もしかすると、彼はケヴィン・ヘイよりも口が軽いかもしれなかった。北欧風の休暇用の別荘は、パンフレットで〝昔ながらのシェトランドの牧草地〟と表されている見晴らしのいい土地にかたまって建てられていた。いま、その草地は風と塩で茶色く焼けていたが、夏になれば野生の草花が咲き乱れる可能性もなくはなかった（まあ、怪しいものだったが）。別荘地を照らしているのはイングランドの村の広場に似合いそうな錬鉄製の街灯で、全体としては映画のセットを思わせる奇妙な雰囲気がただよっていた。とはいえ、窓に明かりのついた別荘がふたつあるところを見ると、観光客は冬でもここに魅力を感じているようだった。

ヘンダーソン夫妻の住む大きな平屋建ての家のまえには巨大な四輪駆動車が見あたらず、ペレスが呼び鈴を鳴らしてみると、それに応えてあらわれたのは息子のクレイグ・ヘンダーソンだった。

「きみのご両親と話がしたかったんだが」

「ふたりとも町に出かけてる」クレイグがいった。「〈マリール芸術センター〉でカントリー音楽の夕べがあるんだ。親父もお袋も、それにはまってるから」ちらりと笑みが浮かぶ。「おかげで、すくなくとも週にひと晩はひとりになれるわけだ。あれこれうるさくいわれずに」

「きみと話ができるかな?」

「ああ、いいとも」クレイグはTVディナーの夕食をとっている最中で、そのトレイが椅子のわきの床に置かれていた。そのかたづけは、おそらく外出から帰ってきた母親がやるのだろう。巨大なテレビ画面では、サッカーの欧州選手権の試合が映しだされていた。クレイグが音量を絞った。「それで、なにが訊きたいんだ、ジミー?」

「トム・ロジャーソンのことを調べているうちに、どうやら彼が謎めいた金を受けとっていたことがわかってきた。それについて、きみがなにか知ってるんじゃないかと思ったんだが」いくらなんでも、いきなり相手の父親を賄賂もしくは恐喝の金の支払いで告発するわけにはいかなかった。

ペレスは、相手がにべもなく否定して、ふたたびテレビに戻っていくものと考えていた。だが、クレイグの注意はペレスにむけられたままだった。

「うわさがながれてる」クレイグがいった。

「どんなうわさだ？」一年じゅうシェトランドにいるわけではないこの男が島のうわさを知っているというのは、ペレスには奇妙なことに思えた。とはいえ、彼の母親のアンジーがうわさを広めているところは、容易に想像できた。

「ここで耳にしたうわさじゃない」

ペレスはいっそう興味をかきたてられたが、相手にこの情報が重要なものだと思わせたくなかったので、黙ってつづきを待った。

「けど、石油労働者はいろいろ話をする」

テレビでゴールの場面がながれ、クレイグの注意が一瞬そちらへそれた。ペレスは我慢できずにたずねた。「それで、石油労働者たちの話というのは？」

「ほら、連中はこっちに単身できてるだろ。何週間も女房や恋人から離れて、野郎だけで水上ホテルに閉じこめられてる。女房や恋人がいるやつらは……」クレイグが言葉をきって、にやりと笑った。「わかるよな。商売っ気のあるやつにとっちゃ、最高のお膳立てかもしれない」

話がどこへむかおうとしているのか、ペレスにも見えてきた。ウィローは例の入金リストの名前がすべて男性であることに気づいていたが、それは評議員やビジネスマンの大部分が男性だからだと考えていた。「はっきりいってくれ、クレイグ。ここでなにがおこなわれているんだ？」

「うわさでは、トム・ロジャーソンに頼めば女の子を用意してもらえるってことだった」クレイグが顔をあげて、ふたたびにやりと笑った。「よりどりみどりで」

31

　ウィローは、ペレスの家の下にとめた車のなかにすわっていた。月が出ていたものの、すじ雲がかかっており、その光は白みがかっていて不透明だった。家のまえに車があったし、カーテンを閉めた窓に明かりがついていたので、ペレスがすでにヘイ家から戻ってきているのがわかった。だが、約束の時間まではまだすこしあり、ウィローは彼の準備が整うまえに邪魔したくなかった。ころあいを見計らって斜面を歩いてのぼっていき、ドアを叩く。

　暖炉には火がともされていたが、今夜は蠟燭はなしだった。ペレスはテーブルのまえにすわって、卓上ランプの下でメモをとっていた。部屋の隅のほうは、あいかわらず薄暗かった。自分がほっとしているのか、がっかりしているのか、ウィローにはよくわからなかった。

「なにかわかったのかしら、ジミー?」ウィローは、自分が今夜なんの期待も抱いておらず、完全に仕事だけで終わってもかまわないことを、ペレスに知らせておきたかった。

「ケヴィン・ヘイからは、なにも聞きだせそうにないな」ペレスがためらいがちに立ちあがった。「きみがきたら夕食にして、ワインでもあけようかと思ってたんだ。きみも一杯どうかな?」

「いいわね」ひと晩に一杯飲んだくらいで、判断力が鈍ることはないと思われた。

ペレスはウィローの好みを訊きもせずに、赤ワインのコルクを抜いた。カウンターの上の皿には、すでにチーズがならべられていた。板の上には、パンがいつでも切れるようになっていた。ペレスはそれらとふたつのグラスを暖炉のまえの低いテーブルに置いた。

「それで、ケヴィン・ヘイはトム・ロジャーソンへの支払いをどう説明したの？」

ペレスがワインを注いだ。「彼は自分の事務弁護士で、ときおり仕事を頼んでいたと」

「でも、それはどういった仕事なの？」ワインは軽めで、やや酸味があった。

「それについては、真相をさぐりあてたような気がする」ペレスがチーズの皿をウィローのほうへさしだした。いまなら簡単に彼の手をとることができる、という考えがウィローの頭をよぎった。わたしになにもかも打ち明けて、ジミー。あなたを悪い夢と過去の亡霊から解き放つお手伝いをさせて。

「というと？」ウィローはたずねた。

ペレスが笑みを浮かべた。「そのまえに、まずある話をさせてくれ。数年前、石油の産出量が減ってきて、かわりに天然ガスをシェトランドで陸揚げすることが決まった。それと時をおなじくして、ある広告が『シェトランド・タイムズ』に載った。アバディーンでエスコート・サービスの斡旋をしていた女性が、ラーウィックに進出しようと考えたんだ。会社名は忘れてしまったが、なにやら華やかな名称で、どういう商売なのかがはっきりとわかるものだった。広告には携帯電話の番号が記載されていて、興味のあるむきはそこへ連絡することになっていた。建設業界や石油・ガス関係の労働者がとくに歓迎されることが、ほのめかされていた。これが大騒ぎとなって、『シェトランド・タイムズ』はこの広告を載せたことでごうごうたる非難を浴びた。評議会は、このような商売はシェトランドでは絶対に認められないと宣言した」

ウィローはワインをすすった。「トム・ロジャーソンはそのアイデアを盗用した、というのね？」

「そう考えれば、彼の銀行口座に島民や出稼ぎ労働者から無作為の振り込みがあったことへの説明がつく。リストにあった島民の何人かを調べてみたら、そのほとんどが孤独な独身男だった」

「いまの仮説を裏づける証拠はあるの？」これを証明するのはむずかしそうだ、とウィローは考えていた。トム・ロジャーソンの顧客は決まり悪がって口をひらかないだろうし――ケヴィン・ヘイのような妻帯者ともなれば、なおさらだ――お相手の女性たちには口をつぐんでいる理由がいくらでもあった。女性たちの多くは東欧出身者ではないか、とウィローは見ていた。もともとは客室係とか水産加工工場の仕事でシェトランドにきていたのが、あぶく銭が稼げるというトム・ロジャーソンの甘言につられて、ひき抜かれたのだ。

「証拠はなにもない。これは自分でたてた仮説ですらない。クレイグ・ヘンダーソンに会いにいったときに、出稼ぎ労働者たちのあいだでながれているうわさを教えてもらったんだ。トム・ロジャーソンに頼めば女性を紹介してもらえるといううわさを」

「でも、トム・ロジャーソンから女性たちに金が渡っていたわけではなさそうね」ウィローはいった。「彼の口座から定期的に金が出ていた形跡はないから。きっと紹介料だか手数料だかをとって、残りのお金のやりとりは女性たちにじかにやらせていたんだわ。自分と女性たちとのつながりを示すものが残らないように。すごく慎重に行動していたのよ」ウィローは細かい部分について考えた。「でも、紹介料だけにしては、ずいぶん高額ね」

「島の人間には相場がわからなかったんだろう」ペレスがいった。「一方で、外からきている連中は金に不自由していなかった。それに、トム・ロジャーソンは紹介する以外の手配もしていたのかもしれない。客と女性がこっそり会える場所を提供したりとか」

「トーインの農家ってこと？」

ペレスがうなずいた。「すくなくとも、この冬はそこを使えた。それ以前は不明だが」

「その計画で、アリソン・ティールはどういう役割をはたしていたのかしら？」ウィローはいった。アリソンがこの商売の仲間であるのは間違いなかった。高価な服や豊かな生活、それに彼女がトーインにいた理由も、すべてそれで説明がつく。「トム・ロジャーソンが彼女と利益をわけあっていた記録は、どこにもなかった。アリソン・ティールは彼の下で働く女性たちのひとりにすぎなかったのかしら？　より目の肥えた客を満足させるために本土から呼び寄せられた高級娼婦よ」

ペレスは、直接その質問にはこたえなかった。「さまざまな可能性について、ずっとここにすわって考えていたんだ」顔をあげて、ほほ笑む。「頭がおかしくなりそうだったよ」

「まあ、人はみんなすこしおかしいんじゃない」

「自分の場合は、とくにそれがひどかった気がする。過去をくよくよ考えて。この二年間は、そばにいたいと思えるような人間ではなかった」

「わかってる」ウィローはいった。その言葉にペレスからの反応があることを期待していたのだが、なにもなかった。やはり時期尚早なのだろうか？　まだ傷は癒えていないのか？　もしかすると、たんにペレスにはその気がないだけかもしれない。「ねえ、ひとりになりたい？もう帰ったほうがいいかしら？」ウィローはすでに立ちあがっていた。

「いや」ペレスが椅子から動かずにいった。顔が影になったままなので、あいかわらずなにを考えているのかよくわからなかった。

ウィローはすでにコートを着て、バッグを肩にかけていた。

「どうかいてくれ。もっと飲んで、食べて。きみと話がしたいんだ。いっしょにいると楽しいから。きみさえよければ」

ウィローはバッグを肩からはずした。いまや、ペレスも立ちあがっていた。ウィローがジャケットを脱ぐのに手を貸し、彼女の顔にかかっていた髪の毛をそっとかきのける。それから、彼はウィローを自分のほうへとひき寄せた。

32

最高の断酒会とはいかなかった。レイチェルが酔ってあらわれたため、ジェーンはほかの人たちがしゃべっているあいだ、彼女に付き添っていなくてはならなかった。そして、集会が終わると、レイチェルが車できていないことを確認し、彼女を家まで送っていった。レイチェルの依存症の再発《スリップ》は自分のせいではないとわかっていたが、それでも彼女のことを考えると悲しかった。もっと利己的なことをいえば、これから深夜の電話が増え、さらに自己憐憫と後悔を聞かされることになりそうだった。ジェーンの場合、相談役《スポンサー》は彼女の回復過程を最後まで見届けてくれた。だが、家のほうで大きなストレスを抱えているいま、ジェーンは自分がレイチェルに対しておなじことができるかどうか、自信がなかった。家に着くと、携帯電話をサイレントモードにする。レイチェルは今夜ずっと眠っているだろう。

ケヴィンが彼女の帰りを待っていた。「ずいぶん遅かったな。心配になりはじめてたところだ」

「車で家まで送らなきゃならない人がいたから」ジェーンはやかんのスイッチを入れた。「紅茶を飲む？　コーヒーは？」なにもいうことがないときのこうした温かみのない会話が、ジェーンは大嫌いだった。

「今夜、ジミー・ペレスがうちにきた」

「なんの用だったの？」ジェーンはマグカップをとろうと手をのばしたまま、恐怖のようなものを感じて凍りついた。ケヴィンがあの死んだ女性となんらかのつながりがあったのは、わかっていた。それが確認されて、安堵にちかいものを感じていた。あれはやはり自分の想像ではなかった。自分の頭がおかしくなっていたわけではなかった。だが、たとえケヴィンが殺人犯だとしても、ジェーンは彼に捕まってもらいたくなかった。彼女が望むのは、この件がすぎさることだった。自分たちだけで結婚を修復できるように、ジミー・ペレスには放っておいてもらいたかった。

「トム・ロジャーソンについて、いくつか訊かれただけだ。やつの銀行口座に、うちからの支払いがあったらしい。書類を調べてみたよ。きっと、学校のほうの土地を買ったときに代理人をつとめてもらった報酬だな」

ジェーンはすこしほっとした。ケヴィンはいつでも土地を買っていた。シェトランド本島をすべて買い占めるまでやめないんじゃないか、とアンディはときどき冗談をいっていた。この家の安定をもっとも脅かしているのは――死してなお――あのトーインに住んでいた女性、ロンドンからきた女優だった。トム・ロジャーソンとの取引ではなかった。夫や息子たちを守るためなら、自分はこの手であの女性を殺していただろう――ふと、そんな考えがジェーンの頭をよぎった。

「ジミーは、職務できたわけじゃないといってた」ケヴィンがいった。「ただ、すっきりしない点を解明しようとしているだけだと」だが、夫はジェーンのほうを見ようとせず、彼女はその言葉を聞いても安心できなかった。

ジェーンはカモミールのティーバッグをマグカップにいれ、お湯を注いだ。なにはともあれ、今夜はカフェインは必要なかった。「子供たちは？」

「マイクルは自分の部屋だ。すこしまえに、なにか食べようとおりてきてた。宿題をしてるといってたが、どうせコンピュータのまえにすわって、くだらないものでも見てるんだろう」

「あの子はコンピュータのまえにへばりつきすぎだわ。いったい、なにをしてるんだか。いろいろひどい話を聞くでしょ。もっと注意したほうがいいんじゃないかしら」まえにも交わしたことのある会話だった。ケヴィンは、彼女がなんでもないことで大騒ぎしていると考えていた。マイクルはもうほとんど一人前の大人なのだ。浮ついておらず、結婚も間近だ。コンピュータでなにをしていようと、かまわないではないか？　ジェーンが仕事部屋にはいっていくと、ケヴィンがあわてて画面をオフにする、ということが何度かあった。そのため、彼女は夫も息子とおなじようなものを見ているのではないかと考えていた。いま、ケヴィンからは返事すらかえってこなかった。

「アンディは？」ジェーンは彼の車が中庭にあるのを目にしており、上の息子は家にいるのだと考えていた。心配の種がひとつ減っていた。ここ何日か、わたしは心配ばかりしている。

「朝からずっと出かけてる。きっとまだ仕事だ」

「勤務は五時にあけるし、車はここにある」お馴染みの不安の虫が頭をもたげてこようとしていた。「あの子が帰宅したのを見た？」

もっと大きな心配ごとはいくらでもあるといった感じで、ケヴィンは肩をすくめてみせた。

「けさは車に乗っていかなかったのかもしれない。仕事のあとで友だちと会って二、三杯やるつもりで、バスでいくことにしたのかも」

夫のいうとおりだ、とジェーンは思った。彼女自身、アンディの車が一日じゅう中庭にあったかどうか思いだせなかった。まだ時刻はそれほど遅くなく、アンディはおそらく町にいるのだろう。それでも、ジェーンは電話をかけてみた。案の定、応答はなかった。彼女がベッドにはいったとき、アンディはまだ帰ってきていなかった。だが、心配する力が尽きてしまったらしく——不安が大きくなりすぎて、脳が処理しきれなくなったのだ——ジェーンはすぐに深い眠りに落ちていった。

ふいに目がさめたとき、あたりはまだ真っ暗だった。月明かりはなく、すぐにジェーンは天気がまた変わったのを悟った。スイッチが切り替わって、あっという間に冬に逆戻りしたような感じだった。風が家のなかを吹き抜け、窓を揺らし、煙突で咆哮をあげている。雨の音はしていなかったが、風は北西から吹いているらしく、もうすぐ降りはじめるのがわかった。ケヴィンはとなりで熟睡していた。ジェーンはベッドわきのラジオに目をやった。六時になろうとするところで、そろそろ起きあがって紅茶を淹れてもおかしくない時間だった。

がっしりとした強固な造りの家であるにもかかわらず、階段をおりていくジェーンの足もとを隙間風がとおっていった。アンディが帰宅しているかどうかは、考えないようにした。あの子はまだラーウィックにいて友だちの部屋に泊めてもらっていると信じていれば、彼が家にいないとわかっても、がっかりせずにすむ。紅茶を淹れて大型こんろ《アーガ》の温もりのそばにすわり、その日の決まりきった雑用の予定をたてていれば、パニックを起こさずにいられる。

ジェーンが一階に着いてみると、そこはひんやりとしていて、隙間風がさらにひどかった。

北西の風で大型こんろ《ガーア》の火が吹き消されることがあり、きっとまたそれが起きたのだろう。ふたたび火をつけるのは面倒で、ジェーンはこのままにしておこうかと考えた。そのとき、中庭につうじるドアがあいていることに気がついた。いつも鍵はかけていないが、頑丈な留め金がついているので、これまで一度も風であいたことのないドアだ。ジェーンはドアをきちんと閉めると、キッチンにはいっていった。テーブルのまえにアンディがすわっていた。交差させた腕の上に頭をのせている。彼が死んでいるのか、それともただ眠っているだけなのかわからず、一瞬、ジェーンは動きを止めた。すると、アンディが頭をあげ、焦点のあっていない目で母親のほうをみつめた。

「ごめん」アンディはいった。「ほんとうにごめん」

33

サンディが警察署に着いてみると、そこにはすでにウィローとペレスの姿があった。腕時計に目をやって、自分が遅刻したわけではないことを確認する。ふだんペレスはキャシーを自分で学校に送り届けており、たいていはサンディが仕事場に一番乗りしていた。かれらは会議室に集まっていた。ウィローはこれを〝朝のお祈り〟と称していたが、要は状況報告の場だった。ウィローもペレスも、なんとなくぼうっとしているように見えた。それか、まえの晩のあらたな発見で受けた衝撃から、まだ完全には立ちなおっていなかったのか。というのも、サンディも説明を聞かされて、すぐに事件がこれまでとはまったくちがう様相を呈してきたのを感じたからである。

「いまみたいなうわさを耳にしたことがあるか、サンディ？　トム・ロジャーソンが水上ホテルにいる出稼ぎ労働者に――いや、それだけでなく、金をだす男なら誰にでも――女の子を手配しているといううわさを」

サンディは首を横にふった。「けど、おれのまえでは、みんな発言に気をつけてるから。わかるでしょ」だが、ペレスにはわからないかもしれなかった。自分がちかづいていくと酒場の会話が急に途絶えるときの感覚。不自然な笑い。彼がくるまで交わされていた会話にかんするくわしすぎる説明。ペレスはフランが亡くなるまえから、あまり人づきあいのいいほうではなかった。最近では、仕事以外で夜に家を空けることがほとんどなかった。

「リストにあるシェトランド人については、どう思う？　みんな、このトム・ロジャーソンのサービスを利用しそうな感じかな？」

「そうですね」サンディは言葉を濁した。自分もルイーザと出会っていなければ、十年後にはこのリストにいる孤独な男たちの仲間入りをしていた可能性があった。「でも、ケヴィン・ヘイの名前があるのには驚きました。彼は奥さんとすごくしあわせにやってると思ってましたから」

「もしかすると、しあわせな家庭だけでは物足りなかったとか」ウィローがいった。「サイモン・アグニューがわたしに伝えようとしていたのは、そのことだったのかも」

ペレスがさっとウィローのほうを見たが、それには直接こたえずにいった。「この男たちのなかから証言してくれそうな人物を見つけなくてはならない。誰がわれわれに口をひらいてくれそうかな、サンディ？」

「自分が娼婦を買ってたことを進んで認めそうな島民は、たとえ独身者であっても、ひとりも見当たりませんね」サンディは、そのことを考えただけで顔が赤くなるのがわかった。「このうちの誰が相手であっても、事情聴取はやりたくなかった。「出稼ぎ労働者にまとを絞るのが、いちばんじゃないですかね」

「調べてみたけれど」ウィローがいった。「かれらは全員がスカロワーやラーウィックの水上ホテルに滞在しているわけではないわ。サロムのちかくにあたらしくできたホテルを利用している出稼ぎ労働者も大勢いる」

「アリソン・ティールが殺される直前にブレイにいたのは、それでかもしれないな」すこししゃきっとした感じで、ペレスがいった。テーブルの上に身をのりだす。「ブレイはサロムのすぐそばだ。彼女はそこへ仕事できていたんだ」いったん言葉をきる。サンディには、ペレスの頭脳が忙しく働いているのが見えるような気がした。「客になりそうな男性を物色するために。もしくは、この商売にあたらしい女の子を勧誘するために」

サンディは、サロムのちかくのホテルで受付係に地滑りで亡くなった女性の似顔絵を見せたときのことを思いだした。受付係は、その女性を知っているようなそぶりを見せていた。もしかすると、アリソン・ティールから金を受けとって、彼女がそこで商売をするのを黙認していたのだろうか。「それじゃ、彼女はトム・ロジャーソンの下で働いてたってことで、決まりですね？」

「まあ、そのふたりがなんらかの形でつながっていたのは間違いない。ブレイの協同組合で彼女を車で拾ったのは、十中八九トム・ロジャーソンだ。だとすれば、彼は当然、アリソンがそこにいた理由を知っていたんだろう」

しばらく沈黙がつづいて、聞こえるのは外の風の音だけとなった。突然、激しいにわか雨が降りはじめ、雨粒が砂利のように窓に叩きつけられた。ガラスが割れてしまいそうな勢いだった。

「かれらはずっと連絡をとりあっていたのね」ウィローの声は、その雨とおなじくらい激しくて鋭かった。「何年もまえにはじめて会ったときから。ロンドンを逃げだしたアリソンが〈レイヴンズウィック・ホテル〉にあらわれたときから。そうとしか考えられない。その証拠が、きっとどこかに残っているんじゃないかしら。その後、アリソン・ティールがシェトランドに戻ってくることはなかったとしても、トム・ロジャーソンのほうは本土へいって彼女と会っていたはず。ホテルの領収書。飛行機や船や列車の切符。アリソンが家族や友だちに彼のことを話していた可能性だってある」ウィローはテーブルを見まわした。「アリソンの弟が収監されている刑務所に問い合わせたら、アリソンは数回訪ねてきていた。弟が軍隊にはいってから、ふたりはしばらく音信不通になっていたけれど、それ以降はあきらかに連絡をとりあっていたみたいね。彼を電話口に呼びだして、知っていることを聞きだしましょう」ウィローは息を継いだ。「それは、わたしがやるわ」

ペレスがなにかいいかけたように見えたが、ウィローはそのまま指示を出しつづけた。きょうのウィローはどこかちがっているという印象があったが、それがなんなのか、サンディにはよくわからなかった。もしかすると、ペレスに対していつもよりもすこしよそよそしいかもしれなかった。もしかすると、ふたりは仲違いしたのかも。「ジミーとサンディは〈サロム・ホテル〉にいって、トム・ロジャーソンの入金リストに名前のある男たちから話を聞いてきてちょうだい。石油会社もガス会社も、シェトランドでは〝一発アウト〟の方針をとっている。だから、正直に話してくれたら内々で処理すると、かれらに保証してあげて。仕事を失わずにすむようにすると」ウィローはテーブルを見まわした。「なにか質問は？」

ペレスは首を横にふり、サンディもそれにならった。

「それじゃ、サロムへいって、アリソン・ティールとトム・ロジャーソンが仕事で組んでいた証拠をつかんできて。それが最初の一歩よ。そこが固まらないと、この仮説は音をたてて崩れてしまうわ」

ペレスの運転する車でブレイへとむかうあいだ、サンディは助手席から上司の様子をうかがっていた。こうしてふたりきりで行動するときがくるのを、彼は楽しみにしていた。昔みたいに一対一で、ペレスが事件の仮説を述べ、サンディがときおり感想を口にする。だが、きょうのペレスは黙って車を走らせていた。雨と風で運転が大変だということをさしひいても、ペレスが自分だけの世界に閉じこもっているのはあきらかだった。ウィローとのあいだでなにかあったのではないかという考えが、ふたたびサンディの頭に浮かんでくる。自分がけさ警察署に着くまえに、ふたりは捜査のことで意見が食い違っていたのかもしれない。

サロムのホテルに着くと、ペレスは受付で警察の身分証を見せ、このリストのいちばん上の人物と話がしたいといった。〝スティーヴン・バーンズ〟という土木技師で、自宅の住所は〝カーライル〟になっていた。

「申しわけありませんが、そちらのお客さまはけさチェックアウトなさいました」受付係は動じることなく淡々といった。完璧な英語をしゃべっていたが、すこし訛りがあった。「リストにあるお客さまのほとんどは、月曜日にチェックアウトされています。けれども、この方はひきとめられていたんです。仕事のほうでなにか問題があったらしくて」

アリソン・ティールの客だったと思われる男たちの大半が、彼女の死が報じられるやシェトランドをあとにした。はたしてそれは偶然だろうか、とサンディは思った。偶然は信じないというのが、ジミー・ペレスの口癖だった。

ペレスが受付係に返事をしていた。相手とおなじくらい丁寧な口調だったが、そこには鋼のような厳しさがあった。

「けさスカッツタ空港からは、飛行機は一機も飛びたっていないはずだ」ペレスがいった。石油やガス関係の飛行機のほとんどは、石油ターミナルのすぐちかくにあるスカッツタの飛行場を利用していた。「この悪天候では無理だ。となると、バーンズ氏はまだホテルのなかにいるのでは」

受付係はしばらくペレスをみつめていた。嘘をつこうかと考えていたのかもしれないが、最後になって思いなおしたらしく、こうこたえた。

「おっしゃるとおりです。バーンズ氏は部屋をひきはらいましたが、同僚の方たちといっしょにロビーにいて、ご自身の乗る便にかんする情報がはいってくるのを待っています。予報によると、昼すぎにはすこし晴れるということですし、バスでサンバラ空港のほうへまわるという手もありますから。彼をお呼びしてきましょうか?」

「そうしてもらえるとありがたい」突然、ペレスが笑みを浮かべた。「それと、人目につかずに彼と話ができる部屋を用意してもらえないだろうか。あと、われわれ全員にコーヒーを」

受付係は無表情なまま、小さくうなずいた。

提供されたのは会議用の部屋で、大きな楕円形のテーブルのまわりには十二脚の椅子がならんでいた。ペレスは会議の議長然としてテーブルの端に陣取り、自分のまえに手帳をひろげていた。サンディでさえ威圧感をおぼえたが、これはただの作戦だとわかっていた。ペレスは事情聴取のときに、めったにメモをとらなかった。それはサンディの仕事だった。

「バーンズさん。お時間をさいていただいて、感謝します」ペレスはコーヒーを勧めていたが、それはそっけなくことわられていた。

どうやらスティーヴン・バーンズは会社のお偉いさんらしく、人から呼びつけられることに慣れていないようだった。それでなくても、飛行機の遅れでかりかりしていた。「きょうは結婚記念日でね」この部屋にくるなり、彼はそういっていた。自分の機嫌が悪いことへの説明にも聞こえた。言い訳だ。「妻のために、特別なことを計画していたんだが」

「あなたがご不便をこうむっているのはわかりますが、こちらにとってはこの遅延はじつにありがたかった。あなたは大変重要な参考人かもしれませんので」ペレス自身が経営幹部といってもとおりそうな感じで、サンディはすっかり感心していた。「われわれは二件の殺人について捜査しています。きっとニュースでご覧になっていることでしょう」

忙しすぎてテレビを見ているひまがない、といったようなことをバーンズはぼそぼそといった。

「あなたのお名前が同僚の方たちといっしょに、あるリストに載っています。あなたは何度もトマス・ロジャーソンという事務弁護士に支払いをおこなっている。このロジャーソン氏は、もしもまだ生きていたら、不道徳な行為で金を稼いでいた廉《かど》で告発されていた可能性がありますす。それだけの証拠を、こちらはつかんでいます。これまでのところ、あなたはなんの罪も犯していません。ただし、これほど重大な事件の捜査であなたが情報を隠したりすれば、当然のことながら、あなたは罪に問われるでしょう」ペレスは言葉をきって、相手がいまの発言の裏を読む時間をあたえた。それから、どのみちそれを口に出して説明した。「そちらの会社では、雇用者がいかなる違反行為であれ有罪となった場合、その人物をただちにシェトランドから退去させて解雇する、という方針をとっています。あなたはそういう契約にサインした」ふたたび言葉をきってから、もっと穏やかな口調でつづける。「もちろん、あなたに捜査でご協力いただけるのであれば、そちらの会社が事件のその方面のことについて知る必要はまったくありません」

ペレスはコーヒーを飲むと、店で売っている量産品のビスケットに手をのばして、相手の返事を待った。

バーンズは馬鹿ではなかった。警察に協力するのが自分にとって得策だと悟るのに、それほど時間はかからなかった。「トム・ロジャーソンはとんだ嘘つき野郎だ」バーンズはいった。「記録は一切残さないといってたのに」

「最初から話してもらえませんか?」ペレスが身をのりだした。テーブルの反対端にいたサンディは、ペレスの技量に舌を巻きながら、メモ帳の空白のページをひらいた。

どうやらスティーヴン・バーンズは、あたらしい石油ターミナルの一部完成を祝うパーティの席でトム・ロジャーソンと出会ったようだった。会場は町役場だった。つぎつぎとおこなわれるスピーチ。生ぬるい発泡性のワイン。サケの燻製をのせたオート麦のビスケット。バーンズはトム・ロジャーソンと意気投合し、彼から自宅で飲みなおそうと誘われると、そのままついていった。

ここでペレスが口をはさんだ。「家には、ほかに誰かいましたか? トム・ロジャーソンの奥さんとか?」

「いや、いなかった。われわれが着いたときに家にいた女性は、たぶん娘さんだろう。若くてきれいだった。だが、彼女はやることがあるといって、すぐにいなくなってしまった」

ペレスはうなずいて、バーンズに先をうながした。

「そのころには、ふたりともかなり飲んでいた。トムが最高級のモルトをもちだしてきて、われわれはおたがいの家族の話をした。トムは、自分も仕事で家族と離れて生活したことがあるので、その大変さはよくわかる、といった。女房がいつもそれを理解してくれているとはかぎらない、とも。ほんとうに、こちらの心をひらかせるのが上手かった」ここではじめてバーンズは、ただ腹をたてているというよりは決まりが悪そうな様子を見せた。「その晩が終わるころには、彼に小切手を渡していたよ」

「もっとはっきりといってもらえますか？　記録のために」ペレスがサンディのほうへ小さくうなずいてみせた。「その小切手は、どういうサービスに対する支払いだったのか？」

「紹介料だ。トム・ロジャーソンは、わたしを女性にひきあわせると約束してくれた」すこし間をおいてから、バーンズがつづける。「翌日、わたしは自分にこう言い聞かせた——おまえは食いものにされただけで、なにも起きやしないと」

「だが、そうではなかった？」ペレスの声には好奇心があるだけで、非難するところはまったくなかった。

「きっかり一日後、わたし個人のアカウントに、女性と会う場所と時間を指定したメールが送られてきた」

「それはいつのことです？」

「三カ月ほどまえだ」

サンディは顔をあげて、ペレスを見た。上司がなにを考えているのか、手にとるようにわかった。三カ月前、アリソン・ティールはまだシェトランドにきていなかった（すくなくとも、警察が調べたかぎりでは）。だが、そのころトーインは空き家で、トム・ロジャーソンは自由に使うことができた。

「あなたが会うことになっていた女性の名前は？」

「エレナだ」

「で、場所は？」

「レイヴンズウィックにある小さな家だった」

それがどこなのか、サンディはそれ以上聞く必要がなかった。バーンズは屋号を知らないかもしれないが、警察は知っていた。トーインだ。ミニー・ローレンソンという年老いた独身女性が住んでいた家。彼女からサンディ・セクレストというアメリカにいる出版社勤めの女性に遺贈された家。クレイグ・ヘンダーソンとアリソン・ティールが住んでいたことのある家だ。

「約束どおりエレナとは会ったんですか？」ペレスがたずねた。

間があいた。「ああ」バーンズはその行動を正当化——もしくは、弁明——しようとするかに見えたが、考えなおしたようだった。

「それで、その出会いは満足のいくものだった？」

ふたたび間があく。「ああ」

「その女性の容姿を説明してもらえますか?」

「背が高くて、すらりとしていた。すごく長いストレートの金髪で、小顔だった。これくらいでいいかな?」バーンズはふたたび不機嫌で大声になってきていた。だが、いまの説明だけで、サンディにはじゅうぶんだった。その女性が、ヴァレンタインのお祝いでルイーザと食事をしたときに〈スカロワー・ホテル〉で見かけたトム・ロジャーソンの同伴者だというのがわかった。

ペレスのバーンズへの質問はつづいたが、土木技師はそれ以上は有益な情報をほとんどもっておらず、彼がアリソン・ティール、もしくはそれらしい女性と会ったことがないのはあきらかだった。というわけで、彼は解放され、ちょうどサンバラ空港へむかうバスに乗りこもうとしていた同僚たちに合流した。どうやら、島の南のほうでは雨風がそれほどひどくはなさそうだった。

34

ウィローは、まえの晩にジミー・ペレスの家で起きたことについてあれこれ考えて、時間を無駄にしたりしなかった。その機会ならあとでいくらでもあるし、そもそも起きたことに重要な意味があるとはかぎらなかった。たしかに、彼女はいま希望で頭がくらくらしていた。崖のてっぺんから砕け散る波を見おろしているときのような浮ついた気分だった。だが、過度の期待は禁物だとわかっていた。ペレスはなにも約束したわけではないのだ。きょうは、アリソン・ティールの弟から必要な情報をひきだすことに集中すべきだった。それ以外のことは、すべて事件が解決してからだ。

ジョナサン・ティール（通称〝ジョノ〟）には、すでに姉の死が伝えられていた。地元の警察官が、もう何年もジョノを担当している保護監察官とともに刑務所を訪れて、それを告知していた。ウィローはまず、その保護監察官――ヘイゼル・シャープ――と話をした。彼女はタフな中年女性で、ウィローの知るたいていの警察官よりも斜にかまえており、なにがあっても動じなさそうだった。

「この家族について、知っていることを聞かせてもらえないかしら」ウィローはいった。

ヘイゼル・シャープがもっていた情報は、すでに警察がアリソン・ティールのインタビュー記事から得ていたものとほとんど変わらなかった。アリソンがインタビューで語っていた大変な子供時代というのは誇張ではなかったらしく、ヘイゼルの話にも、頼りにならない両親や、かれらにかわって姉弟を育てた祖父母が出てきた。

「アリソンは子供のころから人気者だったみたいね」保護監察官はいった。「もしかすると、幼くしてすでに女優だったのかもしれない。生きのびるために、祖父母から溺愛されるような可愛らしさを演じていたのよ。ジョノのほうは、もっと手のかかる子だった。それほど頭が良くなくて、勉強が大嫌いだった。志願できる年齢になるとすぐに、彼は家を出て軍隊にはいった。そのときには、みんなほっとしたんじゃないかしら。彼は軍隊では問題なくやっていた。規律のある生活があっていたのね。いい友だちもできた。彼がトラブルに巻きこまれるようになったのは、軍隊をやめてからよ」

「アリソンとは連絡をとりあっていたのかしら？」

「彼が休暇のときに、ふたりは会っていたみたい。ジョノはかろうじて読み書きができる程度だし、わたしが面会した女性は筆まめなタイプには見えなかったから、手紙でのやりとりはなかったでしょうね。これは大昔の話よ。スカイプやフェイスブックが広く普及するまえの。姉弟の仲は悪くなかったようだけれど、ジョノがまだ軍隊にいたころから、ふたりの生活はまったくちがっていた」

「それじゃ、あなたはアリソンと会ったことがあるのね？」ウィローにとって、これは思いがけないおまけだった。

「一度だけ。ジョノは軍隊をやめた直後で、わたしは彼の最初の判決まえの報告書を作成するところだった。彼は万引きで逮捕されたの。初犯で、自分は宿無しだといっていた。でも、裁判所が保釈を認めるには住所が必要だったから、アリソンが彼をひきとった。そのころには、彼女はすでに例のドラマ番組を降板させられていたけれど、本人はまだちょっとした有名人気取りで、北ロンドンのお洒落な地区にあるフラットで、弟とはかけ離れた生活を送っていた。調理道具のそろったキッチンに、なにもはいってない冷蔵庫。そういうのを、うちのお婆ちゃんはよくこういってたわ――〝毛皮のコートにノーパン〟って」

「アリソンの印象は?」

間があいた。「かなりまえのことだし、家庭訪問は数多くこなしているから、細かいことを思いだすのはむずかしい。でも、彼女のことはよく覚えてるわ。あのドラマ番組のファンだったし、スターに会えるというので、ちょっと舞いあがってたから。彼女のフラットは、わたしがふだん仕事で訪問するようなところとはちがった。まず目を奪われたのは、彼女の美しさだった。モデル級の美しさよ。テレビの画面で見るよりずっときれいだった。訪ねていったのは朝で、彼女は寝起きだった。化粧っけなしで、部屋着のままなのに、それでも華があった。そのせいかもしれないけれど、彼女は甘やかされた小娘なんじゃないかという考えが頭をよぎった。でも、彼女はジョノをひきとった、でしょ? そうする必要などないのに。だから、彼女は問題ないと思った」

「ジョノはどれくらいそこに?」

「さあ」ヘイゼルがいった。「そのときは罰金刑だけですんだから——たぶん、そのお金はお姉さんが支払ったんでしょうね——つぎに彼が裁判所のお世話になるまで、わたしは彼とかかわりあいがなかった。そのころには、彼はバーモンジーで女性と同棲していて、アリソンの影はどこにもなかった」保護監察官は言葉をきった。「その後の彼の転落ぶりは、まさに絵に描いたようだったわ。女性に捨てられると、彼はまた盗みに戻っていったの。そして、刑務所で何人かの悪党と出会い、出所すると、かれらから運転手役をまかされるようになった。軍隊をやめてからだと、それが彼にとってはいちばん交友関係にちかいものだったのかも。いまは、武装強盗の罪でお務め中よ。ほんと、悲しくなるわ」

ウィローはペレスのオフィスで電話をかけていた。窓の外に目をやる。海は荒れ狂っており、波しぶきが町なかまで吹き飛ばされてきそうな勢いだった。犯罪あふれるロンドンからは、遠く離れていた。「ジョノ・ティールって、どんな人物なのかしら？」

ふたたび間があいた。「わたしが知りあったころには、もうすでにすこし情けない感じになっていたわ。人当たりが良くて、必死に相手を喜ばせようとするんだけれど、大人になりきれていないの。ちかごろは、とにかく弱々しい。かつては兵士として戦地に赴けるくらい鍛えていたなんて、ちょっと想像できないくらい」

「彼と話がしたいの」ウィローはいった。「彼から聞いてるかしら？　お姉さんは殺されたの。ここシェトランドで。最近の彼女のことを聞けたらすごく助かるんだけれど、そこは訪ねていくには遠すぎて」

「彼はきっと協力するはずよ。ずっと模範囚だったから。彼が上手くやれないのは、外の世界にいるときだけ。自分で判断をくだして責任をとらなければならなくなると、とたんに駄目になるの。それに、彼にはちかぢか仮釈放審査会が控えている」保護監察官は、どこまでウィローの力になろうか考えているようだった。「刑務所が出廷用のビデオリンクを使わせてくれるかどうか、訊いてみたらどうかしら」

「それは素晴らしいアイデアだわ。でも、時間がないの。きょう話がしたいから」

保護監察官が大声でみじかく笑った。「ご冗談でしょ？　ちかごろでは手続きにどれだけ時間がかかるか知ってる？　訪問の許可をとりつけるにも、書類に三名の署名が必要なのよ」間があく。「でも、ちょっとした奇跡が起こせるか、やってみてもいいわよ。わたしにまかせてもらえる？　副刑務所長と知りあいなの」

それから二時間後、ウィローは会議室にすわって、コンピュータの画面をみつめていた。アリソン・ティールのただひとりの遺族が、ぼやけた画像となって画面にあらわれる。保護監察官のいっていたとおり、ジョノは人当たりが良かった。魅力があるといってもいいくらいだった（ただし、相手を喜ばせようと必死になりすぎるところが鼻についたが）。彼はなにが求められているのかを承知しており、まずウィローに自分がすごく悲しんでいることを伝えた。「おれに残された身内はアリスだけだったのに、そいつが奪いとられちまった。葬式はいつなのかな？　ほら、参列するために一日かぎりの外出が認められるかもしれないっていわれたから」

かつての兵士の面影はどこにもなかった。刑務所の作業衣と縞柄のシャツの下の身体は瘦せこけており、肌は青白かった。中年男の顔をした子供といった感じがした。

ウィローは、遺体をひき渡せる時期はまだ未定だが、おって連絡することを約束した。「アリソンと最後に会ったのはいつかしら？」

「姉貴はときどき面会にきてた。定期的ってわけにはいかなかったけど、時間のあるときに。いつでもこられるように、おれは必ず姉貴のところに面会要望書を送ってた」

「それで、最後に彼女と会ったのは？」刑務所内の時間の流れ方はほかとはちがうのではないか、とウィローは考えていた。毎日が、まえの日とほとんど変わらない。そこで、ジョノには考えをまとめる時間をすこしあたえた。

だが、返事は思ったよりもはやく返ってきた。「ちょうど二カ月前だ。おれの仮釈放審査会の日取りが決まった日だから、よく覚えてる」一瞬、姉の死を悲しむ気持ちが薄らいだようだった。「仮釈放が認められる可能性は高いって聞いてる。今度こそ、へまはしないつもりだ」すこし間があく。「おれは姉貴のたったひとりの身内だから、すべておれのものになるんだよな？　姉貴がまだテレビに出ていたころに買ったあのフラット。ロンドンの相場を考えれば、きっとかなりの値がつくはずだ」

「それは、お姉さんが遺書を作成していたかどうかによるんじゃないかしら」その点を見落としていたことに、ウィローは気がついた。トム・ロジャーソンはアリソン・ティールの仕事仲間というだけでなく、弁護士でもあったのだろうか？　アリソンの遺産がこの目のまえの痩せこけた男に渡ることを、ウィローは願った。小金が安定をもたらし、彼の人生を好転させてくれるかもしれない。だが、画面からほほ笑みかけてくるジョノを見て、それはないと思った。それで好転するくらいなら、ブタだって空を飛べるだろう。「最後に会ったとき、アリソンはどんな様子だった？」

「絶好調だった」その返事に嘘はなさそうだった。「ここしばらくなかったくらい、希望に燃えてたっていうのかな。いまから遠くへ出かけるといってた。仕事の声がかかったって。古い友だちと会って、同時に金を稼ぐいい機会だって。しばらく面会にこられそうにないけど、なにもかもが上手くいったら、おれが生活を立てなおす手助けができるって。まあ、おれが釈放されたらの話だけど」

「どこへいくのかは、いってた?」

「いや」

だが、ジョノは自分のことで頭がいっぱいで、たんに覚えていないだけかもしれなかった。それに、刑務所での規則正しい生活にすっかり馴染んでいるようだから、外の世界にはあまり興味がなさそうだった。

「アリソンは働いてたのかしら?」これは重要な質問だったが、ウィローは軽い調子で口にした。「その大切な旅行にいくまえだけど。仕事の話は、まえにもしたことがあるんでしょ」

「姉貴は自分で商売してた」ジョノがいった。「それがいちばんいいやり方だって、いつもいってた。自分で自分のボスになるべきだって。昔から、人からあれこれ指図されるのが嫌いだったんだ。でも、おれには姉貴みたいなやる気が欠けてた。小さいころから野心家だった姉貴とちがって」

「お姉さんはどんな商売をやってたの?」ふたりのあいだに何百マイルという距離と画像の不鮮明なビデオリンクがあることに、ウィローは感謝した。これがどれほど重要な質問なのかを、相手に悟られたくなかった。

ジョノの顔に、はじめて警戒の色が浮かんだ。「姉貴はすごく魅力的な女性だった。そいつを最大限に利用したからって、責められる筋合いはどこにもない」

「もちろんよ」

「姉貴がやってた会社は合法だった。演技の仕事がこなくなっても、生きてかなくちゃならないだろ」ジョノは言葉をきり、しばらく考えていた。「それに、それは演技するのとそうちがわなかった。ほら、男たちを気分良くさせるんだ。美人といっしょにいるところを見られたら、誰だって嬉しい」

「それじゃ、アリソンはエスコートをしてたのね。そういうことなんでしょ、ジョノ？」ウィローはペレスの反応に思いを馳せた。あの黒い瞳と黒い髪をもつ女性が――死体となって発見されて以来、ずっと彼の心を占めていたように思える女性が――男たちに身体を売っていたことが、いまはっきりと確認されたのだ。

「相手はきちんとした男だけだ。ほら、上品なやつさ。仕事関係の社交の場に同伴する美女を必要としている」姉を弁護するジョノの言葉は、本心からのものに聞こえた。そうやって、ウィローだけでなく自分も納得させようとしているのかもしれなかった。

「それじゃ、お姉さんはその商売で上手くやってたのね？　きちんと食い扶持を稼いでいた？」

「くいぶち？」

「いい服を着つづけられるくらい稼いでいた？」

「おれに会いにくるときは、いつも着飾ってた」

アリソンのような華やかな面会人がいることで、ジョノは刑務所内で一目置かれていた可能性があった。彼はほかの男たちに、アリソンが自分の姉だと話していたのだろうか？　それとも、勝手に恋人だと誤解させていたのか？

ジョノの話は、まだつづいていた。「でも、最近はすこし悩みがあるみたいだった。大物のご機嫌を損ねちまったんだ。ほら、こいつは競争の激しい商売で、縄張りがきっちりと決まってるだろ」

それでアリソンは、シェトランドでの仕事に興味をひかれたのかもしれなかった。ロンドンの大物を怒らせて、しばらく姿を見せるなといわれたから。それから、ウィローは内心で苦笑した。そういったことについて、自分がなにを知っているというのか？ ギャング映画で見たことくらいだろう。彼女の警察官としての経験は、スコットランド――それも、ほとんどが北部スコットランド――にかぎられていた。そして、インヴァネスやカークウォールにギャングはほとんどいなかった。「それじゃ、アリソンはほとぼりが冷めるまでロンドンを離れることにしたのね？」

「ああ。そんなところだ。でも、街を離れた理由はそれだけじゃなかった。姉貴はあたらしい事業にすごく期待してた。大きな可能性を感じてたんだ。〝すべてが予定どおりにいけば、あなたにも仕事を世話してあげられるわ、ジョノ。わたしのところで働きたい？ あなたをロンドンから連れだして、悪い仲間からひき離してあげる〟。おれはそいつを楽しみにしてた。おれたち姉弟のあらたなスタートになると思って」ジョノはほんとうに悲しそうな顔になってつづけた。「でも、それは実現しない、だろ？ おれの人生は変わらないんだ」

「アリソンはどこで商売をするつもりかいってなかった？」だが、ウィローはもはやその答えにさほど重きをおいていなかった。アリソンがトム・ロジャーソンと組んで仕事をしていた証拠は、すでにじゅうぶんそろっていた。

ジョノはしばらく考えていた。画像が乱れ、完全に消える。それから、ふたたび彼の顔があらわれた。

「防寒用の下着を用意しておけといわれたよ」ジョノが小さく笑った。「けど、美しいところだって。〝そこはわたしにとっての避難場所なの、ジョノ。いつか戻ることになると、ずっとわかっていた〟」

これで決まりだった。アリソンは若き女優のころに鬱と不安に見舞われ、シェトランドに雲隠れした。そして、最近になってロンドンに居づらくなると、ふたたびおなじ地へと戻ることにしたのだ。

ジョノが画面の外のほうを見ていた。ビデオリンクを操作している看守から、そろそろ監房へ戻る時間だと告げられたのかもしれなかった。

「最後に、あとひとつだけ」ウィローは接続が切られるまえに急いでいった。「アリソンは〝トム〟という男について、なにかいってなかった？　トム・ロジャーソン。彼女がロンドンから移った先で仕事をいっしょにする相手は、そういう名前の男じゃなかった？」これが答えを誘導するような訊き方であることは承知していたが、ウィローは弁護士ではなかったし、あまり時間がなかった。

「もういかないと」ジョノがいった。「昼飯を食べそこねちまう。遅れていくと、食事をとっといてもらえないんだ」

「お願いよ」ウィローは笑みを浮かべてみせた。「それがわかると、ものすごく助かるんだけど」

ジョノはすこし考えていた。人から好かれたいという思いが食欲にまさった。「その点については、姉貴はあいまいだった」ようやくいう。「くわしいことをたずねたんだ。〝おれたちはどこに住むんだい？ どんなところに？〟でも姉貴は、おれの口の堅さを信用してなかった。肝心なことは黙ってた」

突然、画面が真っ暗になった。ジョノの話が終わったのか、それとも看守が痺れを切らして自分も昼食をとりたいと考えたのか、ウィローには判断がつかなかった。

35

ブレイから戻る途中で携帯電話の電波が届く地域にさしかかったらしく、いきなりメッセージの着信音がたてつづけに鳴りはじめた。ペレスは運転中だったので、サンディにメッセージの代読を頼んだ。

「ついさっきボスから送られてきたメッセージで、刑務所にいるアリソン・ティールの弟と話をするためにビデオリンクを設置するそうです」

〝ボス〟か、とペレスは思った。ウィローとのあいだになんらかの関係が生まれたとして、彼女はそのあともずっと〝ボス〟でありつづけるのだろうか？　自分がそれをどう感じるのか――気にするのか――想像してみようとしたが、結論は出なかった。

「その事情聴取に立ち会いたいかを、訊いてきてます」サンディがいった。

ペレスは返事をしなかった。視界が悪く、自分たちがいまどのあたりにいるのか見当がつかなかった。水と風でできた灰色の泡のなかにいるような感じだった。ウィローのことが、外で荒れ狂う雨とおなじくらい激しく頭のなかを駆けめぐっていた。自分をからかうフランの声がした。実際に彼女がそういったことがあるかどうかは覚えていなかったが、濃い霧に囲まれているいま、その声はとなりの助手席からのようにはっきりと聞こえた。あなたってほんとうにロマンチストね、ジミー・ペレス。あきれるくらい感傷的。いつの日か悪い女があらわれて、つけこまれるわよ。そのとき、あなたの面倒をみるわたしがいなかったら、どうするつもり？

突然、ペレスは車がいまヴォーへの分岐点にいることに気がついた。現在地がわかったことで、ふたたび現実世界を実感できるようになっていた。

「ジミー？」サンディが返事を求めていた。「ビデオリンクでの事情聴取の件、警部になんていいますか？」

「あとで話を聞かせてくれ、と。その様子を録画しておいてもらえれば、戻ったときに見られるし。わたしはレイヴンズウィックにいって、トム・ロジャーソンの娘と話してくる。いまからむかえば、ちょうど学校が終わるころに彼女をつかまえられるだろう」

「おれもいっしょに?」車はティングウォールの滑走路のちかくまできていた。霧は多少晴れてきていたものの、雨はあいかわらず降りつづいていた。

「いや」ペレスはいった。「ラーウィックで降ろすから、おまえにも学校へいってもらいたい。アンダーソン高校で、ヘイ家の息子たちのことを訊いてくるんだ。あの一家についてはなにか見落としがある、とウィローは考えているようだ。年級担任のなかには、ヘイ家の事情にくわしい人物がいるかもしれない。アンディは去年卒業したばかりだから、まだ彼のことを覚えている人がいるはずだ」

「あとで、また集まりますか?」サンディの声は、すこし不安げだった。ペレスが事情聴取をウィローひとりにまかせたことで、心配になったのだろう。彼はこの小さな集団がふたたび一丸となって捜査にあたることを望んでいた。ウィローとペレスのあいだになにか張りつめたものがあるのを感じとっていた。

「もちろんだ」ペレスはそういって、サンディを安心させた。「五時ごろ会議室に集合して、紅茶と菓子パンを囲んで話しあおう。菓子パンはおまえが用意してくれ。いいだろ?」

ペレスは高校のまえでサンディを降ろすと、吹きさらしの校庭を駆けていく部下を見送った。サンディはフードを目深にかぶり、コートをしっかりと身体に巻きつけて、横殴りの雨に対抗していた。その風の強さに、ペレスの記憶が刺激された。ウィローがなにかいっていた。そして、ペレスはそれを確認する必要があった……。だが、はっきりと思いだすまえに、それはどこかへ消えていた。

レイヴンズウィックにむけて車を南へ走らせているときに、ペレスはダンカン・ハンターのはでなあたらしい四輪駆動車とすれちがった。ダンカンのとなりの助手席には、子供用の補助椅子にすわるキャシーがいた。ウィローには伝えていなかったが、キャシーは今夜も父親の屋敷にお泊まりすることになっていた。キャシーがペレスに気づいて、小さく手をふった。女王顔負けの優雅なしぐさ。ペレスはほほ笑んだ。ダンカンが時間どおりに小学校へキャシーを迎えにいっていたので、ほっとしていた。いつもそうとはかぎらないからだ。

小学校に着いてみると、キャスリンは教室にいて、その机には練習問題集が積みあげられていた。こうしてきたはいいものの、ペレスは彼女になんといっていいのかよくわからなかった。いま気づいたのだが、ここへくることにしたのは、ウィローとふたたび顔をあわせるのを先延ばしするという意味合いもあった。またしてもフランのからかうような声が聞こえてきた。いくじなし！　そのとき、ペレスは婚約者の灰色の墓石が地滑りによってひっくり返されたことを思いだした。もしかすると、その衝撃で彼女の魂が解き放たれたのかもしれない。だが、ペレスは幽霊の存在を信じていなかった。

キャスリンが顔をあげた。「ジミー？　なにかわかったことでも？」

「申しわけないが、まだいくつか質問があるんだ。できれば、きみのお母さんをこれ以上わずらわせたくなくてね」ペレスはどこにすわろうか迷った。キャスリンのいる教師用の机の上に腰かけるのは、ちかすぎてなれなれしい気がした。かといって、生徒用の椅子は小さすぎた。結局、生徒たちの使う八角形のテーブルの上に腰をおろした。

「母の話では、インヴァネスの刑事さんがきのう赤十字の店にきて、外でコーヒーとケーキをご馳走してくれたのだとか。ご親切に、どうも。父が亡くなってから、母はまともに食事をとっていなかったんじゃないかしら。いまは、食べるのをやめられずにいます」キャスリンはペンを置くと、すべての注意をペレスにむけた。「その刑事さんからお金のことをいろいろ訊かれた、と母はいってました」

「きみのお父さんは銀行口座をもっていた」ペレスはいった。「仕事用でも個人のでもない口座を。ここ半年のあいだに、その口座には多額の入金があった。それがどういう趣旨の金なのかが、よくわからなくて」

キャスリンが険しい目でペレスをにらみつけた。「こんなこと、する必要があるのかしら？わたしたちの生活を隅々までほじくり返す必要が？　父は被害者だというのに、あなたの口ぶりからすると、まるで犯罪者だわ」

「残念ながら、気まずい質問でもしなくてはならない」キャスリンがこれほど怒ることがあろうとは、ペレスは想像していなかった。「殺人事件の捜査では、大勢が傷つく。被害者だけでなく。お父さんがどこから金を得ていたのか、心当たりはないかな？」

キャスリンは、その問いには直接こたえなかった。「父が恋しい」という。いつもの彼女に戻りつつあった。校庭で転んだキャシーを慰めてくれる――あるいは、ふざけたお話を読んで生徒たちを笑わせてくれる――若くてやさしい先生だ。キャスリンが顔をあげた。「お金にかんしては、父はどうしようもありませんでした。たくさん稼いでも、いつもそれ以上に使っていた。しょっちゅう、自分を金持ちにしてくれる計画を思いついていた。海岸沿いにあるスチュアート・ヘンダーソンの休暇用の別荘に投資しようとしたこともあります。それがどうなったのかは、知りませんけど。もしかすると、あなたのいっているお金は、そうした投資から得られたものかもしれない」

「そうは思えない」

「だったら、はっきりいったらどうなの、ジミー？　父は恥ずべきことをしていた？　誰かが父を殺さなくてはと思うくらいのことを？」その爆発を最後に怒りが尽きて、キャスリンは静かに泣きはじめた。ポケットからとりだしたハンカチで涙をぬぐう。

ペレスは彼女が落ちつくのを待ってから、自分を鞭打って事情聴取をつづけた。彼の性分としては、キャスリンを慰めたかった。「われわれは、お父さんがエスコート・サービスを取り仕切っていた可能性があると考えている。出稼ぎ労働者や島民を相手に」これがいちばん親切な言い方だと思われた。こちらのいいたいことをキャスリンが理解してくれることを、ペレスは期待していた。

どうやら、キャスリンは理解したようだった。「父はポン引きをしていたというの？」〝ポン引き〟という言葉にペレスはショックを受けたが、それは淡々と口にされた。キャスリンが驚いているのか、それともずっと知っていたのかについては、判断がつきかねた。

「彼が売春にたずさわる女性たちを斡旋していたことを示す証拠がある。お父さんの行動のなかに、そのことをうかがわせるようなものはなかったかな？」キャスリンに話を聞くのはウィローにまかせるべきだった、とペレスは後悔していた。男性がこうした質問をぶつけるのは、不適切な気がした。

「父は女好きだった。それはまえにもいいましたよね。きれいな女性が好きだった。おそらく、売春を不道徳なものだとは考えていなかったでしょう。でも、父が娼婦を提供する商売をはじめていたとまでは思わなかった。それが評議会での活動や魚の値段とならんで夕食の席で話題になることはありませんでした」キャスリンはまっすぐペレスの目をのぞきこんだ。「これはおおやけにされるんですか？　こんなことがご近所さんや教会仲間に知れたら、母は生きていけない」

ペレスは間をおいてからこたえた。「お父さんを殺した犯人が捕まったとき、証拠がじゅうぶんそろっていれば、犯人は弁護士から犯行を認めるよう勧められる。そうなれば、このことが法廷でつまびらかにされる必要はなくなる」

「はやく犯人が捕まってほしい」キャスリンがいった。「こうして他人の行状を穿鑿《せんさく》してまわるのは、それ自体が暴力だわ。吐き気がする。世の中には秘密のままにしておくべきことがあるのよ」キャスリンは立ちあがった。「どうか、こういった質問を母にしないでもらえませんか、ジミー？　父はこのことを母には話していなかっただろうし、母が父のしていたことに気づいていたとは思えません。たとえ、目のまえに証拠がぶらさがっていたとしても」キャスリンは校庭のほうへ目をむけた。外は暗すぎて、その先の草地は見えなかった。レイヴン岬の灯台には、すでに明かりがついていた。

「きみは気づいていた?」ペレスも立ちあがっていた。キャスリンの顔をのぞきこんだが、その表情からはなにも読みとれなかった。

「父がなにかで興奮しているのは、わかりました。あたらしい事業か女性で、生き生きとして若返っていた。父は野心家だったんです、ジミー。そして、老いるのを恐れていた。でも、くわしいことは知りませんでした」口調が苦々しいものへと変わった。「セックスと金儲けがひとつにまとまっている。父がそれに抵抗できたはずがないわ。最高のプロジェクトだと思っていたでしょう」

「申しわけない」ペレスはいった。「こんなこと、きみは知るべきではないのに」キャシーがこういった立場に置かれたらと考えると、ペレスは胸が痛んだ。

「父は欠点のある人でした。わたしに気まずい思いをさせるようなことをした。わたしを怒らせるようなことを。でも、なにを聞かされようとも、わたしの父への愛が薄れることはありません」間があく。「もうそろそろ母のところへ戻らないと」キャスリンは練習問題集を粗布のバッグにいれ、ドアの鉤からレインコートをとった。

ふたりはそろって校舎の張り出し玄関に出た。キャスリンが外からドアに鍵をかける。

「ごめんなさい、ジミー。あなたにあたったりして。あなたは自分の仕事をしているだけなのに。父のこととなると、つい過剰にかばってしまうんです。昔からそうでした。ほかに殺人犯を見つけるのに役立ちそうなことがあれば、なんでも訊いてください」

「ヘイ一家を知ってるかな?」その質問がどこから出てきたのか、ペレスは自分でもよくわからなかった。

「ええ、もちろん。学校の活動にすごく協力的なお宅で、農場のビニールハウスで栽培している作物を生徒たちに見学させてくれています。生物の授業の一環として。どうしてです？」

「あの家の息子のひとり、アンディが、きみのお父さんと言い争っているところを目撃されている。お父さんが殺される二週間ほどまえに。その言い争いの原因に心当たりは？」

「まったくありません。でも、父は議論するのが好きでした。評議員の活動を楽しんでいた理由のひとつは、それです。父にとっては、スポーツとおなじだった。たぶん、なんでもなかったんでしょう。アンディのことは、すこし知っています。彼がまだ小さかったころに、青少年劇団でいっしょだったんです。やさしい子でした。誰とも喧嘩なんかしません。父と言い争っていたというのは、きっと根も葉もないうわさなんじゃないかしら」キャスリンはペレスの腕にふれると──別れぎわの和解のしぐさだ──自分の車のほうへと駆けていった。

ラーウィックに戻る車中で、ペレスはラジオをつけた。ラジオ・シェトランドでは天気予報をやっていた。風と雨はこの先もつづく見込みで、シェトランドではまた地滑りの起きる可能性があるということだった。

36

サンディはアンダーソン高校の事務室に立ち、事務職員が電話を終えるのを待っていた。昔から学校は苦手だった。学生時代にいい友だちを何人か作れていたものの、そこで教わったことはほとんど覚えていなかった。かろうじて記憶に残っていた知識を総動員して警察官にはなれたが、頭に無理やり詰めこんだ情報がそれ以外で役にたったことは一度もない気がした。あの退屈な日々に意味があるとは、とても思えなかった。

一日の授業が終わろうとしているところで、教室の閉じたドアのむこうではくぐもった声がしていた。ときおり教師が静かにしろと呼びかけていたが、その声に力はなく、誰もがただ授業が終わるのを待っているだけなのがわかった。事務職員が受話器を置いて、デスクにやってきた。もう定年間近にちがいなかった。小鳥のような体格。みじかい白髪。大きな眼鏡。サンディが生徒だったころから、ほとんど変わっていない。

「あなた、見覚えがあるわね」事務職員が眼鏡越しにサンディを見た。

「サンディ・ウィルソンです」サンディは授業に遅刻した十四歳の少年に戻っていた。おどおどしていると同時に、挑むような態度。

「そうそう。あのやんちゃなウォルセイ島の男の子たちのひとりね！」事務職員が当時とおなじ笑みを浮かべた。「それで、どんなご用かしら、サンディ・ウィルソン？　いまじゃ、りっぱになったんですってね。あなたがこの美しい島々の法と秩序を守るだなんて、いったい誰が想像したかしら？」

サンディはどうこたえていいのかわからず、その場しのぎの笑みを浮かべてみせた。「ヘイ家の兄弟について、誰かから話を聞きたいんです。アンディとマイクルについて」

「アンディはもう卒業しているけれど、彼を教えていた先生はほとんどがまだここにいるわ。サリー・マーティンと話すのがいちばんいいんじゃないかしら。アンディに英語を教えていたし、彼はその授業でずっと優等生のひとりだった。マイクルのクラス担任はフィル・ジェイミソンで、いま職員室にいるわ。まずジェイミソン先生と話をしてきたら？　マーティン先生には、授業が終わったらあなたのことを伝えておくから」

職員室のまえに立つと、いまだにサンディは自分を詐称者のように感じた。だが、大人になってからここへきたのは、これがはじめてではなかった。レイヴンズウィックでべつの殺人事件が起きたとき――冬のことで、フラン・ハンターが雪のなかに横たわる女子学生の死体を発見していた――サンディはこの学校にきて、亡くなった女子学生の友人たちの話を聞いたのだ。そして、そのあとで職員室に案内され、そこでいまとまったくおなじ不安を感じていた。敵陣地に迷いこんでしまったような感覚だ。サンディは職員室のドアを軽く叩いた。男性の大きな声で、「どうぞ」という返事がかえってきた。ドアをあけると、古いコーヒーと古い建物の匂いがした。

中年男性がひとり、隅にすわって新聞を読んでいた。ほかには誰もいなかった。

「ジェイミソン先生ですか？」

「どちらさまかな？」シェトランドの出身なのかもしれないが、そのしゃべり方はほかのさまざまな土地の影響を受けており、訛りがほとんどわからなくなっていた。

サンディは自己紹介をした。

「それで、ご用件は？」

「トーインで起きた殺人事件の捜査で、現場ちかくの住人全員について、お決まりの聞き込みをおこなっています。そのなかに、ヘイ一家もふくまれていまして」

「だから、マイクル・ヘイについていろいろ訊きたい？」

サンディはうなずいた。

「ほかの先生たちが戻ってくるまえに、不味いコーヒーはどうかな」フィル・ジェイミソンがコーヒーメーカーのほうを顎で示してみせた。「ただし、いっておくが、そいつはおそらく休憩時間からずっとそこにある」

「いえ、けっこうです」

「賢明な選択だ」フィル・ジェイミソンはうなずいて、となりの椅子をサンディに勧めた。「さてと。なにを話したらいいかな。マイクルは目立たない生徒のひとりだ。問題行動に悩まされたことは一度もない。とりたてて頭がいいわけではないが、とくに助けが必要なほど出来が悪くもない。安定していて、ぶれがない。すこし退屈といえるかもしれないが、目立ちたがり屋の多いうちみたいな学校では、じつに新鮮だ。彼は自分の将来をすでに決めている。父親といっしょに農場をやりたいと思っているんだ。母親のほうは、そのまえにまず農業大学にいかせたいと考えている。視野をひろげさせるために。だが、マイクルはそれを無意味だと考えていて、父親もおなじ意見だ。頑固なところのある子だから、たぶん自分の思いどおりにするんじゃないかな」

「彼には恋人がいます」サンディはいった。

「ジェマか」教師がほほ笑んだ。「似たり寄ったりの生徒だ。マイクルよりもやや口数が多いくらいで。彼女は自分の意思をとおして、上級課程に進まずに卒業した」

「それでは、マイクルにはこれまで心配な点はなにもなかった？　いきなり怒りを爆発させたりとか？」

「まったくない。見た目どおりの人物だ。彼が腹をたてるのを見たのは、一度しかないんじゃないかな。相手はアンディだった」その名前に心当たりがあるかどうかを確認しようとして、ジェイミソンがサンディのほうを見た。

サンディはうなずいた。「マイクルのお兄さんですね」

「兄弟であそこまでちがうのは、めずらしい。アンディは頭が良くて、好きにならずにいられない魅力をそなえていた。たとえ、すごく生意気な口答えをしているようなときでも、憎めないんだ」

「そのあとにつづくのは大変だったにちがいない」

「そうだな。だが、マイクルはそもそもあとにつづこうとはしていなかった。それどころか、アンディのことをすこし恥ずかしく思っていた節さえある。恰好つけだと。彼がお兄さんのようになりたがっているとは、一度も感じたことがない」

部屋の隅でベルが鳴り響き、サンディはその甲高い音にぎょっとした。一日の授業の終わりを告げる合図だ。サンディは急いでつぎの質問をした。ほかの教師たちが戻ってきたら、訊く機会がなくなってしまうかもしれなかった。「マイクルがアンディに対して怒ったとき、いったいなにがあったんですか？」

「原因は、よく知らない。どうやらアンディは、その日ずっとマイクルをからかっていたらしい。ジェマのこととか、ふたりともなにもしないうちに落ちつくなんて年寄りみたいだとか。〝もういいから、さっさと結婚しちまえよ〟。そして、ついにマイクルが反撃に出た。すくなくとも自分にはガールフレンドがいるが、アンディは口ばっかりで行動がともなっていない。想像しているだけで、彼の異性関係は夢物語にすぎない、と。そして突然、ふたりは十二歳児のように校庭で取っ組みあっていた。それをみんなが取り囲んで、はやしたてた。どういう状況か、わかるだろう」

サンディはうなずいた。よくわかっていた。悲鳴をあげる女の子たち。「やれ！　やっちまえ！」と叫ぶ男の子たち。そこへ教師が駆けつけて、喧嘩をしている連中をひきはなす。

「まあ、それだけのことだ。大した事件ではなかった」ジェイミソンが新聞を折り畳んだ。

廊下で足音がしていた。窓の外で大勢の生徒たちが雨のなかを校門のほうへと駆けていくのが見えた。なかにはコートを着ていないものもいた。サンディは思いだした。学校に大きなコートを着てくるのが、なぜかひどくダサいとされていたことを。

職員室のドアがあいて、教師たちが笑いさざめきながらはいってきた。若い女性がサンディにちかづいてきて、手をさしだす。小さなスカート。厚手の黒いタイツ。長いブーツ。「あなたがサンディね。アンディのことで話があると、マギーから聞きました」

サリー・マーティンはコーヒーをあたらしく淹れてくれたが、コーヒーメーカーが動きだすころには、職員室はふたたびがら空きになっていた。教師たちは帰れなくなることを恐れて、すぐに帰路につきたがっていた。かれらは出ていくときに、またべつの地滑りが発生する可能性について話していた。

「あなたは大丈夫なんですか?」サンディはコーヒーのマグカップをサリー・マーティンから受けとりながらいった。すごく若く見えるので、彼女自身が生徒といってもとおりそうだった。

「すぐに帰らなくても?」

「ああ。わたしはラーウィックのフラットに住んでいるので、歩いて帰れます。この悪天候では大変でしょうけど、こういうのはまだ物珍しくて、暴風雨のなかにいるスリルを楽しんでいます」そのしゃべり方はイングランド人で、深みのある上品な声をしていた。

「教えるのは、ここがはじめてですか?」きっとそうにちがいない、とサンディは思った。若く見えるというだけでなく、そのまばゆいばかりの熱意のせいだ。

「ええ。両親が島マニアで、わたしと兄も子供のころにここに連れてこられたことがあります。ちょうど大学を卒業して教員教育を終えたときに、この学校の教員募集の広告が目にとまりました。採用は無理だと思っていましたけれど、ほら、このとおり。いまは三年目で、とても満足しています」サリー・マーティンがサンディを見あげた。「マギーの話では、あなたはレイヴンズウィックで起きた殺人事件の捜査をしているのだとか」いったん言葉をきって、「すこし顔をしかめる。なぜかサンディは、そのしぐさから女優を連想した。つねに観客を意識している。もしかすると、それは彼女が美人なせいかもしれなかった。みつめられることに慣れているのだ。「そういったことにアンディがかかわっているとは、とても思えません」

「これはお決まりの聞き込みです」サンディはいった。「犯罪現場のそばに住む人については、全員調べることになっているので。その必要があることは、おわかりいただけますよね」

「もちろんです」

「それで、事務室でこういわれました――アンディ・ヘイについて知りたければ、あなたに話を聞くのがいちばんだって」

「ここに赴任してはじめて会った生徒が、アンディでした」サリー・マーティンがいった。

「彼は校長先生にいわれて、わたしに校内を案内してくれたんです。第六学年になったばかりで、その年頃の子らしく、いきがっていました。ほら、いきなり自分は大人だと感じるようになる年頃ですから。それに、アンディは面白かった。教室のまえをとおるたびに、ほかの先生方の特徴をみじかくまとめて説明してくれました。ときには、すこしくさしながら。増長させてはいけないとわかっていたものの、わたしは思わず笑っていました」

「授業で彼を教えていたんですよね？」どうして自分にはサリー・マーティンみたいな教師がひとりもいなかったのか、サンディは不思議でならなかった。

「英語と演劇を。アンディはどちらでも、とても優秀な生徒でした。創造力を発揮して思いきったことをやるだけの自信をそなえていた。わかるでしょ」

サンディはわからなかったが、とりあえずうなずいてみせた。と同時に、ヘイ家の農場で見かけた若者からはそれほどの自信は感じられなかった、と考えていた。この学校を卒業してから、大学をやめてシェトランドに戻ってくるまでのあいだに、いったいなにがあったのか？もしかすると、大学でほかの頭のいい学生たちと出会って、自分がそれほど賢いわけではないことに気づかされ、ショックを受けたのかもしれない。サンディの友だちのなかにも、本土へいったはいいものの、結局こちらに戻ってきたやつが何人かいた。その他大勢のひとりとして大都会でじたばたするよりも、小さな世界の大物でいるほうがよかったのだ。

「彼にガールフレンドは？」

「いなかったと思います」サリー・マーティンはコーヒーを飲み終えており、脚を組んだ。サンディはそちらに気をとられないようにした。「アンディは〈マリール芸術センター〉を溜まり場にする芸術家肌の子たちとつるんでいて、青少年劇団にも参加していました。でも、特別な子はいないようでした」

「もしかして、ボーイフレンドは？」

サリー・マーティンはすこし考えていた。「アンディはゲイかもしれないと？　それはないんじゃないかしら。それに、ゲイだとしても、彼がつきあっていた人たちのあいだでは、どうってことなかったでしょう。実際のところ、この学校でも」

「ジェイミソン先生の話では、弟と喧嘩騒ぎを起こしたとか。女の子のことで」サンディは、ウィローとペレスのもとになにか成果を持ち帰りたかった。

「その話は聞きました。原因については、知りません。たぶん、マイクルがはじめたのだと思います。アンディは喧嘩をするような子ではないので」サリー・マーティンはちらりと笑みを浮かべたが、ほんとうのところは興味を失いつつあるのがサンディにはわかった。もう家に帰りたいのかもしれなかった。荒天から逃れて、夜をゆったりとすごしたいのかも。ラーウィックのフラットにはひとりで住んでいるのだろうか、という疑問がサンディの脳裏をかすめた。

「アンディは大勢の人のまえで、被害者のひとりと言い争いをしていました」サンディはいった。「トム・ロジャーソンと」

「そちらの原因にかんしては、想像がつきます。青少年劇団のメンバーの大半が、機会さえあればトム・ロジャーソンに食ってかかっていたでしょう。彼は評議員として、芸術関係の助成金を七割削減する方向へもっていこうとしていましたから。でも、それが殺人の動機になるとは思えません」サリー・マーティンがサンディのほうをむいた。みじかい黒髪が揺れて、光が反射した。

「そうですね」サンディは同意した。それに、それではアリソン・ティール殺しのほうは説明がつかなかった。彼女が演技の世界にいたのはずっと昔のことだし、シェトランドの政治とはなんの関係もなかったはずだ。

サリー・マーティンの携帯電話がうなりをあげた。彼女はメッセージに目をとおしてほほ笑むと、指をすばやく動かして返事を送った。「よかった！　ボーイフレンドの仕事がはやく終わったので、家まで車に乗せていってもらえることになりました」

どうやら、暴風雨のなかにいるスリルは、その魅力を失ってしまったようだった。サンディは自分が彼女とふたりで悪天候と闘いながら町なかまで歩いていくところを想像していたので、なぜか憤りをおぼえた。まるで、彼女に気をもたせられたとでもいうように。とはいえ、それが馬鹿げた考えであることは、重々承知していた。

「彼は外で待っています」サリー・マーティンはすでに立ちあがって、コートを着ようとしていた。「もういいですか？　ほんとうに、これ以上はお役にたてそうにありませんので」

「ええ、けっこうです」サンディは車に同乗させてもらえないか訊いてみようかと思ったが、やめておいた。窮屈な後部座席にすわって、恋人たちがそれぞれの一日について報告しあうのを聞いているのは、すごく気まずいだろう。ふいに彼は、イェル島にあるルイーザの家が恋しくなった。彼女の母親が窓辺の椅子にすわっている、あの静かな部屋にいたかった。学校の玄関口に立ち、サリー・マーティンが車にむかって駆け足で校庭を横切っていくのをながめながら、サンディはこう考えていた——彼女なら、若い男の心をとことんひっかきまわすことができそうだ。アンディ・ヘイは、この教師にいくらか想いを寄せていたのだろうか？　彼をその気にさせるようなことを、サリー・マーティンはなにかしたのか？　彼がシェトランドに戻ってくることにしたのは、そのせいだったのか？

警察署に着くころには、サンディのズボンはぐしょ濡れになっており、コートの襟からは雨がはいりこんできていた。だが、彼は菓子パンを買うのを忘れていなかった。会議室のドアをあけると、ペレスとウィローが友だちに戻ったみたいな感じでおしゃべりしていた。ふたりはサンディの姿を見て小さな歓声をあげ、放熱器に掛けた彼のコートから湯気が立ちのぼりはじめると声をあわせて笑った。ウィローがポットで紅茶を淹れ、皿に菓子パンをならべた。このふたりがいれば事件はすぐにでも解決されそうな気がして、サンディは大船に乗ったような気持ちになった。

37

ペレスがキャスリン・ロジャーソンとの話を終えて警察署に戻ってみると、ウィローはジョナサン・ティールの事情聴取を録画で見なおしているところだった。狭い部屋の机のまえで背中を丸め、肩には髪の毛がかかっている。それを見て、ペレスはまえの晩のことを思いだした。彼女の首筋をなで、緊張をもみほぐしたときのことを。

ラーウィックにむかって車を走らせていたあいだじゅう、ペレスは昨夜のことを彼女と話しあうべきかどうかで頭を悩ませていた。べつにウィローのほうにもその気がなかったわけではないが、それでも謝っておいたほうがいいだろうか。すまない。ふだん、女性を家に招いておいて、あんなことをしたりしないんだが。そのとき、べつの考えが頭に浮かんできた——ウィローは機会があれば、こうしたことをしているのかもしれない。あと腐れのないセックス。成人どうし同意の上でなら、なにも悪いことはない。そう考えると、ウィローもペレスもそれについてはなにもいう必要がないのではないか。ペレスがこの件をもちだしたら、ウィローからなんでもないことで大騒ぎしていると思われてしまうかも。ペレスはふたたびフランの声を耳にした。ジミー・ペレス、あなたはたぶん世界でいちばんいい人よ。でも、心配しすぎ。

しかし、これには大きな——そして、決定的な——問題があった。ペレスはあと腐れを望んでいたのだ。職場でのたわむれとか一夜かぎりの情事は嫌だった。そういうものには一度も惹かれたことがなかった。自分にはもっといいものがふさわしいと考えるくらい傲慢だった。もしくは、愚かなくらいロマンチックだった。いまペレスは、自分の気持ちを理解していた。ウィローをおのれの人生の一部にすることを望んでいた。もしも責任のない自由な立場にいたら、彼女と上手くやるための方法を見つけようとしていただろう。レイヴンズウィックからの車中で、ペレスの考えはそこまで整理されていた。だが、その場合、キャシーの世話をするという約束はどうなるのか？　まだ幼い義理の娘の人生にべつの女性を招きいれるなんて、いったいなにを考えているのか？　フランは彼に娘を託した。そんなことをすれば、フランに対する最悪の裏切りになるような気がした。

オフィスにはいっていったとき、ペレスはまだどういうふうにことを進めようかと考えていた。ジョノ・ティールの事情聴取を見なおしていたウィローが画面からふり返り、ペレスにほほ笑みかけた。

「ジミー・ペレス、あなたに避けられてるんじゃないかと思ったわ」

「避けてたのかもしれない」

突然、ウィローがボタンを押し、ジョノ・ティールの顔が画面で静止した。「あなたに知っておいてもらいたいことがあるの。わたしは同僚全員とベッドにはいったりはしない。プレッシャーをかけるつもりはないけれど、こうしたことを軽々しく考えてはいないの」

ペレスはじっとウィローを見た。いまのも自分をからかっているのだろうか、という考えが頭をよぎる。だが、彼女は黙ってペレスの返事を待っていた。「わたしもだ」ペレスはいった。

ウィローが頭をのけぞらせて笑った。「ジミー・ペレス、わたしがそれを知らないとでも思った？　あなたはどんなことであれ、なにかを軽々しくするような人じゃない。これまで出会ったなかで、いちばん生真面目な人だわ」

「いろいろと込みいっててね」ペレスはいった。

「ええ、それはわかってる。罪の意識と責任感。それに、わたしがたぶん理解していないさまざまな大人の感情。あなたには頭のなかを整理する時間が必要だわ」それから、ふいに真面目になってつづける。「わたしは待つことができる、ジミー。すくなくとも、しばらくのあいだは」そういうと、ウィローはスイッチを操作して、ペレスが事情聴取を最初から見られるようにした。

ほどなくして、ふたりは会議室へ移動した。そこへ、サンディが高校から戻ってきた。ずぶ濡れで大変なことになっていたが、その手には通りの店で買った菓子パンの袋が握られていた。

袋はコートの下にいれてあったので、ほとんど濡れていなかった。そこまでして菓子パンを用意してくれたサンディに対して、小さな歓声があがった。

「ああ、サンディ、すまない」ペレスはいった。「レイヴンズウィックから戻るときにおまえに電話して、途中で拾ってくればよかった。ほかにもいろいろと考えることがあって、うっかりしてた」

ペレスと目をあわせたウィローが小刻みに笑いはじめたが、サンディはコートを放熱器に掛けるのに忙しくて、それには気づいていなかった。

「さてと、これからどうする?」ウィローがふたたび事件に集中して、口火をきった。「アリソンの弟の話から、われわれの考えが正しかったことが確認されたわ。彼女とトム・ロジャーソンはシェトランドで売春婦を斡旋していた。たぶん、お得意さんはおもに水上ホテルやサロムのホテルに滞在している男たちね。でも、顧客のなかには島民もいたと思われる」

「それじゃ、犯人はその商売を叩きつぶしたがっているんですかね?」サンディはチョコレート・ブラウニーを食べていて、言葉がくぐもっていた。

「母親から、口にものをいれてしゃべるなと注意されなかったのか?」だが、ペレスはサンディの説にも一理あると考えていた。「だとすると、犯人はどんな人物だと考えられるかな? 売春行為そのものを憎む狂信者とか? そのサービスを利用していた男の怒れる妻とか?」

「そういう人物のなかで、都合よくどちらの犯罪現場にもすごくちかいところに住んでいる人がひとりいるわ」ウィローがいった。

「ジェーン・ヘイか?」

ウィローはうなずいた。「ケヴィン・ヘイがトム・ロジャーソンに金を支払っていたのは、まぎれもない事実よ。そして、アリソン・ティールは文字どおりヘイ家の目と鼻の先で暮らしながら、そこでなにかしらの活動をおこなっていた。にもかかわらず、ケヴィン・ヘイはそこに人が住んでいたことを知りもしなかったと主張している。そうなると、彼はなにか隠していると考えざるをえないわ。きっと客のひとりだったのよ。奥さんがそれに気づいていたのなら、彼女にはどちらの殺人についても動機があったことになる。そして、彼女以上に機会に恵まれている人は、ほかにいないわ」

「どうかな」ペレスは自分の知っているジェーン・ヘイについて考えてみた。彼女はフランの友だちだった。それほど親しくはなかったが、フランは農場のほうへ写生に出かけると、よくヘイ家に立ち寄ってコーヒーをご馳走になっていた。フランはサイモン・アグニューとも友だちだった。こういったご近所さんたちが事件に巻きこまれているのを知ったら、彼女はどのような反応を示していただろう? フランはジェーンのことを冷静な女性と評していた。彼女なら、どんな事態にでも動じずに対処できそうな気がするわ。ペレスも同感だった。たとえ夫がどれほどひどいことをしようとも、それで頭に血がのぼって人をふたり殺すような女性には思えなかった。

そのとき、ペレスはキャスリンの発言を思いだした――〝父は恥ずべきことをしていた? 誰かが父を殺さなくてはと思うくらいのことを?〟。恥というのは、さまざまな形で働くものだった。もしかすると、ジェーン・ヘイの過去にはなにか恥ずべきことがあって、トム・ロジャーソンかアリソン・ティールがそれを探りだしたのかもしれなかった。ジェーンが人を殺してまで隠しておきたいと思うようななにか……。ペレスはその可能性について口にしてみたものの、話がサイモン・アグニューの専門領域に迷いこみつつあることに気づいて、すぐに自分から取り下げた。それは刑事ではなく、精神分析医があつかう問題だった。

「高校ではなにか収穫があった、サンディ？」ウィローがたずねた。「先生たちと話をしたときに、ジェーン・ヘイの名前は出てこなかった？」

「マイクル・ヘイについてたずねたときに、一度だけ。母親はマイクルを大学にいかせたがっていますが、本人はここにとどまって農場で働きたいと考えてます」サンディはすまなさそうな顔になった。「でも、息子たちについて訊くのに夢中で、両親のことは頭になくて。すみません」

「興味をひかれるような情報は？」

「あんまり。アンディは頭のいい生徒でした。溌剌としていて、芸術にかぶれていて、ちょっと生意気で、でもそれが問題にならないくらいの魅力をそなえていた。もしかすると、英語の先生に気があったのかもしれません。その女性教師は、ちやほやされるのが好きそうな感じでしたから。先生になったのも、自分にうっとりとなった信奉者が欲しかっただけなのかも。たとえ生徒のひとりからであっても、想いを寄せられたら、それを思いとどまらせようとはしない気がします」サンディは言葉をきると、音をたてて紅茶をすすった。

ペレスはい

「それで、マイクルのほうは？」ペレスはたずねた。ヘイ家についてよりくわしくなることがなんの役にたつのかはよくわからなかったが、あの家族に捜査の焦点を絞るべきだという確信はますます強まっていた。

サンディは肩をすくめてみせた。「彼について話してくれた先生は、あまり目立たない生徒だとしかいってませんでした。とりたてて頭がいいわけではないが、助けが必要なほど勉強ができないわけでもない」サンディは顔をあげると、にやりと笑った。「学校にいたころのおれと、すこし似てるかもしれません。アンディとマイクルの兄弟仲は、それほど良くなかったみたいです。ふたりは一度、校庭で取っ組み合いの喧嘩をしています。アンディが最終学年にいたときに。その原因がなにかは、誰も正確には知りませんでした。でも、どうやら女性のことでからかっているうちに、それが手に負えなくなったらしいです」ここで言葉をきる。「あと、サリー・マーティンが――アンディの英語の先生です――彼とトム・ロジャーソンが路上で言い争っていた件で、ちょっとした手がかりをくれました。彼女の話によると、トム・ロジャーソンは評議会で芸術関係の助成金の削減を主張していたようです。青少年劇団のメンバーは、全員がそれに反発していた」

「でも」ウィローがまえに身をのりだした。「それだったら、警察に質問されたときに、アンディは自分からそういっていたはずよ。政治的な主張をするいい機会だから。あの路上での口論は、もっと個人的なものだった」

「父親がトム・ロジャーソンのところの女性と会っていることに気づいたとか？」ペレスはい

った。無責任な親のために立ちあがる子供という点で、キャスリン・ロジャーソンとアンディ・ヘイにはつながりがあった。「それならば、アンディがそわそわしていたことの説明がつく。彼は父親が犯人だと考えているのかもしれない」

「それか、彼自身が犯人なのかも」ウィローがいった。「ドラマチックなことが好きな若者という印象があるから、殺人を復讐ととらえていた可能性はないかしら？　父親を堕落させ、母親につらい思いをさせたことへの復讐と」

「それはちょっと考えすぎなんじゃないかな？」ペレスはいった。まるで、フランがときおり冬の夜遅くに楽しんでいたゴシック系の映画のような筋書きだった。そもそも、あの若者に性道徳という概念があるかどうかさえ、さだかではなかった。

「ええ、わかってる。いまのは、藁をもつかむ思いでいってみただけ。手もとにはたくさんの情報が集まっているのに、犯人のほうはさっぱり見当がつかない」ウィローがペレスを見た。「あなたの考えは、ジミー？　あなたはこの土地を知っている。つぎはどうする？」

「まだ基礎の捜査が残っている。お決まりの作業が。空港に着いてからのトム・ロジャーソンの行動を突きとめる必要がある。彼を見かけた人物がいるはずだ。空港の駐車場に車をとめたあとで、そのままただ消えてしまうなんてことはありえないんだから」言葉をきる。「それくらいで、あとは待つしかないだろうな」

「殺人犯がミスを犯すのを？」

「それか、また誰かを殺そうとするのを。ヘイ家に秘密があるのは、たしかだ。あの家族のなかには、自身が犯人ではないにしても、誰が犯人かを知っている――もしくは、目星をつけている――人物がいるのかもしれない。だから、かれらから目を離さずにいよう」

ウィローがうなずいて、賛成の意を示した。「サンディ、もう一度、空港へいってきてちょうだい。地元の人は、あなたになら口をひらくわ。見張りのほうはどうするつもりなの、ジミー？　ひと気がなくて遮蔽物もないところにこっそり見張りを配置するのは、至難の業よ」

「うちからなら、ヘイ家がよく見える」

「ああ、なるほど。朝からずっと家にいて紅茶を飲んでいる口実ができたわけね？」

ペレスは降参のしるしに両手をあげてみせた。「一日だけくれ」という。「ときとして、待つのはいちばん大変なんだ」

ウィローがペレスを見た。その目には理解の色が浮かんでいた。「一日ね。必要なのはそれだけだと、あなたが確信しているのなら」

ペレスは徒歩でウィローを宿屋まで送り届けた。雨はやや小降りになっていた。路地の突き当たりの酒場から、いきなりヴァイオリン《フィドル》の演奏が聞こえてきた。今夜は水曜日の晩ということで、地元の愛好家たちが集まってみんなで音楽を提供しているはずだった。夏のあいだは店は観光客でいっぱいになるのだが、今夜は時間がはやいこともあって、演奏者以外はほとんど人の姿がなかった。

「コーヒーを飲んでいかない、ジミー？　きっと宿のご夫婦もあなたに会いたがってるわ」

ペレスは腕時計に目をやった。「ああ、いいね」ふたりの将来について決断をくださなくてはならないとわかっていたものの、ペレスはウィローといっしょにいて、すごく穏やかな気分だった。どのような結論をだそうとも、ふたりはこれからも上手くやっていけそうな気がした。ペレスはウィローのあとにつづいて暖かい建物のなかへとはいっていった。地下のキッチンでは話し声がしていた。厚手のカーテンがひかれているため、外にいたときはなかの様子をうかがうことができなかった。

「ねえ、ジミーも連れてきたわ。かまわないかしら」ウィローは先にたって階段をおりながら声をかけた。

ロージーは大型こんろ《アーガ》のそばの椅子にすわっており、旦那のジョンが紅茶を淹れていた。いつもとはちがう匂いがしていた。乳の匂いだ。

「ほら、はいって！」ジョンがいった。「息子に会ってくれ」

そのとき、ペレスはうとうとしているロージーの腕のなかに赤ん坊がいることに気がついた。

「きのうの晩に生まれたんだ」ジョンがいった。「ウィロー、あなたはいなかったから、書き置きと朝食を残しておいたんだが。いま病院から帰ってきたところで」

「そうだったの」ウィローがいった。「きのうの晩はここに戻らなかったの。あることがもちあがって」いまのが内輪の冗談なのか確かめようと、ペレスはウィローのほうを見た。だが、彼女の目には赤ん坊しかはいっていないようだった。黄色い毛布につつまれたピンクでしわしわのかたまりだ。「名前は？」

「まだ決めてないの」ロージーがほほ笑んだ。「どんな名前がぴったりくるのかわかるまで、待とうと思って」

「でも、プルーンそっくりだからといって、そう呼ぶわけにはいかない」ジョンがつづけた。

「べつの名前を考えないと」お湯をティーポットに注ぐ。「紅茶は？　それと、誕生を祝ってお酒も？」

「ふたりきりになりたいんじゃない？」ウィローはまだ赤ん坊をみつめていた。「家族として迎える最初の晩だから」

「それなら、この先、何年もあるわ」ロージーが立ちあがって、赤ん坊をウィローに渡した。

「はい。おしっこにいっているあいだ、あやしておいてちょうだい。すこし時間がかかるかもしれないから」だぶだぶのパジャマに大きなスリッパという恰好で、ロージーはすり足で階段へとむかった。「なにをするにも、すごく時間がかかるの」

「彼女を見せたかった」ジョンがいった。「ほんとうに勇敢で」

ウィローがテーブルのまえの椅子に腰をおろして膝の上で赤ん坊の姿勢を整えているあいだに、マグカップと小さなグラスが用意され、それぞれに紅茶とウイスキーが注がれた。

38

ジェーンは窓を叩く雨の音で目をさました。頭が混乱していた。夢で、どこかべつの場所へいっていたのかもしれない。また飲んでしまったのかと思って、一瞬、パニックに見舞われる。口のなかに、飲み騒いだあとの自己嫌悪と挫折感を思い起こさせる味が残っていた。そのとき、ケヴィンが寝返りをうったので、ジェーンは自分がいまベッドのなかにいて、依然として意志強固でしらふであることを悟った。いや、意志強固かどうかはともかく、とりあえずはしらふだ。だが、それにもかかわらず、現実には安心させてくれるものがほとんどなく、彼女はふたたび眠りに落ちていった。

つぎに目がさめたとき、ケヴィンはベッドにおらず、部屋には明かりがついていた。彼はすでにシャワーを浴びていて、腰にタオルを巻いて立っていた。髪の毛が濡れている。ジェーンを見おろすそのまなざしは、まるで父親のようだった。彼がずっとそばにいてくれたことに感謝しなくては、とジェーンはあらためて思った。ほかの男だったら、とっくの昔に彼女に愛想を尽かしていただろう。

「旅行にいくのはどうかと思ったんだ」ケヴィンがいった。「ふたりきりで、みじかい休暇をとる。子供たちはもう放っておいても大丈夫な年頃だし、いまの時期は仕事のほうもそう忙しくない」そういいながら、ジェーンのそばのベッドの上に腰をおろす。濡れたタオルでシーツが湿ってしまうことを、ジェーンは気にしないようにした。「どうかな?」

「いいわね! どこへいく?」

「暖かいところだ」ケヴィンがいった。「モロッコとか。おれたちもすこし冒険すべきだ」

ジェーンは熱い砂や色鮮やかな香辛料のならぶ市場を想像した。「いいわね。それに、あなたのいうとおり——わたしたちにはふたりだけの時間が必要だわ」だが、子供たちを置いていけるはずがないという考えが、すぐに頭に浮かんできた。殺人犯が捕まらないうちは。状況がいまと変わらないうちは……。

「直前予約の割引がないか、ネットで調べてみるよ」ケヴィンは身をかがめると、ジェーンの唇に軽くキスをした。「それに、おれたちが戻ってくるころには、殺人犯はもう捕まってて、すべては終わっているかもしれない」立ちあがって服を着はじめた夫をながめながら、ジェーンは彼のほうが老けるのが遅いと考えていた。その肉体はまだ若々しさを保っており、息子たちの兄といってもとおりそうだった。だが、自分も事件のことを考えていたくせに、ジェーンは夫が殺人犯のことを口にしないでいてくれたらよかったのにと思っていた。彼のせいで、寝室に不快な臭いがもちこまれたような気がした。

しばらくしてジェーンが階下へおりていくと、仕事部屋でケヴィンがコンピュータのキーボードを叩く音が聞こえてきた。夢の休暇をさがしているのだ。だが、なぜかジェーンには、それが実現するとは思えなかった。コーヒーをポットに用意して、上階にいる息子たちにむかって朝食を食べるかと大声でたずねる。すでに夫のために炒め物料理をこしらえようと決めていたので、ジェーンは冷蔵庫からベーコンをとりだすと、平鍋で焼きはじめた。マイクルがキッチンにあらわれた。ソックス以外は、いつでも学校へいける服装になっていた。「アンディはもう出かけちゃった？　車に乗せてってもらおうと思ってたのに」

「まだベッドにいるんじゃないの」だが、はやくもジェーンは例の胃のむかつきをおぼえていた。かつては、上の息子の考えていることならなんでもわかると思えた時期もあった。かれらは似たもの同士だった。だが、いまは家とラーウィックのあいだをさまようアンディがなにをしようとしているのか、皆目見当がつかなかった。

「部屋を見たけど、いなかった」マイクルがいった。

ジェーンは中庭に目をやった。外はまだ暗かったが、仕事部屋の電気スタンドの明かりが中庭にとめられた車をスポットライトのように照らしていた。「車がまだあるから、アンディはそこいらへんにいるはずよ」ほかにいうことを思いつかなかった。だが、いまの説明に自分もマイクルも納得していないのがわかった。アンディは二日前の夜にもどこかへ姿を消し、朝になってあらわれたときには、濡れてげっそりとしていた。そして、母親と話すのを拒んで、自分の部屋に閉じこもった。

「兄貴はきのう自分のベッドで寝たのかな」マイクルがいった。

「最後にアンディを見たのは、いつだった？」マイクルが悪いわけではないのに、それでもジェーンは咎めるような声をださずにはいられなかった。誰か責める相手が必要だった。

「きのうの晩だよ。おとといは見てないけど。ほら、母さんが例の集会にいってた日」

マイクルの声にも、すこし咎めるような響きがあった。これがはじめてではないが、ジェーンの心にある疑問が湧いてくる。息子たちは子供のころ、あの集会のことを――母親が自分たちの世話だけでなく、依存症からの回復にも努めなくてはならなかったことを――どれくらい不満に思っていたのだろう？

「そのときのアンディは、どんな様子だった？」

マイクルは肩をすくめてみせた。洗濯かごをあさってきれいなソックスを見つけてから、こたえる。「むっつりしてた。大学から戻ってから、ずっとそうだろ」

「どこかへ出かけるとはいってなかった？」

「いままで兄貴から大切な話をされたことは一度もないよ。そういう話をされるのは、母さんだ」さらなる不満。だが、その口調には、ほかにもなにかあった。嫉妬だ。「書き置きはなかった？　なにか残しておくといってたけど。でも、兄貴はきのうの夜遅くに戻るんだと思ってた」マイクルはそういうと、冷蔵庫のほうへうなずいてみせた。そこには、たくさんの領収書や写真や紙切れが磁石でとめられていた。

それならそうと、きのうの晩にいってくれたらいいじゃない！　だが、ジェーンはぐっとこらえた。マイクルのいうとおりだった。アンディは昔からずっと……彼女の〝お気にいり〟というのとはちがう。そもそも、そういう感覚をもつこと自体が間違いだった。そう、よりちかしく感じられる息子だ。「あら、だったらいいのよ」ジェーンは、書き置きの内容を確かめよう」と冷蔵庫に駆け寄ったりしなかった。かわりに、平鍋のベーコンをひっくり返した。「ベーコン・サンドイッチを食べる？　よければ、学校へはわたしが車で送っていくわよ。そしたら、雨のなかでバスを待たずにすむでしょ。それに、すこしゆっくりできるし」

「やったね」あまり熱のこもった返事ではなく、どちらかというと譲歩するような感じだった。男たちが朝食を終え、下の息子が通学かばんをとりに上階へいくのを待ってから、ジェーンは書き置きをさがしに冷蔵庫へとむかった。ちかづいていくと、すぐにアンディの筆跡がわかった。大きな字で乱暴に書き殴られている。

いまのぼくはいっしょにいても面白くないから、考えを整理するために、しばらく雲隠れするよ。きちんと面倒をみてくれる人がいるから、心配しないで。それと、たぶん出ないから、電話はかけてこないで。もっと楽しい同居人になったら、戻る。

ジェーンは思わずほほ笑んだ。昔のアンディの片鱗をうかがわせる文面だったからだ。書き置きを冷蔵庫から外すと、若いころにケヴィンからもらったラブレターを両親から隠したときのように、折り畳んでハンドバッグにしまう。マイクルが屋外用の恰好をして、キッチンのドアのところに立っていた。いつでも出られる状態だった。

「で、アンディはどこいったの？」

「一日か二日、友だちのところに泊まるんですって」

「どうして車を置いてったのかな?」

ジェーンはすぐにはこたえられなかった。「さあ、どうしてかしら。酔っていて、運転したくなかったのかもしれない。きっと誰かに乗せてもらったのよ。きのうの晩、車の音がしなかった?」ジェーンは鍵束をとりあげ、ジャケットを着た。

「さあ」だが、マイクルはもはやあまり興味をもっておらず、携帯電話で誰か友だちにテキストメッセージを送っていた。

ジェーンはアンダーソン高校の校門のまえで息子を車から降ろした。マイクルは友だちに合流すると、大またでゆっくりと校内へはいっていった。母親にむかって手をふりさえしなかった。ジェーンはむっとした。アンディなら、あんな礼儀知らずの態度をとったりしないだろう。だが、それをいうなら、マイクルはみじかい書き置きを残しただけで家出をするようなことはなかった。家にむかって車を走らせているときに旧牧師館の明かりが目にはいったので、ジェーンはとっさにハンドルを切り、岬へつうじる小道に車を乗りいれた。牧師館に着いてみると、ドアには鍵がかかっていた。もう一度ノックしたところで、ようやくサイモンが出てくる。

「ふだんは、夜でも鍵をかけたりしないんだ」サイモンがいった。「たぶん、このあたりの住民全員が、外の闇に潜むものに対して多少の恐れを抱いているんじゃないかな」

突然、ジェーンは寒気をおぼえた。サイモンがなにかを恐れることがあるなんて、思ってもみなかったのだ。浜辺でトム・ロジャーソンの死体を見つけたときよりも、危険を実感させられた。

サイモンの耳のうしろには、ボールペンがはさまっていた。そして、ジェーンが彼のあとについてキッチンにはいっていくと、椅子の腕にはノートがのっていた。

「あら、ごめんなさい」ジェーンはいった。「お仕事中だったのね」

「いや、いいんだ。どこかへ売りこもうと論説を書いていただけで、どうせコーヒー休みをとろうとしていたところだ。ただし、もうすぐ〈シェトランド友の会〉の手伝いがあるから、そうゆっくりとはできないが」

そこで、ジェーンはストーブのそばの椅子にすわると、さっそくここへきた理由を説明しようとした。バッグからアンディの書き置きをとりだしてテーブルの上でひろげ、サイモンのほうへ押しやる。

「ケヴィンはなんと？」

「わたしがなんでもないことで心配していると」

「ご主人のいうとおりかもしれない」突風で雨粒が窓に叩きつけられており、ジェーンにはサイモンの言葉がよく聞きとれなかった。「アンディは自分の悩みについて、なにも話してくれていないのか？」

「ええ」ジェーンはコーヒーをすすった。「実際、あの子が姿を隠しているのはそれでだと思う。わたしと話をしたくないのよ」

「行き先に心当たりは？」

「友だちのところじゃないかしら」ジェーンは言葉をきった。「ここはシェトランドよ。そうしようと思えば、あの子がいまどこにいるのか突きとめられる。でも、あの子はそれを望んでいないのだから、わたしはその意思を尊重すべきだわ。そうでしょ？」

「たぶん。それは、きみがアンディの置かれている状況をどう考えているのかによるな。アンディはどれくらいおいこまれているのか」

「わからない」ふたたび雨粒が窓に強く吹きつけられ、鋭い音をたてた。「大学をやめて以来、あの子は変わってしまった。もう、わたしにはなにも話してくれないの」

サイモンが立ちあがって、自分のマグカップを流しに置いた。「あの刑事が、おとというちにきたよ。インヴァネスからきた女性刑事だ。アンディとマイクルのことをいろいろたずねていった」

「なにを話したの？」

「なにも。話すことがないからね」サイモンはジェーンに背中をむけたまま、先をつづけた。「アンディが雲隠れしている件については、おそらく心配する必要はないだろう。大学をあきらめて故郷に戻ってくるというのは、彼の自尊心にとって大きな痛手となったはずだ。そして、そのあとで二件の殺人が起きた。身のまわりに緊張と疑念がたちこめるようになった。きっと当惑し、混乱しているにちがいない」

「あの子は殺人について、なにか知ってるのかしら？」ジェーンは友を見あげた。その答えを聞きたいと思っているのかどうか、自分でもよくわからなかった。

サイモンが彼女をみつめ返した。「アンディが犯人のはずはない」

「もちろんよ！」返事はすぐに口をついて出た。すくなくとも、その点にかんしてはジェーンは確信していた。アンディはやさしい子だった。短気なところはあるが、人の命を奪うことは絶対にない。「でも、誰かを疑っているのかもしれない」

「誰のことが念頭にあるのかな？」その質問は、申しわけなさそうに小声で口にされた。「きみはアンディが誰を守っていると考えているんだ、ジェーン？」

「わからない！　仮説だとか、疑惑だとか——もううんざりだわ」ジェーンは言葉をきった。「アンディは火曜日の晩、ほとんど家にいなかった。どこへいってたのかは知らないけれど、帰ってきたとき、ほんとうにひどい様子だった」

「彼は誰かに相談すべきだ」サイモンがいった。「彼にテキストメッセージを送って、わたしが午後いっぱい〈シェトランド友の会〉にいることを伝えてくれ。きみには話せないと彼が感じているのは、それが身近すぎることだからだとも考えられる」

「なにがいいたいの？」ふいにジェーンは、サイモンの正直さに疑念を抱いた。べつに嘘をついているというのではない。サイモンはいつでも真実を口にするのを恐れなかった。だが、真実をすべて口にするとはかぎらなかった。

「一日待ってみて、アンディに時間をあたえるんだ。寝床を提供してくれている友人か、わたしと話をする時間を」間があく。「それでも彼が姿をあらわさなければ、そのときはジミー・ペレスに相談すればいい」

「そんなこと、できるかしら」ジェーンはアンディの無実を確信していたものの、それでもいまのサイモンの言葉を聞くと、息子を警察に突きだせといわれているような気がした。

「アンディの身に危険がおよぶ可能性だってある」サイモンはよりきっぱりとした口調でつづけた。「すでにふたりが亡くなっているんだ。いまは、きみたち親子の関係よりも彼の安全のほうが重要だ」ふたたび間があく。「彼が誰の厄介になっているのか、ほんとうに心当たりはないのか？」

ジェーンはかぶりをふった。「たぶん、学校時代の友だちのところだと思うんだけど」

「キャスリン・ロジャーソンを訪ねていったとは考えられないかな」サイモンがいった。「あのふたりはおなじ青少年劇団で活動してただろ？　彼女が本土の大学へいくまえの話だ。つねづね思っていたんだが、アンディは彼女にすこし気があったのかもしれない。あの年上の女性に」

だが、ジェーンはいま、アンディとロジャーソン家のべつの人間とのつながりについて考える気分ではなかった。「あの子がラーウィックの相談所にあらわれたら、わたしに連絡するようにいってくれない？　テキストメッセージで無事を知らせるだけでいいからと」

「もちろんだ」

「それじゃ、論説のつづきにとりかかってちょうだい」

サイモンは戸口まできて、ジェーンを見送ってくれた。外では雨が降りつづいており、レイヴン岬の先端は霧につつまれていた。

帰宅する途中で、ジェーンはジミー・ペレスの家のまえをとおりかかった。車がまだとまっているのを目にして、一瞬、いまここでペレスの家に立ち寄って助けを求めたい衝動に駆られる。アンディの身に危険が迫っているかもしれないのであれば、すぐに彼をさがしはじめてなにが悪いというのか？　だが、彼女はそのまま車を走らせつづけた。アンディは無事を知らせる書き置きを残していった。きっと、いまごろ友人といっしょに二日酔いをさましているか、遅めの朝食をかきこんでいるのだろう。ジェーンはすでにテキストメッセージを送って、ラーウィックにいるサイモンに会いにいくように息子に伝えていた。彼からサイモンに連絡があれば、ジェーンにも通知がくる。心配することは、なにもなかった。これ以上できることは、なにも。

39

サンディはサンバラ空港の駐車場に車を乗りいれた。ラーウィックからここへくるまでのあいだ、道路はずっと混みあっていた。地滑りの現場ちかくでは、依然として信号による片側一車線の交通規制がおこなわれていたからだ。朝の十時だというのに、雲が低くたれこめており、日の光はほとんどなかった。空港のターミナルにいる利用客たちは不機嫌そうに、天気が回復し、遅延していた飛行機が飛びたてるようになるのを待っていた。サンディは、この聞き込みが無駄骨であると感じていた。自分がここでお決まりの捜査をこなしているあいだに、きっとどこかべつのところで血湧き肉躍ることが起きているにちがいなかった。

サンディは寝坊して朝食を食べそこねていたので、コーヒーとベーコン・サンドイッチを買おうと売店にはいった。食品カウンターのうしろにいる女性に見覚えがあったが、名前を思いだせなかった。骨太で、赤ら顔。以前はラーウィックのフィッシュ&チップスの店で働いていた女性のような気がした。数年前のことだ。当時はまだルイーザと会うまえで、自分の体形をあまり気にしておらず、よくその店にかよっていた。

「あら、どうも!」女性のほうもサンディを覚えていたらしく、古い友だちみたいな感じで声をかけてきた。「飛行機に乗って、どこいくの?」

サンディは首を横にふった。「ここへは仕事できたんだ。休暇旅行へいくためじゃなくて」

拡声装置から、グラスゴー行きの便の乗客に保安検査を呼びかける声がながれてきた。アバディーン行きの便の乗客にも同様の告知があり、売店からは魔法のように人の姿が消えた。

「ああ」売店の女性がいった。「例の殺人事件ね……」声に興奮があらわれていた。一般に知られていない内部情報を聞けるのではないかと、期待しているのだ。彼女がすごいうわさ好きだったのを、サンディは思いだした。

「日曜日に、ここでトム・ロジャーソンを見かけなかったかな? 彼はオークニーに飛ぶ予定で、車を空港の駐車場にとめたんだけど、飛行機には乗らなかった。トム・ロジャーソンは知ってるだろ?」

「ええ、もちろんよ。それに、奥さんのメイヴィスもね。ほら、彼は奥さんにいろいろと面倒をかけてたでしょ」

サンディの記憶に女性の名前が甦ってきた。スーザンだ。苗字のほうは知らなかった。

「きみは日曜日に出勤してたのかい？」

「ええ。ちょうど、きょうみたいな日だった。飛行機が欠航したり遅延したりして、大勢の客がひたすら視界が良くなるのを待ってるの。大忙しだった」スーザンはカウンターのうしろのスツールに腰をおろして、ようやくひと休みできたことを強調してみせた。彼女の脚は太くてみじかく、ふくらはぎは逆さまにした瓶の形をしていた。

「それで、トム・ロジャーソンは見かけた？　彼は人づきあいのいい男だっただろ？　知りあいにコーヒーをおごって、あそこのテーブルにすわっておしゃべりするような男だ。彼がいたら、見逃さないんじゃないかな」サンディはベーコン・サンドイッチにかぶりついた。もう代金は支払ってあるので、冷めてから食べるのは馬鹿げていた。

「ええ、見たわよ。でも、あまり長くはいなかった。空港でぶらぶらしてても仕方がないと思ったのかもしれないわね。だって、飛行機が遅れていてすぐには出発できないのは、誰の目にもあきらかだったから。搭乗手続きのカウンターで係員の女の子としゃべってるのが見えたわ。たぶん、飛行機の運航状況にかんする最新情報を手にいれようとしてたんじゃないかしら」

「売店にはまったく足を踏みいれなかった？」どうしてそんな質問をしたのか、サンディは自分でもよくわからなかった。とにかく、トム・ロジャーソンの行動を逐一頭のなかで思い描きたい一心だった。

スーザンはすこし考えてからこたえた。「そういわれてみると、売店にもきたわ。最初の飛行便で新聞がもう届いてたから、彼はロンドンの分厚いやつを買っていった。ほら、週末の新聞はすごいでしょ。雑誌とか広告とかが大量にはさみこんであって」

「彼が売店にきたのは、搭乗手続きのカウンターにいくまえだった？　それとも、あとだった？」

スーザンはふたたび考えこんだ。彼女が他人に興味津々でいてくれて助かった、とサンディは思った。自分だったら、空港の利用客のてんでんばらばらの行動にまったく注意をはらっていなかっただろう。使えない目撃者になっていたはずだ。

「あとよ」スーザンがいった。「彼はターミナルにはいってくると、すぐに搭乗手続きのカウンターにむかった。それから電話をかけて、そのあとで売店にはいってきた。わたしはそのとき、カフェじゃなくてドアのそばでレジを担当してたの。直後にものすごく忙しくなったから、新聞の代金を支払ったあとの彼の行動は見てないわ」

サンディは電話の通話について考えた。ペレスなら、ここでトム・ロジャーソンの携帯電話のプロバイダーに通話記録の提出を求めるところだった。だが、いまはその詳細を知るのがもっと急を要することなのかもしれなかった。トム・ロジャーソンの死体からは携帯電話が見つかっておらず、彼の自宅でも弁護士事務所でもそれが取り沙汰されることはなかった。とはいえ、メイヴィス・ロジャーソンに訊けば彼の個人の番号も仕事用の番号もわかるので、通話の履歴は簡単に手にはいりそうだった。

「彼が電話でどんなことをしゃべっていたのか、耳にはいったりしなかったかな?」サンディはたずねた。スーザンは、きっと興味をもっていたはずだった。彼女にとってトム・ロジャーソンは奥さんに面倒をかける浮気野郎であり、それを裏づけるさらなる証拠をさがしていただろうから。

スーザンは残念そうに首を横にふった。「彼はロビーで、わたしはレジのうしろにいた。彼が電話をかけるのは見えたけど、会話は全然聞こえなかった」

そのとき、サンディはふと思いついてたずねた。「彼のほうから電話をかけたというのは、間違いないかな? 電話を受けたんじゃなくて? 空港が混みあっててうるさかったのなら、電話が鳴ったとしても、きみの耳には届かなかったかもしれない」

スーザンはそれについて考えていた。「あなたのいうとおりだわ。彼のほうからかけたと勝手に思いこんでたけど、そういえば彼がボタンを押すところは見てない気がする。どちらともいえるわね」

サンディは搭乗手続きの係員と話をするために、列のうしろにならんだ。先頭に割りこんでまわりの反感を買いたくなかったし、それほど長い列ではなかった。いまでは本土からの飛行便がつぎつぎ到着しており、すぐにまた折り返していた。サンディの相手をしてくれたのはイングランド人の係員で、若くて明るい女性だった。彼の警察の身分証を見て、感銘を受けているのがわかった。昔だったら、彼女をデートに誘いだそうと、さっそくなれなれしく話しかけていただろう。だが、いまサンディの頭にあるのは、トム・ロジャーソンのことだけだった。「でも、この男性は日曜日の朝にオークニーにいく便を予約していた」サンディはいった。「飛行機には乗らなかった」

係員の女性がコンピュータのキーをいくつか叩いた。反応の遅さに苛立って、小声でなにやらつぶやく。

「きみは日曜日もここに?」トム・ロジャーソンの予約情報がひきだされてくるのを待つあいだに、サンディはたずねた。

「ええ。早番で、午後二時までいたわ」

「それじゃ、彼としゃべったのを覚えているかもしれない。相手が女性だと、いちゃつくような感じで話しかける男だ」

係員の女性が眉をあげた。「かなり中年の? その男性は手荷物しかもっていなかった。小さなリュックサックひとつよ。七〇年代を舞台にしたあの刑事ドラマの中年男みたいなしゃべり方をしていた。そう、《時空刑事1973ライフ・オン・マーズ》の中年刑事よ」鼻もひっかけないといった口調だ。

「ああ、その男で間違いなさそうだ」サンディは笑みを浮かべていった。ルイーザとつきあいはじめてから、自分の女性への接し方が変わった気がしていた。悪くはなかった。すこし成長した気分だった。

係員の女性がコンピュータの画面に目をむけた。「ロジャーソン、トーマス。十時半発のカークウォール行きの便を予約。彼は時間どおりに搭乗手続きをすませて、そのときに出発が遅れそうなのでアナウンスに注意するようにといわれた。それから、しばらくして戻ってくると、飛行機の大幅な遅延で会議に間に合いそうにないので、航空券をキャンセルしたいといった。手荷物しかなかったから問題はなかったけれど、彼はそれで二百ポンドちかくをどぶに捨てたわ。帰りの航空券も自動的にキャンセルされたから」

サンディはいまの話をじっくり考えてみた。会議に間に合わないという理由づけは、あきらかに嘘だった。漁業会議がはじまるのは月曜日の朝だったからだ。では、搭乗手続きをすませてから航空券をキャンセルするまでのあいだに、いったいなにがあったのか？　トム・ロジャーソンは電話で誰かと話をしていた。その相手を突きとめられれば、誰が犯人なのかがわかるのかもしれなかった。サンディは若い女性係員に礼をいうと、カウンターから離れた。

署に電話してジミー・ペレスにいまの発見を伝えようとしたところで、サンディは上司がきょう一日じゅう自宅にいることを思いだした。ヘイ家の農場の人の出入りを見張るためだ。だとすれば、ラーウィックに戻る途中でペレスの家に立ち寄っても、手間はそう変わらない気がした。そこで軽い昼食をご馳走してもらえる可能性だってある。

だが、レイヴンズウィックにあるペレスの家に着いてみると、家の主は気もそぞろな様子だった。窓の下枠に双眼鏡を置いて窓辺にすわり、ヘイ家が暮らす谷間を見おろしていた。遠くのほうに、地滑りが丘の斜面に残していった傷跡が見えていた。トーインの廃墟は、ぎりぎりで視界から外れていた。

「署に戻って、通話記録を調べるんだ」ペレスがいった。「おまえのいうとおり、トムが日曜日の朝に空港で誰と通話していたのかを突きとめる必要がある。彼がオークニーにいる義理の兄に電話したのは、わかっている。だが、それは予定を変更したあとのことだろう」

「ここでは、なにか動きがありましたか？」サンディはまだ、昼食にありつく希望を捨ててはいなかった。

「ジェーン・ヘイが車で北へむかった。助手席に誰かを乗せていたが、たぶん下の息子だな。学校へ送っていったんじゃないかな。そのあとで、彼女は車で岬のほうへむかい、そのまま見えなくなった。それから、ほどなくして戻ってきて、いまはまた家にいる」ペレスがサンディを見た。「こいつはすごい時間の無駄だという気がする」

「とにかく、一日やってみましょう」サンディは、ほかになんといっていいのかわからなかった。「ウィローも、それに賛成してたじゃないですか」

「ああ」ペレスは双眼鏡を手にとると、もう一度外をながめた。「そうだな」

サンディは一瞬、フェア島でフランを失ったときのジミー・ペレスを思いだした。くよくよと考えこみ、すぐに腹をたて、なにを考えているのか誰にも話そうとしなかったペレスのことを。サンディは暇《いとま》ごいしたが、返事がなかったので、ひとりで勝手に家を出た。そして、車でラーウィックへと戻っていった。

40

サンディの車が走り去るのを、ペレスはフランの家――彼はいまだにそう考えていた――の窓から見送った。ヘイ家の農場を見張るというのは彼自身がいいだしたことだったが、あまりにも動きがないので、いまではうんざりしていた。苛立っている理由は、ほかにもあった。自分がとんでもない期限を設定してしまったことに気づいていたからだ。ウィローは、きょうの終わりまでに彼からなんらかの返事をもらえるものと考えているのだろう。だが、ペレスの頭のなかはまだごちゃごちゃのままだった。すべてのエネルギーと注意を二重殺人の犯人逮捕へとふりむけているべきときに、彼は上司との関係で頭を悩ませていた。

郵便配達のヴァンが家のまえでとまった。デイヴィ・サザーランドが郵便物をもって小道を駆けあがってくる。ペレスは気晴らしを求めて、郵便物を床から拾いあげた。請求書が三通に、自治体からの手紙が一通。ペレスはもうすこしで、手紙を未開封のままごみ箱に捨てそうになった。よく見ると封筒に〝親展〟とあったので、あけてみる。なかには、レイヴンズウィックの墓地にかんする通知がはいっていた。

ご承知のとおり、先日の地滑りによって、墓地は甚大な被害をこうむりました。墓石が倒され、なかには押し流されたものもあります。しかしながら、皆様方の大切な故人の眠りは決して妨げられてはいません。つきましては、墓地の将来について決断をくださなくてはなりませんが、この先も極端な悪天候に見舞われる可能性を考慮し、当評議会はここを自然葬墓地とすることを検討しています。そうなった場合、墓石が置きなおされることはなく、かわりに環境にやさしいやり方で、然るべく故人の埋葬場所を示す方策がさぐられることとなります。ぜひ皆様方のご意見をお待ちしています。

気がつくと、ペレスの頬はゆるんでいた。レイヴンズウィックに自然葬墓地を作るという案を、フランは歓迎していただろう。真っ先に志願して、そこに野の花や地元の小さな樹木を植えていたのではないか。この話はキャシーにも伝えなくてはならなかった。あらためて、いま自分たちの生活にあたらしい女性を迎えいれるのは適当ではないという考えが頭をよぎる。キャシーには、すでに対処しなくてはならないことが山ほどあるのだ。ペレスは手紙に注意を戻し、末尾のトム・ロジャーソンの名前に気がついた。きっと彼はほかの評議員たちとともに、地滑りの直後にこれを提案したのだろう。もちろん、彼の署名はなかった。手紙の草稿が作成され、承認され、それからお役所の煩雑で時間のかかる手続きをへて印刷にまわされるまでのあいだ、そこにトム・ロジャーソンの名前があるのが不適切なことになろうとは、誰も想像していなかったにちがいない。

手紙に目をとおしているあいだも、ペレスは谷間と幹線道路のほうをちらちらと見ていた。

この家の南で信号による交通規制がおこなわれているにもかかわらず、車は滞りなくながれていた。ヘイ家では、なんの動きもなかった。ペレスがいちばん気になっている上の息子の姿は、どこにもなかった。アンディは家のなかにいて、両親の手伝いをしているのだろうか？　それとも、まえの晩はラーウィックに泊まったのか？　ペレスは窓辺にすわったまま、オート麦のビスケットとチーズを食べた。あまり腹がへっていなかった。

キャシーの学校は三時に終わることになっていた。いつもはご近所さんが自分の子供といっしょにキャシーを自宅に連れて帰り、ペレスの仕事が終わるまで預かってくれているのだが、きょうはペレスも迎えにいくことにした。家から学校までの区間、ヘイ家が視界から外れることはほとんどないし、これ以上家のなかに閉じこめられているのは我慢できなかった。雨はやんでおり、雲はすこし高い位置まで後退していた。これくらい空が明るければ、墓地のあった場所を見おろしながら、キャシーに自然葬墓地の話をすることができるかもしれなかった。キャシーが母親の人生や夢や理想について考える、いい機会になるだろう。

キャシーは、最初に校庭に出てきた生徒たちのなかにいた。ペレスの姿を見て喜んでいたが、それをあまり表にださないようにしていた。ペレスが車できていないのを知って、小さくうめいてみせる。家まで歩いて帰らなくてはならないからだ。「ロジャーソン先生の授業で、もうくたくたなのに」

「先生はどうしてる？」ふだんならキャスリン・ロジャーソンは生徒たちを見送りに校庭に出てくるのだが、きょうはかわりにクラスの補助教員がそこにいた。

「元気よ」

ペレスは、幹線道路やわが家につうじている歩行者用の小道をいかずに、キャシーを連れて海のほうへと下っていった。トーインのそばをとおることになるが、地滑りがもたらした惨状はシカモアの木立でほとんど隠されているだろうし、そこの小高い丘からは墓地の痕跡を見おろすことができた。この時期、午後の日はしだいにのびてきており、暗くなるまでにあと一時間はあった。キャシーは友だちや学期末の出し物で必要な衣装のことをぺちゃくちゃとしゃべっていた。「でも、ジミーは心配しなくていいって、ロジャーソン先生がいってた。衣装は先生のほうで用意するからって」

「ほんとうに思いやりがあって親切な先生だな」だが内心では、ペレスはその形容がはたしてキャスリン・ロジャーソンに――大好きだという父親を亡くしたばかりだというのに、まるで何事もなかったかのごとく仕事をつづけている女性に――あてはまるだろうかと考えていた。

遠くにケヴィン・ヘイの姿が見えていた。正面にバケットのついたトラクターに乗って、作業をしている。畑のわきに深い溝を掘っているところで――あらたに排水溝を作っているのかもしれない――溝の片側に湿った黒い土の山ができていた。この距離からだと、溝は細長い墓穴にも見えた。大型の機械は動物のうなり声っぽい音をたてており、キャシーの話に出てくる怪物を連想させたが、本人はそれに気づいていないようだった。

斜面に人影が立っていた。ちょうど、ペレスが墓石の話をするためにキャシーを連れていこうとしていた場所だった。一瞬、ペレスはむっとした。ふだんシェトランドでは誰とも顔をあわせずにいくらでも歩きまわれるというのに、なぜいまにかぎって……。ちかづいていくと、その人影がジェーン・ヘイであることが判明した。足音を聞きつけて、彼女がふり返る。

「あなたも手紙を受けとったのね」ジェーン・ヘイがいった。

「きみのちかしい人もあの墓地に？」驚くことではなかった。ケヴィンの一族は、ここで何世代もまえから小農場をやっているのだ。

「ケヴィンのお祖父さんがね。でも、そのお墓はケヴィンの両親が面倒をみていた」間があく。「わたしはそのお祖父さんをまったく知らなかった。ここへきたのは、たぶんミニー・ローレンソンのためね」

「トーインに住んでいた老女の」

ジェーンはうなずいた。「彼女はこのあたりに家族がいなかったし、わたしにとってはこの島で自分の親族にいちばんちかい人だった」すぐに訂正する。「ほら、ケヴィンの両親はとてもよくしてくれてたけれど、自分の親族とまったくおなじというわけにはいかないでしょ」

キャシーがペレスの手をひっぱって、もう帰りたいという意思表示をしていた。頭上でかわされている大人の会話に興味がないのだ。ペレスはキャシーのほうにうなずいてみせた。「この子に自然葬墓地のことを話して聞かせようと思って」

「それがいいわ。わたしはもういくわね。ミニーは、この案をどう思ったかしら？　伝統にすごくこだわる人だったから」間があく。「話がすんだら、ジミー、キャシーを連れてうちに寄ったら？　ちょうどパンを焼いていたの。キャシーのお腹を夕食までもたせるようなものがあるかもしれない」

ペレスはふたたびうなずいた。ヘイ家に招かれたのは、じつに好都合だった。自宅のキッチンの窓から闇をみつめているよりも、ずっといい。

41

ウィローが朝のヨガをやっていると、赤ん坊のたてる音が聞こえてきた。奇妙な音だった。泣き声というよりも、動物のはっする声にちかい。それから、ロージーが歌いはじめた。そのふたつ――母親の歌声と赤ん坊の呼ぶ声――が混ざりあった音に、ウィローは涙が出そうなくらい感動した。店のまえにある乳母車から赤ん坊をさらってしまう孤独で悲しい女性の気持ちが、理解できるような気がした。キッチンにいくと、部屋着姿のジョンがすわって紅茶を飲んでいた。

「おっと」ジョンがウィローの姿を見ていった。「もうそんな時間ですか？　宿主として失格だな。朝食はシリアルとトーストでかまいませんか？」

「自分でやるわ」ウィローはキッチンでひとりきりになるほうがよかった。ジョンの眠たげでやや自慢げな顔を見ていると、なぜかひっぱたきたくなった。公園で遊んでいた子供のころから変わらずにつづく、根深い嫉妬心だ。あなたはあたしの欲しいものをもってる。あなたなんて大嫌い。理不尽な感情だとわかっていたが、それでもウィローは抑えられなかった。

「ほんとうですか？」ジョンはすでに立ちあがっていた。「どこになにがあるのか、すべてわかる？」

「ええ。それに、わからなければ自分で見つけるわ」

朝食をすませると、ウィローは霧雨のなかを歩いて警察署にむかった。路地をとおって図書館のむかいに出たあとで、町役場のまえを通過する。いまではだいぶラーウィックに馴染んできていて、通行人のなかには彼女に気づいて手をふってくれるものもいた。まだ朝早くで、町は静かだった。サンディは空港に直行し、ペレスはレイヴンズウィックの自宅でヘイ家の農場とトーインの農家のある谷間を見張ることになっていた。ペレスがフランのことであれこれ思い悩んでいなければいいのだが、とウィローは思った。彼女としては、ペレスに最後通牒を突きつけるつもりは毛頭なかった。

ウィローは署に着くと、午前中いっぱいかけて捜査の細かい点を整理し、壁に思考地図を貼りだした。色とりどりのマーカーで線や囲みを描いた現代美術の大作だ。アリソン・ティールがサイモン・アグニューの相談所でほのめかした突然の危機は、そもそも彼女をシェトランドへ連れてくることとなった危機と線で結ばれていた。トム・ロジャーソンとアリソン・ティールの関係は、ケヴィン・ヘイ――および、レイヴンズウィックの北にあるお洒落な別荘の開発業者たち――と結ばれていた。ひとつ下の世代の関係者（ヘイ家のふたりの息子やキャスリン・ロジャーソン）は赤で囲まれ、ひとつ上の世代の関係者（マグナス・テイトやミニー・ローレンソン）は緑で囲まれていた。思考地図をみつめているうちに、ウィローは反転した奇妙なパターンがじょじょに見えてくるのを感じた。だが、そのときサンディが部屋にはいってきた。彼は思考地図にちらりと目をむけたものの、それを狂人のたわごととしてかたづけたらしく、すぐさまサンバラ空港での聞き込みの成果を報告しはじめた。ウィローはそれに耳をかたむけるため、壁からむきなおった。頭のなかで姿をあらわしつつあった仮説が、みるみる消えていくのがわかった。

「トム・ロジャーソンは、空港で飛行機を待っているときに電話を受けました」サンディがいった。「もしくは、自分から電話をかけた。目撃者は、そのどちらとも断定できませんでした。そのあとで、彼はいきなり計画を変更して、飛行機の切符をキャンセルした」

「彼の携帯電話の番号を教えてくれるように、キャスリン・ロジャーソンに頼んであったわよね」ウィローはいった。「でも、サンディがこんなにも興奮している理由が、彼女にもわかりかけてきていた。「でも、キャスリンから連絡はなかった。トム・ロジャーソンが携帯電話をふたつもっていたことは、すでにわかっている。ひとつは仕事用で、そちらの番号は教えてもらった。でも、個人の携帯電話のくわしい情報については、たしかまだ聞かされていなかった」

「トム・ロジャーソンの携帯電話は、犯人が持ち去ったんですかね？」サンディはふたたび、元気いっぱいの子犬のような興奮しやすい状態に戻っていた。ペレスの家に立ち寄ったといっていたが、くわしい説明はなかった。

ウィローは肩をすくめた。「だとすると、まず見つからないでしょうね。空港にいるトム・

ロジャーソンに電話したことを犯人が知られたくないのであれば、携帯電話を海に投げ捨てればいいだけの話だから」ウィローは立ちあがると、コートを手にとった。「メイヴィス・ロジャーソンに会ってくるわ。奥さんなら、きっとご主人の個人の携帯の番号を知っているはずよ」

メイヴィス・ロジャーソンは、公園ちかくの広びろとした自宅にいた。ひとりだった。「姉にはカークウォールに帰ってもらったの。そばであれこれ世話を焼かれるのに耐えられなくて」メイヴィスはわきに寄って、ウィローを家のなかへとおした。

「外でお話をうかがうこともできますけれど」ウィローはいった。「コーヒーとケーキを楽しみながら。ご馳走します」

「やめておくわ」メイヴィスは小さな笑みを浮かべた。「みんな、やたらとわたしにお悔やみをいいたがるの。トムが生きていたころは、あの人についてあまりいいことをいってなかったくせに、死んだとたんに……それが腹立たしくて。それに、いまちょうどパンを焼いているところだから」

ふたりはキッチンで腰をおろし、メイヴィスがやかんのスイッチを入れた。テーブルの上の金網トレイには、冷まし中のスコーンがならんでいた。「料理するのをやめられなくて」メイヴィスがいった。「あなたに連れられてケーキをご馳走になった日から、ずっと。なにかしていられるのがいいのね。キャスリンはきょう、生徒たちにごっそりもっていったわ」

「ご主人の携帯電話の番号について、おうかがいしたかったんです。捜査では、いつも確認しています。仕事用の番号はすでに教えてもらっていますが、個人の番号はまだです。ご主人は発見されたとき、携帯電話をおもちでなかったので」

「もちろん、いまお教えするわ」メイヴィスはバッグから自分の携帯電話をとりだすと、番号をさがしだして、携帯電話ごとウィローに手渡した。ウィローはその番号を自分の連絡先リストにとりこんだ。念のため、発信ボタンを押してみる。だが、家のなかで呼び出し音が鳴ることはなかった。

「日曜日の朝、空港にいるご主人に電話をかけましたか?」

「いいえ」間があく。「主人に電話することは、めったになかった。いつも出るとはかぎらなかったし、返事がないと、あの人がなにをしているのかいろいろ想像してしまうでしょ」

「どうしてご主人と別れずにいたんですか? そんなひどい扱いを受けていたのに?」ウィローは訊かずにはいられなかった。信用できない相手と関係をつづけていくのがどういうものなのか、想像もつかなかった。

「なぜかしら。わたしにとって、セックスはそれほど重要でないとか?」ふたたび間があく。「それに、わたしはトムの妻でいるのが気にいっていた。この家も、素敵な休暇も、いろいろな社交行事も、彼のそばにいるのも。彼はいっしょにいて楽しい人だった」メイヴィスはインスタント・コーヒーを淹れるため、ウィローに背をむけた。「ときどき、セックスというのは病気なのだと思うことがあった。依存症みたいなものだと。もしも助けがあれば、あの人もそれをやめられるのではないかと。それから、問題はセックスなんかじゃないと思うこともあった。あの人が必要としているのは賞賛なのだと。わたしには満たすことのできない欲求がいろいろあるのだと」

「理由はなんであれ、決してあなたのせいではありません」ウィローはコーヒーのマグカップを手にとると、息を吹きかけて冷ました。

「ええ、そうなのかもしれないわね」だが、ほんとうにそれを信じている口ぶりではなかった。

ふたりはしばらく黙ってすわっていた。

「ギルセッターの農場に住んでいるヘイ夫妻をご存じですか？」

「ケヴィンとジェーン？」メイヴィスはスコーンをふたつ割ってバターをのせると、それを皿ごとウィローのほうへ押しやった。スコーンはまだ温かく、バターが溶けはじめた。「あのご夫婦とは何度か会っているけど、お友だちではないわ。でも、息子さんのほうは、よく知っている」

「どちらの息子さんかしら？」ウィローは平静な声を保っていたが、頭のなかではサンディのように小躍りしていた。

「アンディよ。お兄ちゃんのほう。キャスリンが学校にいたころ――そして、大学に進んでからも――何度かうちにきたことがあるわ」

「でも、娘さんは彼より年が上ですよね」

「六、七歳くらいちがうかしら」メイヴィスはすごく集中してスコーンを食べていた。

「十代にとっては、かなり年齢差のある友だちだわ」

「あのふたりは、正確には友だちとはいえなかった」メイヴィスはスコーンを置くと、自分のさがしている言葉を見つけようとした。「アンディはペットみたいなものだった」

「ペット?」

「アンディが青少年劇団にはいってくると、キャスリンは彼と親しくなった。彼はメンバーのなかの最年少で、キャスリンは最年長のひとりだった。〝ペット〟というのは言いすぎかしらね。マスコットみたいな存在といったらいいのか。彼は年上の子たちを楽しませ、おちゃらけてみせ、笑わせた。トムはそばに若い人たちがいるのが好きだった」間があく。「それで、自分はあまり年をとっていないと感じることができたのかもしれない。あるいは、たんに若い女の子を見て楽しんでいたのかも。ときどき、ここで非公式のリハーサルがおこなわれたわ。稽古のあとで、夕食のためにみんなが押しかけてくることもあった」

「最後にアンディと会ったのは?」ウィローはたずねた。またひとつ結びつきが見つかっていた。またひとつ壁の思考地図に色がふえていた。

「クリスマスの直前よ。アンディは大学をやめたばかりで、キャスリンに助言してもらおうと、うちに訪ねてきたの。演劇学校に出願することを考えていたけれど、娘がそれをどう思うかを知りたがっていた」メイヴィスがほほ笑んだ。「彼と顔をあわせるのは十二歳くらいのとき以来だから、ほとんど誰だかわからなかった。すごく痩せてしまっていたし、顔にはあのおぞましいピアスがついていたから」

「そのとき、ご主人は家に?」

「たしか会議で出かけていて、ちょうどアンディが帰るときに戻ってきたわ」

「ご主人は、殺される二週間ほどまえに路上でアンディと言い争いをしていました」ウィローは、つぎのスコーンに手をのばす誘惑をしりぞけた。「その原因について、なにか心当たりはありませんか？」

メイヴィスは首を横にふった。「トムがほんとうに誰かと衝突することはなかった。みんなから好かれたがっていたから。言い争いが実際に起きたのだとすると、それはアンディのほうから仕掛けたのだと思う」

ウィローは、アンディとキャスリン・ロジャーソンの交友関係について考えた。それには深い意味があるのだろうか？　それとも、シェトランドのような土地では、いたるところで思わぬつながりが見つかるものなのか？　ぜひともペレスの意見を聞きたかった。ここを出たらさっそく彼に電話してみようと思いながら、ウィローは立ちあがった。「番号を教えていただいて、ありがとうございます。ご主人の携帯電話が見つかったら、知らせてください」

「きてくれて嬉しかったわ」メイヴィスは、ウィローのあとについて薄暗い玄関広間まで出てきた。「あなたはすべてを理解してくれている気がする。みんな、トムのことを怪物みたいな男だと考えているの。それか、ちょっとした笑いものだと。世間からそんなひどいとらえられ方をしているかと思うと、なかなかあの人の死を悲しめなくて。話す相手もいないし」

「娘さんがいるじゃないですか」ウィローはいった。「彼女はお父さんを愛していたようですし」

しばし沈黙がながれた。「ええ、そう、キャスリンね」間があく。「あの子はまさに父親そっくりだわ」

42

ジェーンはキッチンの窓から外の様子をうかがいながら、ジミー・ペレスとキャシーがくるのを待っていた。とっさの思いつきであのふたりを家に招いたことを、すでに後悔していた。ペレスに息子の相談をするのはまだはやすぎると決めたばかりなのに、なぜそんなことをしたのか? ビニールハウスのむこうに、ケヴィンのトラクターの明かりが見えていた。あらたなプロジェクトに取り組んでいるのだ。排水溝を掘って、ふたたびこの谷を見舞うであろう鉄砲水にそなえる。ケヴィンは朝からずっとその作業をつづけていたが、暗くなりつつあるので、じきに切り上げてくるはずだった。ペレスとキャシーが到着するまえに戻るといいのだが。ケヴィンは子供のあつかいが上手く、彼がいればジェーンもそれほどぎごちなく感じずにすむだろう。

ケヴィンはきっといいお祖父ちゃんになる、とあらためてジェーンが考えていると、ドアを叩く音がした。雨がまた降りはじめたらしく――家のなかからは、細かい霧雨が見えなかった――ペレスとキャシーはフードをかぶり、手をつないで立っていた。

「さあ、はいって」ジェーンはいった。「そこにいたら風邪をひいてしまうわ。お茶を飲んだら、車でお宅まで送っていくわね」ジェーンの耳には、自分の声がほとんどいつもと変わらないように聞こえた。

ペレスはキャシーの上着を脱がせて鉤にひっかけてから、自分もそうした。「きょうは、きみしか家にいないのかな？」

「じきにケヴィンが戻ってくるわ」ジェーンはいった。「マイクルは今夜、ラーウィックのガールフレンドのところに泊まるの」

「アンディは？」

ジェーンは小さく笑った。われながら説得力のない笑いだった。「ああ、あの子の居所は、ちかごろさっぱりわからなくて」やかんのスイッチを入れる。「紅茶とコーヒーのどっちにする、ジミー？　それと、よければキャシーにはオレンジジュースがあるわよ」

ふいにジェーンは物思いにふけってしまい、ペレスの返事を聞きそこねた。「ごめんなさい、ジミー。もう一度いってもらえる？」自分が馬鹿みたいに――指の爪に泥をつまらせた、人づきあいの下手くそな女みたいに――思えた。

「大丈夫かい、ジェーン？」ペレスがいった。

ジェーンはキャシーのために、息子たちが小さいころに遊んでいたおもちゃの箱をひっぱりだしてきていた。その箱にあったレゴを使って、少女はいま床の上で怪物を組み立てている最中だった。ペレスはテーブルのジェーンのむかいにすわっていた。じっと動かず、すごく真面目な顔をしているので、刑事というよりも聖職者に見えた。「みんな、すごいストレスを感じているから」ようやくジェーンはこたえた。「そこいらへんを殺人犯がうろついているのに、リラックスなんてできないでしょ？」外の暗がりのほうへうなずいてみせる。「いつになったら終わるのかしら？」

ペレスの返事も、すぐにはかえってこなかった。「もうじきだ」ようやくいう。「もうじき」ということは、警察は犯人逮捕にちかづいているのだろうか？　それなら、どうしてペレスはこの家のテーブルで紅茶を飲んでいるのか？　自分たちは事件の関係者とみなされているにちがいないという考えを、ジェーンは頭からおいはらった。訊きたいことが山ほどあったが、どうせペレスからはこれ以上なにも教えてもらえないとわかっていた。沈黙を破るのは、独自の怪物を作製中のキャシーのブロックがたてる音だけだった。

「アンディは、こっちの生活にもう馴染んだのかな？」ペレスがたずねた。「いったん離れたあとでまた順応するのは、けっこう大変なはずだ。そのきつさは、わかってる。自分もそうだったから。アバディーンで働いたあとで、シェトランドに戻ってきた」

ジェーンは肩をすくめてみせた。いまいちばん話題にしたくないのは、アンディのことだった。「ちかごろでは、そうめずらしいことではないわ。冒険を求めて本土へいった子供たちが、外の広い世界の厳しさを知る。シェトランドは、いろいろな点でゆるいから」

「アンディはキャスリン・ロジャーソンと仲が良かったとか。彼がこっちに戻ってから、ふたりは会ったりしてたのかな？」

ジェーンは一瞬、狼狽した。アンディがまだ子供だったころの奇妙な交友関係のことを、どうして警察は知っているのか？　だとすると、おそらく自分の過去もほじくり返されているのだろう。警察がなにを見つけるかと思うと、ジェーンは顔が赤くなるのがわかった。町のかなり下品な酒場で騒ぎまくっていたころのこと。一夜かぎりの情事。

「どうかしら。あのふたりが仲良くしていたのは、かなり昔のことだから。いまでは、ほとんど共通点がないと思うわ」

「どうやら、アンディはクリスマスのまえに彼女に会いにいったらしい。キャスリンの母親によると、進路の相談をするために」

「それじゃ、なぜ訊くの、ジミー？　答えがすでにわかっているのに」ジェーンは腹をたてていたが、声を荒らげたりはしなかった。キャシーを動揺させたくなかったし、もともと騒ぎを起こすのは好きではないのだ。しらふのときは。

突然、ペレスが笑みを浮かべた。「悪かった。ときどき刑事の気分が抜けなくてね。どんな会話も事情聴取みたいにしてしまうんだ。許してくれ」コーヒーを飲みほす。「それじゃ、そろそろいかないと」

「待って！」ジェーンはいった。この家にひとり取り残され、雨樋をながれていく水音に耳をかたむけているのだけは、ごめんだった。「もうすぐケヴィンが戻ってくるから、車で送ってもらえばいいわ。さっきのは過剰反応だった。あなたにはあなたの仕事があるのよね」

「ただ、ちょっと変わった関係に思えてね」先ほど謝ってみせたにもかかわらず、ペレスはその話題から離れられないようだった。「若い男の子と年上の女性。女性はその関係からなにを得られるんだろう？」

「賞賛よ」ジェーンはいった。結局のところ、このことを論じてなんの害があるというのか？

「アンディは彼女に夢中だった」

「彼女がこの家にきたことは？」

「ある年の夏に、何度か。アンディとすごすためというよりは、レイヴンズウィックに住むお年寄りの話を聞くためね。ミニー・ローレンソンとケヴィンの両親の話を。彼女は上級課程に進んだばかりで、歴史の自由研究をしていた。地元の農業とその変遷についてよ。アンディは、たんにその調査のとっかかりにすぎなかったんじゃないかしら。彼女は町に住んでいて、小農場の共同体とのつながりがあまりなかったから」

「それじゃ、彼女はアンディを利用していた？　彼と親しくしていたのは、自由研究を完成させるための方便にしかすぎなかった？」

「そこまではいわないけど」ジェーンはキャスリン・ロジャーソンの訪問について思いだしていた。彼女がくる日になると、アンディは興奮を隠せなかった。キャスリンのこととなると、完全に冷静さを失っていた。アンディはラーウィックからのバスが到着するずっとまえにバス停まで駆けていき、そこからキャスリンを伴ってギルセッターまで意気揚々と戻ってきた。奇妙なふたり連れだった。ひょろりとしてはしゃぎすぎている男の子と、そのころでさえ自信たっぷりだった少女。キャスリンは妙に年寄りじみていた。長い髪を編み、再流行するまえから手編みのセーターを着ていた。まだ十六歳くらいだったにもかかわらず、老人たちと話をするときに気おくれやぎごちなさをまったく感じさせなかった。ジェーンはその席に何度か居合わせたが、ケヴィンの両親はキャスリンを相手にすっかりくつろいでいた。ふり返ると、あの年のシェトランドの夏はほんとうに素晴らしかった。霧に悩まされることなく、穏やかな天気がつづいた。ジェーンは、ペレスが話のつづきを待っているのに気がついた。「キャスリンのほうも、アンディの力になっていた」

「演技指導で?」

ジェーンはうなずいた。「そのころから、わたしたちはキャスリンが先生になるだろうといっていたわ。若い子のあつかいがすごく上手かったから」

「彼女がこのレイヴンズウィックの小学校で教えることになったのは、ちょっとした偶然だった」

「かもしれない。でも、彼女は昔から、ここで仕事を見つけられたら、すぐにでも故郷に戻ってくるといっていた。シェトランドが大好きなのよ」ジェーンは気がつくと、ふたたび物思いにふけっていた。キャスリンとアンディ。このふたりの関係は、キャスリンが本土の大学へ進んだときに終わったと思っていた。だが、どうやらふたりはずっと連絡をとりあっていたらしい。アンディがそれを自分に隠していたことに、ジェーンはなぜかひどく傷ついていた。立ちあがって、ジミー・ペレスが持ち帰れるよう、ブリキ缶に自家製のビスケットを詰めはじめる。中庭でトラクターの音がしたのにつづいて、ケヴィンがコンクリートの上で足踏みをして長靴の泥を落とす音が聞こえてきた。ジェーンは玄関につうじるドアをあけ、夫が防水服を脱ぐまえに声をかけた。

「ジミーとキャシーがきてるの。学校から歩いて帰るところだったから、車で家まで送ってきてもらえないかしら?」

ケヴィンが無言で眉をあげてみせた。この訪問にはジェーンが刑事のまえで口にできる以上の意味合いがあるのかどうか、たずねているのだ。ジェーンは首を横にふった。

「いいとも」ケヴィンがいった。キッチンにいるペレスとキャシーにも聞こえるくらい大きな声で、どこかわざとらしさがあった。「こんな晩に暗いなかを歩いていくのは大変だ。ひどい天気だから!」キャシーがドア口から顔をのぞかせた。「それじゃ、お嬢ちゃん、四輪駆動車の助手席にすわっていくかい?」

ジミーとキャシーがあわただしく屋外用の衣服を身につけて出ていくと、家のなかはふたたび静かになった。聞こえるのは、中庭の排水溝をながれていく水の音だけだった。ジェーンはマグカップとコーヒーのカップを集めた。すこし手持ち無沙汰な感じがして、なにをしたらいいのかわからなかった。家のなかにまた子供がいるというのは、いいものだった。子供の世話をしていると、なにかしら目的ができた。夕食用のシェパード・パイはいつでもオーヴンにいれられる状態になっており、これ以上やらなくてはならない家事はなかった。キャスリンと話をしてみたらどうだろうか、という考えが頭から離れなかった。お悔やみをいうのは変ではないし、彼女ならアンディの悩みについてなにか心当たりがあるかもしれない。

ジェーンの携帯電話はテーブルの上にのっていた。それをみつめながら、キャスリンにいう文言を頭のなかで組み立てていると、呼び出し音が鳴った。その音がやけに大きく感じられて、ジェーンはぎくりとした。電話に出る。

「母さん」その声は張りつめていて、すごく幼く聞こえた。「母さん、ぼくだよ。アンディだ。話さなくちゃならないことがある」

43

ウィローは警察署に戻ると、トム・ロジャーソンの使っていたプロバイダー業者に電話をかけた。「この番号の通話記録が必要なんです。過去ひと月分のリストが。大至急」これはもっとまえにやっておくべきことで、そのへまを自覚しているぶん、ウィローは押しが強くなっていた。

電話口のむこうの若い男性は、丁寧なだけでなんの助けにもならない応対をしてきた。

「いいわ」ウィローはいった。「それじゃ、今週の日曜日の通話記録はどうかしら。それなら、すぐにわかるでしょ」

「ほんとうに申しわけありません」申しわけなさが微塵も感じられない口調で男がいった。

「それはできかねます。すぐには、とても無理です」

この時点でウィローは堪忍袋の緒が切れて、上司と話をさせろと要求した。そして最終的には、一時間以内にメールで必要な情報を送ってもらう約束をとりつけた。ウィローは自制心を失うのが大嫌いで、めったに腹をたてることがなかった。電話を終えるころには身体が震えていて、ペレスと話ができるようになるまで、すこし間をおかなくてはならなかった。すでに午後もなかばをすぎており、ウィローは時間がどんどんすぎていくのを意識していた。ペレスはすぐに電話に出たが、電波の状態は悪かった。「そちらのほうで収穫は？」

「ちょうどキャシーのお迎えで学校にいって、いま戻るところだ。家に閉じこもっていると、頭がおかしくなりそうだったんでね」

「どうやら、キャスリン・ロジャーソンとアンディ・ヘイはいっとき親しくしていたみたいよ」ウィローはふたりの若者の関係について、メイヴィス・ロジャーソンから聞いたとおりをペレスに伝えた。

すぐには返事がかえってこなかったので、ウィローは電波が途切れたのかと思った。ようやくペレスが口をひらいたとき、聞こえてきたのは「興味深い」のひと言だけだった。そして、そのあとでほんとうに電波が届かなくなり、電話は切れてしまった。

ウィローの落ちつかない気分が伝染したのか、サンディもじっとしていられないようだった。何度もウィローのいる部屋をのぞきこんで、トム・ロジャーソンの携帯電話のプロバイダーから連絡があったかどうかを確認していた。空港で目撃者を見つけた勝利感にまだひたっており、その情報に強い関心があったのだ。結局ウィローは、彼に紅茶を淹れにいかせた（紅茶の飲みすぎで、すでにお腹はだぼだぼだったが)。ウィロー自身も、腕時計や壁の白いプラスチック製の時計にしょっちゅう目をやっていた。時のすぎゆく音が聞こえそうな気がした。ヨガや瞑想をつづけているにもかかわらず、彼女は昔から待つのがあまり得意でなかった。電話で再度プロバイダー業者と対決する心の準備をしていると、ようやくメールが届いた。サンディがマグカップをふたつもって部屋にはいってきたので、彼もいっしょに見られるように、ウィローは画面をまわした。

「どう思う?」

サンディはペレスのそばにいる時間が長すぎたのだろう。半時間前に上司がはっしたのとおなじ言葉を口にした。「興味深い」

ウィローは立ちあがって、壁に貼ったままの思考地図をみつめた。ぼんやりとして不可解だったパターンが、いまや完全に意味をなしていた。

「アリソン・ティールの弟と話をする必要があるわ。刑務所に電話して、手配してもらえるかしら、サンディ?」なぜなら、いまウィローの頭のなかではさまざまな証言や考えが飛びかっており、それらを整理するのに集中しなくてはならなかったからである。ほかのことに気をまわしている余裕はなかった。それに、サンディはこういう仕事にたけていた。粘り強く、だがあくまでも礼儀正しくことを進めていく。ウィローはひどく気がたっていたので、また大声を張りあげてしまう心配があった。「今回は、ビデオリンクでなくてもいいわ。電話だけでじゅうぶんよ」

サンディはうなずくと、部屋を出ていった。怪訝そうな面持ちだったが、心得ていたので、それ以上くわしくは訊こうとしなかった。

十五分後、サンディが満面の笑みを浮かべて、跳ねるような足どりで戻ってきた。「すべて手配済みです。十分後にこの番号にかけてもらえれば、ジョナサン・ティールが刑務所長室で待機しています」

「サンディ・ウィルソン、あなたはまさに奇跡の人だわ！」ウィローは、いまや捜査が前進しているのを足もとの地響きのように肌で感じることができた。丘を滑り落ちていく土砂とおなじで、それはもう止めようがなかった。

「どうってことありません」だが、サンディの顔は赤くなっていた。ウィローに負けないくらい喜んでいた。彼の説明によると、どうやら刑務所の副所長は熱狂的なバードウォッチャーらしく、シェトランドにもしょっちゅうきていた。その島とまたひとつつながりができるということで、惜しまずに協力してくれたのだ。「つぎに彼がこっちへきたときにビールを一杯おごる、と約束しておきました」サンディはいった。

「会話は録音しておくわ」ウィローはいった。「事情聴取がすんだら、すぐにあなたも聞けるように。でも、わたしがアリソン・ティールの弟と話をしているあいだ、ほかの人に聞き耳をたてていてもらいたくないの、サンディ。わかってもらえるかしら？　集中する必要があるのよ」ウィローは言葉をきった。「ジョナサン・ティールだけを相手にしたいの」

サンディはなにもいわずに部屋を出ていった。彼が落胆していたのだとしても、ウィローは準備のメモを作成するのに忙しくて、気がつかなかった。

いま一度、腕時計に目をやってから、深呼吸をして電話をかける。電話に出た男性は南部訛りで、教養をうかがわせるしゃべり方をしていた。温厚で興味深げな声。犯罪者を相手にしている人物というよりも、昔ながらの校長先生といった感じだ。ウィローは彼の自己紹介を聞きながら、頭のなかで勝手に相手の経歴を想像していた。きっと、自分よりも不幸な境遇にある人たちの面倒をみるようにと育てられてきたのではないか。父親が聖職者だったのかもしれない。もしくは、社会主義者を標榜する知識人とか。同僚たちからは、どう思われているのだろう？　ウィローは、彼がこの先も世を拗ねた無情な人間にならないことを願った。無理やり、話の内容のほうへと意識をむける。

「わたしもそちらにいられたらいいんですけど」副所長は残念そうにいっていた。「シェトランドは、世界でいちばん好きな場所なんです」それから、話を現実世界に戻す。「ここにジョナサン・ティールがいます。いま、かわりますから」

ジョナサン・ティールの声は、ビデオリンクで話したときよりもさらに幼く聞こえた。所長室に連れてこられた理由がわからず、不安が声にあらわれているのだとも考えられた。ウィローはゆっくりと事情聴取を進めていった。会話のリズムをさぐって、じょじょに相手を自分のペースにまきこんでいく。その結果、ジョナサン・ティールは歌がコーラス部分にさしかかったときのように、口をひらかずにはいられなくなっていた。

「あなたのお姉さんが失踪したころのことについて聞きたいの、ジョノ。当時を思いだしてもらえるかしら？」ウィローは言葉をきった。「かなり昔のことなのはわかっているけど、もう一度くわしくふり返ってみましょう」

不明瞭な返事がかえってきた。

「なんでもいいわ。どんなにつまらないことでも、お姉さんを殺した人物を見つける手がかりになるかもしれない。犯人を捕まえたいでしょ？」

「もちろん」

「お姉さんが雲隠れしたのは、二〇〇二年だった。あなたは軍隊にいて、ヒットチャートではブリトニー・スピアーズが大活躍していた。アリソンはテレビのドラマ出演で、人気の絶頂にあった」

「そのころの出来事なら、きのうのことみたいによく覚えてるよ。いい時代だった」

「素晴らしいわ、ジョノ！」ウィローは、いまや完全に相手を手中におさめていた。ジョノは頭のなかで十五歳若返っていた。まだ夢があって、有名な姉がいたころに。いろいろなコネがあり、休暇中にパーティを楽しんでいたころに。「アリソンが逃げだしてすべてをなげうってしまったのは、なぜだったのかしら？」

「姉貴はすっかり混乱してた」

「男性問題で？」

「ああ。まともな男と長くつきあってられなかったんだ。いつだって、相手があたえられる以上のものを求めた。それに、問題のある男ばかり好きになってた。負け犬ばかり。麻薬の常用者とか、金遣いの荒いやつとか、親父とよく似た年上の男とか。はたせっこない約束を乱発する男もいたな」

ウィローがつぎの質問をするまえに、ジョノがふたたび口をひらいた。彼はいま、はでな生活や心の痛みを姉と共有していたころに戻っていた。つぎからつぎへと話が出てきた。もう何年も忘れていたであろう細かい事柄。日付。場所。ふたりでいったパーティ。ふたりで食べた料理。ウィローが誘導尋問で事実をひきだす必要は、まったくなかった。録音されている会話はのちに法廷で使われる可能性があるので、ウィローは気をつけなくてはならなかった。とはいえ、いまのところ、このやりとりは彼女の狙いどおりに進んでいた。

二十分がすぎたころ、サンディがそっとドアを叩いて部屋をのぞきこんだが、ウィローがまだしゃべっているのを見て、また姿を消した。ついにこれ以上は訊くことがなくなり、電話線のむこうの男も黙りこむと、ウィローはジョナサン・ティールに礼をいって、これでおしまいだといった。副所長がふたたび電話口に出た。

「いまのがお役にたったのならいいのですが」

どうやら副所長はずっと部屋にいて、やりとりに耳をかたむけていたようだった。

「ものすごく助かりました。もちろん、話の内容は、すべてご内聞に願います」

「ああ、それはもう、ご心配なく」

「信用しています」

間があく。ウィローは、はやく電話を切って、ジョナサン・ティールとの会話について考えたかった。だが、相手はふたたび口をひらいた。

「今度そちらへうかがったときに、一度お会いしませんか？」ウィローをデートに誘うかのような、そわそわとした口調。実際、誘っているのかもしれなかった。職業柄、大勢の女性と出会うのはむずかしそうだったし、バードウォッチングの活動は、ほとんどが男性で占められている印象があった。

「あら」ウィローはいった。「たぶん、あなたがつぎにいらしたときには、わたしはここにいないと思います。じつをいうと、シェトランドの人間ではないので」ウィローは受話器を置きながら、それは嘘ではないと考えていた。ジミー・ペレスがどのような決断をくだすにせよ、彼女がほんとうのシェトランド人になることは決してないだろう。

ウィローが会議室をのぞくと、サンディは窓から通りを見おろしていた。通りは車で混みあっていた。午後五時をすぎたばかりで、ラーウィックでは交通渋滞にいちばんちかい状態が発生していた。雨のせいで、ヘッドライトに照らされたすべてのものが光沢を帯びて見えた。サンディがふり返った。「で、どうでした？」

「自分の耳で確かめてみて。あなたの意見を聞きたいわ」ウィローは言葉をきり、急に決心した。「わたしは出かけてくる。さっきジミーを電話でつかまえようとしたんだけど、返事がなかったの。携帯電話の電波が届かないみたいで、自宅の固定電話にも出なかった。学校にキャシーを迎えにいっただけだから、もう帰宅していてもおかしくないわ」

「それじゃ、レイヴンズウィックにいくんですね？」

「ええ」ウィローははやくも部屋を出ていきながらいった。「そうよ」

44

ケヴィン・ヘイの車で家まで送ってもらうあいだ、ペレスはひと言もはっさず、車内で殺人が話題になることはなかった。キャシーは前部のベンチシートで大人ふたりにはさまれてすわっており、ケヴィンから四輪駆動車の制御装置の説明を受けたり、方向指示器のスイッチを入れさせてもらったりしていた。そして、車がとまると、運転席側のドアから降りて、家のなかへと駆けこんでいった。あとに残された男たちは霧雨にうたれながら、車をあいだにはさんで立っていた。

「このまえは、つっかかるような態度をとって悪かった、ジミー」

「いいんだ。いまは、みんな大きなストレスを感じているから」ペレスははやく家のなかにはいりたかった。たとえ数分でもキャシーをひとりにしておきたくなかったし、ここに突っ立っていても意味のある会話をかわせるとは思えなかった。「送ってくれて、ありがとう」そういってむきなおり、家のほうへと歩いていく。

「ジミー！」ペレスがふり返ると、ケヴィンがつづけた。「うちの家族は、あの殺人とはなんの関係もない。おれたちはみんな間違いを犯すが、いい人間だ」

ペレスはどうこたえていいのかわからず、別れの挨拶がわりに黙って手をあげてみせた。家にはいると、携帯電話と固定電話にウィローからの連絡が記録されており、こちらからかけなおす。だが、応答はなく、ペレスは一瞬、ほっとした。まだ彼女になんというか、決まっていなかったのだ。もしかすると、ふたりのあいだで妥協点を見つけられるかもしれなかった。キャシーの生活を乱すことなく、親しい関係をつづけていく方策を。だが、ウィローは妥協をよしとする女性とは思えなかった。それに、ペレス自身も、それ以上のものを望んでいた。

ペレスはキャシーの夕食に炒り卵を作ったが、自分も空腹であることに気づいて、結局ふたり分こしらえた。外はすっかり暗くなっていた。残っていた日の光はとっくの昔に消え、空には月も出ていなかった。だが、それでもペレスは窓ぎわに陣取って、谷の下のほうにあるギルセッターの農場とトーインの農家に目を光らせていた。一日じゅうそうしていて、それが習慣になっていたからだが、それ以外に迷信のような思いも働いていた。もしも見張るのをやめたら、なにか恐ろしいことが起きるのではないか……。明かりが集まっているところは、ギルセッターの農場にちがいなかった。ビニールハウスとヘイ家の明かりだ。それは、夜の景色の見慣れた一部分だった。あそこでいまなにがおこなわれているのかを想像する。キッチンのテーブルについて事件について論じるジェーンとケヴィン。計画を練り、自分たちのために――もしくは、息子たちのために――言い訳を用意しているところだ。

ペレスは注意を自分の家のほうへ戻すと、キャシーを風呂にいれ、ベッドにはいる準備をさせた。ペレスの気分に影響されたのか、キャシーは口数がすくなく、いつもよりもすこしおとなしかった。そろそろ寝る時間だといわれても、文句をいわなかった。窓辺の席に戻ったペレスは、雨がまだ降りつづいていることに気がついた。音から判断するかぎりでは、マグナス・テイトが住んでいた家のそばの排水溝があふれそうになっていた。キャシーを連れてしばらくここを離れ、ラーウィックにいる友だちのところに身を寄せたほうがいいのかもしれなかった。丘の地盤がまだ不安定で、ふたたび地滑りが発生したら大ごとだ。だが、ペレスは自分の日常もキャシーの日常も変えたくなかった。

キャシーが寝たのを確かめてから、ペレスは小道のそばのごみ箱までごみを捨てにいった。ギルセッターの明かりはまだついていたが、いまはそのすこし南にべつの明かりが見えていた。はじめは、幹線道路にとまっている車のライトかと思ったが、そこはふだん車が駐車するような場所ではなかった。その明かりが気になって仕方がなかった。ペレスはそれを無視できず、何度もみつめなおして、頭のなかで位置を特定しようとした。明かりはその場にじっととどまっていた。ペレスは家のなかへ戻ると、もう一度ウィローに電話をかけてみた。あいかわらず応答がなかった。ペレスは衝動に駆られてふたたび電話を手にとると、今度は友人のマギーにかけた。放課後にいつもキャシーの面倒をみてくれているご近所さんだ。

「こんな遅くに申しわけないが、子守りを頼めたりしないかな？　仕事なんだ。そう長く留守にすることはないと思う。キャシーはもうベッドのなかだ」

「かまわないわよ、ジミー。好きなだけ出かけてて。十分でそちらにいくわ」マギーの声はいつもと変わりがなく、ペレスに安心感をあたえてくれた。いまの自分は過剰に反応しているだけだと思わせてくれた。

だが、マギーがやってくるころには、ペレスはあの明かりがトーインの農家のものだと確信していた。ほかに、どこがあるというのか？　レイヴンズウィックのあのあたりには、家はその一軒しかなかった。ほかに建物といえば牧師館だけだが、それはギルセッターの農場の東にあった。小学校はもっと北だ。マギーがドアを叩いたとき、ペレスはすでに長靴と防水服を身につけ、手には車の鍵をもっていた。だが、車にかんしては、外へ出たところで気が変わった。ここから丘の下にあるトーインまでは、歩いて十五分くらいしかかからない。あの農家にいるのが誰であれ、その人物にこちらの接近をまえもって知られたくなかった。

いまの季節にしては穏やかな夜で、蒸し蒸ししていた。低くたれこめた雲が、集落の暖炉からたちのぼる煙と泥炭の匂い――それと、腐った野菜の堆肥の匂い――を上から押さえこんでいるかのようだった。ペレスはほとんど駆け足で斜面をおりていき、幹線道路を横切ると、海岸へとつづく谷を見渡した。目が闇に慣れてきていた。ときおり後方で車が通りすぎていった。ギルセッターの農場の明かりは、ここからだとはっきりと見えた。外に漏れだした光が、トーインの農家を囲むシカモアの木立を照らしている。木立はいま葉が落ちた状態で、枝の隙間からトーインの廃墟にある明かりがちらりと見えた。ギルセッターの農場の力強い輝きとちがって、ちらちらとした不安定な光だった。蠟燭か懐中電灯の明かりだ。

ペレスは、先ほどまでよりもゆっくりとした足どりで斜面をおりていった。みじかい小道の突き当たりに車の影はなく、トーインの廃墟にいる人物はペレスとおなじく徒歩でここへきたものと思われた。明かりは、さほど損傷を受けていないかつての寝室にあった。ペレスはこっそりちかづいていき、建物の海側にまわりこんだ。足もとに注意した。割れた瀬戸物や壊れた家具といった瓦礫が、まだ散乱していたからだ。寝室の窓ガラスはなくなっており、なかにいるふたりの話し声がすぐに耳に飛びこんできた。男と女だった。

「まさか、ここで寝泊まりしてたわけじゃないわよね?」ジェーン・ヘイの声はぴんと張りつめていたが、感情を抑えて冷静さを保とうとしているのがわかった。「いったい、なにがどうなってるの?」

ペレスは位置を変えて、なかをのぞきこめるようにした。母と息子は、質素な木の椅子の上に置かれた蠟燭の光のなかに立っていた。ジェーンの手には懐中電灯があったが、スイッチは切られていた。

「いや」アンディがいった。「ここで寝泊まりはしてない」彼はぶかぶかのパーカを着ていて、ペレスの記憶にあるよりもさらに痩せこけて見えた。骸骨のようだ。顔の骨が浮きあがっている。骨ばった長い指は休むことなく動きまわっており、眉のちかくにつけたピアスがきらりと光った。「いっただろ。友だちのところにいくって」

「どうして今夜、わたしと会うのに家に帰ってこられなかったの?」ジェーン・ヘイは責める口調になるまいと努力しているようだったが、声が大きくなっていた。「どうして、こんな謎めいていて芝居がかったことをするの?」

一瞬、沈黙がながれた。それは彼が若いからだ、とペレスは思った。昔から波瀾万丈のドラマに憧れていたからだ。

「父さんと顔をあわせられなかった」アンディがまっすぐに母親の顔を見た。「まず母さんと話をする必要があった」

「お父さんはいま、家にいさえしない」ジェーンが苛立ちもあらわにいった。「ジミー・ペレスと娘さんを車で家まで送ってから、そのままヘンダーソンさんのところへいったの。いっしょにサッカーの試合をテレビで観戦するために。スコットランドの試合があるから」

母親の口から語られる平凡な日常に、アンディは気分を害しているようにさえ見えた。緊迫した非日常のほうがいいのだ。

「だから、このままいっしょにうちへ帰りましょう」ジェーンがつづけた。「暖かい部屋で、なにもかも説明してちょうだい」

「ここには、よくきてた」アンディがいった。

「そうだったわね。ミニー・ローレンソンに会いにくるわたしに、よくくっついてきてた。ミニーはタフィーやお手製のファッジを用意して、あなたにいろんなお話を聞かせてくれた」ジェーンがほほ笑んでいるのが、ペレスには見えた。みんなを喜ばせようとする幼い男の子だったころのアンディについて考えるほうが、楽なのだろう。いま目のまえにいる怒りに満ちた若者をどうあつかったらいいのか、わからないのだ。

「そうじゃない！」今度は、アンディのほうが苛立っていた。「つい最近きてたんだ。アリスがここに住んでたときに」

「アリス？」

「アリソンだ」アンディがいった。「アリソン・ティール」

もちろん、そうに決まっていた。ペレスはすぐに気づいて然るべきだった。アリソン・ティールの客だったのは、ケヴィン・ヘイではない。トーインにかよいつめ、父親から盗んだデビットカードでトム・ロジャーソンに金を支払っていたのは、アンディなのだ。ケヴィンではなく、アンディ。性的経験の不足と年上の女性への嗜好をからかわれていた少年。いいカモだ。ケヴィン・ヘイは自分の名前で支払いがおこなわれていた理由を察知し、息子をかばった。あの女性を殺したのはアンディだ、と考えたのかもしれない。そして、実際そうである可能性もあった。それで筋はとおるかも。

ジェーンもおなじ思考をたどっているようだった。「あなたがあの女性を殺したの？」

「まさか！」アンディはいまや叫んでいた。「ぼくは彼女を愛してたんだ」

ふたたび、しばしの沈黙がながれた。

「彼女は娼婦だったのよ」ジェーンがいった。「それは知ってるんでしょ？」

そして、ジェーン、きみはそれをどうやって知ったんだ？ あてずっぽうで？ クレイグ・ヘンダーソンとおなじうわさを耳にした？ それとも、旦那から聞いた？

「もちろん、知ってたさ。金を払わなきゃ、ぼくみたいな男と彼女が寝てくれるはずがないだろ。でも、そんなことはどうでもよかった。彼女はぼくをしあわせにしてくれた」アンディは汚れた部屋を見まわした。「ここを特別な場所にしてくれた。それに、彼女はほんとうにぼくを好きだった」間があく。「農場の子猫を一匹あげたんだ。彼女が寂しくないように。彼女はヴァレンタイン・デイに食事を作ってくれることになっていた」

「お父さんは、あなたのしていることを知ってたの？」ジェーンの声は落ちついてきていた。

「そのころは知らなかった」若者の骨ばった指は、あいかわらずせわしなく動いていた。ペレスは、それをみつめずにはいられなかった。それ自体が生命を帯びているかのように、曲がったり絡みあったりしている。「ある晩、ぼくを尾けてここまできたけど、なかでなにがおこなわれているのかは見えなかったみたいだ。あとで理解したんだ。警察から金のことをあれこれ訊かれたときに」

「それじゃ、お父さんが知ったのは、ふたりが殺されたあとだったのね？」

「もちろんさ！」アンディはまたしても声を張りあげていた。「父さんが人を殺すなんて、考えられないだろ」

「そりゃ、そうよ」だが、ペレスにはジェーンがその可能性を考えていたのがわかった。「あなたはどこで寝泊まりしてたの、アンディ？」ジェーンは落ちついた声でたずねた。「家に帰ってこなかった晩、どこに避難してたの？」

一瞬、ペレスはアンディがこたえないのではないかと思った。蠟燭のちらつく光のなかで口を固く結び、駄々っ子みたいにむすっと突っ立っているのではないかと。だが、アンディは肩をすくめると、しゃべりはじめた。こうしてはじまった母と息子のやりとりのなかに予想外の内容はなかったものの、それでもペレスの見方はそれによって変化し、捜査にはあたらしい観点がもたらされた。ウィローの話を聞いて確認が必要だと感じたのがなんだったのかを、ペレスは思いだしていた。トム・ロジャーソンが殺された事件で、なぜ天気が重要な意味をもつのかを。彼は隠れていた場所を出ると、農家の裏口があった箇所にあいた壁の穴からはいっていった。

ジェーンとアンディは、まるで幽霊でも見るような目つきでペレスをみつめた。それから、ふたり同時にしゃべりはじめた。そのとき、ペレスはたまたま電波の届く地点にゆきあったらしく、携帯電話の呼び出し音がけたたましく鳴りはじめた。

45

ウィローはラーウィックを出ると、南へむかって車を走らせた。道路は空いてきており、対向車はほとんどなかった。ペレスの家の明かりを目にして、寄っていきたい誘惑に駆られたが、すこしためらったあとで、そのまま先へ進んだ。ペレスが彼女の電話に出ないのは、個人的な理由からかもしれなかった。それに、いきなり彼の家に押しかけていくのは、自尊心が許さなかった。高視認性《ハイビズ》のジャケットを着たランナーがむかいから走ってきたので、車のスピードを落とす。こんな天候でも――そして、こんな時間でも――運動せずにはいられない愛好家たちの心理が、ウィローにはよく理解できなかった。レンタカーのダッシュボードの時計に目をやる。まだ夜の七時で、それほど遅い時間ではなかったものの、それでも日が暮れてから数時間はたっていた。

すこし意表をつく恰好で、ウィローの目のまえに建物があらわれた。ヘッドライトがその表面を横切っていく。がっしりとした黒いかたまり。そこへこっそりちかづいていくのは、はなからあきらめていた。車を隠すところがなかったし、ここへはいくつか質問をしにきただけなのだ。この訪問を大ごとにする必要は、どこにもない。ウィローの見るかぎりでは、明かりはひとつもついていなかった。こうして急いで駆けつけたのは間違いで、結局は無駄足に終わりそうな気がした。まえもって電話しておけば、そうはならずにすんだだろうに。だが、なにはともあれ、ウィローは車から降りて、ドアを叩いた。反応はなし。取っ手をまわしてみると、ドアがひらいた。奇妙に思えた。ふだんシェトランド人は仕事場にさえ鍵をかけないのかもしれないが、いまこの近辺では二件の殺人が起きたばかりなのだ。

「どうも！　どなたかいませんか？」

ウィローはさらに奥へとはいっていった。つい先ほどまで人がいた気配があった。やかんにふれてみると、まだ温かかった。仕事部屋の机にのっているファイルはひらきっぱなしで、パソコンはスリープ状態だった。住人がいつ帰ってきてもおかしくなかったが、そのときはまえもってわかるとウィローは踏んでいた。外に車がなかったから、それで出かけた住人が小道を戻ってくれば、エンジン音が聞こえ、ヘッドライトが見えるはずだ（仕事部屋の窓は、道路のほうに面していた）。それらの徴候に気づいてからでも、玄関広間にとって返す時間はじゅうぶんにある。悪天候を避けるために家のなかで待たせてもらった、といえばいい。仕事部屋の明かりをつけるわけにはいかなかったが（のぞきまわっていることが外からばれてしまう）、玄関広間の明かりをつけっぱなしにしてきたので、それで事足りそうだった。

なにをさがしているのか自分でもよくわからないまま、ウィローは机のひきだしをひとつずつあけていった。いちばん上のひきだしでは、書名と出版社名に見覚えのある自己啓発本が見つかった。アリソン・ティールの持ち物のなかにあったのとおなじ本だ。トーインの所有者であるサンディ・セクレストが勤務しているニューヨークの出版社が出した本。ウィローはその意味について考えた。自分の仮説の小さな裏づけとなるこの発見に、興奮していた。そのとき、雰囲気が変化したことに気がついた。空気がかすかにながれている。どこかでドアがあけられたのだ。ウィローは部屋を出ようとすばやくむきなおったが、遅すぎた。すでに部屋にはべつの人物がいて、出口をふさいでいた。ウィローは申しわけなさそうな笑みを浮かべ、言い訳を口にしようとした。決まり悪さをおぼえていたものの、危険は感じていなかった。それから、一瞬のとまどいのあとで、すべてが闇につつまれた。

意識が戻ると、ウィローは外にいた。顔が濡れていた。こめかみの傷から出た血と弱い霧雨が混ざりあっている。ジーンズの裏側から湿気が染みこんできていた。殴られたときに着ていた防水ジャケットはそのままで、おかげで上半身は濡れていなかった。すこし体を動かすと、頭に強烈な痛みが走った。思わず悲鳴をあげそうになったが、こらえた。これもまた自尊心のなせるわざだったが、生存本能も働いていた。というのも、どこかちかくで足音がしていたからだ。長靴が泥からひき抜かれる音。水をぱしゃんと踏む音。自分が襲撃者にたちむかえる状態にないとわかっていたので、ウィローはじっと横たわっていた。

力強い腕にわきの下をつかまれ、地面の上をひきずられていく。ウィローは痛みから気をそらそうとした。彼女にはそれができた。そのために、毎日朝早く起きて、仕事へいくまえにヨガをやっているのだ。呼吸を整え、無理やり筋肉を弛緩させる。襲撃者は、彼女がまだ気絶していて危険はまったくないと考えているはずだった。ウィローは、現場に最初に到着した警察官になったつもりで想像した。泥には彼女がひきずられたときの踵の跡が残っているだろうから、有能な刑事や犯行現場検査官の目には、ここでなにが起きたのかは一目瞭然だった。犯人はいまパニックを起こしていて、不注意になっていた。動きが止まって、ウィローの上半身が地面に落とされる。ここでは演技の必要はなかった。耐えがたいまでの痛みに、ウィローの意識はふたたび途絶えた。

つぎに気がつくと、またしても仰向けに横たわっていた。顔にあたる雨粒は、より激しく重たくなっていた。あたりは静かで暗かった。漆黒の闇だ。いつもなら、しばらくすると島の暗がりに目が慣れて、灰色の影が見えてくるのだが、いまはそうはならなかった。遠くの家の明かりとか、水平線をなぎはらう灯台の光とかも見えなかった。自分はまだ気絶しているか、夢を見ているか、死んでいるかのいずれかだ、という考えがウィローの頭に浮かんでくる。だが、ほかの感覚は正常に働いていた。身体が濡れて冷たくなっているのがわかったし、下半身と胴体に重みがかかっていた。誰かに――もしくは、なにかに――上からのっかられているような感じだ。湿った土の匂い。規則正しくくり返される、なぜか馴染みのある音。

つぎの瞬間、ウィローは子供時代に戻っていた。故郷のノース・ウイスト島に。ちょうどヒッピー共同体《コミューン》が全盛期を迎えたころで、三つの家族とさまざまな居候たちが地主の大きな家とまわりの農舎で暮らしていた。その日は風が強く、黄金色の春の陽射しが、ときおり岬の上空を通過する雲でさえぎられていた。ウィローの父親は砂地を野菜畑に変えようとしているところで、いま彼女が耳にしているのは、そのときの音だった。鋤《すき》の刃が土に食いこむ音。すでに掘ってある溝に土がどさりと投げこまれる音。ただし、土はいま彼女の上に捨てられていた。顔にあたっているのは雨粒ではなく、濡れた土だった。それはすでに彼女の身体を覆いつくしており、腕も脚も動かせない状態になっていた。

ウィローは叫ぼうとしたが、口をあけると泥がはいりこんできた。それを吐きだして、大声で助けを呼びはじめる。その声は、闇に吸いこまれていくように思われた。そのあいだも上のほうでは鋤をふるう音がつづいており、ウィローの身体と顔に土が降りかかってきた。

46

ジェーンは息子とペレスとともに、わが家へむかって歩いていた。ペレスの出現にショックを受けていたものの、彼がこの場にいるのを喜んでもいた。アンディとふたりきりでいるよりも、気が楽だった。アンディはふてくされた子供のように、ちょっとあとからついてきていた。ペレスの携帯電話は、ふたたび通じなくなっていた。トーインで受けとったメッセージが気になるらしく、ペレスはずっと心ここにあらずの状態だった。ヘイ家の固定電話を使わせてもらうためにいっしょにギルセッターまでくることになっていたが、もちろん、そこでアンディにいろいろ質問もするのだろう。というか、家族全員に。これがどういう結末を迎えるのか、ジェーンにはさっぱり見当がつかなかった。

ラーウィック行きのバスが幹線道路をやってきて、一瞬、小道を照らすジェーンの懐中電灯は必要なくなった。バスが停車して乗客をひとり降ろすあいだ、ヘッドライトの光でギルセッターのまわりの土地がはっきりと見えた。ふと目をあげたジェーンは、家のむこうの野原にいる人影に気がついた。あと、なにかに光が反射している。しばらくしてバスが町のほうへと走り去ると、ふたたびすべては闇に沈んだ。

「お父さんたら、夜のこんな時間になにしてるのかしら?」ジェーンは息子にたずねた。というのも、人影が立っていたのは、夫があたらしく掘っている排水溝のそばだったからである。ケヴィンはその溝を自慢に思っており、彼以外に雨のなかでそれを視察する人物がいるとは思えなかった。溝は、あふれた水が地面に染みこんでビニールハウスを水浸しにすることがないように、コンクリートで固められる予定だった。「今夜は作業をしないといってたのに」アンディは不明瞭なうなり声をあげただけだったが、ペレスはすでに駆けだしていた。安全や息苦しさなど眼中にないといった感じのスピードで、ひどく慌てているように見えた。それか、必死になっているように。飛行機がちょうどサンバラ空港に到着したところらしく、車やタクシーがひっきりなしにとおっていった。ヘッドライトがあたりを照らしては去っていく。そのため、野原を駆けていくペレスの動きは昔のアニメみたいに途切れてぎくしゃくとして見えた。数秒おきに、ペレスの姿がジェーンの目に飛びこんでくる。石塀を飛び越えるペレス。それから、溝のそばの人影にむかって全速力でひらけた野原を駆けていくペレス。

音はついていなかった。ペレスはすでにかなり遠くまでいっており、その苦しそうな息づかいや足音がジェーンとアンディの耳に届くことはなかった。これは無声映画だった。溝のそばに立つ人物は、ペレスの接近に気づいていないようだった。ペレスがあそこまで必死でなければ、滑稽ともいえそうな光景だった。そのとき、ジェーンはなにかを耳にした気がした。傷ついた動物のあげるか細い鳴き声だ。暗闇に目を凝らす。だが、車の流れは途絶えてしまっていた。ここの南側でおこなわれている片側通行の交通規制で、空港からの車が足止めを食らっているのだろう。あたりはふたたび静まりかえり、真っ暗になっていた。

47

溝へむかって駆けだしたとき、ペレスの頭にあったのは、もう一度あれを起こさせるわけにはいかないということだけだった。丘の上でなにがおこなわれているのか、細かいところまでは見えなかったが、そこに立っている人物が誰なのかはわかった。そして、ペレスはウィローからのメッセージで、彼女がどこへむかったのかを知っていた。走っているあいだ、時の流れがいつもとちがって感じられた。伸びたり歪んだりしていた。実際には、溝の掘られた野原に到達するのに数分しかかからなかったはずなのに、頭のなかでは、数時間を要していた。頭のなかでは、彼は現在にすらいなかった。フェア島に戻っていた。溜池にいるフランのもとへ駆けつけようとしていた。結婚することになっていた最愛の女性のもとへ。刺されて死にかけている女性のもとへ。バスのヘッドライトで鋤《すき》の刃がきらりと光ったとき、彼は青雷の閃光のなかのナイフのきらめきを目にしていた。彼は正気を失った時の支配者《タイムロード》だった。どうにかして時計の針を戻そうとしていた。もうひとりの女性は救えなかったものの、こちらの女性は救おうとしていた。スピードを落とさずに無理やり駆けつづけていたので、心臓がばくばくいっていた。走るリズムにあわせて、おなじ文言を頭のなかでただひたすらくり返す。ああ、神さま、お願いです。またなんて、あんまりだ。

鋤をふるっている人物は黒っぽい服を着ており、ヘッドライトが野原を横切っていくときでさえ、その姿はほとんど見えなかった。鋤の刃はいまや土で覆われており、まったく光を反射しなかった。ペレスは空積みの石塀のうしろにしゃがみこんで、息を整えた。ほんの一瞬だった。というのも、時間はあてにはならず、飛ぶようにすぎていくからだ。一分後には、ウィローは死んでいるかもしれない。ペレスはまだ相手に姿を見られていなかったが、すぐそばまできていたので、鋤の刃が土に食いこむ音や、その土が溝の底にぶつかる音が聞こえてきた。ポケットからマグライトの懐中電灯をとりだす。バランスがとれていて、安心感をあたえてくれる道具だ。ペレスは塀から飛びおりた瞬間にそれをつけ、殺人犯をフルビーム照射でとらえた。相手は逃亡をこころみる、とペレスはにらんでいた。なぜなら、この二日間の犯人の行動には、ますます必死さが感じられていたからだ。たとえ逃げるところがなくても——こんな夜遅くでは船や飛行機が動いていなくても——とにかく逃走するだろう。だが、相手はその場に凍りついたまま、黙って立っていた。それから、サイモン・アグニューは鋤を投げ捨て、手を大きくひろげてみせた。降伏、もしくはあきらめのしぐさ。神に身を委ねるカリスマ派の信者といったところか。ペレスは一瞬、自分の人生における第三の女性のことを思いだした。福音派の信者だった、別れた妻のサラのことを。ここでもやはり、過去と現在がぶつかりあっているような気がした。ペレスは溝のへりにひざまずいた。

懐中電灯の光がまぶしすぎるとでもいうように、ふたつの目がまばたきしていた。顔が泥だらけだったので、首から上はまだ土に覆われていないというのが、すぐにはわからなかった。ペレスは溝のてっぺんの泥に懐中電灯を押しこむと、ウィローのそばに滑りおりていき、彼女の首と身体から両手で土をどけていった。砂で彫像を作ろうとしている人のような慎重な手つきだった。鋤を使ったら、彼女を傷つけてしまいそうで怖かった。ペレスはちらりとサイモン・アグニューを見あげた。彼はその場からまったく動いていなかった。ウィローの身体が解放されると、ペレスは腕を彼女の首にまわして、起きあがらせた。気がつくと、安心させるための言葉を――悪夢を見たキャシーをなだめるときに使う言葉を――つぶやいていた。無理して、それをやめる。ウィローは子供ではなく、そんなふうにあつかわれるのを嫌がるだろう。サイモン・アグニューはようやく手をわきにおろしていたが、あいかわらずじっと立ちつくしていた。

それから半時間のことは、ぼんやりとしていた。あとでふり返ると、さまざまな場面が脈絡なくつながっていた。ペレスの抗議にもかかわらず、サイモン・アグニューの身柄はジェーン・ヘイに預けられた。彼女は激怒しており、サイモン・アグニューをギルセッターの農場のほうへとひきたてていった。その勇気があれば、彼女の家族がばらばらになることは決してないと思われた。アンディは誇らしげに――と同時に、母親を守るような感じで――そのそばに付き添っていた。溝のむこうからジェーンが声をかけてきた。「彼のことはうちで見張ってるわ、ジミー。サンディが到着するまで」ということは、ペレスはサンディに電話したのだろう。それか、ジェーンが。ウィローは、救急車を呼ぼうかとペレスからいわれると、これまで見たことがないくらい激しく怒った。「わたしにいま必要なのは、お風呂とたっぷりのお酒だけよ」

間があく。「いますぐ!」そういうと、ウィローがよろける足で闇のなかへと歩きはじめたので、ペレスはあわててそのあとをおった。彼女をコートで包みこみ、ふたりで斜面の上にあるペレスの家を目指す。彼女をなかば抱きかかえながら進まなくてはならないことも、何度かあった。そのあいだもずっと、ペレスは子供のころでさえ心の底から信じたことのない神にむかって、感謝の祈りを捧げていた。

自分ひとりではウィローを家まで連れていけないのではないかとペレスが心配になりはじめたころ、四輪駆動車に乗ったケヴィン・ヘイがあらわれた。

「きみはギルセッターに戻ってくれ」ペレスはエンジン音に負けじと叫んだ。「ジェーンが殺人犯といっしょにそこにいる」

「心配いらない、ジミー。息子たちもいるし、サイモンはトラクター小屋に閉じこめてある」ケヴィンは運転席から飛び降りると、ペレスとふたりでウィローを車に乗せた。「あんたはこのお友だちの面倒をみてればいい。あとは、おれたちでやるから」

家に着いてマギーを子守りから解放すると、ペレスはまずウィローを浴槽にすわらせた。手にもったシャワーヘッドを動かして、身体についた泥をそっと洗い流していく。ありがたいことに、ウィローはされるがままになっていた。それから、今度はキャシーのシャンプーを使って髪の毛から泥と血を落とし、最後に浴槽をきれいなお湯で満たした。

「ひとりでつかってたいかい?」ペレスはたずねた。ドアをあけっぱなしにしておけば、たとえ彼女が気を失ったとしても、音でわかるだろう。

「いいえ、ここにいて。でも、そのまえにボトルとグラスをふたつお願い」すこし間をおいてから、ウィローがかすかな笑みを浮かべてみせた。「ひとりで飲むのは良くないっていうのが、わたしの持論なの」

風呂のあとで、ふたりは暖炉のまえに腰をおろした。ウィローはペレスの部屋着と厚手のソックスという恰好で、髪の毛をタオルで包みこんでいた。彼女がまだ寒気を感じているのがわかったので、ペレスはその身体をきつく抱きしめたかった。だが、浴室を出たあとのウィローの身ぶりや表情はどこかぎごちなくてよそよそしく、そういうことをするのは不適切な気がした。

「あなたは署でアグニューの事情聴取をしてなくていいの？」ウィローがいった。「なんだったら、わたしがここに残ってキャシーの面倒をみてるわよ」

面倒をみてもらう必要があるのはきみだ、とペレスはいいかけたが、すんでのところで思いとどまった。「いや、いいんだ。そろそろサンディにも、いくらか責任をもたせてもいいころだ。あすの朝いちばんの飛行機で、インヴァネスからきみの同僚たちがやってくることになっているし……」空になったグラスを掲げてみせる。「……これでは運転できない」ペレスはいったん言葉をきってから、つづけた。「だが、きみは参考人だ。きみさえよければ、いまここで話を聞いて、概要を書き留めておくことはできる。もちろん、裁判では使えないだろうが、まだ記憶が鮮明なうちに記録を残しておくのは、あとで助けになるかもしれない」

すぐには返事がかえってこなかったので、ペレスはやり方を間違えたのだと思った。ウィローは、こんなにもすぐにあの悪夢のような体験を思いだしたくないのだ。きっとペレスのことを、無神経な田舎ものと考えているにちがいない。

「あなたはいつ、サイモン・アグニューが犯人だと気づいたの？」ようやくウィローが口をひらいた。

「確信したのは、彼が鋤をもって溝のそばに立っているのを見たときだ。だが、そのまえに、きみから聞かされていたサンディの話を思いだした。サイモン・アグニューはサンディに対して、先週末は〈シェトランド友の会〉についてしゃべるためにフェア島へいっていたと供述した。『フェア島タイムズ』を調べてみると、その予定はたしかに載っていた。だが、彼がそれを実行できたはずがないんだ。先週の金曜日と土曜日はひどい悪天候で、フェア島へいく飛行機も〈グッド・シェパード〉号も運休していただろうし、日曜日にはそもそも飛行便がないんだから。おかげで、牧師館へいくというきみのメッセージを聞いたときには、すごく心配させられたよ。あと、アンディ・ヘイと母親の会話を聞いて、ひっかかりをおぼえたというのもある。それによると、アンディはサイモン・アグニューのところに転がりこんでいて、ジェーンがけさ牧師館に訪ねていったときも、そこにいたらしい。だが、ジェーンの話では、サイモン・アグニューはそのことを彼女に黙っていた。それが奇妙に思えてね。アンディが姿を消せばジェーンが死ぬほど心配することくらい、サイモンにはわかっていたはずだ。家に帰って両親と話をするようアンディを説得するか、すくなくとも息子が無事でいることをジェーンに知らせるのがふつうだろう。ジェーンがアグニューに会いにいったとき、ドアには鍵がかけられていた。彼女はアグニューが怯えているのだと考えていたが、それは訪問客があったときにアンディを隠す時間を稼ぐためだった」

「アグニューは、なぜアンディを牧師館に泊めたのかしら?」

「アンディの支えとなって、彼にいろいろ打ち明け話をさせるためじゃないかな。そうやって、捜査の状況を知ろうとしたんだ。一方で、アンディのほうは家族以外の相談相手を必要としていた。彼にとって、サイモン・アグニューは世故に長けた人物だった。自分の悩みを理解してくれる大人だ」ペレスは泥炭をもうひとかけら火にくべた。狭い部屋のなかは、すでにサウナなみに暑くなっていた。「もちろん、サイモンはわれわれの注意をヘイ家のほうへむけさせようとした。自分があまり事件にかかわっているように見えては困るし、警察の捜査をかく乱するのが面白かったんだろう。彼にはそういう傲慢さがあった」ペレスはウィローを見た。「だが、きみはそれよりも先に殺人犯にたどり着いていた」

「あたりまえでしょ」ウィローはふざけた口調でいおうとしたが、あまり成功していなかった。「白状すると、わたしはなにもしていないの。サンディが足を使って聞き込みをしてくれたおかげよ。とにかく彼は、人の口をひらかせるのが上手いの。空港で目撃者を見つけて、トム・ロジャーソンがオークニー行きをとりやめる直前に電話を受けていたことを聞きだしてきてくれた。それで携帯電話の会社に問い合わせてみると、かけてきたのはサイモン・アグニューだと判明した」ウィローはグラスをさしだして、ウイスキーのおかわりを要求した。ペレスはもう飲むのをやめていたが、ウィローのグラスにはすこし注いだ。突然、彼女が真面目な口調になった。「このすべてがきょうの午後に起きたことだなんて、信じられないわ」

ウィローにとっても時の進み方がおかしなことになっているのが、ペレスにはわかった。排水溝でなすすべもなく横たわっていた時間は、きっとひどく長く感じられたにちがいない。

「ウィローが椅子のなかで身じろぎした。「彼はやりとおしていたかしら？　ほんとうに、わたしを生き埋めにしていた？」

ペレスは、すこし考えてからこたえた。「突然あらわれた第三者に制止されたとき、彼はほっとしていたんじゃないかな」

沈黙がつづいた。ペレスは雨がやんでいるのに気づいて、窓辺へいった。細い月が見えたが、すぐに雲に隠されてしまった。部屋のほうへむきなおったとき、ウィローは自分の携帯電話を確認していた。彼女の泥だらけのジャケットから、ペレスが救いだしておいたのだ。ウィローは顔をあげると、笑みをたたえたましゃべりはじめた。

「サイモン・アグニューがトム・ロジャーソンに連絡をとっていたのがわかったとき、わたしは最初の事件をもう一度よく見なおしてみたの。アリソン・ティールについての証言のなかで、彼女のことを落ちこんでいて絶望しているように見えたとまでいったのは、サイモン・アグニューだけだった。ほかの人たちはみんな、すくなくとも殺されるまえの数日間の彼女はほがらかで明るかったといっている。彼女はシャンパンを購入していた。トム・ロジャーソンと組んだ商売で――その内容はともかくとして――上手いことやっていた。将来の計画をいくつももっていた。でも、アリソンの様子にかんするサイモン・アグニューの証言が事実ではないのだとすると、なぜ彼はそんな嘘をついたのか？　理由はひとつしか考えられなかった。彼が犯人だからよ」

「そいつはかなりの飛躍だな」

「だから、本人と話がしたかったの。自分でも信じられなかった。アリソン・ティールの弟と電話で話をして、彼女のクスリ漬けの金持ちのボーイフレンドのなかに〝サイモン・アグニュー〟という男がいたことを聞かされたあとでも。ふたりはたまたま、おなじリハビリ施設にいきついたの。そして、そこでアグニューは麻薬中毒から立ちなおると、すでに取得していた心理学の第一学位を活かして、そのまま依存症の研究で博士号をとった。彼がジェーン・ヘイのことをすごくよく理解できたのも、当然よね。あのふたりは育ちがまったくちがうのに、とても親しくしていた。アグニューには、彼女がなにを必要としているのかがわかったのよ」

「そちらの動きを知らせてくれてたらよかったのに」

ウィローは間をおいてからこたえた。「あなたを電話でつかまえようとしたのよ、ジミー。わたしの電話は避けられてるのかと思った」

ペレスが必死で謝罪――もしくは、説明――の言葉をさがしているあいだ、沈黙が長びいていった。結局、ウィローのほうが助け船を出して、説明をつづけた。

「アリソンの両親が麻薬常用者で、彼女自身もその問題を抱えていたことは、すでにわかっていたでしょ。彼女の失踪をあつかった記事のなかに、彼女がリハビリ施設に舞い戻った可能性についてふれたものがあった。以前にもそういう施設を利用していたことをうかがわせる記述よ。その施設で、彼女はサイモン・アグニューとつきあうようになったの。彼のほうがずっと年上だったけれど、そのころの彼はけっこういけていた。上流階級の出身で、あたらしもの好き、パーティ好きとして知られていた。そしてアリソンのほうは、父親のような存在を求めていたのかもしれない。今回の事件について検討したとき、動機として〝恥〟のことがすこし出たわよね。それで、ふと思ったの。サイモン・アグニューには、自分が恥だと感じている過去もあるのではないかと。彼は冒険家として無茶していた過去を、包み隠さず話していた。でも、へロイン中毒者としての無茶についてはちがった。ヘロインをつづけるために妻から金を盗み、子供たちに背をむけた過去については」ウィローがペレスを見た。「この最後の情報は、いましがた携帯電話ではいってきたものよ。サイモン・アグニューは精神分析医となってシェトランドに腰を落ちつけると、問題を抱えたほかの人たちを助けながら、しあわせに暮らしていた。地域社会の中心人物として活躍していた。恥ずべき過去が蒸しかえされるのだけは、なんとしても避けたかった」

「アリソンが自分の問題から逃れようとして以前シェトランドにきていたことがあるのを、彼は知ってたのかな？」

「彼とアリソンがどちらもシェトランドを目指すことになったのは、たんなる偶然だと思う。アリソンが人気ドラマの出演中に失踪騒ぎを起こしたとき、ふたりはすでに別れて音信不通になっていた。ということは、はじめて彼と出会ったとき、アリソンはすごく若かったのね。そして、いうまでもなく、すごく美しかった」すこし沈黙したあとで、ウィローがつづけた。「アリソンが暮らしていた家で自己啓発の本が見つかったでしょ。それとおなじ本が、サイモン・アグニューの仕事部屋にもあったわ。たぶん、ふたりがいたリハビリ施設で全員に支給されていた本なんじゃないかしら」

ウィローはいくらか身体が温まってきたらしく、いまやすっかり話に夢中になっていた。

「こうして、サイモン・アグニューは尊敬に値する人物となるべく、自分の過去を捏造した。

妻と別れたのは、彼女が夫のエネルギーと情熱についてこられなかったからだった。子供はいなかった。大学付属病院で精神分析医として働いたのちに、大学講師を短期間つとめた――まあ、これは事実だけれど、そこでの成功はかなり誇張されていた。サイモン・アグニューはシエトランドを愛し、地元の人からは敬愛の念を抱かれていた。ところが、そこへアリソン・ティールがあらわれた。彼の家の目と鼻の先で、ホテル住まいの出稼ぎ労働者や島の独身者から金をまきあげようとしていた」

「旧知の仲のトム・ロジャーソンとはじめた商売で」ペレスはつけくわえた。メモをとるべきなのだろうが、これは正式な事情聴取ではなかった。それをやる時間は、あとでたっぷりとあった。

「そうこうするうちに、アリソン・ティールとサイモン・アグニューは顔をあわせた。どこかでばったり出くわした。それか、アンディ・ヘイをつうじておたがいの存在に気づいた可能性もある。アグニューは昔からアンディをよく知っていたわけだから」

「そして、そこでアリソンはまたべつの商機を見いだした」ペレスには、いまやすべてが完璧にまとまっていた。

「彼女はアグニューを脅迫していたというの？」ウィローはウイスキーを飲みほしていたが、おかわりを求めることなく、グラスを床に置いた。

「そうは思わないか？」

「それよりもっと複雑で微妙なことだったんじゃないかしら。アリソンは友だちを求めていたのよ。人とのつながりを。ほら、ふたりは恋人どうしだったわけでしょ。でも、サイモン・アグニューのほうは過去を完全に葬り去ろうと決めていた。彼の心のなかでは、ろくでもないことはなにひとつ起きていなかった。というか、すくなくともそれらは彼のせいではなかった」

その思考は、ペレスにも理解できそうな気がした。「ところが、そこへアリソンがあらわれたわけだ。〈シェトランド友の会〉の相談所に訪ねてきて、関係を復活させようとした。もしくは、金を要求してきた」ペレスはまだ、脅迫のほうが動機としては説得力があると考えていた。

「そして、そのあとでアグニューはトーインへ出かけていき、彼女を殺した。もしかすると、自分たちふたりには未来があると、彼女に思わせていたのかもしれないわね。アリソンは彼のために着飾り、食事を作った。アグニューは、アリソンがラーウィックの相談所にきたところを誰かに見られていたのではないかと心配だった。彼女がそこにいた理由をでっちあげなくてはならなかった。だから、自分から警察にいって、ひどく取り乱した女性が相談所に訪ねてきたと証言した。彼女がこちらで名乗っていた〝アリッサンドラ・セクレスト〟という名前をだして」

「トム・ロジャーソンのほうは、どういうことだったのかな？　なぜ殺す必要があったんだろう？」

「アグニューは、アリソンが自分との関係をトム・ロジャーソンに話していたと考えたのよ」ウィローがいった。「アリソンとトム・ロジャーソンは、〈レイヴンズウィック・ホテル〉ではじめて出会ったときからずっと関係があった。それを考えると、あながち的外れな憶測とはいえないわよね。アリソン・ティールの弟の話からして、ふたりが商売の面でもつながっていたのは間違いないわ。〝サンディ・セクレスト〟になりすましてシェトランドへくるように提案したのは、トム・ロジャーソンだった。十五年前にシェトランドで女優のアリソン・ティールが発見されたのは大事件だったから、いまでもここにはその名前にぴんとくる人がいるのではないかと考えて」

「トム・ロジャーソンは、アリソンとの関係ゆえに死ななくてはならなかった?」ペレスはまえまえから、サイモン・アグニューのことを危険をかえりみない無謀なところのある人物だと考えていた。彼は、自分がふたりの被害者と結びつけられることのないほうへ賭けたのだ。

「アグニューは〈シェトランド友の会〉を立ちあげるときにトム・ロジャーソン評議員の支援を受けていたから、彼がうわさ好きなのを知っていた。そこで、彼に電話して、会う手はずを整えた。おそらく、アリソンの死にかんする情報があるとでもいったんじゃないかしら。そう聞けば、トム・ロジャーソンは興味を示すだけでなく、不安もおぼえるはずだから。だって、アリソンとの関係がシェトランドじゅうに知れ渡ったら、まずいでしょ。アグニューは空港で彼を車に乗せると、牧師館へ連れていった。そして、外で話をしようと散歩に誘った。アグニューは健康おたくで、トム・ロジャーソンの死体が見つかった浜辺でもよく泳いでたっていうじゃない」

「だが、その散歩はトム・ロジャーソンの健康にとっては逆効果だった」今度はペレスが、ふざけた口調をためす番だった。だが、頭のなかではフランのことを考えていた。彼女もよく、あの浜辺で泳いでいた。そこでサイモン・アグニューといっしょになったことがあるのだろうか？

「まあ、そうともいえるわね。アグニューは死体を浜辺に放置した。満ち潮か強風が運び去ってくれることを期待していたのかもしれないけれど、あいにく天候が穏やかになって、ケヴィン・ヘイに発見されることとなった」

「きみの洞察力がなければ、サイモン・アグニューは二重殺人で逮捕されずに、まんまと逃げおおせていただろうな」

「さっきもいったとおり、すべてはサンディが空港で目撃者を見つけて、魔法のような力で話をひきだしてくれたおかげよ」ウィローは頭に巻きつけていたタオルをほどくと、首をふって髪の毛をばらけさせた。「じつは今夜、車で牧師館へむかう途中でアグニューを見かけていたの。そのときは彼だと気づかなかったけれど、あの高視認性《ハイビズ》のジャケットは間違いないわ。雨のなかをジョギングしていた。でも、彼の家のまえには車がなかったから、てっきりそれで出かけたのだと思っていたの。彼が車で戻ってくれれば、エンジン音やヘッドライトで、まえもってそれがわかると。牧師館の玄関ドアには鍵がかかっていなかった。そりゃそうよね。彼は暗闇に殺人犯が潜んでいることを恐れる必要がなかったんだもの。わたしがあんなに間抜けでなければ、彼に不意をつかれることはなかったはずよ」

「コーヒーを飲むかい？」ペレスはウィローに話題を変えさせたかった。牧師館の仕事部屋でサイモン・アグニューに襲われてからのことを、彼女に思いださせたくなかった。

「それよりも、眠りたいわ」ウィローがいった。

「ベッドを使ってくれ。こっちはソファで寝るから」

「だめよ。いっしょにベッドにきて」その顔に浮かぶ笑みを見て、ペレスは彼女が自分よりもずっと強いことを知った。「無理をいったりしないわ、ジミー。今夜は、とてもそんな元気はない。でも、誰かにそばにいてもらいたいの。あと腐れなしで」

ペレスはウィローのとなりに横たわり、きれぎれに眠った。ウィローはほとんど身動きしなかった。翌朝、ペレスはキャシーが目をさますまえに起きだして、服を着るようにした。ウィローが彼のベッドで寝ていることについても、きちんと言い訳を用意してあった。

48

ウィローはフェリーで本土へ戻ることにしていた。天気はふたたび穏やかになっていたし、彼女には時間が必要だった。ゆっくりと旅するあいだに、起きたことを整理して受けいれ、シエトランドとジミー・ペレスから離れた生活にそなえるのだ。出発の日は、待つことで一日がついやされた。ギルバート・ベイン病院では、移動の許可を上司からもらうのに必要な健康診断を受けるので待たされた。警察署では、自分を殺しかけた男の事情聴取が終わるのを待たされた。事情聴取は、サンディとインヴァネスからきたウィローの同僚たちがおこなっていた。「彼はすべて自白しました」サンディが勝利で頰を紅潮させながらいった。「アリソンを殺したのは、計画した犯行ではなかったそうです。彼はトーインまで歩いていき、シェトランドを離れるよう彼女を説得するだけのつもりでいた。ところが、彼女のほうは着飾っていて、彼をもてなす気満々だった。〝おひさしぶりね、サイモン。シャンパンを冷やして、あなたの好物を作っておいたわ〟といった調子で」

「それじゃ、彼はアリソンを殺すまえに、いっしょに食事をとったの？」

「そうみたいです。本人いわく、〝アリソンはすごく料理の腕がいい。その彼女が作った料理を無駄にするつもりはなかった〟」

「わたしには謀殺のように聞こえるわね」サイモン・アグニューは調子に乗ってべらべらとしゃべらずにはいられない性分だから、このぶんでいくと、陪審員が彼の故殺の申し立てを信じる心配はなさそうだった。

「彼はアリソンとベッドまで共にしていました」サンディがいった。「そのあとで、そこに横たわる彼女の首にベルトを巻きつけて、絞めあげた。あの年にしては、かなり力が強いですから」

サイモン・アグニューの身柄は飛行機で本土へ送致されることになっており、それもウィローがフェリーにしようと決めた理由のひとつだった。

ペレスはウィローの荷物をフェリーのなかまではこぶと言い張り、船室までついてきた。彼が細長いベッドのあいだにぎごちなく立っていると、船室はひどく狭苦しく感じられた。

「まだ、ふたりであのことを話しあっていない」ペレスがいった。

「そうね。ほかに、いろいろと邪魔がはいったから」ウィローとしては、いまここでペレスに感情的になってもらいたくなかった。多少なりとも威厳を保ったまま、この地を去りたいと考えていた。

「これからも、おたがい連絡をとりあいつづける？」

「もちろんよ、ジミー」ウィローは、もうひとりになりたかった。寝台のひんやりとした清潔なシーツの上に横たわりたかった。ふいに、また強い疲労感をおぼえていた。

「南へむかう途中で窓の外に目をやるといい」ペレスがいった。そのぱっと明るくなった顔を見て、ウィローはなぜ彼のことがずっと頭から離れないのかを思いだした。「船のこちら側からだと、フェア島の明かりが見えるはずだ」

「いつか島に連れていってくれると、いってたわよね」

「ああ、そのつもりだ」

ウィローはまえに身をのりだして、ペレスの唇に軽くキスをした。「さあ、もういって、ジミー・ペレス。さもないと、降りそこねるわよ。あなたがいなかったら、シェトランドはどうなるの？」

「でも、きみはまた会いにきてくれるんだろ？」

ウィローはほほ笑んだ。「わたしを止めようとしたって、無駄よ」

解説

吉野 仁

イギリス最北に位置し、大小百をこえる島々からなるシェトランド諸島を主な舞台とした〈ジミー・ペレス警部〉シリーズ、第七作『地の告発』の登場である。

昨今の警察小説では、活躍する刑事たちの強烈な個性をうちだしたり、異常きわまる猟奇的な犯罪を連続させたりするものが珍しくないが、このシリーズではそうした外連味《けれんみ》は皆無といっていい。その必要がないのだ。なぜなら、シェトランドの風土そのものが強い印象を残すからである。物語を追っていくと現れる、海岸線にひろがる起伏の大きい風景、季節ごとに変化する独特の気候などに、大きなビルが乱立する都会とはかけ離れた場所であることを思い知らされる。たとえごく平凡な人間だとしても、シェトランドの風景のなかに身をおくと、次第にその人物像の輪郭がくっきりと浮かびあがってくるのだ。

しかも、シェトランド諸島の人口はおよそ二万三千人である。そこから生み出される濃密で特異な人間関係もまた、大きな街で暮らす都会人とははっきり異なっているだろう。個人が群衆のなかに埋没することはない。多くの人が仕事や学校、地域の生活など、さまざまな形でむすびついている。また、殺人事件が起きた場合、地元の警察では対応できず、検死のために遺体を本土スコットランドのアバディーンへ移送したり、インヴァネス署から主任警部が派遣され指揮をとったりすることになる。シェトランドの警察官が捜査すると、事件の関係者に顔見知りの人間が多いため、公私の区別がつきにくい場合も少なくないようだ。警察の捜査もきわめて独特な形となるのである。

作者のアン・クリーヴスは、そんな島の人たちや警察官の行動と心理をシェトランドの自然や風土とともに濃密な筆致で描いていく。シリーズ第一作『大鴉の啼く冬』*Raven Black* は、二〇〇六年度の英国推理作家協会（ＣＷＡ）最優秀長編賞に輝いた。この作品以降、シリーズは『白夜に惑う夏』*White Nights*、『野兎を悼む春』*Red Bones*、『青雷の光る秋』*Blue Lightning* とつづき、行政の中心で警察署のある町ラーウィックをはじめとする本島の各地のみならず、小さな島などに舞台を変えながら、シェトランドで起きた四季それぞれの事件を物語っていったのだ。

この第一作から第四作までは〈シェトランド四重奏〉The Four Seasons Quartet と呼ばれている。殺人事件をめぐる物語は、それぞれの作品で完結しているものの、主人公ジミー・ペレス警部の私生活の部分はシリーズを通じて変化していく。とくに『大鴉の啼く冬』で死体発見者となった女性フラン・ハンターとペレスとの恋愛模様は、シリーズの重要なサブストーリーとして展開するばかりか、〈シェトランド四重奏〉の第四部『青雷の光る秋』で衝撃的な結末をむかえることになる。もちろんシリーズは、この四作で終わらず、『水の葬送』*Dead Water*、『空《そら》の幻像』*Thin Air*、そして本作『地の告発』*Cold Earth* へとつづき、すでに本国で

は第八作 *Wild Fire* が二〇一八年に発表されている。この第五作から第八作につけられた名称は、The Four Elements Quartet というもので——おわかりのとおり各題名には、水、空気（風）、大地（土）、火と、古代ギリシアに提唱された「四元素」を含んでいる——いわば第二シーズンとなる新〈四重奏〉なのである。

さて、『地の告発』だ。ジミー・ペレス警部は、ある葬儀に参列していた。亡くなったのは、マグナス・テイト。『大鴉の啼く冬』に登場した、ひとり暮らしの老人である。彼の遺体がはいった棺が墓穴に安置された直後、ふいに巨大な地滑りが発生した。数カ月にわたる豪雨により地盤がゆるんだせいで起こったようだ。墓地をはじめ、周辺の農場を巻きこむ大きな災害だった。ペレス警部は、土石流が直撃した農家を確認しようと丘の羊道をのぼっていった。そこから斜面の下におりたとき、みつけたのはひとりの死者だった。異国風の赤いドレスを着た、黒い髪の女性である。ところが、検死の結果、思いがけない事実が判明した。絞殺された痕跡が見つかったのだ。ペレス警部は、「トーイン」と呼ばれる農家で死んでいた女性の身元の特定と、彼女を殺した犯人探しを同時におこなっていく。

例によって、刑事たちによる捜査過程だけにとどまらず、ペレスとその部下のサンディ・ウィルソン、そのほか、事件現場周辺の人々などが、彼らの私生活の部分も含めて描かれており、興味深く読ませる。地滑りのあった日はヴァレンタイン・デイで、島の有名なお祭り、バイキングの火祭り《アップ・ヘリー・アー》が二週間まえに終わったあとだったなど、冬のシェトランドの様子や登場人物それぞれの個人的エピソードが存分に盛りこまれている。

殺人事件だと判明したのち、ペレスは、インヴァネス署の主任警部ウィロー・リーヴズに来てくれるように頼む。同時に、北スコットランド警察の犯行現場検査官であるヴィッキー・ヒューイットも本事件の捜査に加わることとなった。先に述べたとおり、シェトランドで起きた事件ならではの警察捜査がおこなわれていくのである。

まずは、殺された女性の身元をめぐる捜査模様が面白い。ひとつの手がかりが見つかったかと思えば、意外な事実へと転じていったり、また新たな別の謎があらわれたりするのだ。女性の意外な正体とそのドラマチックな過去が明らかになったのちもなお、多くの秘密が残ったままとなり、積み重ねられた謎の深みを思い知るばかりだ。さまざまな人物の証言をもとに、そこから犯人を導き出す推理の流れも、個人的にはシリーズ中でいちばんよくできていると感心した。すなわちリアリズムに根ざした英国本格ミステリとしての完成度が高いのだ。

また、第五作以降の新〈四重奏〉では、ペレス警部の再生物語としての展開から目が離せない。婚約者だったフランの娘、キャシーとの生活はもちろん、リーヴズ主任警部とのあいだに生まれた親密な関係の行方にも注目したいところだ。そのほか、第五作『水の葬送』でエネルギー産業の問題が事件に絡んでいたり、第六作『空の幻像』では幼い少女の幽霊をめぐるゴーストストーリーが背景にあったりと、社会性のある題材、もしくは島の遠い過去と現在をむすぶ事件などを扱っており、シリーズ初期よりも物語の層が厚く深まったように感じられる。本作における社会性、島に隠された秘密をめぐる問題も同様である。

そういえば、作中のある人物の言葉が印象的だった。「みんな、シェトランドに秘密はないと考えている。でも、それは間違いです。誰もが秘密をもっている。それが正気を保つ唯一の方法だから」

もっとも、作品の根本にある構図はなんら変わっていない。本作『地の告発』が刊行された前年の二〇一五年に、アン・クリーヴスは、グラフィック満載のエッセイ本 ***Shetland*** を発表している。シェトランドの自然や街の風景、そしてさまざまな島の写真とあわせて、本シリーズのエピソードなどもまじえながら、島の四季とその魅力を紹介した一冊だ。このなかで、『大鴉の啼く冬』のテーマについて語っている。それは「帰属」だという。

主人公のジミー・ペレスはシェトランド人であるが、本島ではなくフェア島の出身であり、ちかくの海で遭難した無敵艦隊の船〈エル・グラン・グリフォン〉号から浜に打ち上げられたスペイン人が祖先だとされている。地中海人種らしい顔立ちで黒い髪の男だ。ペレスという名前もスペイン風である。そのためシェトランド署の警官でありながら、どこかよそ者の意識を強く抱いているのだ。この帰属意識や内と外の関係性は、作品のなかでたえず強調され、くりかえし語られている。「帰属」とは、いいかえれば、「いったいおまえは何者なのか」ということである。『地の告発』では、犯人探しと同時に女性の身元の捜査がおこなわれる。シリーズのテーマとして、この問いかけが反復されているのだ。

そもそもシェトランド自体、スコットランドにおけるカウンシル・エリアのひとつではあるものの、本土から遠くはなれた北のはてにある諸島である。そのシェトランド諸島のなかでさえ、本島の住人か、それとも周辺の小さな島に暮らしてきたかで意識や立場が異なるようだ。

島国根性という表現が適切かどうかはわからないが、複雑な土地であることは間違いない。

驚いたのは、二〇二〇年九月に「シェトランド諸島で、スコットランド自治政府からの分離を目指す動きが表面化している」というニュースを目にしたことだ。シェトランドで起きているのは、自治政府からもイギリスからも独立しようという動きらしい。なにしろ、そのスコットランド自体、イギリスからの独立の是非を問う住民投票を二〇一四年におこない、けっきょく残留する結果となった。そしてご存じのとおり、今度はそのイギリスこそが二〇一六年の国民投票で欧州連合《EU》からの離脱を決めたのである。

話を本作に戻すと、帰属だけでなく独立をめぐる意識についても作品のなかに色濃く描かれている。たとえば、ヘイ親子のエピソードなどはそのひとつといえるだろう。

作者のアン・クリーヴスがはじめてシェトランドの地におりたったのは、一九七五年のことだという。イギリス南部ブライトン近郊にあるサセックス大学を中退したクリーヴスは、あるときパブでの偶然の会話をきっかけとして、シェトランドのフェア島にむかった。島の鳥類観測所で調理助手の仕事に就き、二シーズンをすごすことになった。彼女が夫のティムと知り合ったのもフェア島なのだ。鳥類観測所の料理人といえば、シリーズの読者であれば『青雷の光る秋』に登場したジェーン・ラティマーを思い出すだろう。

さらに作者の経歴をたどっていくと、ロンドンのキングスクロスでソーシャルワーカーをしたほか、保護観察官としての訓練を受けたり、沿岸警備隊の補助員として働いたりしたこともあるようだ。バードウォッチングおよび人間観察という面をあわせて、どうもこのシリーズには、彼女自身の体験が色濃く反映されていると思わずにおれない。

先に紹介した *Shetland* のなかに、シェトランドは自分にとっての避難場所であり、インスピレーションの場所であったという一節があった。本作のなかにも、ある女性にとってシェトランドは、危機におちいったときの避難場所だ、という文章がある。作者が大学をドロップアウトしたのちに訪れたシェトランドのフェア島は、彼女にとっての避難場所であり、再生の地だったのだ。同時に、島に滞在していた時期、もしかすると二十歳をすぎたばかりのアン・クリーヴスは、強烈な「よそ者」意識を感じたのかもしれない。

さて、新〈四重奏〉も残すは、第八作 *Wild Fire* のみとなった。じつは、これが〈ジミー・ペレス警部〉シリーズの最終作となる。もともと第一作『大鴉の啼く冬』を書いたとき、シリーズにする予定はなかったと作者は語っていた。さらに、〈シェトランド四重奏〉の続編も、当初は書くつもりではなかったらしい。加えてクリーヴスの夫ティムは、二〇一七年十二月に他界した。*Wild Fire* を書きあげるまえのことだ。本シリーズが八作で終わってしまうのは残念だが、夫との出会いの土地であるシェトランドを舞台にして、クリーヴス自身の人生があちこちに投影された作品だけに、しかたのないことだろう。

もっとも、あるインタビューでクリーヴスは、シリーズを終わらせる理由として、「二万三千人しか住んでいないシェトランドで、かなり大勢の人を殺してしまったんです」と笑いながらジョークを述べていた。このまま書きつづけると、「そして誰もいなくなった」島になりかねないのだと。

果たして、シリーズ最終作となる次作 *Wild Fire* がいかなる物語なのか。どんな結末をむかえるのか、楽しみに待ちたい。

検 印
廃 止

訳者紹介 1962年東京都生まれ。慶應大学経済学部卒。英米文学翻訳家。主な訳書にクリーヴス「大鴉の啼く冬」「白夜に惑う夏」、ケリー「水時計」、サンソム「蔵書まるごと消失事件」、マン「フランクを始末するには」などがある。

地の告発

2020年11月27日 初版

著 者 アン・クリーヴス

訳 者 玉《たま》 木《き》 亨《とおる》

発行所 (株) 東京創元社
代表者 渋谷健太郎

162-0814/東京都新宿区新小川町1-5
電 話 03・3268・8231-営業部
03・3268・8204-編集部
URL http://www.tsogen.co.jp
暁印刷・本間製本

乱丁・落丁本は、ご面倒ですが小社までご送付ください。送料小社負担にてお取替えいたします。

ISBN978-4-488-24511-5 C0197

とびきり下品、だけど憎めない名物親父
フロスト警部が主役の大人気警察小説

〈フロスト警部シリーズ〉

R·D·ウィングフィールド◎芹澤恵 訳

創元推理文庫

クリスマスのフロスト

フロスト日和《びより》

夜のフロスト

フロスト気質《かたぎ》 上下

冬のフロスト 上下

フロスト始末 上下

アメリカ探偵作家クラブ賞YA小説賞受賞作

CODE NAME VERITY◆Elizabeth Wein

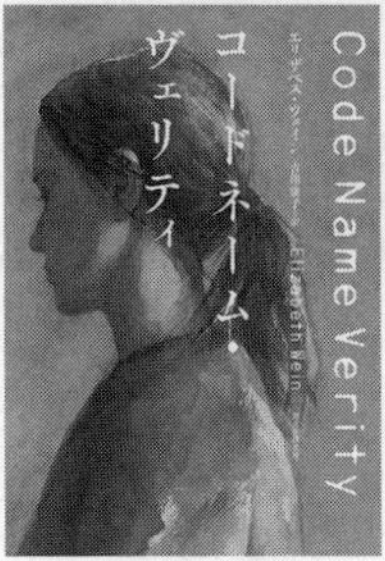

コードネーム・ヴェリティ

エリザベス・ウェイン

吉澤康子 訳　創元推理文庫

◆

第二次世界大戦中、ナチ占領下のフランスで
イギリス特殊作戦執行部員の若い女性が
スパイとして捕虜になった。
彼女は親衛隊大尉に、尋問を止める見返りに、
手記でイギリスの情報を告白するよう強制され、
紙とインク、そして二週間を与えられる。
だがその手記には、親友である補助航空部隊の
女性飛行士マディの戦場の日々が、
まるで小説のように綴られていた。
彼女はなぜ物語風の手記を書いたのか？
さまざまな謎がちりばめられた第一部の手記。
驚愕の真実が判明する第二部の手記。
そして慟哭の結末。読者を翻弄する圧倒的な物語！

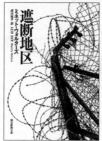